国家社会科学基金项目（17BZW152）
河南省高校青年骨干教师资助计划项目（2019GGJS156）
河南省高校科技创新人才支持计划项目（2021—CX—012）
信阳师范大学"南湖学者"奖励计划青年项目A类（202103）

学堂乐歌与中国诗歌的现代转型研究

禹权恒 著

中国社会科学出版社

图书在版编目(CIP)数据

学堂乐歌与中国诗歌的现代转型研究/禹权恒著.—北京:中国社会科学出版社,2023.5
ISBN 978-7-5227-2060-9

Ⅰ.①学… Ⅱ.①禹… Ⅲ.①诗歌史—中国 Ⅳ.①I207.209

中国国家版本馆 CIP 数据核字(2023)第 106976 号

出 版 人	赵剑英
责任编辑	慈明亮
责任校对	李 莉
责任印制	戴 宽
出　　版	中国社会科学出版社
社　　址	北京鼓楼西大街甲 158 号
邮　　编	100720
网　　址	http://www.csspw.cn
发 行 部	010-84083685
门 市 部	010-84029450
经　　销	新华书店及其他书店
印刷装订	三河市华骏印务包装有限公司
版　　次	2023 年 5 月第 1 版
印　　次	2023 年 5 月第 1 次印刷
开　　本	710×1000　1/16
印　　张	18
插　　页	2
字　　数	297 千字
定　　价	99.00 元

凡购买中国社会科学出版社图书,如有质量问题请与本社营销中心联系调换
电话:010-84083683
版权所有　侵权必究

目　录

绪论 …………………………………………………………………（1）

第一章　"日本体验"与中国学堂乐歌运动 ………………………（14）
　　第一节　留学日本与借鉴外国乐歌曲调 …………………………（14）
　　第二节　创办新式学堂与开设乐歌课程 …………………………（31）
　　第三节　学堂乐歌的题材类型和思想蕴含 ………………………（45）

第二章　学堂乐歌与中国诗歌的文体转型 ………………………（55）
　　第一节　结构模式：从"传统诗体"向"现代诗体" …………（55）
　　第二节　节奏韵律：从选曲填词到"歌谣化" …………………（62）
　　第三节　语言体式：从"文言"到"文白掺杂" ………………（72）
　　第四节　句法结构：从传统句法到欧化倾向 ……………………（80）

第三章　学堂乐歌与中国新诗民族性建构 ………………………（89）
　　第一节　学堂乐歌与"军国民"教育思想的倡导 ………………（89）
　　第二节　学堂乐歌与现代民族国家的建构 ………………………（101）
　　第三节　学堂乐歌与现代国民意识的塑造 ………………………（111）
　　第四节　学堂乐歌与早期白话新诗的现代化 ……………………（124）

第四章　学堂乐歌与中国诗歌的现代传播 ………………………（134）
　　第一节　近代报刊与学堂乐歌的传播接受 ………………………（134）
　　第二节　近代书局与学堂乐歌的传播接受 ………………………（149）
　　第三节　学校音乐和社会音乐的双重变奏 ………………………（162）

第四节　学堂乐歌运动与"国语运动"的合流 ……………（172）

第五章　学堂乐歌与中国新诗的话语实践 ……………………（186）
   第一节　叶伯和《诗歌集》和中国新诗的发生 …………（186）
   第二节　诗乐相融：赵元任《新诗歌集》的诗学意义 …………（195）
   第三节　歌诗体：一种新的文学体裁的崛起 ……………（203）
   第四节　学堂乐歌与中国新诗发展的多元共生 …………（217）

结语 …………………………………………………………………（227）

参考文献 ……………………………………………………………（230）

附录 …………………………………………………………………（245）

后记 …………………………………………………………………（283）

绪　论

一　选题缘起

晚清民初是中国社会出现"三千年未有之大变局"的特殊时期，也是中国近代文学发生转型的关键节点。近年来，罗宗强、郭延礼、夏晓虹、关爱和、袁进、乔以钢、杨联芬等学者在本研究领域已经取得丰硕成果，逐渐引起学术界高度关注。20世纪80年代以来，随着"重写文学史"思潮的逐渐深入，特别是王德威在《被压抑的现代性——晚清小说新论》中提出"没有晚清，何来五四"的重要观点，有效推进了晚清文学研究的深广度。"由晚清以迄民初的数十年文艺动荡，则被视为传统逝去的尾声，或西学东渐的先兆。过渡意义，大于一切。但在世纪末重审现代中国文学的来龙去脉，我们应重识晚清时期的重要，及其先于甚或超过五四的开创性。"[①] 在这种学术背景之下，严家炎、吴福辉、朱德发等文学史家倡导把中国现代文学的发生时间起点向前推移，他们大胆假设、小心求证，认真梳理中国近代文学史整体发展的内在规律，全面总结中国近代文学史演进的基本范式，运用大量文学范例进行科学比照，以彰显清末民初时期是中国近代文学完成现代转型的关键节点，从而为中国现代文学的发生提供有利条件。

众所周知，诗歌在几千年的中国文学发展历程中扮演着重要角色，也是深受不同时代读者青睐的文体之一。晚清以降，中国诗歌历经"新学诗""新派诗""新体诗"等不同的演进阶段，诗歌内容和形式都发生了显著变化，许多现代性因素被注入中国诗歌创作实践之中，有效催生着中

[①] 王德威：《被压抑的现代性——晚清小说新论》，北京大学出版社2005年版，第2页。

国诗歌从古典向现代形态的基本转型。比如，近代教育、近代报纸杂志、翻译诗歌、民间话语等都极大地推动了中国诗歌的现代化进程。之后，经过多种力量共同发挥作用，最终形成历史综合因素，"白话新诗"随之应运而生，成为中国现代文学最早完成嬗变的重要文体。1920年3月，《尝试集》在上海亚东书局出版，后逐渐演变为中国新诗发展史上的标志性事件，胡适也因此被誉为"新诗的鼻祖"。然而，值得注意的是，学术界对胡适作为"新诗第一人"的质疑也从未间断过。特别是进入20世纪90年代以来，许多文学史家借助翔实的资料进行反复推衍，深度挖掘其中的历史盲点和可疑之处，意在阐明中国文学史整体演进具有多种可能性。可以想象，中国新诗要想在形式和内容方面实现根本性变革，必然需要较长时间的历史积累，其绝不可能在"五四"时期发生突变。经过详细梳理文学史发展线索，具体运用跨学科的研究方法，寻找中国诗歌内部的生成规律，我们发现，晚清民初的学堂乐歌运动真实参与了中国诗歌的现代化转型，已经具有中国新诗的基本雏形，可以看作中国新诗发生的重要先导，其在中国诗歌从"古典"向"现代"转型中扮演着特殊角色，值得我们进一步探讨。

所谓"学堂乐歌"，主要指清末民初时期在各种新式学堂中广泛传唱的时代歌曲，其通常引进外来曲调（日本和欧美曲调），采取"选曲填词"或"按词选曲"的基本方式，填以具有鼓动性和思想性的歌词。作为一种新型学校音乐教育样式，学堂乐歌的题材内容丰富多样，曲调来源不拘一格，富有社会历史质感，在部分新式知识分子和青少年群体中广泛流传，成为中国近代新型音乐教育的重要组成部分。长期以来，许多中国近现代音乐史研究者认为，那种"选曲填词"的学堂乐歌仅仅在晚清至五四时期特别流行，后来，随着各地新型音乐文化的蓬勃发展，特别是以萧友梅创作的学校歌曲在新式学校广泛传播，学堂乐歌和其自身特殊的艺术形态已经基本被学校歌曲所取代。然而，真实情况似乎并非如此。在后来的我国中小学音乐课堂中间，以及很多中小学音乐教材里面，仍然保留着许多填词歌曲，这就有效证明了很多音乐教育家参照学堂乐歌的深厚传统继续从事此种类型音乐创作。因此，我国的学堂乐歌运动发展持续时间很长，其主要经历三个典型阶段：早期萌芽时期——辛亥革命以前的将近十年；逐渐普及时期——辛亥革命以后的将近十年；后期延续时期——"五四"以后至中华人民共和国成立以前将近二十年。目前，学术界主要从音乐学、教育学、历史学、传播学等诸多层面对学堂乐歌进行不同维度的阐释，基本厘清学堂乐歌产生的时代背景、代表人物、曲谱来源等，这都是中国近现代音乐发展史研究领域的显著成果。但是，我们应该清醒地意识到，作为一种"歌诗体"的音乐文学样式，学堂乐歌与中国诗歌的现代转型也存在着密切关系，在晚清民初复杂的时空场域中，学堂乐歌内部蕴含着丰富的阐释空间，同时，也催生了许多值得深入挖掘的学术命题。

本书主要以"学堂乐歌"和"中国诗歌的现代转型"这两个"问题域"作为研究对象，力求探寻它们之间的密切关联，通过呈现"学堂乐歌"和"中国诗歌的现代转型"之间的因果关系线索，详细描述二者相互生成和增值的深层次逻辑。具体来讲，即通过对学堂乐歌的发生缘起、语言体式、诗学内质、传播机制、文学史价值等问题进行考察，深度挖掘学堂乐歌在结构模式、语言运用、句法结构、思想内涵等是如何实现嬗变的，其在中国诗歌的现代转型中究竟扮演着何种角色，又是以何种方式重构中国现代诗学话语体系的。因此，本研究不仅有利于厘清学堂乐歌运动的发生时间、发展阶段、演进规律、社会影响等等重要话题，而且有助于深化学堂乐歌对"中国诗歌的现代转型"的特殊作用，这就有效拓宽了人文社会科学研究领域的跨学科视野，实现真正意义上的"借左看右"，重新思考中国现代文学史上的部分命题，因此，本研究具有重要的学术价值和现实意义。

二　研究现状

长期以来，学堂乐歌是中国近现代音乐史研究领域的重要话题，成果较为丰硕，其大致具有三种类型。

（一）中国近现代音乐史研究

比如，汪毓和《中国近现代音乐史》（人民音乐出版社1984年版）、伍雍谊《中国近现代学校音乐教育（1840—1949）》（上海教育出版社1999年版）、张前《中日音乐交流史》（人民音乐出版社1999年版）、马达《20世纪中国学校音乐教育》（上海教育出版社2002年版）、夏滟洲《中国近现代音乐史简编》（上海音乐出版社2004年版）、余甲方《中国近代音乐史》（上海人民出版社2006年版）等，他们都是在认真梳理中国近现代音乐史发展脉络之时，严格遵循近现代音乐史发展规律，追根溯源，科学定位，把晚清民初学堂乐歌运动的发生作为中国近代音乐教育的开端，在部分章节中对学堂乐歌运动的代表人物、发展阶段、题材内容、现实价值等诸多问题进行阐述，对本课题研究具有重要借鉴作用。

具体来讲，汪毓和在《中国近现代音乐史》中以鸦片战争后中国传统音乐得到新发展为基本开端；之后，对西洋音乐文化的传入以及中国新音乐的萌芽进行具体阐述；特别是随着各种新式学堂的设立，20世纪初期诞生许多有别于传统旧乐的学堂乐歌，成为当时进步知识分子传播民主革命思想的重要手段，作者分别以沈心工、李叔同、曾志忞三位代表性音乐家为例，论述他们在中国近现代音乐发展史上的重要贡献。伍雍谊在《中国近现代学校音乐教育（1840—1949）》中首先以近现代学校美育与音乐教育思想为论述对象，分别对王国维、蔡元培、沈心工、曾志忞、萧友梅、黄自、丰子恺等人的美学和音乐教育思想进行详细论述，之后，再对近现代学校音乐教育法规、中小学音乐教育的创始及发展、音乐师资培养、幼儿音乐教育、音乐教材建设、教会学校的音乐建设等诸多问题做出剖析，最后总结中国近现代学校音乐教育的发展轨迹。张前在《中日音乐交流史》中从以遣唐使为中心的中日音乐交流史开始切入，经过明代和清代的中日音乐交流，时至近代出现许多留日中国学生的音乐活动，以沈心工、曾志忞、李叔同、辛汉、萧友梅为代表，借助大同音乐会、音乐讲习会、亚雅音乐会等音乐社团，积极开展多种音乐演奏活动，对中国音乐近代化做出重要贡献。夏滟洲在《中国近现代音乐史简编》中以西洋音乐文化的初步传入为突破口，提出"学堂乐歌时代"的基本概念，之后，他分别以沈心工、曾志忞、李叔同等学堂乐歌运动的代表人物为例，具体阐述了学堂乐歌的歌词创作、音乐来源以及历史贡献，进一步指出其在中国近现代音乐文化发展过程中的价值意义。余甲方在《中国近代音乐史》中首先以传统音乐的嬗变入手，之后，论述新兴音乐的勃兴之时，重点关注西洋音乐传入中国之后，正式开创了大量留日学生的学校音乐活动，可以沈心工、曾志忞、李叔同为代表人物，并指出学堂乐歌中的许多优秀词作，可以视为"五四"后"白话运动"和新诗发展的开端。因此，"学堂乐歌是近代维新思潮深入人心的一个标志，是向西方学习'新学'的一个组成部分。学堂乐歌又是我国近代新音乐文化发展的一个起点，为'五四'新文化运动中新音乐的发展和我国近代专业音乐作曲家、教育家的产生创造了条件"。① 上述观点都是中国近现代音乐史领域的重要收获，也是研究本课题的基础性成果，对笔者具有很大启发价值。

（二）学堂乐歌曲调研究

本研究领域的重要成果有：钱亦平《钱仁康音乐文选（上、下册）》（上海音乐出版社1997年版）、钱仁康《学堂乐歌考源》（上海音乐出版社2001年版）、张静蔚《搜索历史——中国近现代音乐文论选编》（上海音乐出版社2004年版）、高婞《留日知识分子对日本音乐理念的摄取——明治末期中日文化交流的一个侧面》（文化艺术出版社2009年版）等，他们主要从音乐曲调的研究视角，对学堂乐歌的曲调来源、曲调特征、审美效果、艺术价值等方面进行探讨，属于中国近现代音乐研究领域的重要收获。具体来讲，钱亦平在《钱仁康音乐文选（上、下册）》中按照"人物春秋""作品解析""词曲考证""乐论乐话"等不同主题进行章节安排，以个案分析形式，对部分典型性乐歌的歌词内容、曲调源流、音乐语言、曲式结构、主题思想等进行深度分析，有效拓宽了本课题的研究视野。钱仁康在《学堂乐歌考源》中以最早的学堂乐歌——《男儿第一志气高》为开端，详细列举沈心工、李叔同等中国音乐家作曲的《黄河》《军歌》《春游》《美哉中华》等学堂歌曲曲调，之后，把乐歌曲调来源划分为中国歌调、日本歌调、德国歌调、法国歌调、英国歌调、美国歌调、意大利和西班牙歌调、东欧和北欧歌调以及赞美诗填词歌曲，分门别类，提纲挈领，是学堂乐歌曲调研究不可替代的参考资料。张静蔚在《搜索历史——中国近现代音乐文论选编》中按照近代时期和五四以来的时间顺序，对不同时期较具代表性的学堂乐歌和音乐文论进行摘录、分析、评价，在本书后面以附录索引的基本形式，对近代乐歌的歌名、词作者、作配曲者、歌词首句、曲调首句进行详细列举，是学堂乐歌曲调研究方面的代表性成果。高婞在《留日知识分子对日本音乐理念的摄取——明治末期中日文化交流的一个侧面》中首先以清末留日风潮之前的音乐言论为对象，对洋务运动时期海外观察中的音乐见闻、维新派的教育救国论、音乐言论主张进行阐述，之后，对日本明治时期的音乐理念做出深度剖析，特别是铃木米次郎对留日学生在引进首调唱名法、音乐教育理念、音乐教育实践等诸多方面影响深远，可以看出日本新型音乐文化对中国近

---

① 余甲方：《中国近代音乐史》，上海人民出版社2006年版，第229页。

现代音乐转型具有重要作用。

（三）学堂乐歌代表人物研究

本研究领域的重要成果有：陈净野《李叔同学堂乐歌研究》（中华书局 2007 年版）、张程刚《李叔同音乐教育思想研究》（安徽大学出版社 2014 年版）、谷玉梅《学堂乐歌之父——沈心工研究》（社会科学文献出版社 2018 年版），他们分别对李叔同、沈心工等代表性人物的音乐教育活动、音乐教育思想、音乐教育价值等进行阐释，详细勾勒了他们对中国近现代新型音乐教育的突出贡献，论题集中，观点精当，资料翔实，极富学术价值，对本研究具有启发作用。具体来讲，陈净野在《李叔同学堂乐歌研究》以近代中国为大背景，重点从学堂乐歌运动的兴起、李叔同学堂乐歌创作的历史、李叔同学堂乐歌创作在中国近现代音乐发展史中的地位及其对当今校园歌曲创作的启示等方面入手，来深度透视李叔同学堂乐歌创作的基本轨迹与价值意义，是学堂乐歌个案研究的重要收获。张程刚在《李叔同音乐教育思想研究》中从李叔同音乐教育思想产生的时代背景入手，对李叔同的生命历程、音乐实践以及李叔同音乐教育思想的典型特征进行阐释，之后，对同时代的王国维、蔡元培、沈心工、曾志忞、萧友梅等其他音乐美育思想及音乐实践活动做出对比分析，最后，对李叔同音乐教育思想的社会影响和局限性进行剖析，从而彰显李叔同在近代中外音乐文化交流史上的重要影响力。谷玉梅在《学堂乐歌之父——沈心工研究》中以沈心工的人生经历为线索，全书共分五篇，第一篇重点介绍沈心工艰辛曲折的求学道路以及其发起音乐启蒙运动的重要意义。第二篇讲述沈心工创设中国近代音乐发展史上的学堂乐歌时代，以及他在南洋公学期间有效推动学堂乐歌在全国各类学校开设。第三篇阐述沈心工《重编学校唱歌集》的主题内容和思想蕴含，特别对沈心工指导的南洋童子军的艺术活动、推行新式教育理念、题材丰富的艺术创作等进行高度评价。第四、五篇则以沈心工晚年生活轨迹为主线，详细展现其在政治、文学创作等方面的突出才能，并对沈心工音乐教育思想以及他所创作的学堂乐歌在东南亚地区传播发展做出论断，对笔者极具启发性。

针对"中国诗歌的现代转型"这一研究课题来讲，部分学者从"新诗集与中国新诗的发生""晚清的宗教翻译与新诗的现代性""五四译诗与中国新诗""歌谣化运动与中国新诗"等不同维度分别进行考察，对中国新诗研究造成深刻影响，产生许多较具影响力的研究成果。比如，姜涛

《"新诗集"与中国新诗的发生》（北京大学出版社 2005 年版）、许霆《中国新诗发生论稿》（人民出版社 2012 年版）、陈历明《新诗的生成——作为翻译的现代性》（商务印书馆 2014 年版）、荣光启《现代汉诗的发生：晚清至五四》（中国社会科学出版社 2015 年版）、刘继辉《现代中国歌谣研究史论》（经济管理出版社 2021 年版）等，这些研究成果有效拓宽了中国新诗的研究视野，从影响中国新诗发生和传播的复杂因素切入，思维宏阔，观点新颖，对中国新诗从"古典"向"现代"转型进行多维阐释，详细勾勒了中国新诗在早期萌芽阶段的生成嬗变轨迹，是近年来中国新诗研究领域的代表性成果。

具体来讲，姜涛在《"新诗集"与中国新诗的发生》中选择"新诗集"为研究对象，引入文学社会学的方法，详细梳理了在"新诗集"出版、传播、评价过程中新诗形象的塑造以及合法性争议，具体讨论新诗发生的复杂机制，之后，对"新诗集"与新诗历史起点问题进行辩驳，最后引出新诗的发生不仅只是新诗的创作，还包括新诗对阅读空间的开辟、读者的训练以及"新诗经典"的打造。许霆在《中国新诗发生论稿》中按照新诗发生的时空线索、历史动因、内涵意义、生产要素、内外资源、多种体式等等，主要从"诗界革命"中的新学诗和新派诗开始，论述辛亥至五四时期新诗在诗质现代化、诗语现代化和诗体现代化的显著成就，并对初期白话诗体和自由诗体在百年诗学体系中的重要地位做出评价，认为中国新诗的发生，即是中国诗歌从"古典"向"现代"的形态转变，就是中国诗歌趋向现代化的过程。陈历明在《新诗的生成——作为翻译的现代性》中首先指出新诗革命的物质条件首先在于现代白话的生成，这种白话肇始于明末清初而非五四，且与传教士的翻译和写作具有深刻的渊源；之后，作者通过挖掘晚清时期西方传教士的宗教诗歌翻译，表明现代白话新诗可以回溯到 19 世纪中期，由此重新厘定中国新诗的起源；最后阐述胡适白话诗歌及诗学理论的形成与翻译之间的关系，重识"诗体大解放"的历史意义。荣光启在《现代汉诗的发生：晚清至五四》中提出"现代汉诗"的概念，旨在强调新诗是一种现代汉诗，指出新诗与中国古典诗歌的连续性，其力求在关注诗歌"发生"问题时紧紧抓住"现代"（现代经验）、"汉语"（现代语言）、"诗歌"（一种文类必有的形式特征）三要素，强调对诗歌本体特征的自觉。作为一种以"白话"为语言、以相对"自由"的诗形为体式的现代诗歌文类——"新诗"到底是如何发生的？作者具体考察晚清"诗界革命"前后至五四期间"现代汉诗"形成过程中的"现代经验""现代汉语""诗歌文类特征"三者之间的互动关系，彰显它们在特定历史情景中的冲突、纠结、互动与生成。刘继辉在《现代中国歌谣研究史论》中以大量原始材料为基础，具体分歌谣研究的本体论、实践论、主题论、交叉论四个维度，对20世纪前半叶中国现代歌谣进行梳理，并对歌谣、新诗、音乐三者之间关系做出客观评价，有利于中国现代歌谣研究的进一步深化，对本课题研究具有重要启发性，值得特别关注。

截至目前，根据笔者有限的阅读视野来看，国外学者对"学堂乐歌与中国诗歌的现代转型"这一课题研究依然付之阙如。单就目前国内学术界来讲，全面集中研究"学堂乐歌"与"中国诗歌的现代转型"的学术专著还不多见。部分学者仅仅是在个人著作的部分章节中，或多或少地涉及"学堂乐歌"与"中国诗歌的现代转型"的关系话题，较具代表性研究成果有：李静《乐歌中国——近代音乐文化与社会转型》（北京大学出版社2012年版）、蒋英《清末民初贵州学堂乐歌考》（中国社会科学出版社2015年版）、傅宗洪《大众诗学视域中的现代歌词研究：1900—1940年代》（中国社会科学出版社2016年版）、谢君兰《古今流变与中国新诗白话传统的生成》（羊城晚报出版社2017年版）等，他们分别从社会转型、音乐文化、歌词创作、古今流变等不同层面，对晚清民初的学堂乐歌运动进行探讨，高度肯定了学堂乐歌在中国近现代新型音乐教育过程中的重要角色，同时也勾连了学堂乐歌和早期白话新诗之间的复杂联系，但他们并没有全面描述学堂乐歌在何种意义上刺激着中国新诗的发生，二者到底在哪些方面具有因果关系，当然也就对"学堂乐歌"与"中国诗歌的现代转型"关系论述不够深入，这就为本课题的深入研究提供阐释空间。

在上述代表性研究成果中，李静在《乐歌中国——近代音乐文化与社会转型》的第四章中，主要从"语体"的角度探讨近代乐歌创作的显著特征，她指出，语体变迁是近现代中国社会重要的文化现象，倘若从"近代音乐"的角度进入本论题，必将会重新打开另一扇窗口。针对这一问题，作者首先从新式教育理念的兴起对近代乐歌语言的"浅白化"产生影响入手，重点从"古义微言"的乐歌语言出发，尝试考察其中的"私人表述"和对"传统"的继承问题，之后，再从"艺术"的独特视角,具体探讨音乐的"艺术性"对语言"文""白"的选择。可以说,中国近代教育体系和文人生活、文人情趣对乐歌歌词创作的"文""白"选择产生了不同影响;蒋英在《清末民初贵州学堂乐歌考》中主要对贵州松桃学堂新发现的《学堂乐歌集》的记谱源流、旋律来源、旋律变异、歌词内容、传播流布等进行详细阐述之后,认为学堂乐歌的诞生标志着中国近代音乐教育史的开端,通过学堂乐歌的传唱和以学校为主体的音乐教育,在特定的历史背景下,新式学堂有效激发了青少年群体的爱国情感,使他们紧密团结起来,为维护民族独立、国家主权而奋斗。因此,学堂乐歌的兴起和迅速传播,在中国近代音乐发展史上具有重要的启蒙意义,它直接影响了"五四"以后中国现代音乐文化的蓬勃发展;傅宗洪在《大众诗学视域中的现代歌词研究:1900—1940年代》中主要对学堂乐歌的发生时间、传播方式、文本性质和质量、形象呈现及效果等诸多因素进行全面考察,认为20世纪初兴起的学堂乐歌运动是中国诗歌由"古典"到"现代"转化的一次重要尝试,其基本动力来自"开启民智"、革新教育的现实需要。学堂乐歌歌词的文体特征表现在"歌性"的追求,语言方式表现为舍"文"从"俗"、舍"曲"求"直"。学堂乐歌的"尝试",不仅是社会变革与文体变革的良性互动,也是现代大众诗学的第一次萌动。因此,作者进一步认定,中国诗歌的现代转型并非始于"五四"初期的文学革命与早期白话新诗运动,而是始于20世纪之初的学堂乐歌运动,即中国新诗发生的萌芽时间应该向前移动十多年;谢君兰在《古今流变与中国新诗白话传统的生成》中指出,由于广泛借鉴西洋音乐,学堂乐歌进一步活跃的旋律为人们在"唱"与"读"之间建立起了一种难以觉察但又十分微妙的协和感,它加快转变韵文爱好者欣赏传统诗歌的习惯,从而为诗歌语言的进一步灵活运用打开空间。相应地,学堂乐歌所呈现出来的文白兼用的特征,也显示出旋律框架下更具弹性的语言形态。作为一种突然介入的全新资源,学堂乐歌并非生发于传统文体,可以避开无法从传统的其他既定形式里汲取灵感的框定,学堂乐歌歌词借助音乐自然产生的新节奏(连同白话形式本身)也从一开始就成为其初始形态的一部分,进而有资格参与白话新诗这一"新文体"的建构。

根据中国知网博硕士学位论文数据库提供的信息来看,集中深入研究"学堂乐歌"与"中国诗歌的现代转型"之间关系的学位论文依然缺乏,仅仅是在个别学位论文中局部涉及这一话题,较具代表性的研究成果是:

陈洁《现代诗歌：论中国新诗与歌词的三次交融》（西南大学 2010 年硕士学位论文）、邵迎《学堂乐歌歌词创作研究》（南开大学 2011 年硕士学位论文）、曹淑敏《学堂乐歌的歌词艺术研究》（曲阜师范大学 2012 年硕士学位论文）、李海鸥《中国现代音乐教育主题研究》（山东大学 2017 年博士学位论文）、张璐《晚清到 1940 年代中国汉语新诗的音乐性研究》（兰州大学 2018 年博士学位论文）、张馨艺《清末民初学堂乐歌的语言特征》（华中师范大学 2019 年硕士学位论文）等。可以看出，他们主要从音乐史学、教育学、歌词学等不同角度，高度肯定学堂乐歌在各自学科领域的独特价值，但几乎没有从音乐文学层面对"学堂乐歌"与"中国诗歌的现代转型"进行深度阐释。比如，陈洁在《现代诗歌：论中国新诗与歌词的三次交融》中认为，晚清民初的学堂乐歌是中国诗歌从古典到现代的重要实践活动，许多学堂乐歌在基本句法、章法和语言格调方面，避免了整齐划一的传统固定形式，彰显出一种全新的语言风貌，歌词本身浅而不俗，富有音乐性，意味深长，既保持中国古典诗歌的局部特质，又摆脱了旧文学、旧诗词里古涩生僻的文人习气，可以看作是中国新诗发展和演进道路上重要序曲；邵迎在《学堂乐歌歌词创作研究》中强调，与"诗界革命""小说界革命"和白话文运动一样，学堂乐歌运动不仅是中国文化启蒙的重要开端之一，也是中国文化近代化演进和转型过程中的特殊侧面，具有重要的研究价值。一方面，从文学创作的角度看，学堂乐歌歌词所用的语言，大多力求白话、通俗晓畅、朗朗上口，率先应用白话文，对现代汉语的书写实践进行了有力探索。除了翻译和借鉴的方法之外，在早期创作过程中，许多乐歌作者注重探索保留、融合中国传统诗词意蕴的营造手法，同时又自觉吸收西式音乐歌词创作中的教育启蒙经验，从而在旧体曲词创作之外别开新路，逐步打破格律限制、文白兼用，达到寓教于乐的现实目的。而在这一探索过程中，作为一种类诗歌文体，学堂乐歌歌词的大量创作实践，为之后的文学改良做了主动尝试，可视为白话诗歌、新体诗歌创作的一次"试水"；曹淑敏在《学堂乐歌的歌词艺术研究》中指出，学堂乐歌处于中国新音乐文化的启蒙阶段，顺应了时代发展潮流，在中国近代音乐文化发展中起到承前启后的作用，许多乐歌歌词采用口语化的语言，文白相间，徘徊在古典诗和白话诗词之间，初步改变了晚清时期刻意求古、拘泥于韵书字调的风格，比白话新诗早二十多年实现语言转换，是中国诗歌从古典到现代的一次重要尝试；张璐在《晚清到1940年代中国汉语新诗的音乐性研究》认为，作为20世纪汉语"歌诗"的第二次跨语际实践，学堂乐歌运动体现了新诗人有意突破传统诗歌格律，创造新的诗歌语言和形式的努力，他们主要运用新音乐和传统诗歌、现代自由诗体的结合，以及翻译的新歌曲，这种填词方式决定了乐歌的字数长短，是随着由新音乐旋律的伸缩来决定的，于是，汉语诗歌的形式结构逐渐表现出现代诗歌语言表达形式的特征：由中国古典诗歌的"一字一义"的单字结构改变为现代自由诗双音节字或多音节字为单元的结构，这对于中国诗歌体式的现代转型具有重要意义；张馨艺在《清末民初学堂乐歌的语言特征》中认为，学堂乐歌大量吸收域外的地理词汇、自然科学、社会科学等新词汇，不但具有科学思维特征，而且语言带有浅白化倾向，相较于现代白话新诗而言，较早实现了语言的现代转型，是现代白话新诗发展的历史开端。

根据中国知网期刊文献论文数据库来看，近年来，部分学者在单篇研究论文中开始关注"学堂乐歌"与"中国诗歌的现代转型"之间关系，且呈现逐渐上升趋势。比如，陈煜斓指出："学堂乐歌要比白话新诗早二十多年实现现代性的转换。其以民主、科学的思想代替专制、愚昧的思想，以现代的情调代替了陈腐的审美趣味，以救亡图存、富国强兵的主旋律代替古典词曲中所依存的传统道德观念，题材、内容、境界也都得到扩大和超越；可以说，学堂乐歌此时已经从音乐形式和歌词的语言等方面，建立了一种走向民众、走向现代的音乐文化模式。"① 黄丹纳认为："中国新诗至少应该包括'自由诗'和'新声诗'两大类别。学堂乐歌既是中国'新声诗'创作的第一浪潮，也是中国新诗创作开创时期的不容忽视的重要组成部分，在产生时间上来讲才是中国新诗历史的真正开端。"② 谢君兰主要从"文言到白话""从'格'到'律'""从'唱'到'读'"三个相互关联的层面，详细梳理学堂乐歌对白话新诗的影响，即首先西式音乐旋律的借鉴为文字提供了宽阔的容纳空间，学堂乐歌的语言因此也从单一的文言拓展为文白掺杂的形态；其次，正是因为学堂乐歌的语言基底有所更新，才能在此基础上谈论它对于早期白话新诗从"格"到"律"的内部建构；再次，这种形态建构不是直接产生的，学堂乐歌要想完全呈现出属于自身文字的优美质感，还需要经过从"唱"到"读"

---

① 陈煜斓：《近代学堂乐歌的文化与诗学阐释》，《中国社会科学》2006年第3期。
② 黄丹纳：《学堂乐歌：中国新诗"历史"的开端》，《贵州社会科学》2010年第8期。

的过程转化。禹权恒认为:"作为一种'歌诗体'的新型音乐文学样式,学堂乐歌在各种新式学堂中间的广泛传唱,不但极大地加速了中国近现代新型音乐教育的现代化进程,而且也真实参与了早期白话新诗语言的形式变革,为早期白话新诗的大众化奠定了坚实基础。它们之间构成了一种实质意义上的同构关系,学堂乐歌在早期白话新诗嬗变过程中当属一个重要环节,是深度研究中国新诗发生问题不可或缺的重要组成部分。"① 张瑜指出:"尽管学堂乐歌的音节、句式不脱五七言旧诗、词曲或说唱文学的腔调,但其易懂、地道的白话和丰富务实的内容,却在一定程度上冲破了旧体诗的藩篱。学堂乐歌在语言的白话化、通俗化方面符合了现代社会的传播需要,又在审美层面上启示了新诗建构的美学原则。因此,学堂乐歌是古典诗词向现代白话诗转型过程中不可缺少的过渡,为新文学的发生奠定了坚实基础。"② 李怡认为:"中国新诗的创立并非一日之功,在不同阶段都留下丰富的探索成果,成为'五四'之后现代新诗的写作资源。晚清民初时期的学堂乐歌有助于恢复古代诗歌与音乐结合的活力,在一定程度上冲破旧体诗格律的束缚,在中国诗歌发生现代转换过程中发挥着重要作用,值得新诗研究者予以特别关注。"③ 谢君兰指出:"在近代学校音乐教育的时代背景之下,学堂乐歌歌词将古典诗歌元素、译介词汇元素以及儿童歌谣等诸多语言形态整合到音乐旋律之下,实质就是对多重语言资源的自然吸纳,这主要得益于乐歌歌词对于当时文类格局和历史进化论的有效规避。"④ 谢君兰认为:"1920年代初期四川成都的'草堂—孤吟'诗群代表人物叶伯和及其《诗歌集》,呈现出与胡适《尝试集》主流白话诗集迥然不同的诗歌质素,背后凝聚着作者出入蜀地的别样人生体验,这种带有'地方路径'的诗歌探索经验值得特别关注。"⑤ 可以看出,作为一种新型音乐文学样式,学堂乐歌不仅在中国近现代音乐史上具有显著价值,而且在中国诗歌嬗变过程中也发挥着积极作用。

---

① 禹权恒:《学堂乐歌与中国新诗的嬗变》,《晋阳学刊》2013年第3期。
② 张瑜:《学堂乐歌与新文学的发生》,《大舞台》2017年第5期。
③ 李怡:《多种书写语言的交融与冲突——再审中国新诗的诞生》,《文艺研究》2018年第9期。
④ 谢君兰:《近代学校音乐教育背景下的学堂乐歌——以白话新诗的发生为考察维度》,《现代中文学刊》2020年第5期。
⑤ 谢君兰:《在学堂乐歌与白话新诗之间——成都"草堂—孤吟"诗群的"在地性"研究》,《当代文坛》2020年第6期。

然而，我们应该清醒意识到，学堂乐歌是一个非常复杂的"问题域"，涉及音乐学、历史学、教育学、文学、传播学等诸多学科知识，与中国近代社会文化转型的许多问题相互关联，内容驳杂，千头万绪，初步构成了具有内在张力的学术增长点，存在较大阐释空间。针对"学堂乐歌"与"中国诗歌的现代转型"之间关系而言，很多学者尽管明确指出它们之间的深层关系，但是，他们几乎没有从内部全面勾勒学堂乐歌何以成为中国新诗建构的重要资源，也没有具体阐明学堂乐歌何以为中国新诗发生提供有利条件，更没有深度论述学堂乐歌何以重构中国现代诗学体系中的部分命题。因此，我们可以运用跨学科研究方法对"学堂乐歌与中国诗歌的现代转型"这一课题进行深度挖掘，寻找其在各自演进过程中的交叉点，进一步探究它们在何种意义上产生逻辑关联，二者又是在什么层面实现相互生成和增值的，这些都属于本书研究的重要维度。

第一章

"日本体验"与中国学堂乐歌运动

晚清民初是中国社会发生剧烈变革的重要时期。面对内忧外患的严峻形势,许多洋务派知识分子提出"师夷长技以制夷"的口号,主张学习外国先进科学技术,试图挽救风雨飘摇的清廷政权。之后,清政府开始向欧美国家和日本派遣留学生,自此揭开了中国近代教育改革的新篇章。其中,广大留日学生在音乐教育方面提倡广泛借鉴外国音乐曲调,全面改造中国传统音乐样式,极大刺激着中国近代学堂乐歌运动的发生。1905年,清政府决定废除科举制度,在全国设立新式学堂,积极培养音乐专业教师,大胆聘用外国音乐教习,编著各种音乐教科书,在新式学堂开设"唱歌"课程,有效推动中国新型音乐教育的现代化进程。

第一节 留学日本与借鉴外国乐歌曲调

19世纪中后期,经过两次鸦片战争之后,清政府的闭关锁国政策逐渐被欧美国家的坚船利炮所摧毁,先后和西方列强签订了诸多丧权辱国的不平等条约,被迫大量割地赔款和开放东南沿海通商口岸,不仅加重了清政府的财政负担,而且严重损害了中华民族的国家主权,这标志着中国开始沦为半殖民地半封建社会。之后,西方列强开始向中国内地大量倾销商品,控制海关关税,垄断商品价格,疯狂剥削底层劳动人民,在客观上严重加剧了国内的阶级矛盾和民族矛盾。面对内外交困的危机局面,曾国藩、李鸿章、左宗棠、张之洞、刘坤一、盛宣怀、王韬等洋务派人士提出"师夷长技以自强"的口号,主张以"富国强兵"为主要目标,向欧美、日本积极派遣留学生出国深造,学习外国先进科学技术和管理经验,试图走实业救国道路,全面开启中国近代社会改革进程。正是在这一意义上,马克思、恩格斯在《共产党宣言》中才说:"资产阶级,由于一切生产工具的迅速改进,由于交通的极其便利,把一切民族甚至最野蛮的民族都卷到文明中来了。""他使未开化半开化的国家从属于文明的国家,使农民的民族从属于资产阶级的民族,使东方从属于西方。"①

在洋务派维新变革的过程中,邻国日本的迅速崛起越发引起他们高度关注。19世纪中叶,日本依然处于封建幕府统治之下,也曾经和英、美、俄等国签订许多不平等条约,民族矛盾和社会矛盾逐渐激化,经济发展水平严重滞后,人民生活困苦不堪,许多底层民众积极参加"倒幕"运动,实行闭关锁国政策的德川幕府统治基础开始动摇。此时,具有资本主义改革思想的地方实力派萨摩藩和长州藩,在"尊王攘夷""富国强兵"的口号下,开始组织发动倒幕运动。1868年,日本实行"明治维新",逐渐废除封建割据的幕藩体制,建立统一中央集权国家,实行君主立宪政体,主动翻译西方经典著作,大力发展教育事业,这使日本迅速成为亚洲第一个走上工业化的资本主义强国。不久,日本政府提出"脱亚入欧"的基本构想,先后发动甲午中日战争和日俄战争,并取得决定性胜利。此时,日本当局奉行"保全清国"的对华政策,而实际意图并不是想让大清帝国免受侵略,而是要和西方老牌资本主义国家进行竞争,企图在中国获取更大实际利益。"我帝国所能执之方针,为保护我既得权利。欲贯彻此方针,应先防止瓜分清国之危机,确保其和平,促其进步,谋其资产实力之发达。我帝国即与列国对立,亦不可不维持东洋之均势。"② 1899年,伊藤博文说:"因此,无论由道义上说,还是从利害上论,只要我国能力所及,就不能不给予彼等以十分之助力。我相信,此举不仅为保全我国利益之所以,而且由远东大势来说,尤属必要。"③ 其中,日本"保全清国"政策的基本举措便是促其变法自强,重点在于教育方面:"海外教育,不惟对韩人必要,同时对支那人亦属必要。盖由我国输入文明的学问,对彼等而言,不仅简便,而且其成功亦速。由我言之,则以东洋先进之我国对此土地广博、人口众多之所而导入文明的学问,自能得助势之利。此等事

---

① [德]马克思、恩格斯:《共产党宣言》(1848年),《马克思恩格斯选集》(第一卷),人民出版社1972年版,第255页。
② [日]大石正己:《东洋现势及将来》,《太阳》第4卷第10号,1898年5月5日。
③ [日]伊藤博文:《在海外教育会协议会》,《伊藤侯演说集》,日报社文库1899年版。

情,自属增进双方幸福之所在,亦属我国在道义上之义务。"① 因此,尽管日本支持清政府发展教育事业怀有不可告人的狼子野心,可谓另有企图,但不可否认的是,这在客观上给中国近代教育发展变革带来良好机遇。

一个无可争辩的客观事实是,日本经过"明治维新"之后,逐渐摆脱了封建闭塞的落后局面,迅速跻身世界强国行列,成为清政府和亚洲各国学习借鉴的基本对象。此后,原来中日关系的整体态势被严重打破,最终导致中国开始向日本学习科学技术和思想文化,而不是相反。于是,赴日留学成为晚清很多有志之士挽救民族危亡的理想选择。"吾国今日如垂危之病,以学为药,而子弟之出洋求学者,乃如求药之人。""惟游学外洋者,为今日救吾国惟一之方针。"② "至游学之国,西洋不如东洋。一、路近省费,可多遣。一、奉华近,易考察。一、东文近于中文,易通晓。一、西书甚繁,凡西学不切要者,东人已删节而酌改之。中东情势风俗相近,易仿行,事半功倍,无过于此。"③ 据实藤惠秀在《中国人留学日本史》一书考证,1896年,清政府首次派遣唐宝锷、朱忠光、胡宗瀛等13名学生到东洋留学,之后,留日学生人数逐年增加,至1906年清国留日学生人数为8000名左右。日本学者青柳笃恒曾经对当时留日风潮进行形象描述:"学子互相约集,一声'向右转',齐步辞别国内学堂,买舟东去,不远千里,北自天津,南自上海,如潮涌来。每遇赴日便船,必制先机抢舱,船船满座。……总之分秒必争,务求早日抵达东京,此乃热衷留学之实情也。"④ 上述留学生群体主要分布在日本宏文学院、振武学校、成城学校、日华学堂、东京同文书院、东亚学校(东亚高等预备学校),他们所学专业相当广泛,如理科、工科、外语、师范、史地、法政、军事等等。其中,法政、师范科最为热门,这也是清政府制定留学奖励政策的直接结果。以师范科为例,1903年,张百熙、荣庆和张之洞主持编订的《学务纲要》中明确要求:"各省城应即按照现定初级师范学堂、优级师范学堂及简易师范科、师范传习所各章程办法,迅速举行……若无师范教

---

① [日]伊藤博文:《在海外教育会协议会》,《伊藤侯演说集》,日报社文库1899年版。
② 《劝同乡父老遣子弟航洋游学书》,《游学译编》1903年第6期。
③ 张之洞:《劝学篇》,上海书店2002年版,第38—39页。
④ [日]实藤惠秀:《中国人留学日本史》,谭汝谦、林启彦译,北京大学出版社2012年版,第29页。

员可请者，即速派人员到外国学师范教授管理各法，分别学速成科师范若干人、学完全师范科若干人。"① 当时，清政府已经在全国各地设立新式学堂，鼓励进行新式教育。但是，面对迅猛增长的不同类型新式学堂，学校的师资队伍显得相当匮乏，远远不能满足日常教学工作需要。此时，速成师范教育培养了许多学科的优秀教师，在短期内有效解决新式学堂的燃眉之急，其在中国近代教育改革进程中发挥着重要作用。

值得一提的是，在这股声势浩大的留日风潮中，1901年，清国留日女学生的身影在东京等地也相继出现，她们最初是跟从父兄或夫婿一起东渡日本留学的。当时，胡彬夏、钱丰保、曹汝锦、陆彦安等第一批女留学生在下田歌子创办的实践女校就读，后来，此校为中国女留学生特设速成师范及工艺科，开设日语、教育、心理、体操、唱歌等课程，为后来中国新型女子教育迅速发展提供有利条件。1898年，日本文部省专门学务局长兼东京帝国大学教授上田万年说："中国这个衰老帝国，过去昏昏欲睡，奄奄一息，自从甲午一役以来，益为世界列强侵凌所苦，如今觉醒过来，渐知排外守旧主义之非，朝野上下，奋发图强，广设学校，大办报纸杂志，改革制度，登用人材，欲以此早日完成中兴大业。"② 此时，虽然日本朝野对清国留学生态度相当复杂，但是大部分有识之士依然支持接纳清国学生来日留学事宜。"吾人须视中国留学生之教育问题为我国教育界之一大问题。……不论是在中国独立事业上或中日提携合作上，这一群留学生都是一大力量，与我国派驻欧美专为学术研究之留学生有所不同，故吾人必须予以特殊保护及奖掖。彼等留学吾国，困窘颇多，故不论外务省或文部省，宜具列理由谋之国会，务以我帝国全国之力，谋求协助彼等获得成功之门径。"③ 正是在这种特殊历史际遇中，清政府开始派遣大量留学生远赴东洋，学习他们在政治、经济、军事、文化、教育等领域的宝贵经验。经过不同时期的留日体验，一大批具有现代思想观念和政治远见的知识分子群体逐渐形成，他们深刻影响着中国近代社会发展进程。

在这股世界历史上规模最大的学生出洋运动中，沈心工、李叔同、曾志忞、华振、冯梁、辛汉、李剑虹、夏颂莱、叶伯和、华航琛、叶中泠、

---

① 张百熙、荣庆、张之洞：《学务纲要》，舒新城编《中国近代教育史资料》，人民教育出版社1981年版，第198—199页。
② [日]上田万年：《关于清国留学生》，《太阳》1898年8月20日。
③ [日]上田万年：《关于清国留学生》，《太阳》1898年8月20日。

陈世宜、高寿田、冯亚雄、路黎元、蒋维乔等中国近代音乐教育的代表性人物，满怀着教育救国的理想，先后在东京音乐学校、东洋音乐学校、东京音乐院等深造学习，不仅广泛借鉴铃木米次郎、小山作之助、奥好义、奥山朝恭、纳所次郎、山田源一郎等日本作曲家的音乐曲调，还大胆采用美国、意大利、德国、法国等西洋曲调，试图对中国传统音进行全面革新。当时，中国留日学生主要分为公费和私费两种形式，大致比例是3∶7，而音乐专业留学生大部分属于私费。1903年，"匪石"（陈世宜）在日本出版的《浙江潮》第6期上发表《中国音乐改良说》一文，历陈中国传统音乐"其性质为寡人的而非众人的也""无进取之精神而流于卑靡也""不能利用器械之力也""由于无学理也"等诸多问题，因此，要想全面改造中国传统音乐的显著弊病，建设新型音乐文化，"当博采东西乐经，以为中乐革新之先导""吾人今日尤当以音乐教育为第一义：一设立音乐学校；二以音乐为普遍教育之科目；三立公众音乐会；其四则家庭音乐教育是也"。① 实际上，1872年，明治政府正式颁布日本近代教育学制和其他课程法令，规定小学分为上等小学和下等小学，每种各4学年，中学分为上等中学和下等中学，每种各3学年。之后，日本文部省相继颁发《小学教则》和《中学教则》，对中小学课程科目进行详细规定，其中，小学设置"唱歌"，中学设置"奏乐"课程。自此之后，"唱歌"随即成为日本国民教育体系的重要组成部分。但在很长时间之内，由于缺乏音乐教师和专业教材，"唱歌"课程后面经常辅以"暂缺""可暂缺""可根据当地情况暂缺"等附加注释。可以看出，本阶段唱歌课程在日常音乐教育活动中并没有得到落实。

　　1879年10月，日本文部省设置音乐调研所，冠名为"音乐取调挂"，任命刚从美国留学归来的伊泽修二为实际负责人，他提出发展日本音乐教育的三项原则，即折中东洋和西洋音乐创作新曲，培养将来能够振兴国乐的人才，全面考察各地学校实施音乐教育的情况，可谓取得显著成绩。1887年，该机构改称东京音乐学校，初建时期分为预科和本科，本科又分为师范部和专修部。1900年，该校学科进行大幅度调整，分预科、本科、研究科、选科以及师范科甲乙两种。其中，本科分为声乐部、器乐部和乐歌部。当时，音乐调研所陆续编辑出版许多唱歌集，较具代表性的是

---

① 匪石：《中国音乐改良说》，张静蔚编《搜索历史——中国近现代音乐文论选编》，上海音乐出版社2004年版，第38页。

《幼儿园唱歌集》（1887年）、《明治唱歌》6编（1888—1892年）、《中等唱歌集》（1889年）、《小学唱歌》6编（1892—1893年）。比如，《小学唱歌》在序文中提出"德、智、体是教育目的之要素，而小学最重要的是把'德性的涵养'作为学校音乐教育的目的"。不仅如此，《小学唱歌》在音乐方面呈现下列显著特征："第一、乐曲按照逐步由浅入深的顺序有系统地排列。第二、西洋乐曲占有较高的比例。第三、在西洋乐曲中大调式占绝大多数。第四、从初编的单音乐曲到第三编的三部合唱，每一编的乐曲的难度都在逐步增加。第五、唱歌集中含有相当数量不适合儿童音域特点的歌曲。"[①] 在歌词方面，《小学唱歌》中的许多歌曲都是在现有歌曲旋律的基础上重新填词，大部分歌词本身都是"文言"和"雅语"。1881年，日本文部省在《小学校教则大纲》中对唱歌教育的基本内容进行明确规定："在初等科教授简单的歌曲，使用音高为五音以内的单音唱歌。中等以及高等科则应该逐步由六音以上的单音歌曲过渡到复音和三部合唱歌曲。大凡教授唱歌，可以开阔儿童的胸腔，促进其健康，并陶冶其情感，涵养美德。"[②] 1891年，明治政府颁布《小学校教则大纲》第10条规定："通过唱歌，练习耳音和发声器官，学会唱简单的歌曲，培养感知音乐的美、涵养德性。""初级小学的课程中增加唱歌课，不使用乐谱，教授简单的单旋律歌曲。""高级小学除前项外，逐渐使用乐谱，继续教授单旋律的歌曲。""歌词及曲调，尽量择用本国的古今名作，以高雅的情趣使儿童心情快活纯美。"[③] 可以看出，日本近代音乐教育已经取得显著成绩，基本上走在东亚国家前列。

除此之外，日本还有东洋音乐学校、女子音乐学校、东京音乐院以及女子音乐体操学校等私立学校。此时，清国留学生群体在东洋学习期间，广泛借鉴外国（包括日本和欧美国家）音乐曲调，并且积极尝试音乐实践活动，可谓取得丰硕成果。1896年，梁启超在《论幼学》中介绍西方国家在儿童教育方面的良好做法，并特别强调音乐教育对儿童成长的重要作用："其为道也，先认字，次辨训，次造句，次成文，不躐等也。识字

---

① 高娉：《留日知识分子对日本音乐理念的摄取——明治末期中日文化交流的一个侧面》，文化艺术出版社2009年版，第33页。
② 内阁记录局：《法规分类大全》第一编，学政门1891年版，第377页。
③ 缪裴杰、缪力、林能杰：《日本学校音乐教育概况》，上海教育出版社2011年版，第6页。

之始，必从眼前名物指点，不好难也。必教以天文地学浅理，如演戏法，童子所乐知也；必教以古今杂事，如说鼓词，童子所乐闻也；必教以数国语言，童子舌本末强，易于学也；必教以算，百业所必用也；多为歌谣，易于上口也；多为俗语，易于索解也；必习音乐，使无厌苦，且和其血气也。"① "自希腊开文明之幕，以音乐列教育之科，复经诸大家之发明，踵步后尘，遍及欧美。扶桑岛国，吸星宿之流而扬其波，音乐专科，永定学制。三尺童子，束发入塾，授之以律谱，教之以歌词，导活泼之神，而牖忠爱之义。浸淫输灌，养成能独立、能合群之国民，黑子弹丸，一跃而震全球之目。以吾国力之弱，民气之痿，转挽之键，全恃小学陶镕鼓导，音乐一科，有不能刻缓之理。"② 当时，许多留日学生和清国考察东洋的政府官员详细记述日本新式学校开设音乐课程的真实情景。1900 年，沈翊清在《游日日记》中记载："十月十一日，游音乐学校，教室凡四十余间。余入一室。见男学生坐左，女学生坐右，各十余人。一教师以琴声指示之，学生因其琴声所指而歌之，歌中有声无词，各生各持一册，但有记号，并无文字，已知其所教为音谱也。学生皆年二十左右，但见开口撮口，一律无差而已。"③ 上述游记客观反映日本近代音乐教育改革取得突出成绩，对清国留学生（政府官吏）产生强烈的思想震惊。下面，笔者以沈心工、李叔同、曾志忞三位学堂乐歌运动的代表人物为例，具体阐释"日本体验"在何种意义上有效推动中国学堂乐歌运动的发生。

沈心工被称为"吾国乐界开幕第一人"，是中国近代新型音乐教育的拓荒者之一。1902 年 4 月，他远赴东洋留学，与鲁迅同期进入日本宏文学院学习。其间，沈心工四处奔走呼吁，广泛发动中国留日学生成立"音乐讲习会"，邀请东京高等师范学校铃木米次郎教授音乐课程，这是国人举办近代音乐讲习会的首创之举，为中国近代学堂乐歌运动的发生提供有利条件。"我在日本约有十个月，可以说一事无成。不过后来做歌出书的一件事，是在日本种的根。那时留学生会馆里请铃木米次郎教唱歌，

---

① 梁启超：《变法通议》，汤志钧、汤仁泽编《梁启超全集》（第一卷），中国人民大学出版社 2018 年版，第 57—58 页。
② 汤化龙：《教育唱歌集·序言》，张静蔚编《搜索历史——中国近现代音乐文论选编》，上海音乐出版社 2004 年版，第 22—23 页。
③ 沈翊清：《游日日记》，张静蔚编选、校点《中国近代音乐史料汇编（1840—1919）》，人民音乐出版社 1998 年版，第 87—88 页。

我也去学唱，略微知道了一点乐歌的门径，就做起歌来。"① 1903年2月，沈心工回到上海，执教于南洋公学附属小学，大胆试验，勇于探索，开创性地在学校设置"唱歌"课程。1904年始，沈心工相继编辑出版《学校唱歌集》1—3集、《重编学校唱歌集》1—6集、《民国唱歌集》1—4集，合计收录（部分创作）180余首学堂乐歌。其中，沈心工在《重编学校唱歌集》"编辑大意"中说："余观社会现状，家庭少隙地，城市无公园，彼天真活泼之儿童，若无正当之游乐地，自然发生种种败德伤身之事矣。欲求补救之方，唱歌其一也。"② 1905年，沈心工翻译日本石原重雄著《小学唱歌教授法》，在译者按中说："泰西古代，教育中绝者垂二千年，至十五六世纪时，而萌芽重见，迄今乃日形其盛，超绝前古，究其发达之由，则以教授法日益完备故。何者，教育者，仅示其目的，而教授法者，则达此目的之方法也。方法益多，目的遂无一不可达。"③ 1911年，沈心工在主持邮传部高等实业学堂附属小学堂教务工作之时，亲自制定本校课程设置基本章程，并对"唱歌"门类进行明确要求："其要义在活泼心思，助其发育，为涵养德行之具，并于以上所教各科有直接之关系，如修身、历史、地理均可举其一事，编成诗歌，令其习诵，则所讲之书，尤易感悟，不复觉记忆之艰苦。"④ 比如，沈心工创作的《体操》（后改名《男儿第一志气高》）是我国近代音乐发展史上最早的学堂乐歌。

《体操》 沈心工

男儿第一志气高，年纪不妨小。哥哥弟弟手相招，来做兵队操。兵官拿着指挥刀，小兵放枪炮。龙旗一面飘飘，铜鼓咚咚咚敲。一操再操日日操，操得身体好。将来打仗立功劳，男儿志气高。⑤

---

① 沈洽、许常惠：《学堂乐歌之父——沈心工之生平与作品》，台北：台湾作曲家协会1990年版，第27页。
② 沈心工：《重编学校唱歌集·编辑大意》，张静蔚编《搜索历史——中国近现代音乐文论选编》，上海音乐出版社2004年版，第27页。
③ [日]石原重雄著，沈心工译辑：《小学唱歌教授法·译者按》，俞玉滋、张援编《中国近现代学校音乐教育文选汇编（1840—1949）》，上海教育出版社2000年版，第234页。
④ 霍有光、顾利民编著：《南洋公学——交通大学年谱》，陕西人民出版社2002年版，第41页。
⑤ 曾志忞编：《教育唱歌集》，东京：东京并木活版所1904年版，第18页。

据钱仁康在《学堂乐歌考源》一书中考证,《体操》的歌调并非沈心工首创,而是借用日本著名作曲家铃木米次郎的《手指游戏》曲调修改而成,后收入沈心工《学校唱歌》第一集。"沈心工在第一次创作学堂乐歌时,就不是原封不动地选用一个现成的曲调填词,而是根据歌词的内容和形式,对原曲作了创造性的发展。"[①] 可以看出,乐歌《体操》分三段,每段 8 小节,属于军国民教育之歌,歌词形象生动,富有儿童情趣,通俗易懂,善用白话语体和单音节词,音调铿锵有力,朗朗上口,带有强烈的思想鼓动性,实属"言文一致"的佳作,在青少年群体中广泛传唱。黄今吾曾经评价说:"沈先生的歌词都浅而不俗,但意义深长,耐人寻味。字句与音乐的配合,每甚相称。如铁匠,月下蛙声,小兵队,时计等曲,词与音乐那样吻合是极显著的。"[②] 1906 年,李叔同曾经在《音乐小杂志》的《昨非小录》一文中生动描述《体操》的流行盛况:"学唱歌者音阶半通,即高唱《男儿第一志气高》之歌;学风琴者手法未谙,即手挥'5566553'之曲"。除此之外,沈心工的许多学堂乐歌均是借助日本和欧美音乐曲调填词,较具代表性的学堂乐歌如表 1-1 所示:

表 1-1　　　　　沈心工代表性乐歌的曲调来源一览表

乐歌名称	曲调来源	曲调名称	曲调作者
《体操》	日本	《手戏》	铃木米次郎
《十八省地理历史》	日本	《日本海军》	小山作之助
《革命军》	日本	《勇敢的水兵》	奥好义
《耕牛》	日本	《风车》	东议季熙
《燕燕》	日本	《日本八景》	佚名
《喜雪》	法国	《月光》	佚名
《凯旋》	美国	《主人长眠冷土中》	福斯特
《铁匠》	英国	《村舞》	佚名

黄炎培在《重编学校唱歌集》序言中说:"吾国十余年前,学校课唱歌者尚少。沈君心工雅意提倡,自制歌词任教授,一时从而和之如响,斯应论蓝筚开山之功,沈君足于其间占一席焉。顾余雅不敏,以是功沈君以

---

① 钱仁康:《学堂乐歌考源》,上海音乐出版社 2011 年版,第 2 页。
② 黄今吾:《黄今吾先生序》,沈心工《心工唱歌集》,文瑞印书馆 1937 年版。

谓。沈君之所以足为我教育界良导师者，不惟以其得风气先，尤以其所制小学用歌词，大注意儿童心理，其所取材与其文字程度，能通俗而不俚，其味隽而言浅。虽至今日作者如林，绝不因此减其价值，且与岁月同增进焉。"[1] 比如，《耕牛》是沈心工依据日本著名雅乐家东议季熙作曲的幼儿歌曲《风车》填写的歌词："一只种田牛，在田横头，架起牛扁担，拖起犁耙走。咕呷咕呷，翻转泥头，脚边新雨滑，背上风飕飕。"[2] 本乐歌带有鲜明的歌谣化特征，可谓言浅味隽，适宜孩童群体歌唱，在当时各种新式蒙养学堂中流传甚广。实际上，沈心工善于观察儿童的生活和动作，把握和传达儿童的生活情趣和心理特点，体验他们的感情和爱好，并且使用儿童的语言进行表现，因此，他的乐歌歌词平易谐和，简洁生动，形象鲜明，深受儿童群体普遍欢迎。

《燕燕》是依据日本学校歌曲《日本三景》填词而成的，最早刊载于1906年出版的《学校唱歌》二集，歌名《燕》，后来在收入《心工唱歌集》之时，歌名随之改为《燕燕》。当时，沈心工在日本留学期间，巧遇东京音乐学校编著《中学唱歌》，其中就包含《日本三景》，歌词主要描写日本三处胜景：陆前国松岛、安艺国严岛、丹后国天桥，基本调式属于日本"去四七大调式"，相当于我国传统音乐的五声宫调，后来《运动》《戒纸烟》《燕子穿帘》《快快醒》等学堂乐歌都是仿照《燕燕》的音乐曲调和句式创作出来的。《燕燕》的歌词如下：

《燕燕》　沈心工

燕燕！燕燕！别来又一年。飞来！飞来！借与你两三椽。你旧巢门户零落不完全，快去衔土，快去衔草，修补趁晴天。

燕燕！燕燕！室内不可留。关窗！关窗！须问你归也不。你最好新巢移在廊檐头，你也方便，我也方便，久远意相投。[3]

1905年，李叔同东渡日本留学，进入东京美术学校学习西洋油画，

---

[1] 黄炎培：《重编学校唱歌集·序》，张静蔚编《搜索历史——中国近现代音乐文论选编》，上海音乐出版社2004年版，第27页。
[2] 钱仁康：《学堂乐歌考源》，上海音乐出版社2001年版，第79页。
[3] 沈心工：《心工唱歌集》，文瑞印书馆1937年版，第46页。

兼习音乐,与曾孝谷共同创办我国第一个话剧团体"春柳社"。同年,他编辑出版《国学唱歌集》,被当时中小学校选为唱歌课教材,分别收录《哀祖国》《化身》《爱》《男儿》《婚姻祝辞》等 21 首乐歌。1906 年 2 月,李叔同创办我国近代第一份音乐期刊——《音乐小杂志》,本杂志计划为每年双刊,主要开设图画、插画、社说、乐史、乐典、乐歌、杂纂、词府等栏目,相继刊载《我的国》《春郊赛跑》《隋堤柳》三首乐歌,其全部采用五线谱,在当时中国留学生群体中显得独树一帜。李叔同说:"初学歌唱者,以琴和之。殆发音既准,则琴可用可不用也。唱歌发音宜平,忌倾斜。吾国近出唱歌集,皆不注强弱缓急等记号。而教员复因陋就简,信口开河,致使原曲所有之精神趣味皆失。风琴踏板与增声器,皆与强弱有关系,最宜注意。十年前日本之唱歌集,或有用 1234 之简谱者,今则自幼稚园唱歌起,皆用五线音谱。吾国近出之唱歌集,与各学校音乐教授,大半用简谱,似未和宜。"① 李叔同在《音乐小杂志》"乐史"栏目中发表《乐圣比独芬传》(比独芬即贝多芬)一文,是我国最早向人们介绍贝多芬的重要译述。1911 年,李叔同学成归国,在浙江两级师范学堂(后改名浙江省立第一师范学校)任教,主要担任图画、音乐课教员,曾经培养吴梦非、刘质平、丰子恺、潘天寿等专业艺术人才。李叔同一生合计创作 70 多首学堂乐歌,现已经得到考证借用外国曲调的乐歌如表 1-2 所示:

表 1-2　　李叔同代表性乐歌的曲调来源一览表

乐歌名称	曲调来源	曲调名称	曲调作者
《哀祖国》	法国	《月光》	佚名
《大中华》	意大利	《诺尔玛》	贝利尼
《春郊赛跑》	德国	《木马》	卡尔·戈特利布·赫林
《幽居》	德国	《真挚的爱》	佚名
《丰年》	德国	《自由射手》	韦伯
《送别》	美国	《梦见家和母亲》	约翰·P. 奥德威
《隋堤柳》	美国	《黛茜·贝尔》	哈里·达克雷
《梦》	美国	《故乡亲人》	福斯特

---

① 息霜(李叔同):《昨非录》,张静蔚编《搜索历史——中国近现代音乐文论选编》,上海音乐出版社 2004 年版,第 20—21 页。

李叔同在书法、绘画、诗歌、戏剧、音乐、金石等诸多领域造诣颇深,是中国近代文化史上少有的天才人物。他具有深厚的中国古典诗词功底,所创作的歌词隽永,意境深邃富有韵味,词曲结合贴切,相得益彰,受到许多音乐爱好者高度推崇。比如,《春游》是我国作曲家创作的第一首合唱歌曲,最早刊载于1913年5月浙江第一师范学校校友会编著《白阳》诞生号,后收入丰子恺的《中文名歌五十曲》,1957年再收入《李叔同歌曲集》。《春游》的歌词如下:

《春游》 李叔同

春风吹面薄于纱,春人妆束淡于画。游春人在画中行,万花飞舞春人下。梨花淡白菜花黄,柳花委地芥花香。莺啼陌上人归去,花外疏钟送夕阳。①

可以看出,李叔同使用淳朴自然的音乐配合清丽淡雅的歌词,乐歌旋律、和声与曲体都非常工整,曲调优美,语象清丽典雅,切合词境,成为我国近代新型音乐合唱歌曲的典范之作。再如,李叔同的《我的国》《祖国歌》《哀祖国》《大中华》等都富有爱国主义风格,感情真挚,气势如虹,酣畅淋漓。其中,《我的国》《大中华》歌词如下:

《我的国》 李叔同

东海东,波涛万丈红。朝日丽天,云霞齐捧。五洲惟我中央中。二十世纪谁称雄?请看赫赫神明种。我的国,我的国。我的国万岁,万岁万万岁。

昆仑峰,缥缈千寻耸。明月天心,众星环拱。五洲惟我中央中。二十世纪谁称雄?请看赫赫神明种。我的国,我的国。我的国万岁,万岁万万岁。②

---

① 李叔同:《春游》,《弘一大师全集》编辑委员会编《弘一大师全集》(第七册),福建人民出版社1991年版,第464页。
② 李叔同:《我的国》,《弘一大师全集》编辑委员会编《弘一大师全集》(第七册),福建人民出版社1991年版,第469页。

《大中华》 李叔同

> 万岁，万岁，万岁！赤县膏腴神明裔。地大物博，相生相养，建国五千余岁。振衣昆仑之巅，濯足扶桑之漪。山川灵秀所钟，人物光荣永垂。猗欤哉！伟欤哉！仁风翔九畿！猗欤哉！伟欤哉！威灵振四夷！万岁！万万岁！万万岁！①

1901 年，曾志忞赴日本早稻田大学学习法律，1902 年参加沈心工发起的"音乐讲习会"，1903 年开始进入东京音乐学校学习音乐，曾经发表《乐理大意》《音乐教育论》《和声略意》等音乐研究论文。曾志忞在《乐理大意·序》中说："远自欧美，近自日本，凡言教育者，莫不重视音乐。而其于小学校唱歌一科，更与国语并重。盖其间经教育家、理论家，研究殆百余年，而有今日之大光明也。吾国音乐发达之早，甲于地球，且盛于三代，为六艺之一，自古言教育者无不重之。汉以来，雅乐沦亡，俗乐淫陋。降至近世，几以音乐为非学者所当闻问。呜呼！乐之为物，可兴感，可怡悦，学校中不可少之科目也。"② 同年，曾志忞夫人曹汝锦也赴日学习西洋绘画和音乐。1904 年，曾志忞改"音乐讲习会"为"亚雅音乐会"，设声乐和军乐两科。当时，日本出版的《音乐之友》以《亚雅音乐会》为题刊载，"清国留学生无论男女都与我国学生同样，对音乐具有浓厚的兴趣。同学中热心音乐的男女三十六人于神田骏河台支那馆集会，创设亚雅音乐会，聘请讲师铃木米次郎每周火、木、土三日午后七时开始练习，第一次音乐会曲目为：合唱《黄帝》、洋琴（Piano）合奏《禽曲》、风琴（Organ）独奏《欧罗巴舞曲》、英语唱歌《空中音乐》、洋琴合奏《寿长夜宴》、独唱《传信鸽》等，乐曲风格多有变化，以合唱《亚东帝国》作结"。之后，他翻译出版日本作曲家铃木米次郎的《新编音乐理论》，即更名为《乐典教科书》，这是我国近代首部系统介绍西方音乐体系的乐典教科书。曾志忞在序言中说："入一外国小学校，歌

---

① 李叔同：《大中华》，《弘一大师全集》编辑委员会编《弘一大师全集》（第七册），福建人民出版社 1991 年版，第 462 页。

② 曾志忞：《乐理大意·序》，张静蔚编选、校点《中国近代音乐史料汇编（1840—1919）》，人民音乐出版社 1998 年版，第 142 页。

声朗朗,琴声洋洋,其有动于衷也。于是归作一歌,购一琴,于其学堂中则更添一科,曰唱歌。其歌之能唱与否,琴之能弹与否,吾不敢知。至若无力者,则喟然叹曰:吾中国素有乐也,而今沦亡不再矣!其热心音乐也有如此。"① 同年,曾志忞编写出版《教育唱歌集》,在我国近代音乐教育史上产生了深刻影响。《教育唱歌集》主要收录《春朝》《蜂蝶》《黄菊》《蚂蚁》《勤》《实业》《手戏》《四季》《小麻雀》《新年》《年假》《杨花》《纸鹞》《战》等20余首乐歌。曾志忞在日本留学时间长达六年,于1907年归国,正式结束东洋留学生活。其中,《年假》《纸鹞》的歌词如下:

《年假》 曾志忞

岁月去如流,又是残冬风雪候。去年今日仍如旧,自问进步否。愿明年开学相期,不落他人后。日月不可留,莫把青年等闲负。

同志最难求,同学经年相契厚,今朝劳燕暂分投,临岐不要愁。愿明年开学相期,齐到无先后。日月不可留,莫把青年等闲负。②

《纸鹞》 曾志忞

青云直上路迢迢,吾在云端何逍遥。世界繁华都在目,春风但愿不停飘。来也轻轻去也轻,全凭一线系深深,莫教微雨当头下,纸做衣裳竹做身。③

梁启超在《饮冰室诗话》中说:"上海曾志忞,留学东京音乐学校有年,此实我国此学先登第一人也。今日不从事教育则已,苟从事教育,则唱歌一科,实为学校中万万不可阙者。举国无一人能谱新乐,实社会之羞也。曾君顷编一书,书名《教育唱歌集》。凡为幼稚园用者八章,寻常小

---

① 曾志忞:《乐典教科书·自序》,张静蔚编《搜索历史——中国近现代音乐文论选编》,上海音乐出版社2004年版,第47页。
② 曾志忞编:《教育唱歌集》,东京:东京并木活版所1904年版,第40页。
③ 曾志忞编:《教育唱歌集》,东京:东京并木活版所1904年版,第31页。

学用者七章，高等小学用者六章，中学用者五章，皆按以谱，而于教授方法，复恳切说明。凡教师细读一过，自能按谱以授。从此小学唱歌一科，可以无缺矣。吾见刻本，不禁为之狂喜。"① 与此同时，曾志忞在上海创办第一支由国人组成西洋管弦乐队，成为我国近代新型音乐教育的重要先驱者。后来，曾志忞在《音乐教育论》一文中对中国音乐教育进行展望："吾国将来音乐，岂不欲与欧美齐驱。吾国将来音乐家，岂不愿与欧美人竞技。然欲达目的，则今日之下手，宜慎宜坚也。歌之意想，歌之体裁，歌之材料，吾不如人，然犹可以自尊，以吾旧学犹在也。曲之旋法，曲之进行，曲之调和，吾不如人，然我决不能自夸，以吾雅音不再也。有识者于是以洋曲填国歌，明知背离不合，然过渡时代，不得已借材以用之。"② 可以看出，作为一名音乐教育家，曾志忞崇实笃行，主张提倡音乐教育改革来改变中国整体社会发展状况，以期使中国新型音乐在未来大放异彩。

曾志忞在《教育唱歌集》序言中说："欧美小学唱歌，其文浅易于读本。日本改良唱歌，大都通用俗语，童稚习之，浅而有味。今吾国之所谓学校唱歌，其文之高深，十倍于读本；甚有一字一句，即用数十行讲义，而幼稚仍不知者。以是教幼稚，其何能达唱歌之目的？仅广告海内诗人之欲改良是举者，请以他国小学唱歌为标本，然后以最浅之文字，存以深意，发为文章。与其文也宁俗，与其曲也宁直，与其填砌也宁自然，与其高古也宁流利。辞欲严而义欲正，气欲旺而神欲流，语欲短而心欲长，品欲高而行欲洁。于此加意，庶乎近之。"③ 正是在这种音乐创作理念指导下，曾志忞的许多乐歌歌词以单音节词为主，平易浅白，简洁流畅，善于描绘儿童日常生活，极富歌谣化特征，深受广大青少年群体喜爱。比如，《小麻雀》属于上述学堂乐歌的典型之作，歌词如下：

---

① 梁启超：《饮冰室诗话·九七》，汤志钧、汤仁泽编《梁启超全集》（第三卷），中国人民大学出版社 2018 年版，第 231 页。
② 曾志忞：《音乐教育论》，张静蔚编《搜索历史——中国近现代音乐文论选编》，上海音乐出版社 2004 年版，第 46 页。
③ 曾志忞：《告诗人——〈教育唱歌集〉序》，张静蔚编《搜索历史——中国近现代音乐文论选编》，上海音乐出版社 2004 年版，第 19 页。

《小麻雀》 曾志忞

树阴里锵锵锵锵，一群小麻雀。新生雏翼惹人爱，飞去又飞来。看看看，再看看，毛羽尚未满。兄弟姐妹最亲爱，同胞同种类。

瓦楞里，嘤嘤嘤嘤，一群小麻雀。落花蝴蝶东风轻，好过此青春。衔根柴，做个窠，不怕风雨吹。不受寒暑逼身来，长乐永平安。①

除此之外，李叔同、沈心工、权国桓、华振、冯梁等留日学生群体根据基督教赞美诗的歌调进行填词作曲，也属于借鉴外国曲调创作学堂乐歌的重要单元。早在晚清时期，外国传教士狄考文、谢卫楼、李承恩、李佳白、李提摩太、林乐知、马礼逊、赵传家、陆丹林等人，在中国各地创办教会学校，教唱赞美诗，宣传基督教义，曾经影响深远。"倘若有人说，中国既然有中国的乐法，何必用西国的法子呢？可以说，中国乐法固然是有的，只是不及西国的全，也不及西国的精。而且中国所行的腔调，大概都属玩戏一类，若用他唱圣诗敬拜神，是不合适的。这不是说，中国的乐法，定然附就不上，只是直到如今，中国还没出这样有才的教友，能将中国乐法变通，使得大众可以用中国的腔调，唱圣诗敬拜神。"② 后来，李叔同《无衣》《爱》《化身》《男儿》《人与自然》，沈心工《春游》《客来》《青蛙》《卖布》《新年》，权国桓《长城》，华振《从军》，等等乐歌，都是依据基督教赞美诗曲调重新填词而成。比如，沈心工《青蛙》最早见于1912年10月出版《重编学校唱歌》三集，原曲是迈纳作曲、诺尔斯·肖填词的《收成归天家》。《青蛙》的歌词如下：

《青蛙》 沈心工

青蛙变化甚奇，初生淡水河里。小小黑点如棋，背后拖一尾。未几四足生齐，尾与体自分离。换了一套新衣，青青真美丽。谷谷谷谷

---

① 曾志忞编：《教育唱歌集》，东京：东京并木活版所1904年版，第17页。
② ［美］狄就烈：《圣诗谱·序》，陈聆群、陈永、冯雷编《中国近代乐论·近代卷》（上册），漓江出版社2019年版，第14页。

谷，宜水又宜陆。头顶睁开双目，闪闪光四烛。舌根连下颚，取食可伸缩。害虫好充口腹，大功保五谷。①

再如，权国垣《长城》原载黄子绳、汪翔、苏钟正、权国垣的《教育唱歌集》下编，由湖北学务处印行，后来《军国民教育唱歌初集》和《中小学唱歌教科书》都曾收录此歌。《长城》采用基督教赞美诗《齐来崇拜歌》的曲调填词而成，歌调从弱到强，气势雄浑，感情真挚，作者借助"长城"来抒发中华儿女保家卫国、再造辉煌的豪情壮志，意在祛除悲观主义情绪，重新唤起全体同胞的民族自豪感，为振兴中华而奋勇前进，歌词如下：

《长城》 权国垣

放眼朝北望，烟云一片接苍茫。长长长，稚堞累累横贯衡岳中央。壮哉秦始皇，功业之大谁与京？东起辽东西嘉峪，大张北陆屏障。獯鬻旧族骄且狂，竟征诛，易揖让。

放眼朝北望，烟云一片接苍茫。长长长，稚堞累累横贯衡岳中央。壮哉秦始皇，史册千载发幽光。于今民气更强，志昂昂万夫莫当。拱卫我神州坦荡，能更比长城长。②

总而言之，广大留日学生在东洋学习期间，满怀教育救国的崇高理想，大胆借鉴日本和欧美国家的新型音乐曲调，积极引进西方乐理和简谱、五线谱，将风琴、钢琴、小提琴等西洋乐器传入中国，主动学习国外在音乐教育实践过程中的基本经验，回国之后，他们在各种新式学堂积极倡导音乐改革，勇于推行新型音乐教育试验，注重培育音乐学科专门人才。实际上，学堂乐歌运动的基本目标在于"为中国造一新音乐"，最终实现新型音乐的大众化。当时，中国传统音乐的既定现状决定了必须要向外国寻求宝贵资源，"今吾国所刻不带缓者，幼稚园（闻北京、上海、湖北均有是举）及小学唱歌也。既不能缓，又不能速，是非假用欧洲通用

---

① 沈心工：《心工唱歌集》，文瑞印书馆1937年版，第36页。
② 毛翰编注：《辛亥革命踏歌行：1900—1916中国歌曲选》，安徽文艺出版社2011年版，第38页。

乐谱，而和以本国歌词权以应用，势不能也（歌词故不可不用本国文字，然曲谱当以五线谱为完备）"。① 正是在这一意义上，我们说，"日本体验"刺激着中国学堂乐歌运动发生，成为中国近代新型音乐改革的有效契机，可谓具有特殊社会作用，值得进一步探讨。

第二节 创办新式学堂与开设乐歌课程

除了派遣大量留学生出国深造之外，清末新政的另外一项重要举措是废除科举制度，广设各种新式学堂。当时，许多洋务派人士在出国考察之后，清醒地意识到延续几千年的封建科举制度弊端日益明显，其为国家选材用人的传统方式已不再适应中国近代社会发展，故亟待改革。1896年，梁启超在《变法通议》中说："故欲兴学校、养人才，以强中国，惟变科举为第一义。大变则大效，小变则小效。……凡自明以来，取士之具，取士之法，千年积敝，一旦廓清而辞辟之，则天下之士，靡然向风，八年之后，人才盈廷矣。"② 1903年11月，张百熙、荣庆、张之洞在《奏请递减科举注重学堂折》中向清廷大胆建议："乡会试中额，从下届丙午科起，每科递减中额三分之一。俟末一科中额减尽以后，即停止乡会试。"③ 1905年9月2日，袁世凯、赵尔巽、张之洞等向清廷上奏："而我国独相形见绌者，则以科举不废，学校不广，士心既莫能坚定，民智复无由大开，求其进化日新也难矣。故欲补救时艰，必自推广学校始；而欲推广学校，必自先停科举始。拟请宸衷独断，雷厉风行，立沛纶音，停罢科举；庶几广学育才，化民成俗，内定国势，外服强邻，转危为安，胥基于此。"④ 迫于诸多有识之士强烈要求变革的现实压力，经过反复斟酌和权衡利弊，清政府不得不选择妥协顺应民意，随之以国家法律形式颁布上谕，自1906年开始，所有乡会试一律停止，各省科举考试亦即停止。至

---

① 曾志忞：《教授音乐之初步·序》，张静蔚编选、校点《中国近代音乐史料汇编（1840—1919）》，人民音乐出版社1998年版，第143页。
② 梁启超：《变法通议》，汤志钧、汤仁泽编《梁启超文集》（第一卷），中国人民大学出版社2018年版，第47页。
③ 张百熙、荣庆、张之洞：《奏请递减科举注重学堂折》，舒新城编《中国近代教育史资料》，人民教育出版社1981年版，第60页。
④ 袁世凯、赵尔巽、张之洞等：《会奏立停科举推广学校折暨上谕立停科举以广学校》，璩鑫圭、唐良炎编《中国近代教育史资料汇编——学制演变》，上海教育出版社1991年版，第531页。

此，标志着沿袭1300多年的封建科举制度最终走向崩溃，这有效打破了长期禁锢国民思想开化的精神枷锁，成为中国近代社会教育史上的重要事件。

清政府在全面废除封建科举制度的同时，开始在各省、州、县设立新式学堂，以培养各类专门人才，为国家经济社会发展铺平道路，试图挽救摇摇欲坠的封建帝国统治。1898年，康有为在《请开学校折》中说："今各国之学，莫精于德，国民之义，亦昌于德，日本同文比邻，亦可采择。请远法德国，近采日本，以定学制，乞下明诏，遍令省府县乡兴学，乡立小学，令民七岁以上皆入学，县立中学，其省府能立专门高等学校，各量其力皆立图书仪器馆。"[①] 1901年，清廷下令"所有书院，于省城改设大学堂，各府及直隶州均改设中学堂，各州县改设小学堂，并多设蒙养学堂"。自此之后，许多官办学堂、私立学堂等在全国各地如雨后春笋般涌现。"且设立学堂者，并非专为储才，乃以开通民智为主，使人人获有普及之教育，且有普通之知能，上知效忠于国，下得自谋其生。其才高者，固足以佐治理，次者亦不失为合格之国民。"[②] 1898年，京师大学堂成立。之后，北洋大学堂、山西大学堂、江苏高等学堂、安徽高等学堂、浙江高等学堂等在各省相继设立。其间，许多省市也陆续开设各类中小学堂，这标志着中国近代学校教育开始步入崭新阶段。至1905年，全国范围内公立、私立学堂已达8277所。可以看出，设立新式学堂在培养专门技术人才，启蒙民众，开通民智，培养国民意识，提高国民素质方面具有不可替代的作用，是中国近代社会转型过程中的标志性事件之一。

中国近代新式学堂的设立主要仿效日本。1901年，在建立新式学制的早期酝酿阶段，留学生总监督夏偕复在《学校刍言》中提出："欧洲各国，近百数十年来，由腐败而入文明，风潮东来，日本蹶然起矣。……我今日欲立学校，宜取法于日本。""学校之设施，匪取法于政治、宗教、风土、沿革相同之国，一有不慎，教育之途径与其国之性质歧趋，着手既难，证果亦异，势必大乱。我于日本，古来政治之大体相同，宗教之并重

---

① 康有为：《请开学校折》，舒新城编《中国近代教育史资料》，人民教育出版社1981年版，第150页。
② 袁世凯、赵尔巽、张之洞等：《会奏立停科举推广学校折暨上谕立停科举以广学校》，璩鑫圭、唐良炎编《中国近代教育史资料汇编——学制演变》，上海教育出版社1991年版，第530页。

儒佛相同，同州同种，往来最久，风土尤相同，故其国现行之教育与我中国之性质无岐趋，则而行之，无害而有功。"① 1902 年 8 月 15 日，清政府颁布《进呈学堂章程折》《钦定京师大学堂章程》《钦定考选入学章程》《钦定高等学堂章程》《钦定中学堂章程》《钦定小学堂章程》《钦定蒙学堂章程》等重要律令，对各级各类新式学堂的目标、性质、年限、入学条件、课程设置以及衔接关系等进行规定，史称"壬寅学制"，这是中国近代第一个全国性的学制系统。可以说，"壬寅学制"是直接模仿和广泛借鉴日本近代学制内容制定而成的。管学大臣张百熙在《进呈学堂章程折》中说："古今中外，学术不同，其所以致用之途则一，值智力并争之世，为富强致治之规，朝廷以更新之故而求之人才，以求才之故而本之学校，则不能不节取欧美日本诸邦之成法，以佐我中国二千余年旧制，亦时势使然；第考其现行制度，亦颇与我中国古昔盛时良法，大概相同。"② 但是，由于"壬寅学制"自身存在诸多不完善之处，加上受到清政府反对派的共同抵制，未能在全国推广践行旋即被废止，成为清末新政实施过程中的遗憾。

1903 年，清政府令管学大臣张百熙和荣禄、张之洞修订学堂章程，"数月以来，臣等互相讨论，虚衷商榷，并博考外国各项学堂课程门目，参酌变通。择其宜者用之，其与中国不相宜者缺之，科目名称之不可解者改之，其有过涉繁重者减之"。③ 修订之后，本章程于 1904 年 1 月 13 日（清光绪二十九年十一月二十六日）正式颁布，称为《奏定学堂章程》，因光绪二十九年是癸卯年，故又称为"癸卯学制"，其对国家的学校教育系统、课程设置、教育行政及学校管理等方面都进行了具体规定，核心内容几乎是完全仿照日本近代学制的体例条款，仅将"学校"改为"学堂"而已，其他各阶段的基本名称、配置完全相同。"癸卯学制"包括《学务纲要》《蒙养院章程及家庭教育法章程》《小学堂章程》《中学堂章程》《高等学堂章程》《大学堂章程》《师范学堂章程》《实业学堂章程》等 17 部分，可以说，"癸卯学制"初步建构了以普通教育、师范教育、实业教

---

① 夏偕复：《学校刍言》，《教育世界》1901 年第 13 期。
② 张百熙：《进呈学堂章程折》，陈学恂主编《中国近代教育史教学参考资料》（上册），人民教育出版社 1986 年版，第 527 页。
③ 张百熙、荣庆、张之洞：《重订学堂章程折》，陈学恂主编《中国近代教育史教学参考资料》（上册），人民教育出版社 1986 年版，第 529 页。

育为主干的国民教育结构体系,体现了中国近代学校教育制度的正规化和系统化,也标志着中国近代学校教育正式确立。后来,作为教育立法的重要组成部分,音乐教育被正式写入教育法规中并得到贯彻实施,通常会对下列几个方面进行明确规定:第一,音乐教育的定位,即其在整个教育结构体系中的地位,这往往会在教育宗旨中间得到具体体现;第二,课程设置的目的、内容、时数、水平、进度等;第三,师资队伍培养以及教师、教学管理人员与辅助人员的资格和进修;第四,教育设施的标准要求;第五,对音乐教育的具体问题的规定,这标志着音乐教育逐渐受到社会重视,开始成为近代学校教育的重要组成部分。然而,我们必须清醒地意识到,中国和日本在学校音乐教育体制上走的是两条不同的道路,日本在明治维新之后,主要是依靠政府主导和全力推进之下展开的,大致是借助"自上而下"的方式来实现的。与此同时,尽管许多有志之士主张借鉴日本近代学校教育体制,但是,清政府对此并没有高度重视,早期音乐课程根本上并没有在近代学校教育中得以实施。正是在这一意义上,可以说:"而真正将音乐、特别是西方音乐结合到学校教育之中,甚至普及到普通民众的社会生活之中的,是学堂乐歌运动。因此,中国近代对西方音乐的引进、将音乐纳入到学校教育之中,其原动力不是来自'官',而是来自民间,具体而言也就是由于留日知识分子的主体性抉择和努力。"[1]

值得注意的是,《钦定小学堂章程》的寻常小学堂课程表主要涵盖修身、读经、作文、习字、史学、舆地、算学、体操,高等小学校在此基础上增加了读古文词、理科、图画三科。《奏定初等小学章程》的教授科目主要有修身、读经讲经、中国文字、算术、历史、地理、格致、体操。可以看出,当时各地新式官办小学堂均没有出现音乐学科课程设置。1898年,康有为在奏呈光绪帝《请开学校折》中,尽管明确建议各地新式学堂开设"歌乐"课程:"令乡皆立小学,限举国之民自七岁以上必入之。教以文史、算数、舆地、物理、歌乐,八年而卒业。其不入学者,罚其父母。"[2] 但是,由于全国许多地方暂时缺乏专业音乐教师,"歌乐"课程最终并没有被列入章程设置。之后,作为"癸卯学制"的纲领性文件之一,

---

[1] 高婷:《留日知识分子对日本音乐理念的摄取——明治末期中日文化交流的一个侧面》,文化艺术出版社2009年版,第3页。

[2] 张百熙、荣庆、张之洞:《学务纲要》,舒新城编《中国近代教育史资料》,人民教育出版社1981年版,第209页。

《学务纲要》对各类新式学堂是否设置音乐课程进行明确规定："至于移风易俗，莫善于乐，秦汉以前，痒序之中，人无不习。今外国中小学堂，师范学堂，均设有唱歌音乐一门，并另设专门音乐学堂，深和古意。惟中国古乐雅音，失传已久。此时，学堂音乐一门，只可暂从缓设，俟将来设法考求，再行增补。"① "外国中小学堂皆有唱歌音乐一门功课，本古人弦歌学道之意；惟中国雅乐久微，势难仿照。然考王文成《训蒙教约》，以歌诗为涵养之法，学中每日轮班歌诗；吕新吾《社会要略》，每日遇童子倦怠之时歌诗一章，择浅近能感发者令歌之。今师其意，以读有意风化之古诗歌，列入功课。"② 可以看出，作为具有启蒙教化作用的艺术门类，音乐学科在中国秦汉以前深受重视，在外国各种中小学校中也流传甚广，但在晚清社会很长时间内，由于现实条件的客观限制，"乐歌"在各种新式学堂中只能暂缓，等待将来条件允许再行开设。

1904年，以河南省为例，当时各地新式学堂基本上没有开设唱歌课程。"省城各学堂之教科除国文外旁及算学洋文二门者已视为新学之异彩，然兼此二者亦不过高等学堂而已，教科简单已达极点，近有浙江同人议设半日小学堂一所，专教平家子弟，不取分文，其教科为国文、东方伦理、修身、中外掌故、地理、算学、生理、物理、图画、体操（附游戏法）十二门，较官办之各学堂均觉完备。"③ 直到1906年，北洋女子师范学堂建立，始设"乐歌"课程为"随意科"。1907年，清政府颁布《学部奏定女子小学堂章程》，在课程设置方面第一次将"音乐"列为初、高等小学的随意科，并规定"音乐一科可置专科教习"，这就真正打破了以前音乐学科在学校教育章程中毫无地位的局面："其要旨在使学习平易雅正之乐歌，凡选用或编制歌词，必择其切于伦常日用有裨风教者，俾足感发其性情，涵养其德行。其教课程度，在女子初等小学堂，宜不用表谱，授以平易之单音乐歌；在女子高等小学堂，先准前项教授，渐进则用表谱

---

① 康有为：《请开学校折》，舒新城编《中国近代教育史资料》，人民教育出版社1981年版，第149页。
② 《奏定初等小学堂章程》，舒新城编《中国近代教育史资料》，人民教育出版社1981年版，第420页。
③ 《大中城市办学情况》，李桂林、戚名琇、钱曼倩编《中国近代教育史资料汇编——普通教育》，上海教育出版社1995年版，第96页。

授以单音乐歌。"① 同年，河南提学使孔祥霖为造就学堂体操教员，设"体育专科学堂"，课程设置列音乐为必修科目之一。1909 年 5 月 15 日，清政府学部明确规定："乐歌乃古人弦诵之遗，各国皆有此科，应列为随意科目，择五七言古诗歌词旨雅正、音节谐和、足以发舒志气、涵养性情、篇幅不甚长者，于一星期内酌加一二小时教之。"② 随后，清政府将原定必修课程开设八科改为五科，明确增加"乐歌"为国文附设科目。同年 5 月 5 日，学部规定在全国各类新式中学堂开设"乐歌"课，自此之后，"乐歌"课程受到国家教育行政主管部门和各类新式学校重视，正式进入学校教育章程和学生课堂中间，初步实现了早期音乐教育改革目标。可以说，学校音乐教育受到世人关注，并不是清政府的自觉行为或一时开明之举，而是在于维新派人士和新式知识分子大声疾呼，尤其是留学生群体对日本学校音乐教育的大力倡导，以及在全国各地新式学堂开设音乐课的躬身实践。因此，学堂乐歌运动的原始动力主要来自于民间社会，正是许多有识之士的共同推动，才最终成就了学校音乐课程全面普及。

为了有效巩固新生的资产阶级民主共和国，1912 年中华民国政府在刚刚成立初期，就有意识地培养各类专门人才，在音乐教育方面相继出台许多规章制度，以利于全面推进音乐教育改革。1 月 19 日，中华民国临时政府教育部颁布《普通教育暂行办法》和《普通教育暂行课程标准》，规定唱歌为小学校随意科目之一，初小唱歌与体操合并为每周四课时，高小唱歌每周一或二课时，中学、师范学校音乐课每周一课时，师范学校第一、二学年音乐课也可每周授课二课时。4 月，教育总长蔡元培发表《对于教育方针之意见》一文，特别强调美育的价值意义及其在国家教育体系中的重要地位。7 月 10 日，蔡元培主持召开全国教育工作临时会议，经过全体与会人员的激烈讨论，会议最后同意把"美育"列入教育宗旨，这可以说是我国现代艺术教育史上的标志性事件。9 月 2 日，中华民国教育部公布教育宗旨："注重道德教育，以实利教育、军国民教育辅之，更以美感教育完成其道德。"③ 9 月 28 日，教育部公布《中学校令施行细

---

① 《学部奏定女子小学堂章程》，舒新城编《中国近代教育史资料》，人民教育出版社 1981 年版，第 797 页。
② 《奏变通中学堂课程分为文科、实科折》，璩鑫圭、唐良炎编《中国近代教育史资料汇编——学制演变》，上海教育出版社 1991 年版，第 557 页。
③ 《教育部公布教育宗旨令》，璩鑫圭、唐良炎编《中国近代教育史资料汇编——学制演变》，上海教育出版社 1991 年版，第 651 页。

则》，规定中学设"乐歌"一科，每周一小时。之后，教育部又颁布《小学校令》，规定初等小学四年级及高等小学三年中，每学期"唱歌"均为必修课，"遇不得已时，可暂缺"，这是中华民国政府颁布的第一个小学教育通令，标志着国家把"唱歌"课程正式列入国民教育结构系统之中。11月22日，教育部制订《小学校教则及课程表》，提出唱歌课的根本要旨"在使儿童唱平易之歌曲，以涵养美感，陶冶德性"，详细规定小学校各年级的音乐课时数量。12月2日，教育部颁布《中学校令施行规则》，明确指出"乐歌要旨在使谙习唱歌及音乐大要，以涵养德性及美感。乐歌先授单音、次授复音及乐器用法"，规定"乐歌"为中等学校（包括女中）必修科目之一，每周授课一小时，每学期均开设，并对乐歌要旨、教学内容及教学方法做出明确要求。

需要说明的是，当时在经济发达的东南沿海和两湖地区，部分私塾和私立学堂已经开始设置乐歌课程，这在我国近代音乐教育史上可谓具有首创之功。1898年，上海经正女塾开设琴学课，这是国人自办的有校名可查的最早一所女子学校。1902年10月，上海务本女塾正式开设音乐课程，曾聘请日籍音乐教师河原操子为专业教习。河原操子早年毕业于日本长野县师范学校和东京女子高等师范学校，曾任长野县立高等女学校教谕，后担任中国留学生开办的横滨大同学校教师。她说："这是我献身支那人女子教育的开始，恐怕也是日本妇女任支那人学校教师的开始。"① 当时，务本女塾主要以培养女学生成为贤妻良母为基本目标，明确指出："女子为国民之母，欲陶冶健全国民，根本须提倡女教。""唱歌要旨，在使谙习歌谱，以养温和之德性，高洁之情操。"河原操子在务本女塾任教期间，主要担任日本语、算术、唱歌、绘画等课程，并参与学校的重要方针、科目和教学法的制定工作。后来，河原操子回忆说："上唱歌课时，尽管学生们很努力，可是他们学起来很困难，进步缓慢，这是由于他们本地的音乐很单调，一般来说音乐之耳也很不发达的缘故。"② 1905年，陈懋治在为沈心工《小学唱歌教授法》所作序言中说："今沪上一隅黉舍林立，琴歌之声洋溢盈耳，实惟君（沈心工，笔者注）乐歌讲习会有以布濩而发扬之。其最先列为教科书，惟务本女塾，其时借助于日本女师河原操子，歌词多日文，不适于用已。而河原氏又应蒙古喀喇沁王

---

① 张前：《中日音乐交流史》，人民音乐出版社1999年版，第304页。
② 张前：《中日音乐交流史》，人民音乐出版社1999年版，第304页。

之聘，务本于此科也阙，此即君在东京讲习会时也。"① 1902 年，学部侍郎严修赴日本考察教育，其间曾经参观东京音乐学校。在参观过程中，他对日本幼稚园的唱歌课尤感兴趣，回国之后即在天津私宅创办严氏女塾，在课程中设置唱歌一项，聘请日本教习川本担任唱歌课教师。初办之时，女塾的学生主要是严氏亲属，年龄在 10—20 岁不等。1905 年，严修又创办严氏保姆讲习所，主要培养蒙养院师资，曾经重金聘请大野铃子等日籍教习担任保育法、音乐、弹琴等课程教师，对天津地区的新型教育影响深远。严仁清在《回忆祖父严修在天津创办的幼儿教育》中说："唱歌大部分是由日文译述来的，内容大多是关于植物、动物、自然现象、礼貌等等。歌词是当年到日本的留学生翻译的，据说大多是我父亲（严智崇）译的。有的唱歌如《公鸡打鸣》这个歌，后来在京津的许多幼稚园都采用了，流传很广。"②

1903 年，湖广总督端方在武昌创办"湖北幼稚园"，1904 年改称"武昌蒙养院"，后来又更名"武昌模范小学蒙养院"。该园章程规定的教育宗旨为："一、保全身体之健旺，体育发达基此；二、培养天赋之美材，智育发达基此；三、习惯善良之言行，德育发达基此。"③ 其明显含有体育、智育、德育三育并行的基本思想。该园设置科目有行仪、训话、幼稚园语、日语、手技、唱歌、游戏等，聘请卢野美知惠等三人担任保育员。1905 年，端方又在长沙设立蒙养院，冯开浚担任院长，聘请日本春山、佐藤两位女士任保姆，设置有谈话、行艺、读方（识字）、数方（计数）、手技、乐歌、游戏 7 种科目。为了阐明音乐教育对儿童成长的重要意义，该院在发布的《湖南蒙养院教课说略》一文中指出："教育机关云唱歌者，培养美感，高洁心情，涵养情性也。""乐歌一道为用最大，凡立学堂不设音乐，是为有教无育，是为不淑之教。盖不止幼稚园为然也。"④ 1910 年，湖南长沙周南女中正式改名周南女子师范学堂，附设小

---

① 陈懋治：《小学唱歌教授法·序》，张静蔚编选、校点《中国近代音乐史料汇编（1840—1919）》，人民音乐出版社 1998 年版，第 124 页。

② 严仁清：《回忆祖父严修在天津创办的幼儿教育》，李桂林、戚名琇、钱曼倩编《中国近代教育史资料汇编——普通教育》，上海教育出版社 1995 年版，第 22 页。

③ 《湖北幼稚园开办章程》，李桂林、戚名琇、钱曼倩编《中国近代教育史资料汇编——普通教育》，上海教育出版社 1995 年版，第 7 页。

④ 《湖南蒙养院教课说略》，舒新城编《中国近代教育史资料》，人民教育出版社 1981 年版，第 390 页。

学和幼稚园,设置缝纫、音乐、体育等专修科,有学生达400余人,成为湖南第一所正规女校。1912年,浙江两级师范学校正式增设图音手工专修科,聘请李叔同为该科音乐、美术主任教师,音乐课程主要设置有乐典、和声学、练声、视唱、独唱、合唱、钢琴、风琴、作词、作曲等,该校曾经培养了吴梦非、刘质平、丰子恺等一大批音乐专门人才。

当时,许多大、中、小新式学堂陆续开设"唱歌"课程,然而却面临着音乐专业教师严重缺乏的问题。"师范宜速造就也:各省学堂之不多,患不在无款无地,而在无师。应请旨切饬各省多派中学已通之士,出洋就学,分习速成师范及完全师范,亦以多派举贡生员为善。并于各省会多设师范传习所。师资既富,学自宜兴,此为办学入手第一要义,不可稍涉迟缓。"① 此时,尽管当时很多留日学生已经归国,但是,由于音乐课程属于新兴艺术学科,国内专任音乐教师需求量过大,一时之间实在难以满足现实需要。于是,学校就不得不大量延聘外国教习,以暂时缓解音乐师资队伍严重短缺的问题。与此同时,1903年11月,张百熙、荣庆、张之洞在《学务纲要》中说:"外国教员宜定权限。各省中学堂以上,有聘用外国教员者,均应于合同内订明:须受本学堂总办监督节制。除所教讲堂本科功课外,其全学事务,概由总办监督主持,该教员勿庸越俎干预。""外国教员不得讲宗教。此时开办学堂,教员乏人。初办之师范学堂及普通中学堂以上,势不能不聘用西师。如所聘西师系教士出身,须于合同内订明:凡讲授科学,不得借词宣讲涉及宗教之语,违者应即辞退。"②

1902年10月,东京音乐学校校长渡边龙圣应清政府之邀,担任直隶总督府学务顾问,兼直隶师范学堂和顺天中学总教习。渡边龙圣来华任职期间主要负责直隶省教育情况的调查、学校设立、教科书的编撰等,曾经招聘十余位日本教习来华任教。当时,日本音乐杂志《音乐之友》以《渡边龙圣氏渡清》为题对此事件进行报道宣传:"赴任以来,曾以敏捷干练著称的东京音乐学校校长渡边龙圣此次作为清国直隶总督袁世凯之教

---

① 《清帝谕立停科举以广学校》,舒新城编《中国近代教育史资料》,人民教育出版社1981年版,第64页。

② 张百熙、荣庆、张之洞:《学务纲要》,舒新城编《中国近代教育史资料》,人民教育出版社1981年版,第207页。

育顾问，于上月十七日自宇品出发渡清，旅程无事云。"① 根据实藤惠秀统计，仅 1903—1918 年在中国的日本籍教育工作者就多达 1697 人。其中，1907 年达到最盛时期，从 1910 年开始逐渐出现下降。此时，中国各地均向日本招聘各类学科教员，分别担任各级新式学堂的教学任务，包括体操、音乐、图画、手工等不同学科。其中，担任音乐体操课程的就有 20 多人，他们主要分布在公立、私立新式学堂。比如，直隶师范学堂的铃木米次郎，直隶保定师范学校的近森出来治，北洋女子师范学堂的佐口美都子和半冈梅，山西优级师范学堂的小松崎武司，安定中学堂的富井直秋，南京两江师范学堂的石野巍，南通女子师范学校的森田政子，沈阳女子师范学堂的服部升子，长春女子师范学堂的峰簾操子等，都是通过政府机构公开选拔或私人推荐来华任教的。客观来讲，大量日本教习在我国各地新式学堂中担任音乐教师，有效缓解了学校的燃眉之急，对于我国近代音乐教育具有重要作用。但是，也有部分日本教习存在着学历标准不达标、专业知识结构不完善，甚至品质低劣等极端现象，这些都是晚清民初时期部分新式学堂存在的现实状况。

与此同时，早期外国人在华创办的许多教会学校也陆续开设音乐课程。比如，香港马礼逊学堂、宁波崇信义塾、上海清心书院、福州英华书院、登州文会馆、上海圣芳济书院、上海中西女塾、湖州湖群女塾、苏州景海女校等。1864 年，美国长老会传教士狄考文和妻子狄就烈在登州（山东蓬莱）创办免费义塾（蒙养学堂），课程内有音乐一门，由其妻子自编教材《乐法启蒙》，学制六年，招收男童，旨在培养中国籍传教士，狄就烈任音乐课专业教师。1872 年，该塾进一步扩大规模，设三年制"备斋"和六年制"正斋"，九年学程相当于小学和中学学程，1876 年蒙养学堂改名"文会馆"。"在文会馆浓厚的宗教熏陶下，在狄氏夫妇的指导下，该校毕业生一般都会写诗作曲（当然写诗填词本来也是语文课程的一部分）。但所表现的思想却也相当复杂，仅据收集在《文会馆志》内的几首诗歌的内容来看，有的是向往未来的天堂如《乐赴天域》《快乐之日》；有羡慕西方物质文明的，如《逍遥曲》《赏花》；但也有慷慨激昂的《恢复志》，词内叹道'十八省宝藏'被'瓜分豆剖'，揭发帝国主义的侵略和掠夺，鼓吹要'光复青岛、威海卫，奉还旅顺大连湾、东海琉球

---

① 《音乐之友》1902 年第 2 卷第 2 号。

与台湾'。"① 据孙继南教授在山东档案馆发现的《文会馆唱歌选抄》中记载，当时，登州文会馆所教唱的共计有《乐赴天域》《赏花》《夏日》《快乐词》《逍遥曲》《恢复志》《仁寿》《得胜歌》《快乐之日》《爱国歌》10首乐歌，都是根据欧美国家音乐曲调填词而成，全部使用五线谱，很多学者考证，这可能是迄今为止外国人在中国内地最早发行的乐歌歌集。比如，《夏日》歌词如下：

《夏日》 冯志谦

绿树荫浓夏日长，麦陇风来饼饵香。芭蕉送绿梅子流酸浆，蚕妇携筐采女桑。海棠卸却柳絮不狂，朱摇青影掩罩幽窗。更有葵花转向太阳，四顾山光远接水光。楼台倒影近入池塘，天朗气清惠风和畅。

画出耘田夜绩麻，村庄儿女各当家。乡村四月分秧及初夏，儿傍桑荫学种瓜。呢喃燕子其音上下，青草池塘处处听蛙。乌衣巷口夕阳将斜，一为迁客遥去长沙。西望长安却不见家，江城五月忽落梅花。②

1877年5月，狄考文在上海召开"基督教在华传教士第一次大会"，正式成立"学校教科书委员会"，"教会一经产生，就会产生开办学校的愿望，就会产生对教员的需求，这种教员不仅能教中国古典作品，还能教各门普通学科，如地理、算术、音乐……"③ "教育在培养把西方文明的科学、艺术引进中国的人才方面十分重要，中国与世隔绝的日子已屈指可数，不管她愿意与否，西方文明与进步的潮流正朝她涌来，这种不可抗拒的潮流，必将遍及全中国。"④ 1881年，美国传教士在福州创办鹤龄英华书院。1917年，该校公布章程规定招收12岁以上有高等小学程度的学生

---

① 《中国最早的教会大学》，陈学恂主编《中国近代教育史教学参考资料》（下册），人民教育出版社1987年版，第164—165页。
② 孙继南主编：《中国近代音乐教育史纪年1840—2000》，上海音乐学院出版社2012年版，第268页。
③ 狄考文：《基都教会与教育的关系》，陈学恂主编《中国近代教育史教学参考资料》（下册），人民教育出版社1987年版，第9页。
④ 狄考文：《基都教会与教育的关系》，陈学恂主编《中国近代教育史教学参考资料》（下册），人民教育出版社1987年版，第10页。

入学，学程为六年，前两年为预科，后四年为正科，相当于中学的学程。在其课程中，除圣经、中西文化课外，从第一学年至第六学年，每年都有唱歌课。1892 年，美国基督教卫理公会传教士林乐知和海淑德共同商议筹划，在上海成立"中西女塾"。该校的办学宗旨是提供高等普通教育，中西兼顾，讲授西洋音乐知识，从思想、道德以及日常习惯上进行潜在影响，传授基督教的基本要义。学制两年，主要招收八岁以上女童入学，课程设置除必修课之外，选修课有音乐、表情法及舞蹈。音乐以钢琴为主，也有选修声乐或弦乐者。1903 年，美国基督教圣公会创办的圣玛丽亚女校增设琴科，由梅锡姑女士负责。在该书院的章程中规定："学生入院必须兼习中西两学，惟琴学一科系陶情适性之需，本院并不勉强，如学生父母愿学此科，准学生尽心习练，惟既学以后，不准畏难中止，如欲中止，应俟琴师及监院允准方可。""凡学生中学已通，欲来院专读西文及习琴学者，本院亦可收录。"[①] 此后，圣玛丽亚女校音乐器材设备和学生数量逐渐增加，选学琴科的人数最多时约有 85—120 人。1905 年又增设唱歌特班，以中学生为限，每周 1 小时。1915 年，该校把学制从八年改为十二年，即小学八年、中学四年，课程设置分设为西学斋、中学斋、琴学斋三类。客观来讲，许多教会学校的音乐教育和音乐活动，前期主要服从于宗教教育的需要，后期虽然有所削弱，但依然具有此种因素。总而言之，"教会学校传授的是以西欧古典音乐为基础的西方音乐体系的知识和技能，在传授这种知识和技能的同时，也传播了欧洲音乐中心论的影响。欧洲音乐中心论的传播，成为中华民族传统音乐进一步发展的障碍，同时也导致民族音乐文化在我国学校音乐教育中的地位的失落"[②]。

可以看出，在中国近代音乐教育史上，"乐歌"课程从无到有、从"随意科"到"必修课"经历了复杂曲折的历史进程。虽然洋务派人士在广泛借鉴外国先进教育理念中，早已意识到"乐歌"（音乐教育）在整个国民教育体系的重要价值，但是，由于受到封建传统乐教思想的深刻影响，加之在"中体西用"教育宗旨的严重禁锢下，清政府被迫做出"暂从缓设""乐歌"课程的妥协决定，从而倡导利用诵读古诗词来代替唱歌

[①] 《圣玛利亚女书院章程》，陈学恂主编《中国近代教育史教学参考资料》（下册），人民教育出版社 1987 年版，第 221 页。

[②] 伍雍谊主编：《中国近现代学校音乐教育（1840—1949）》，上海教育出版社 2010 年版，第 278 页。

的美育功能。"唱歌为小学必修科之一。诚以唱歌者,引起儿童兴趣,陶淑生徒情性,于教育上为至要之端也。今学校竞言兴立矣,而与体操一科,群知注重,于唱歌一科,则尚多缺如。抑有唱歌而无体操,斯巴达之教育也。徒之武勇而无音乐调和,则小学校科目之不完全,即于生徒将来有多少流弊。"[①] 至民国初期,教育部已经明确把"唱歌"设置为中小学校必修课程,学校必须严格按照相关教育章程科学合理分配唱歌课时,规范选聘专业音乐教师。一时之间,"唱歌"在各种新式学堂深受师生欢迎。"教育机关云唱歌者,培养美感,高洁心情,涵养情性也。有单音唱歌,轮环唱歌,复音唱歌之分,轮环复音稍难,幼稚园中惟教单音。乐歌一道为用最大,凡立学堂不设唱歌,是为有教无育,是为不淑之教。盖不止幼稚园为然也。"[②] 这标志着中国近现代新型音乐教育开始步入正常轨道。

1904年,曾志忞在《音乐教育论》中指出:"凡欲发达一种事业,必先求发达之利器,音乐亦何独不然。今请揭其利器之要如左。一、培养本国音乐教师。二、雇用外国音乐教师。三、编辑音乐用教科书。四、仿造泰西风琴洋琴。"[③] 可以看出,随着乐歌课的普遍开设,编纂乐歌集和音乐教科书逐渐得到音乐教育家的高度重视。"教科书者,教育之命脉也。全国教科书不能统一,即全国教育不能统一。今都野之士,以个人之资格财力,从事于此,不独不能致全国教育于一致,即恐求一书一课之完全,亦甚难也。音乐教科书,今全国仅有二三种。且此一二种,又出于极脆弱极单薄之手。于此而欲语普及,云何可期。"[④] 在学堂乐歌运动早期阶段,许多音乐教育家直接搬用日本唱歌集作为音乐教科书,但是,这毕竟不适合大多数中国幼年儿童的审美趣味。因此,编辑出版具有中国特色的音乐教科书就迫在眉睫。据初步统计,1904年4月,曾志忞出版《教育唱歌集》作为中国近代最早正式出版的音乐教科书,至1915年全国相继出版

[①] 保三:《乐歌一斑》,张静蔚编《搜索历史——中国近现代音乐文论选编》,上海音乐出版社2004年版,第18页。

[②] 《湖南蒙养院教课说略》,舒新城编《中国近代教育史资料》,人民教育出版社1981年版,第390页。

[③] 曾志忞:《音乐教育论》,张静蔚编《搜索历史——中国近现代音乐文论选编》,上海音乐出版社2004年版,第39页。

[④] 曾志忞:《音乐教育论》,张静蔚编《搜索历史——中国近现代音乐文论选编》,上海音乐出版社2004年版,第39页。

供学校使用的各种音乐教材已经达到 70 余种。1904 年 5 月，沈心工编辑的乐歌教科书《学校唱歌集》第一集面世，之后，第二集、第三集分别在 1906 年、1907 年相继出版，歌集中附有乐理、风琴适用法，刊行的乐歌流行甚广，影响较大。黄今吾（黄自）在谈到《学校唱歌集》的时候说："沈先生起首编著这些歌曲时，还在三十余年前。那时非但没有这类的书，连学校里简直还没有唱歌课。据教育部第一次中国教育年鉴的记载，小学课程规定有唱歌课最先在光绪二十九年（1903），那年就是沈先生起始编著歌曲的一年。我们因此可以说，先生是提倡音乐教育最早者之一人。先生当时能独具只眼，看到音乐教育的重要，编制新歌出来使后生学子得乐教之益，这个功绩是值得赞扬的。"[①] 1904 年 8 月，曾志忞编印出版的《乐典教科书》是我国第一部系统介绍西方乐理的专业著作。1905 年，李叔同编印出版《国学唱歌集》，本歌集具有两大显著特征：第一，选取《诗经》《离骚》以及唐诗、宋词、元曲等作为歌词来编配音乐，使本歌集具有浓厚的国学特点；第二，李叔同将昆曲曲牌《柳叶儿》《武陵花》等收入歌集，彰显个人对民间音乐的喜好尊重。后来，辛汉《唱歌教科书》《中学唱歌集》、叶中泠《小学唱歌集》、华航琛《共和国民唱歌集》、冯梁《新编唱歌教科书》等音乐教科书相继出版，成为各地新式学堂受人青睐的专业教材。1907 年，清政府学部编译图书局编纂《初等小学乐歌教科书》出版，主要包括《早起》《入学》《鹅》《乌》《雁》《鸡》《好学生》《好军人》《观莲》《悯农》《农语》《游子吟》《渔父词》《国旗》《暑假》《教育宗旨》《卿云歌》《四时读书乐》等 53 首乐歌，乐歌题材涉及忠君报国、传统伦理道德、励志劝勉与学生生活等诸多方面，每首都以线谱、简谱并列，是截至目前我国所见最早由官方统编的音乐教科书。

众所周知，中国古代乐器主要包括金、石、丝、竹、匏、土、革、木等，但进入近代以来，随着西方传教士在华广泛宣传基督教义，西洋乐器（钢琴、风琴）陆续进入中国，西洋音乐表演艺术在诸多地区迅速传播开来。前文已经谈到，上海清心书院、山东登州文会馆、上海中西女塾、上海经正女塾等都开设琴科（乐歌课），实开一时代风气之先。后来，在近代新式军队中间成立军乐队，极大加速西方乐器在各地区普遍流行，比

---

① 黄今吾：《黄今吾先生序》，沈心工《心工唱歌集》，文瑞印书馆 1937 年版。

如，1899年袁世凯接受德国顾问高斯达的基本建议，在天津小站新建陆军中建立一支西式军乐队，这对后来学堂乐歌运动的开展以及学校组织铜管乐队的诸多活动，都产生积极的社会影响。然而，许多音乐教育家也切实认识到，"输入文明，而不制造文明，此文明仍非我家物。每岁统计教育品及工业品之携归故乡者，以万千记，而终不能自造一教育用品及工业用品，甚至一支木枪、二枚铁球，亦必购自日本。倘得其店减价廉售，已沾沾自喜，购风琴、洋琴者亦然。内地音乐发达一日，则需用风琴日多一日。苟不早事抵制，岂非教育上、工业上之一漏卮耶？愿输入文明者，勿但以数十册、数十页之小说，及数十册金字华装之杂志单本，作回家礼物也"。① 于是，他们在仿造泰西风琴洋琴的同时，也开始对中国传统乐器进行全面改造，以适应近现代音乐革新的现实需要，并且取得了显著成就，有效加速了中国新型音乐的现代化进程。总而言之，我国近代音乐教育制度、课程标准、教学方法、教材建设等经历从无到有、从幼稚到逐渐成长的艰难过程，从此揭开了中国近代新型音乐教育的新篇章。

第三节 学堂乐歌的题材类型和思想蕴含

许多乐歌在各种新式学堂中间广泛传唱，从曲调上来看，它们有的采用中国传统音乐曲调，有的直接借用日本和欧美国家的音乐曲调，总体上呈现多样化特征。从歌词的思想主题来看，许多学堂乐歌内容丰富，题材多样，感情真挚，它们主要宣扬爱国主义思想，提倡民主科学，尊崇尚武精神，主张妇女解放，倡导文明新风，勉励敬业乐群、敦品向学、惜时爱物，反对封建迷信，涤除陈规陋习，受到蒙养院童稚和青少年群体青睐。事实上，学堂乐歌不仅能够缓解疲劳，陶冶情操，也具有涵养德性的重要作用。"声音之道，感人深矣。唯彼声音，金出天然，若夫人为，厥有音乐。……盖琢磨道德，促社会之健全，陶冶性情，感精神之粹美，效用之力，宁有极欤？"② 然而，作为中国近代社会转型时期的产物，我们必须清醒地意识到，部分学堂乐歌在宣扬"修身"和"爱国"的同时，也掺

---

① 曾志忞：《音乐教育论》，张静蔚编《搜索历史——中国近现代音乐文论选编》，上海音乐出版社2004年版，第39—40页。

② 李叔同：《音乐小杂志·序》，张静蔚编《搜索历史——中国近现代音乐文论选编》，上海音乐出版社2004年版，第53页。

杂着浓厚的"君君臣臣,父父子子"的封建思想,甚至少数学堂乐歌仍然在为晚清政府的"德义仁政"歌功颂德,比如,《尊孔》《忠君》《五伦》《颂皇仁》《演孔歌》《大帝国》《慈寿》等等,其必然受到后人遗弃。纵观中国近代社会广泛传唱的学堂乐歌,大致可以划分为五种题材类型。

第一,抒发爱国之志,树立民族自信心。19世纪末20世纪初,中华民族面临着内外交困的危急时刻,国家财政严重赤字,国库空虚,经济凋敝,民不聊生,列强环伺,在国运衰微的危机时代,如何有效激发国人的民族自信心,救亡图存,呼吁国人警醒,尽快推翻封建帝制,建立资产阶级民主共和国,就成为许多仁人志士为之奋斗的基本目标。此时,《何日醒》《扬子江》《海战》《祖国歌》《黄河》《出军歌》《中国男儿》《十八省地理》《爱国》《大中华》《勉学》等蕴含着爱国主义色彩的经典乐歌,就在各种新式学堂和军队中广为流传,成为鼓舞国人奋发图强的时代强音。

《勉学》 吴怀疚

> 黑奴红种相继尽,唯我黄人酣未醒。东亚大陆将沉没,一曲歌成君且听。人生为学须及时,艳李秾桃百日姿。莫遣光阴等闲老,老大年华徒自悲。近追日本远欧美,世界文明次第开。少年努力咸自爱,时乎时乎不再来。①

此乐歌由吴怀疚先生所做,采用美国音乐曲调《罗萨·李》,收录于沈心工编《学校唱歌集》,1904年由上海文明书局出版。早在1902年,吴怀疚创办上海务本女塾,该校是上海第一所由中国人自办的女子学校。《勉学》的歌词感情真挚,催人警醒,深受青少年学生群体喜爱。后来,丰子恺在深情回忆早年恩师李叔同讲授《勉学》的场景之时说:"先生讲时声色俱厉,眼睛里几乎掉下泪来。我听了十分感动,方知道自己何等不幸,生在这样危殆的祖国里。我唱到'东亚大陆将沉没'一句,惊心跳胆,觉得脚底下这块土地真个要沉下去似的。所以我现在每逢唱到这歌,

---

① 毛翰编注:《辛亥革命踏歌行:1900—1916中国歌曲选》,安徽文艺出版社2011年版,第10页。

无论在何等逸乐、何等放荡、何等昏迷、何等冥顽的时候，也会警惕起来，振作起来，体验到儿时的纯正热烈的爱国的心情。"① 由此可见，《勉学》在当时给许多新式学堂学生带来的思想启迪，可谓入心入脑，深邃透彻，是如何形容都不为过的。

《祖国歌》 李叔同

　　上下数千年，一脉延，文明莫与肩。纵横数万里，膏腴地，独享天然利国是世界最古国，民是亚洲大国民，呜呼大国民！呜呼，惟我大国民！幸生珍世界，琳琅十倍增声价。我将骑狮越昆仑，驾鹤飞渡太平洋，谁与我仗剑挥刀？呜呼大国民，谁与我鼓吹庆升平？②

此歌又名《国民歌》《大国民》，早年刊载于 1904 年梁启超主编的《新民丛报》之上，完全借用民间乐曲《老六板》的曲调。据钱仁康教授考证，《老六板》又名《老八板》，是一首源远流长的民间乐曲，"两百多年来，在全国各地流传的过程中，因旋律、节拍、节奏、速度、调式、织式、曲式结构和演出形式的变化而产生了形形色色的变体和别名。对于这首脍炙人口的传统乐曲，人们不满足于仅仅被诸管弦，而有把它播于声乐，并与舞蹈和戏曲相结合的要求，于是各种填词歌曲应运而生"。③ 当时，《大国民》《勉学歌》《桃花院》等等乐歌，都是采用《老六板》的音乐曲调。1904 年 7 月 17 日，中国留日学生组织的"亚雅音乐会"为毕业生举行送别会。会后，大家"唱《国民歌》，全坐鹄立，雍容揄扬，有大国民气度焉"④。

第二，注重军国民教育，提倡尚武精神。甲午战争失败之后，清政府切实认识到日本在富国强兵道路上远超中国，之后就派遣大批优秀青少年学生赴日留学，学习东洋先进的科学技术和制度文明。受到日本尚武精神的深刻影响，广大留日学生大声呼吁清政府重视军国民教育，大力发展体

---

① 丰子恺：《丰子恺儿童文学全集：少年音乐故事》，海豚出版社 2011 年版，第 143 页。
② 李叔同：《祖国歌》，《弘一大师全集》编辑委员会编《弘一大师全集》（第七册），福建人民出版社 1991 年版，第 461 页。
③ 钱仁康：《学堂乐歌考源》，上海音乐出版社 2001 年版，第 33—34 页。
④ 《亚雅音乐会之历史》，张静蔚编《搜索历史——中国近现代音乐文论选编》，上海音乐出版社 2004 年版，第 16 页。

育事业，全面提高国民身体素质，不要再沦落为东亚病夫。"中小学校教师，宜授生徒以军事教育，唤起其尚武精神，而养成国民皆兵之资格。若能采斯巴达遗义，以军事纪律，部勒学校团体，其法尤妙。"① 紧接着，许多蕴含着军国民教育思想的学堂乐歌得到广泛传唱，比如，《体操》《军国民》《祈战死》《革命军》《军事教育》《尚武之精神》《大哉军人》《从军乐》《海战》《醒狮》《义勇队》《当兵》《练兵》等等，都成为催人警醒的军国民教育之歌。

《雪中行军》 佚名

哥哥手巾好作旗，弟弟竹竿好作马。邻家兄弟拿枪来，来到山中伫兵队。山中处处皆大雪，路上无人飞鸟绝。北风刮面如剪刀，黑衣尽变白衣色。我等不怕死，哪怕风与雪？

哥哥你作司令官，快步慢步由你说。山中喇叭呜呜吹，山下人家把门开。山下人家你莫惊，我等不是外国兵。也非山中有盗贼，乃是学生冒雪来行军。将来替你打胜仗，保我中国四万万人人都安宁，四万万人人都安宁。②

作为一首学校歌曲，《雪中行军》原载叶中泠编《小学唱歌教科书初集》，1906 年由上海商务印书馆出版，后来分别收录在《民国歌集》《军国民教育唱歌初集》《仁声歌集》。《雪中行军》借用日本铃木米次郎的音乐曲调，即"去四七大调式"的日本曲调，采用"三段式"的乐歌结构。据钱仁康教授考证，"此歌在《东亚唱歌》中题作《白雪歌》，为亚雅音乐会所授歌曲，而亚雅音乐会的主讲教师就是铃木米次郎"。③《雪中行军》是我国当时流行时间最长的学堂乐歌之一。

《海战》 曾志忞

白浪排空滚滚来，远远裹几只兵船，开足快轮就要战，全军勇气

---

① 《军事教育普及于国民之方法手段》，《大陆》1904 年 3 月 6 日第 1 号。
② 华振编：《小学唱歌教科书一集》，商务印书馆 1906 年版，第 33 页。
③ 钱仁康：《学堂乐歌考源》，上海音乐出版社 2001 年版，第 87 页。

如雷。煌煌军令令旗升,排作长蛇阵。望敌船冲先锋,如入无人境。

轰轰大炮一片声,空中烟焰飞腾。一霎间风平浪静,四海庆升平。敌船沉没敌将逃,万岁呼声高。将士归来人钦敬,腰挂九龙刀。①

此歌原载江苏同乡会编印的1903年第7期《江苏》杂志,后收入曾志忞编撰《教育唱歌集》,1904年在日本出版发行。曾志忞认为,音乐对军事具有重要作用:"一足以慰军士之疲劳,二足以忠军士之规律,三足以鼓军士之勇敢。"② 他在此乐歌中没有触及甲午海战给中国人带来的痛苦记忆,仅仅是畅想中国海军强大称雄的美好远景,以此来鼓舞军队士气,振奋人心,希望能给中国海军带来精神慰藉,明显具有军国民教育的刺激作用。

第三,破除封建陋习,倡导女性解放。女子教育是晚清民初社会教育变革的重要内容之一。"固国础之道,在于育英。育英之方法不一,大设学堂,虽谓良法,抑亦未也。欲获人才,须造良家庭。欲得良家庭,须造贤母。贤母养成之道,在教育女子而已。故曰:国家百年之大计,在女子教育。无他,是教育之根本,而实巩固国础之法。"③ 因此,打破束缚女性身体和精神的多重桎梏,破除各种封建陋习和恶俗,主张男女平权,倡导女性自由解放,构建现代女性国民,就成为各种新式学堂教育的重要组成部分。于是,《缠足苦》《放脚歌》《足乐》《勉女权》《复权歌》《女国民》等诸多乐歌也就应运而生,成为中国近代妇女解放运动的时代强音。《勉女权》的歌词如下:

《勉女权》 秋瑾

吾辈爱自由,勉励自由一杯酒。男女平权天赋就,岂甘居牛后。愿奋然自拔,一洗从前羞耻垢。若安作同俦,恢复江山劳素手。

---

① 曾志忞编:《教育唱歌集》,东京:东京并木活版所1904年版,第32页。
② 曾志忞:《音乐教育论》,张静蔚编《搜索历史——中国近现代音乐文论选编》,上海音乐出版社2004年版,第43页。
③ 吴汝纶:《函札笔谈——前山阳高等女学校校长望月与三郎书》,《东游丛录》,朝华出版社2018年版,第2页。

旧习最堪羞，女子竟同马与牛。曙光新放文明候，独立占头筹。愿奴隶根除，知识学问历练就。责任上肩头，国民女杰期无负。①

此歌刊载于秋瑾在上海创办的《中国女报》1907年第2号。《中国女报》的宗旨是"开通风气，提倡女学，联感情，结团体，并为他日创设中国妇女协会之基础"。作为中国近代社会妇女解放运动的先驱者，秋瑾在日本期间曾经参加三合会、光复会、同盟会等革命组织，在积极投入资产阶级民主革命活动的同时，也大力宣传妇女解放，倡导男女平等。歌中除了鼓吹"爱自由"和"男女平权"的思想之外，还把妇女解放和中国资产阶级民主革命进行勾连，鼓励妇女独立自强，彻底祛除依附之奴性，充分表达了革命者内心深处的崇高理想。实际上，在秋瑾的诸多诗歌中，最接近白话诗体的是《勉女权》《同胞苦》《叹中国》《支那逐魔歌》等歌词以及弹词《精卫石》。秋瑾在歌词中呼唤女权，歌颂自由，抨击满人专制，同情被奴役同胞的疾苦，也哀叹沉睡的中华民族在祖国面临被瓜分之时"无心无肝无脑筋""如醉如梦如半死"。《精卫石》中的弹词最接近白话诗，如描写婆婆"憎媳妇，宠孩儿，任儿游荡反帮之。……务使其夫嫌妻子，方遂私欲喜孜孜"。

《足乐》 佚名

正月里春色到江边，好一班有志的放足女青年。每日间约定了，几个同窗友，手挽手大踏步，走到学堂前，走到学堂前。

黄昏后落日鲜，一队队下课依旧把家旋。看他们来和往，身体多自在，岂似那薄命人，苦苦地裹金莲，苦苦裹金莲。②

此歌原载1908年11月张无为编《灿花集》第1期，题为《风俗小曲：足乐（梳妆台调）》，由上海灿花书社发行。缠足活动是中国古代社会的传统封建陋习，严重毒害了中国女性身心健康长达几千年之久。晚清

---

① 毛翰编注：《辛亥革命踏歌行：1900—1916中国歌曲选》，安徽文艺出版社2011年版，第86页。

② 毛翰编注：《辛亥革命踏歌行：1900—1916中国歌曲选》，安徽文艺出版社2011年版，第101页。

以降，许多有识之士提倡建立不缠足会，积极开展不缠足运动，期待彻底革除这一陈规恶俗，提倡妇女解放。正如黄遵宪所说"所望不缠足一事，父诏而足勉，家喻而户晓；早除一日，即早脱一日之厄，多救一人，即多得一人之用；以存天理，以敦人伦，以保人权，以修家事，以全生命，以厚风俗，以葆种族"，可谓真实道出不缠足的种种益处。《足乐》生动描述天足女生的身心快乐，与乐歌《缠足苦》形成鲜明对比，对当时中国妇女解放运动具有促进作用。

第四，尊崇科学文明，戒除不良恶习。在轰轰烈烈的社会改革浪潮中，人们认识到现实社会存在着许多不健康的习惯，是和现代文明相互背离的。当时，"西人论中国三弊：曰鸦片烟；曰女子缠足；曰时文"。"师夷长技以制夷"是许多洋务派人士的改革目标，"近学日本，远习欧美"就成为改革派救亡图存的基本出路。此时，学习西方先进科学技术，戒除各种不良恶习，构建文明社会风气，就成为时代变革中的应有之义。在"西学东渐"的特殊语境中，《竞争》《铁道》《铁路》《地理》《历史》《格致》《阅报》《月界旅行》《文明结婚》《剪辫》《戒赌》《戒纸烟》《戒鸦片》《辟占验》等许多乐歌，就成为中国近代社会教育变革的绝佳文本，日益受到国人重视。

《竞争》 佚名

> 竞争竞争，天然淘汰，世界日翻新。黄与白竞，风云大陆，优者先占胜。南与北争，江河流域，适者得生存。士农商工，争名竞利，鼓动进文明。不畏强御，不避艰险，完我独立身。铁血主义，于今为烈，何日睹升平？[①]

此歌初见于叶中泠编《小学唱歌集教科书》二集，1907年上海商务印书馆出版。1897年，严复翻译赫胥黎的《天演论》之后，"物竞天择，适者生存"成为中国人睁眼看世界的重要思想武器。作为一种生存法则，"优胜劣汰"实际上不仅适用于自然界，也适合人类社会发展进化。晚清以降，清政府备受西方列强欺凌，被迫签订许多丧权辱国的不平等条约，

---

① 叶中泠编：《小学唱歌教科书二集》，商务印书馆1907年版，第35页。

再次验证"落后就要挨打"是一条颠扑不破的真理。于是,提倡现代科学文明,积极融入世界文明秩序,在相互砥砺过程中提升核心竞争力,就成为国人救亡图存的必然出路。

《戒鸦片》 华航琛

叹鸦片输入中原,流毒正无穷。看年年无数金钱,输出实可痛。愿我同胞快禁绝,富强甲亚东。

叹鸦片弱国病民,贻害实无边。看人人曲背扛肩,憔悴实可怜。劝我同胞早戒绝,康健乐天年。[①]

此歌原载华航琛编《共和国民唱歌集》,1912年6月由商务印书馆出版。作者怀着忧国忧民之情,痛斥鸦片对国人的身心毒害,其不但吸食同胞的金钱财富,而且也侵蚀人们的身体健康,造成国民体格下降,精神委顿,军队战斗力锐减,可谓贻害无穷,在客观上会使人们沦为弱国病民。张之洞在《劝学篇》中指出:"悲哉!洋烟之为害,乃今日之洪水猛兽也。然而殆有甚焉。洪水之害,不过九载。猛兽之害,不出殷都。洋烟之害,流毒百余年,蔓延二十二省,受其害者数十万万人,以后浸淫尚未有艾。废人才,弱兵气,耗财力,遂成为今日之中国矣……更数十年必至中国胥化而为四裔之魑魅而后已。"[②] 因此,国人只有早日戒除吸食鸦片的恶习,才能逐渐摆脱思想颓废的消极状态,争取早日进入现代文明的社会行列。

第五,勉励青少年强身乐学,真实反映校园生活。青少年群体是一个国家和民族未来的真正希望,在国家富强和民族复兴过程中发挥着至关重要的作用。青少年惟有在德、智、体、美、劳等全面发展,才可能成为国家建设未来的中流砥柱。因此,那些注重敦品向学、惜时爱物的学堂乐歌也就应运而生,其在培养学生日常习惯和提高学生思想道德素养上发挥着积极作用,比如,《放学》《读书》《夕会歌》《始业式》《早起》《春郊赛跑》《体操》《木马》《赛船》等,都是受到青少年百唱不厌的经典乐

[①] 毛翰编注:《辛亥革命踏歌行:1900—1916中国歌曲选》,安徽文艺出版社2011年版,第134页。

[②] 张之洞撰,陈山榜评注:《劝学篇》,吉林出版集团有限责任公司2011年版,第56页。

歌。"能使儿童口舌之间，引起各科之旧观念，而得新知识，此一端也。同班生徒，同唱一歌，调其律，和其声，互相联合，声气一致，可引起儿童之共同心。"① 其中，《始业式》和《体操》歌词如下：

《始业式》 佚名

学堂今朝开校，清晨起床早。同学依然济济，殷勤相问好。国旗五色飘飘，旭日正相照。从兹进步愈速，知识日增高。②

本乐歌采用法国民歌《月光》的曲调，原载王德昌、毛广勇、赵骧编《中华唱歌集》三集，1912 年 11 月版。在新学期开学典礼仪式上，五色国旗飘飘，同学之间相互问候，追求进步，积极向上，洋溢着青春的气息。与此同时，另有一首《终业式》运用英国民歌《友谊地久天长》的音乐曲调，梁启超填词。其中，第一部分歌词是："国旗赫赫悬当中，华旭照黄龙。国歌肃肃谐笙镛，汉声奏《大风》。借问仪式何其隆，迎我主人翁。於乎！今日一少年，来日主人翁。"③ 本乐歌与《始业式》相映成趣，成为许多新式学堂广泛使用的校园之歌。

《体操（女子用）》 沈心工

娇娇，这个好名词，决计吾们不要，吾既要吾学问好，吾又要吾身体好。操操，二十世纪中，吾辈也是英豪。

娇娇，这个好名词，决计吾们不要，弗怕白人那样高，弗忧黄人这样小。操操，二十世纪中，吾辈也是英豪。

娇娇，这个好名词，决计吾们不要，吾头顶天天起高，吾脚立地

---

① 保三：《乐歌一斑》，张静蔚编《搜索历史——中国近现代音乐文论选编》，上海音乐出版社 2004 年版，第 18 页。
② 毛翰编注：《辛亥革命踏歌行：1900—1916 中国歌曲选》，安徽文艺出版社 2011 年版，第 146 页。
③ 梁启超：《饮冰室诗话·一一八》，汤志钧、汤仁泽编《梁启超全集》（第三卷），中国人民大学出版社 2018 年版，第 247 页。

地不摇。操操,二十世纪中,吾辈也是英豪。①

《体操》后改名《女子体操歌》,是沈心工为了配合女子体操运动创作而成。"吾谓女学之体操为尤要。盖女子者,国民之母也。一国之中,其女子之体魄强者,则男子之体魄亦必强。我国人种之不及欧美者,亦以女子之体魄弱耳。"②本乐歌借用德国民歌《离别爱人》的曲调填词,据钱仁康教授考证,叶中泠《春之花》、胡君复《云耶霞耶》、华航琛《自治》《文明结婚》《谢宾》等学堂乐歌,都是利用《离别爱人》的音乐曲调创作而成。《体操》真实地反映女子思想精神已经开始觉醒,提倡学问和身体并重,努力成为时代新女性。

总而言之,学堂乐歌在中国近代音乐发展史上具有重要意义,可以概括为三个方面:第一,学堂乐歌在各种新式学堂广泛传唱过程中,许多外国音乐理论和知识技能(包括线谱、简谱记谱法、乐器演奏法)被大量引入国内,有效提高了中国近代学校音乐教育的整体水平,可以看作是中外文化交流互鉴的表征;第二,为了适应近代社会变革的现实需要,一大批优秀的学堂乐歌应运而生,它们不仅宣扬爱国主义观念,输入现代科学文明,提倡女性解放,主张军国民教育思想,也注重青少年日常生活习惯的改进,有效推动了中国近代社会发展进程;第三,许多学堂乐歌歌词平易浅白,朗朗上口,曲调旋律清新俊朗,富有音乐性,这在客观上有效突破了旧体诗词的传统格律,尝试一种新的诗歌形式,其可能蕴含着中国早期白话新诗发生的轨迹,有待于我们进一步挖掘。

---

① 毛翰编注:《辛亥革命踏歌行:1900—1916中国歌曲选》,安徽文艺出版社2011年版,第14页。
② 刘瑞莪:《记女学体操》,《女子世界》1904年第7期。

第二章

学堂乐歌与中国诗歌的文体转型

学堂乐歌是中国诗歌从古典向现代转型的重要环节。从结构模式上来讲,学堂乐歌在章节结构方面发生了显著变化,开始从严整规范向宽松自由转变,明显区别于中国古典诗歌的传统结构模式。在音乐曲调方面,学堂乐歌呈现出多元性和多源性的典型特征,其大众化色彩逐渐得到彰显。在语言体式方面,学堂乐歌初步实现从"文言"到"文白掺杂"的过渡转型,许多新词语和新语句开始进入乐歌文本,有效拓宽近代汉语的表达空间。在句法结构上,学堂乐歌继承中国传统句法结构的同时,大胆引进欧化句法规范,在一定程度上改变着知识分子的书面表达习惯。正是在这一意义上,我们说,学堂乐歌在中国诗歌的文体转型中发挥着重要作用,值得深入研究。

第一节 结构模式:从"传统诗体"向"现代诗体"

中华民族是一个具有五千年文明史的伟大民族,在这块古老神奇的土地上,曾经诞生过诸多文明形态。单就文学方面来讲,诗歌是产生时间较早的艺术形式之一,也是发展演变最充分的文学体裁,可谓中国文学百花苑中的一棵常青树,永远保持着旺盛的生长动力。在不同历史时期,中国古典诗歌呈现出自身发展演变规律,诗经、楚辞、乐府诗、唐诗、宋词、元曲等都具有浓厚的社会历史特色,分别代表着各自时代文学发展的最高成就。具体来讲,先秦时期,中国诗歌产生过《诗经》和《楚辞》,《诗经》是我国文字记载最早的诗歌总集,作品大部分以四言为主,主要可以划分为"风""雅""颂"三类,它们基本上能够入乐演唱。《楚辞》大约产生于战国时期,是一种不同于《诗经》的新诗体,带有鲜明的南方文化特色，句式较为自由，多为四、五、六句式，长短不齐，浪漫主义色彩颇为浓厚。两汉魏晋南北朝时期，中国诗歌出现乐府诗、民歌和文人五言诗。其中，文人五言诗是在民间歌谣和乐府诗的基础上发展而来的，在中国诗歌发展史上具有特殊意义，为后来格律诗词的产生提供了有利条件，主要代表作是《古诗十九首》《木兰辞》《孔雀东南飞》。郭茂倩在《乐府诗集》中把乐府诗分为十二类："一、郊庙歌辞；二、燕射歌辞；三、鼓吹曲辞；四、横吹曲辞；五、相和歌辞；六、清商曲辞；七、舞曲歌辞；八、琴曲歌辞；九、杂曲歌辞；十、近代曲辞；十一、杂歌谣词；十二、新乐府辞。"① 至魏晋南北朝时期，五言诗基本发展到鼎盛阶段，逐渐呈现出不同艺术风格的诗歌体式，比如，以曹操、曹植、曹丕和建安七子为代表的建安诗体，以"竹林七贤"为代表的正史体，还有太康体、永嘉体、永明体、齐梁体等，分别代表着不同历史时期的诗歌体式。经过长时段的发展演变，至唐代中国古典诗歌在章节结构、音韵格律、语法规范等方面逐渐趋于成熟，形成较为稳定的结构模式。不管是古体诗、近体诗，还是歌行体、乐府体，中国古典诗歌体式已经逐渐趋于完备，题材广泛，内容丰富，流派众多，风格多样，相继出现李白、杜甫、白居易、杜牧、李商隐等许多享誉世界文坛的经典诗人。晚唐五代时期，作为一种新诗体，词的创作逐渐趋于繁荣，对后来宋代词的发展产生深远影响。宋代著名词人王安石、苏轼、黄庭坚、陆游、范仲淹、柳永、秦观、周邦彦等，在宋词领域贡献卓著，也是我国诗歌创作过程中不可逾越的重要高峰。元曲是继宋词兴起之后的一种新诗体，语言通俗易懂，格调清新自然，音乐性特征明显，适合世人演唱。明清时期，中国的文人诗词和民歌也有一定程度的发展，但是原来的"诵诗"传统逐渐减弱，诗歌的音乐表现空间日益萎缩，在表达效果上逐渐被语言空间所取代。纵观中国古典诗歌发展轨迹，可以看出，任何诗歌体式演变都和特定时代具有密切关系，在历经萌芽期、发展期、高峰期、落潮期之后，最终被另一种文学形式所取代。正是在这一意义上，陈子展说，"无论哪一种文体发展到了一定的限度，方法用得愈纯熟了，成了故套；规律变得愈严密了，成了枷锁；后来作它的人，为故套所范围，为枷锁所束缚，总不容易做出有生命有价值的作品来。于是不得不转变方向以求解放，解放成功，而新的文体

---

① 朱自清：《中国歌谣》，江西教育出版社 2018 年版，第 68 页。

于以成立"。①

晚清以降，中国诗歌体式面临着难得的发展机遇，社会文化语境催生着思想观念的剧烈变革，特别是许多外来文化思潮被源源不断地引进中国，有效地改变着中国诗歌体式的基本面貌。之后，新学诗、新体诗、新派诗等不同诗歌体式相继涌现，其在章节结构上呈现多样化特征。梁启超说："过渡时代，必言革命。然革命者，当革其精神，非革其形式。吾党近好言诗界革命。虽然，若以堆积满纸新名词为革命，是又满洲政府变法维新之类也。能以旧风格含新意境，斯可以举革命之实矣。苟能尔尔，则虽间杂一二新名词，亦不为病。不尔，则徒示人以俭而已。"② 可以看出，梁启超强调的是"不可不备三长：第一要新意境，第二要新语句，而须以古人之风格入之，然后成其为诗"。因此，梁启超并不提倡打破中国古典诗歌的传统格律和语法结构，而是主张在新诗歌精神和意象上下功夫。事实上，"新语句"的应有之义并不仅是吸收新名词，也包括打破诗歌格律传统，在语法结构和思维方式上实现革新。比如，黄遵宪的《樱花歌》《冯将军歌》《降将军歌》《幼稚园上学歌》《小学校学生相和歌》、蒋智由的《奴才好》、梁启超的《志未酬》《举国皆我敌》《二十世纪太平洋歌》等，都和中国古典诗歌体式存在显著差异，特别是在结构体式上早已发生根本变化。其中，黄遵宪《小学校学生相和歌》就属于典型之作，歌词如下：

《小学校学生相和歌》 黄遵宪

来来汝小生，汝看汝面何种族？芒砀五洲几大陆，红苗蜷伏黑蛮辱。虬髯碧眼独横行，虎视眈眈欲逐逐。於戏我小生，全球半黄人，以何保面目？

来来汝小生，汝所践土是何国？身毒沦亡犹太灭，天父悲啼佛祖默。四千余岁国仅存，盖地旧图愁改色。於戏我小生，胸中日芥蒂，茫茫此禹域。

来来汝小生，人于太仓稊米身。人非群力奚自存，裸虫三百不能

---

① 陈子展：《中国近代文学之变迁》，上海古籍出版社2000年版，第35页。
② 梁启超：《饮冰室诗话·六三》，汤志钧、汤仁泽编《梁启超全集》（第三卷），中国人民大学出版社2018年版，第208页。

群。菹龙柙虎人独尊，非众生恩其谁恩？於戏我小生，人不顾同群，世界人非人。

来来汝小生，汝之司牧为汝君。尊如天帝如鬼神，伏地谒拜称主臣。汝看东西立宪国，如一家子尊复亲。於戏我小生，三月麑裘歌，亦曾歌维新。

来来汝小生，汝身莫作瓶器盛。牛儿马儿堕地鸣，能饮能食能步行。三年鞠我出入腹，须臾失母难生成。於戏我小生，佛亦报亲恩，忘亲乃畜生。①

总体来讲，本首乐歌句式长短不齐，自由松散，句式转换自由，没有任何基本规律可循，已经初步冲破中国古典诗歌的结构模式。再如，蒋智由《奴才好》："奴才好，奴才好，勿管内政与外交，大家鼓里且睡觉。古人有句常言道，臣当忠，子当孝，大家切勿胡乱闹。满洲入关二百年，我的奴才做惯了，他的江山他的财，他要分人听他好。"② 可以看出，《奴才好》在章节结构上自由多变，语言平易晓畅，具有歌谣化特征，是近体诗创作过程中的典型之作。除此之外，在章节结构上，梁启超的《志未酬》和《举国皆我敌》也正在从整饬均齐走向长短不一，全诗分别如下：

《志未酬》　　梁启超

志未酬，志未酬，问君之志几时酬？志亦无尽量，酬亦无尽时。世界进步靡有止期，吾之希望亦靡有止期。众生苦恼不断如乱丝，吾之悲悯亦不断如乱丝。登高山复有高山，出瀛海更有瀛海。任龙腾虎跃以度此百年兮，所成就其能几许？虽成少许，不敢自轻，不有少许兮，多许奚自生。但望前途之宏廓而廖远兮，其孰能无感于余情。吁嗟乎！男儿志兮天下事，但有进兮不有止，言志已酬便无志。③

---

① 黄遵宪：《小学校学生相和歌》，陈铮编《黄遵宪全集》（上册），中华书局 2005 年版，第 225 页。
② 蒋智由：《奴才好》，王敏红、钱斌、丁盛编注《蒋智由全集》，浙江大学出版社 2021 年版，第 216 页。
③ 梁启超：《志未酬》，汤志钧、汤仁泽编《梁启超全集》（第十七卷），中国人民大学出版社 2018 年版，第 600 页。

《举国皆我敌》 梁启超

举国皆我敌，吾能勿悲！吾虽吾悲而不改吾度兮，吾有所自信而不辞。世非混浊兮，不必改革，众安混浊而我独否兮，是我先与众敌。阐哲理指为非圣兮，倡民权谓曰畔道。积千年旧脑之习惯兮，岂旦暮而可易。先知有责，觉后是任，后者终必觉，但其觉匪今。十年以前之大敌，十年以后皆知音。君不见，苏格拉瘦死兮。基督钉架，牺牲一身觉天下，以此发心度众生。得大无畏兮自在游行，眇躯独立世界上。挑战四万万群盲，一役罢战复他役，文明无尽兮竞争无时停。百年四面楚歌里，寸心炯炯何所撄。[1]

反观近代1300多首学堂乐歌，我们发现它们在结构方面主要呈现四种不同类型："一段式"（沈心工《蝴蝶来》《月》《耕牛》、李叔同《春游》《祖国歌》、曾志忞《老鸦》），"两段式"（沈心工《燕燕》《时计》、曾志忞《纸鹞》《春朝》），"三段式"（沈心工《凯旋》《体操》）以及"多段式"（黄遵宪《出军歌》、沈心工《缠足歌》、王引才《扬子江》），后来均被证明成为非常流行的乐歌结构模式。比如，曾志忞的《老鸦》，即属于"一段式"，歌词简易平和，朗朗上口，深受幼稚园孩童喜爱，歌词如下：

《老鸦》（幼稚园用） 曾志忞

老鸦老鸦对我叫，老鸦真正孝。老鸦老了不能飞，对着小鸦啼。小鸦朝朝打食归，打食归来先喂母。自己不吃犹是可，母亲从前喂过我。[2]

从章节结构上讲，沈心工的《铁匠》歌词分为两段，结构自由灵活，多用拟声词，音乐性较强，两段旋律相互对比，最后两小节相同，造成了

---

[1] 梁启超：《举国皆我敌》，汤志钧、汤仁泽编《梁启超全集》（第十七卷），中国人民大学出版社2018年版，第601页。文中"瘦死"应为"瘐死"。

[2] 曾志忞编：《教育唱歌集》，东京：东京并木活版所1904年版，第2页。

"合尾"的结构形态。《铁匠》是沈心工借鉴英国民间舞曲《村舞》谱曲填词。"余初学作歌时,多选日本曲,近年则厌之,而多选西洋曲。以日本曲之音节,一推一板虽然动听,终不脱小家气派。若西洋曲之音节,则浑融浏量者多,甚或挺接硬转,别有一种高尚之风度也。"[①] 在词语运用上,"好像拍板铁匠要唱歌""生意发达工作日夜忙",都属于非常标准的现代汉语句式。沈心工生动描述普通铁匠的劳动生活场景,形象逼真,栩栩如生,最后却唱出"他国的长处要模仿,自己的方法要改良"的不俗之论,音乐教化色彩明显。《铁匠》歌词如下:

《铁匠》 沈心工

披播披播,披播,风箱一个。披播披播,披播,打风升火。披播,披播,披披播,好像拍板,铁匠要唱歌,歌。拿起了锉刀我能挫,滚转的磨石我能磨。种种的铁工我能作,能作能作,风箱披披播,播。

叮当叮当,叮当,看吾工匠,叮当叮当,叮当,手段高强,叮当叮当,叮叮当,生意发达,工作日夜忙,忙。他国的长处要模仿,自己的方法要改良。种种的出品得奖赏,奖赏奖赏,铁锤叮叮当,当。[②]

沈心工《凯旋》原载《学校唱歌二集》,运用美国人福斯特创作歌曲《主人长眠冷土中》的曲调,以五声音阶为基础,音乐淳朴自然。此歌是运动会用歌,作者由体育运动会的得胜获奖,联想到种族兴亡和立志报国。后来,《凯旋》被广泛用作军歌。辛亥革命取得胜利之后,华航琛曾经仿照《凯旋》的句式创作《追悼先烈歌》《给奖》《恳亲会》三首乐歌,后来分别收入《共和国民唱歌集》《新教育唱歌集》。从句式上讲,《凯旋》属于典型的"三段式",歌词如下:

[①] 黄今吾:《黄今吾先生序》,沈心工《心工唱歌集》,文瑞印书馆1937年版。
[②] 沈心工:《心工唱歌集》,文瑞印书馆1937年版,第47页。

《凯旋》　沈心工

请看千万只的眼光，都射在谁身上？几辈英雄受着上赏，大脚阔步挺胸膛。你莫说他狂，也莫笑他憨，估他肩上多少斤两，不有力气怎担当？

同胞同胞试想试想，你心上觉怎样？二十世纪初的风浪，滚滚西渡太平洋。我民族兴亡，个个关痛痒，只要相爱不要相让，包你立脚有地方。

一歌再歌慨当以慷，我三歌气更壮。拼我热血换个铜像，要与日月比亮光。我龙旗飞扬，到处人瞻仰，中国长寿无量，地大山高海泱泱。①

胡君复的《花园》属于"多段式"，后来收录于《新唱歌》，1913年5月商务印书馆出版，曲调和沈心工的《采莲》歌完全相同，因歌词创作符合现代汉语语法规范，一字唱一音，浅显易解而传唱很广。《花园》的歌词如下：

《花园》　胡君复

一座好花园，花还未开也好看。今年不开明年看，年年种树树完全。空气好新鲜，大家结伴去游园。

一座好花园，花正开时更好看。花枝袅袅风前舞，风香隐隐风中传。留与大家看，紫蝶黄蜂也喜欢。

一座好花园，姊妹同来仔细看。不须采花插在鬓，只要开花春满园。一路团团转，到晚归来说不完。

一座好花园，兄弟同来仔细看。花有精神像我辈，花如笑语祝平安。欲去又盘桓，说与娘听也要看。

一座好花园，阿娘听我也要看。看到好花开笑口，东边亭子西阑

---

① 毛翰编注：《辛亥革命踏歌行：1900—1916 中国歌曲选》，安徽文艺出版社 2011 年版，第 71 页。

干。明岁又依然，愿花长好月长圆。①

综上所述，学堂乐歌在章节结构上的多样化态势，对现代诗歌的诗体建设是有历史性贡献的。表面上看，章节结构属于外在形式范畴，并不绝对影响学堂乐歌的音乐表现空间。但是，这种"反抗传统"的形式手段却使学堂乐歌能够满足现代审美需要，在日常生活中易于传播接受。实际上，不管是"选曲填词"，还是"依曲填词"，学堂乐歌的章节结构并不取决于人们的兴趣爱好，而是完全受制于乐歌曲调的构成形态。因此，学堂乐歌的章节结构和自身填词方式密切相连，其字数多少是由乐歌曲调和旋律决定的。

第二节 节奏韵律：从选曲填词到"歌谣化"

诗歌是一种语言艺术，而声音是语言不可分割的重要组成部分。因此，中国诗歌和音乐具有密切关联，主要经历"以乐从诗""采诗入乐""倚声填词"三个不同阶段。"在昔原始之民，其居群中，盖惟以姿态声音，自达其情意而已。声音繁变，寖成言辞，言辞谐美，乃兆歌咏。时属草昧，庶民朴淳，心志郁于内，则任情而歌呼，天地变于外，则祗畏以颂祝，踊跃吟叹，时越俦辈，为众所赏，默识不忘，口耳相传，或逮后世。"② 总体来讲，中国诗歌经历过从诗乐一体到诗乐分离的历史过程。"大抵世愈近则音益靡，格益降。有文无声，一也；有声无音，二也；有音而器不调，三也。"③ 此种"诗"和"歌"的严重分离，深刻影响中国诗歌在内容和形式方面的嬗变轨迹。唐代以前，尽管中国诗歌在韵律方面追求和谐，但在声韵上并没有形成严格规范和约束，因而在形式上是相对自由的；唐代之后，中国诗歌在节奏韵律上逐渐形成稳定结构模式，在平仄、对仗、字数、节奏等方面都有严格要求，此种格局延续到晚清才逐渐出现历史性拐点。"其所呈现出来的态势，即'最坚固细密的诗歌声韵体

---

① 钱仁康：《学堂乐歌考源》，上海音乐出版社2001年版，第132—133页。
② 鲁迅：《汉文学史纲要》，《鲁迅全集》（第九卷），人民文学出版社2005年版，第353页。
③ 匪石：《中国音乐改良说》，张静蔚编《搜索历史——中国近现代音乐文论选编》，上海音乐出版社2004年版，第35页。

例已经出现松动'的整体倾向,已从汉字声律本身昭示诗歌会在业已成型的规范之外寻求更为宽泛的形式,并朝着自由诗体的方向进行拓展的趋势。"① 这直接预示着中国诗歌体式正在发生革命性变化。

值得注意的是,晚清"诗界革命"的倡导者梁启超、黄遵宪等人,也是学堂乐歌运动的重要鼓吹者,正是他们的多重文化身份和艺术眼光,才真正架起中国近代诗歌和音乐教育的沟通桥梁。"故以之养国民之道德,则道德修;以之革社会之风俗,则风俗易;以之助一般之学艺,则学艺进;以之调人类之性情、全人类之品格,则性情、品格尚。此种能力,惟音乐足以当之。"② 然而,明清之后,"诗"和"歌"在发展过程中逐渐出现分离现象,这就严重弱化了中国古典诗歌的教化功能,在客观上使中国诗歌发展进入沉滞阶段,几乎再没有出现艺术高峰。可以说,中国诗歌正在面临着整体性转型,倘若没有被注入现代性因素,必将进入了无生气的沉寂期。随后,沈心工、李叔同、曾志忞等留日学生群体,广泛借鉴东洋、西洋、民间等音乐曲调,试图对中国传统音乐进行全面改造,相继创作出大量富有时代气息的学堂乐歌。可以看出,学堂乐歌运动有效唤醒了中国古典诗歌的音乐传统,也是中国诗歌实现自我蜕变的良好契机。正是在学堂乐歌运动的现实刺激之下,中国诗歌在"诗性"和"歌性"之间建立密切联系,以别样形式重新焕发内在活力。

在"选曲填词"过程中,学堂乐歌不仅利用中国传统音乐曲调,还大量借助日本和欧美曲调,给中国近代音乐教育注入许多新鲜活力。"因为借鉴了西洋音乐,乐歌进一步活跃的旋律为人们在唱与读之间建立起了一种难以觉察但又十分微妙的协和感,它加快转变韵文爱好者欣赏传统诗歌的习惯,从而为诗歌语言的进一步灵活运用打开了空间。"③ "歌辞与乐曲,必须互相调和,融成一片。如以庄严之句击勇壮之辞,以喜乐之音入悲之句,在门外汉听之,虽不能指摘其谬,然于教育上,实无何等价值。且我国语之发音殊不同于他国,今教育唱歌既多采用西乐,则身负教育之责而从事作歌作曲者,不但须精通西乐,即本国之诗歌词曲,亦须有根

---

① 谢君兰:《古今流变与中国新诗白话传统的生成》,羊城晚报出版社 2017 年版,第 89 页。
② 黄子绳等:《教育唱歌·叙言》,张静蔚编《搜索历史——中国近现代音乐文论编选》,上海音乐出版社 2004 年版,第 20 页。
③ 谢君兰:《古今流变与中国新诗白话传统的生成》,羊城晚报出版社 2017 年版,第 95 页。

底，其他声韵反切之学，更须研究。"① 单就中国传统音乐曲调来讲，由于其主要来自民间社会，天然就带有浓郁的日常生活气息。梁启超的《从军乐》（用《梳妆台》调）、沈心工的《苍蝇歌》《缠脚的苦》（均用《梳妆台》调）《蝶与燕》《剪辫》（均用《茉莉花》调）《采茶歌》（用《凤阳花鼓》）、叶中泠的《文明婚》（用《宫苑思春》调）等，都在各种新式学堂流传甚广。其中，沈心工的《采茶歌》采用明清时期流行于安徽地区的民间歌舞——凤阳花鼓，其原来是集曲艺和歌舞为一体的传统民间表演艺术，后来演变成外出逃荒的贫苦农民沿街乞讨时所唱之曲，歌舞因素在凤阳花鼓中逐渐淡出，仅剩下唱曲部分，主要分"坐唱"和"唱门头"两种形式。《采茶歌》的歌词如下：

《采茶歌》 沈心工

采茶去，携茶筐，山前山后新茶香。去年茶树小如妹，今年茶树如侬长。芽尖采得舌尖芳，留取归家献阿娘。西家昔爱华茶好，而今出口华茶少，西家亦唱采茶歌，懊侬心苦茶如何？②

曾志忞在《告诗人——教育唱歌集·序》中说："总言之，诗人之诗，上者写恋穷狂怨之志，下者博渊奇特之名，要非皆教育的、唱歌的者也。近数年有矫其弊者，稍变体格，分章句，间长短，名曰学校唱歌，其命意可谓是矣。然词意深曲，不宜小学，且修词间有未适，于教育之理论实际病焉。"③ 客观来讲，很多学堂乐歌的潜在接受对象是初级学堂6—13岁左右适龄儿童，由于他们的身体心智与知、情、意等都处于成长阶段，接受理解能力有限，倘若让他们早期阅读佶屈聱牙的八股文字，必将产生诸多消极效果。但是，反观许多欧美国家幼童学习内容："识字之始，必从眼前名物指点，不好难也；必教以天文地学浅理，如演戏法，童子所乐知也；必教以古今杂事，如说鼓词，童子所乐闻也；必教以数国语言，童

---

① 陈仲子：《音乐教材之选择》，俞玉滋、张援编《中国近现代学校音乐教育文选汇编（1840—1949）》，上海教育出版社2000年版，第117页。
② 钱仁康：《学堂乐歌考源》，上海音乐出版社2001年版，第30页。
③ 曾志忞：《告诗人——〈教育唱歌集〉序》，张静蔚编《搜索历史——中国近现代音乐文论编选》，上海音乐出版社2004年版，第19页。

子舌本未强,易于学也;必教以算,百业所必用也;多为歌谣,易于上口也;多为俗语,易于索解也;必习音乐,使无厌苦,且其血气也;必习体操,强其筋骨,且使人人可为兵也。"① 因此,我们应该向西方国家学习先进教育思想,尽早开设符合孩童成长规律的基本课程。之后,许多乐歌作者化繁为简,变文言为白话,使学堂乐歌显得通俗易懂,且带有歌谣化特征,易于适龄儿童群体传唱。例如,《纸鸢》主要描述孩童们放学之后,在春风和暖的旷野自由放飞纸鸢,具体描绘低龄儿童群体丰富多彩的课外生活。《木马》则生动记录少年儿童练习骑马的欢愉图景,在相互嬉戏过程中活络筋骨,心情舒畅,有利于他们心智健康成长。在音乐和体育精神的共同陶冶之下,青少年群体的"活泼人格"才有可能早日养成,这可以看作是中国近代学校音乐教育的改革成果。因此,正是通过提倡体育和借助自身的艺术表达,学堂乐歌改变着国人以稳重、主静的生命哲学倾向。《纸鸢》和《木马》的歌词如下:

《纸鸢》 沈心工

正二三月天气好,功课完毕放学早。春风和暖放纸鸢,长线向我爷娘要。爷娘对我微微笑,赞我功课做得好。与我麻线多少?放到青云一样高。②

《木马》 佚名

跳,跳,跳!小马跳舞了。骑着木马,骑着石马,马儿不要乱蹦乱跳!小马跳得好!跳,跳,跳,跳,跳!

跑,跑,跑!别把我摔倒!如果你要把我摔倒,一阵鞭子,只多不少。别把我摔倒!跑,跑,跑,跑,跑!

停,停,停!别再向前跑!如果还要跑得更远,我就必须把你喂

---

① 梁启超:《变法通议》,汤志钧、汤仁泽编《梁启超全集》(第一卷),中国人民大学出版社2018年版,第58页。

② 沈心工:《心工唱歌集》,文瑞印书馆1937年版,第46—47页。

饱。小马,停一停!别再向前跑!①

客观来讲,上述学堂乐歌善于运用动作性词汇,口语化特征明显,通俗易懂,简洁明畅,韵脚合辙,富有音乐性,对中国近代诗歌语言和形式变革产生深远影响。黄遵宪在《杂诗》中就旗帜鲜明地提出"我手写我口,古岂能拘牵?即今流俗语,我若登简编,五千年后人,惊为古斓斑"。后来,他在创作过程中真正实践自己的诗歌理论,创作《山歌》九首,直接取材于客家山歌和民间歌谣,诗语均属于浅易的白话,朴实无华,曲调质朴,朗朗上口。1891年,黄遵宪在《山歌题记》中说:"十五国风,妙绝古今,正以妇人女子矢口而成,使学士大夫草笔为之,反不能尔。以人籁易为,天籁难学也。余离家日久,乡音渐忘,辑录此歌谣,往往搜索苦肠,半日不成一字。因念彼冈头越溪,肩挑一旦,竟日往复,歌声不歇者,何其才大也?"② 黄遵宪的《山歌》部分歌词如下:

《山歌》 黄遵宪

自煮莲羹切藕丝,待郎归来慰郎饥。为贪别处双双箸,只怕心中忘却匙。人人要结后生缘,侬只今生结目前。一十二时不离别,郎行郎坐总随肩。买梨莫买蜂咬梨,心中有病没人知。因为分梨故亲切,谁知亲切转伤离。催人出门鸡乱啼,送人离别水东西。挽水西流想无法,从今不养五更鸡。邻家带得书信归,书中何字侬不知。等侬亲口问渠去,问他比侬谁瘦肥。一家女儿做新娘,十家女儿看镜光。街头铜鼓声声打,打着中心只说郎。③

晚清时期,东南沿海地区开时代风气之先,许多报人曾经创办大量近代报刊,可以《宁波白话报》《中国白话报》《江苏白话报》《安徽俗话报》《竞业旬报》《扬子江白话报》《潮声》《二十世纪大舞台》《吴郡白话报》为重要代表,他们专辟"杂歌谣""歌谣""唱歌""诗词""时调

---

① 钱仁康:《学堂乐歌考源》,上海音乐出版社2001年版,第30页。
② 黄遵宪:《山歌题记》,陈铮编《黄遵宪全集》(上册),中华书局2005年版,第275页。
③ 黄遵宪:《山歌》,陈铮编《黄遵宪全集》(上册),中华书局2005年版,第76页。

唱歌"等,刊载具有地方民俗色彩的歌谣,其结构自由灵活,不拘一格,散文化特征明显,在中国诗歌从"传统诗体"向"现代诗体"演进过程中发挥着特殊作用。比如,1904 年,陈独秀在安庆创办《安徽俗话报》,后迁芜湖出版,该报广泛报道和评论国内外时事政治,介绍科学文化知识,灌输近代国家观念和自由民主思想,并暗中鼓吹革命,主要设置"图画""论说""时事""历史""地理""卫生""诗词""传记""小说""戏曲""教育""行情""闲谈""来文"等重要栏目。在"诗词"专栏,先后发表《国民进行歌》《醒梦歌》《叹十声》《观杂物谣》《祝国歌》《女儿欢》《国耻歌》《勉学歌》《醒世格言女箴》《怀远城隍会诗》《好男儿歌》等代表性乐歌,其中,《观杂物谣》中《骆驼》《野牛》两首,具有近代白话诗歌的色彩,其歌词如下:

《骆驼》 佚名

骆驼骆驼真可怜,天天行走沙漠边。饥来吃肉渴饮血,杀了一只又一只。可怜身躯枉然大,眼看同类被人杀。不愤怒,不流泪,安然待刀俎。甘为敌人效死力,力尽不知死何地。可怜骆驼骆驼,尔亦何辜。只因不知卫同类,随至被剪屠,骆驼骆驼尔何辜。①

《野牛》 佚名

野牛野牛真可惜,你们大家有事齐出力。伤了一只,大家向前,这是你们好的根性。出于天然,任他豺狼虎豹万万千,刀枪剑戟围四边,牛角一触无不穿。只惜老牛无端失足死,大家何为糊糊涂涂跟他不停趾。只须掘一大陷阱,霎时种类可坑尽。野牛野牛真可惜,惜在不知有二只知一,虽能合群无知识。②

在中国诗歌从传统向现代转型过程中,民间歌谣也直接参与早期白话新诗的形式建构,成为新诗发生的重要资源。胡适说:"可惜至今还没有

---

① 《观杂物谣》,《安徽俗话报》1904 年 9 月 24 日第 12 期。
② 《观杂物谣》,《安徽俗话报》1904 年 9 月 24 日第 12 期。

人用文学的眼光来选择一番,使那些真有文学意味的'风诗'特别显出来,供大家的赏玩,供诗人的吟咏取材。""做诗的人似乎还不曾晓得俗歌里有许多可以供我们取法的风格与方法。"① 1922年4月13日,周作人在《晨报副镌》上发表《歌谣》一文,他认为,"歌谣"和"民歌"在学术上是同一的意思,"民歌是原始社会的诗,但我们的研究却有两个方面,一是文艺的,一是历史的。从文艺的方面我们可以做诗的变迁的研究,或做新诗创作的参考。在这一点上我们需要现存的民歌比旧的更为重要,古文书里不少好的歌谣,但是经了文人的润色,不是本来的真相了"。② 与此同时,周作人也重新审视了民歌与新诗的关系:"民歌与新诗的关系,或者有人怀疑,其实是很自然的,因为民歌的最强烈最有价值的特色是他的真挚与诚信,这是艺术品的共通的精魂,于文艺趣味的养成极是有益的。"③ 1922年12月,北京大学成立歌谣研究会,创办《歌谣》周刊,主要开设民歌选录、儿歌选录、童谣选录、歌谣杂谈等栏目,得到刘半农、沈尹默、周作人、沈兼士、钱玄同等知名教授的全力支持,常惠、顾颉刚、魏建功、董作宾、徐芳、李素英等人任编辑。《本会征集全国近世歌谣简章》中提出"一、本校职教员学生,各就闻见所及,自行搜集。二、嘱托各省官厅,转嘱各县学校或教育团体,代为搜集。三、如有私人寄示,不拘多少,均所欢迎"。后来,搜集歌谣范围逐渐扩大,民间神话、传说、故事、方言、风俗等都纳入其中,这在客观上为早期白话新诗广泛传播奠定了坚实基础。"本会蒐集歌谣的目的共有两种,一是学术的,一是文艺的。我们相信民俗学的研究在现今的中国确是很重要的一件事业。虽然没有学者注意及此,只靠几个有志未逮的人是做不出什么来的,但是也不能不各尽一分的力,至少去供给多少材料或引起一点兴味。歌谣是民俗学上的一种重要的资料,我们把他辑录起来,以备专门的研究:这是第一个目的。"④ 后来,许多歌谣虽然指涉"私情""迷信""亵渎"等思想主题,但在周作人极力主张之下,依然被大量征集作为学术

---

① 胡适:《北京的平民文学》,欧阳哲生编《胡适文集》(第三卷),北京大学出版社1998年版,第637页。
② 周作人:《歌谣》,钟叔河编《周作人文类编》(第六册),湖南文艺出版社1998年版,第525页。
③ 周作人:《歌谣》,钟叔河编《周作人文类编》(第六册),湖南文艺出版社1998年版,第525页。
④ 《发刊词》,《歌谣》1922年12月17日第1号。

研究之用。比如，1919 年，歌谣运动的重要发起人刘半农在利用返回故乡江阴之际，搜集整理江阴船歌 20 首，后来刊载于 1923 年《歌谣》周刊第 24 期，并且周作人专门为此写作《中国民歌的价值》一文给予极大肯定。其中，第 19 首《手捏橹苏三条弯》如下：

（一）

手捏橹苏三条弯，
好一朵鲜花在河滩。
"摇船阿哥火要采朵鲜花去"
"采花容易歇船难"

（二）

多谢你情哥称赞我花，
你顺风顺水我难留你茶。
望你情哥生意出门三丁对，
回来讨我做家婆。

（三）

记倘生意折本勿赚钱，
那有铜钱讨妻年？
问声你里爹娘火肯赊把我？
等我生意兴隆把铜钱。

（四）

你情哥说话太荒唐！
自小火曾瓣子书包进学堂？
只有十字街头赊柴、赊米、赊酒吃，
那有红粉娇娘赊郎眠？

>一笃胭脂一笃粉,
>馋馋你个贼穷根!①

值得一提的是,1926 年,《江阴船歌》在被收入《瓦釜集》之时,部分充斥"私情"色彩的歌谣被删掉,其中,第 19 首《手捏橹苏三条弯》中的(二)(三)(四)就是代表之作。然而,刘半农的江阴歌谣搜集并非没有遇到知音赏识,沈从文就直言不讳地说:"刘半农写的山歌,比他的其余诗歌美丽多了""他有长处,为中国十年来新文学作了一个最好的试验,是他用江阴方言,写那种山歌。用并不普遍的文字,并不普遍的组织,唱那为一切成人所领会的山歌,他的成就是空前的。"② 可以看出,沈从文的高度评价间接道出早期白话新诗试验直接取法歌谣,或者说援谣入诗为中国诗歌的现代转型贡献卓著,刘半农可谓功不可没。之后,全国各地带有地方文化特色的歌谣被广泛搜集起来,尤其以四川、湖南、河南、广东、贵州、湖北、云南、江苏等地歌谣数量较多,真正成为"文艺的"和"学术的"宝贵资源。比如,当时流行于四川南充地区的歌谣《背时媒人》和成都地区的《斑竹桠》,都带有民间社会的显著特色。

《背时媒人》

>一章帕子两边花,背时媒人两面夸。
>一说婆家有田地,二说娘家是大家。
>又说男子多聪明,又说女子貌如花。
>一张嘴巴叽里呱,好似田中青蛤蟆。
>无事就在讲空话,叫儿叫女烂牙巴。
>日后死在阴司地,鬼卒拿你去捱叉。③

《斑竹桠》

>斑竹桠,苦竹桠,对门对户打亲家。

---

① 刘半农:《江阴船歌》,《歌谣》周刊 1923 年第 24 期。
② 沈从文:《论刘半农的〈扬鞭集〉》,《文艺月刊》1931 年第 2 期第 2 卷。
③ 《背时媒人》,《歌谣》周刊 1922 年 10 月 7 日第 1 号。

> 亲家儿子会跑马，亲家女子会绣花。
> 大姐绣的灵芝草，二姐绣的牡丹花，
> 惟有三姐不会绣，架起车子纺棉花。
> 一天纺得十二斤，拿给哥哥做手巾。
> 一天纺得十二条，拿给哥哥接嫂嫂。
> 接个嫂嫂心不平，嫁到高山苦竹林。
> 要柴烧，柴又高；要水吃，水又深。
> 打湿罗裙不打紧，打湿花鞋万千针。①

可以看出，民间歌谣主要反映底层人民在劳动生产、婚姻爱情、日常生活等方面的真实状况，具有顺口溜的基本特征，结构自由活泼，形式不拘一格，易于诵记，地域民俗色彩鲜明。"歌谣是民俗学中的主要分子，就是平民文学的极好的材料。我们现在研究他和提倡他，可是我们一定也知道那贵族的文学从此不攻而自破了。"②"我们研究歌谣，从文艺方面立论，当有很大的意义，尤其可以给诗人不少的参考和启示；无论什么样的文学作品，其形式虽不同——如诗歌散文戏剧以及其他——其间总有一个共同性质；文学原是感情的产物，不过各位作家表现的方法采用不同：有的用诗歌写，有的用散文或戏剧写，今就其作品，反而索之，当然有共同的性质找得出来；歌谣与诗，一是民众的，一是个人的；一是散漫在民间的，一是记载于书籍的，虽然表面看去有点不同，却亦有共同的性质。歌谣与诗的共同性质：即是真情的流露，艺术的深刻；本来这类东西，建筑于真情流露艺术的深刻之上；否则，便不成东西，便没有生命，如歌谣在昔时并不经人记载传录，设无这两个条件，便不能永存于世，传之久远，以贻后人的欣赏研究；诗与歌谣，同出一源，或者可说诗是歌谣分枝而出，其有共同的性质。"③ 因此，歌谣和五四早期白话新诗生成之间具有密切关系，值得深入探讨。

五四时期，当胡适、刘半农、钱玄同、周作人等在提倡新诗运动之时，他们主张打倒文言文，提倡白话文，打倒贵族文学，提倡平民文学，为早期新诗发生奠定了有利条件。"诗歌的生命在音乐，在具有便于大家

---

① 《斑竹杆》，《歌谣》周刊1922年10月7日第1号。
② 《我们为什么研究歌谣》，《歌谣》周刊1922年12月31日第3号。
③ 何植三：《歌谣与新诗》，《歌谣周年纪念增刊》1922年12月17日。

参与的能起'传染'作用的那种音乐。就在这个认识的基础上,我坚信诗歌如果想在人民大众中扎根,就必须有一些共同的明确的节奏,一些可以引起多数人心弦共鸣的音乐形式。这种节奏和音乐的形式正是一般民歌的特色。"① "其实歌谣——如农歌,儿歌,民间底艳歌,及杂样的谣谚——便是原始的诗,未曾经'化装游戏'(sublimation)的诗;这是凡了解文学史底背景的都知道的。后来诗渐渐特殊化了,贵族的色彩渐渐浓厚了;于是歌谣底价格跌落,为'缙绅先生'所不屑道。诗是高不可攀的,歌谣是低不足数的;仿佛他俩各人有各人底形貌。直到近年用白话入诗,方才有一点接近的趋势,但他俩携手的时候,还是辽远得很呢。"② 1920年1月,北洋政府教育部颁令,凡国民学校低年级国文课教科书必须改文言文为白话文,"文学革命"与"国语统一"遂呈双潮合一之观,轰腾澎湃之势愈不可遏。我们应该清醒地意识到,早期白话新诗在短时间内能够迅速站稳脚跟,并不仅仅是北京、上海等少数知识分子登高一呼、应者云集的结果,而是多种历史因素共同作用的产物。其中,方言、俚语、歌谣等民间资源为早期白话新诗发生注入不竭动力。

第三节 语言体式:从"文言"到"文白掺杂"

除了结构模式和音乐曲调之外,学堂乐歌在语言体式上也发生显著变化,即从"文言"逐渐向"文白掺杂"过渡,这对于中国诗歌的现代转型具有特殊意义。我们知道,在中国古典诗歌发展史上,历代诗人惯于运用文言抒情咏志,透视出中国古代知识分子温柔敦厚之风,他们严格遵循儒家思想的内在规约,基本未能超越时代局限性。进入唐代之后,许多方言俗语和俚语开始批量进入诗歌文本,这就直接诱发中国诗歌语言体式变革。晚清时期,随着洋务派维新人士频繁出洋考察,胸怀"师夷长技以自强"的美好理想,主张翻译西方文化,加上外国传教士纷纷来华办学,大量新名词在中国各地如雨后春笋般涌现。在近代社会思潮的有效裹挟之下,许多带有现代性因素的学堂乐歌被激发出来,成为中国近代新型音乐变革的重要收获。

---

① 朱光潜:《一个幼稚的愿望》,《朱光潜全集》(第十卷),安徽教育出版社1993年版,第86页。

② 乐齐、孙玉蓉编:《俞平伯诗全编》,浙江文艺出版社1992年版,第630页。

值得注意的是，部分学堂乐歌在语言体式方面依然沿袭文言传统，显得古朴驯雅，唱起来也诘屈聱牙。正如陈煜斓所说："尽管它未完成文学语言由古代韵文向现代白话的彻底转变，但从形式上打破了旧韵文的传统格局，而且创造性地运用古代词牌长短句的形式特点，在形式上又发展了现代长短句歌词的新品种，并依照西洋乐曲形成了自己崭新的结构。"[1] 1905 年，李叔同在《国学唱歌集》序言中说："乐经云亡，诗教式微，道德沦丧，精力蘦催。三稔以还，沈子心工，曾子志忞，绍介西乐于我学界，识者称道毋少。哀顾歌集，甄录佥出近人撰著，古义微言，匪所加意，余心恫焉。商量旧学，缀集兹册，上诉古毛诗，下逮昆山曲，靡不鳃理而会粹之。或谱以新声，或仍其古调，颜曰《国学唱歌集》。"[2] 该歌集共收录乐歌 21 首，其中，《葛覃》《繁霜》《黄鸟》《无衣》《离骚》《山鬼》《行路难》《隋宫》《扬鞭》《秋感》《菩萨蛮》《蝶恋花》《喝火令》《柳叶儿》《武陵花》《哀祖国》16 首乐歌，许多题名和典故直接来源于《诗经》《离骚》和唐诗宋词等等，这种语言体式不仅彰显李叔同对国学怀有深厚感情，而且透视出晚清民初时期文学语言变革的复杂性特征。以李叔同的《哀祖国》为例，歌词如下：

《哀祖国》 李叔同

小雅尽废兮，出车采薇矣；豺狼当途兮，人类其非矣。凤鸟兮，河图兮，梦想为劳矣。冉冉老将至兮，甚矣吾衰兮。[3]

本乐歌运用法国民歌《月光》的音乐曲调，属于李叔同经典之作，歌词中频繁运用"兮""矣"等古代汉语虚词，可谓古典诗歌痕迹明显。虽然歌词属于短章，却大量使用典故，彰显出李叔同具有创造性融通古今语言的天然禀赋。这里，李叔同巧妙化用文天祥、曹子建、屈原等诗人的诗句，基本可以看作是一首集句诗。比如，"小雅尽废兮，出车采薇矣。

---

[1] 陈煜斓：《渴求新知与崇尚传统——李叔同学堂乐歌创作的文化取向及其意义》，《社会科学》2007 年第 4 期。

[2] 李叔同：《国学唱歌集·序》，张静蔚编选、校点《中国近代音乐史料汇编（1840—1919）》，人民音乐出版社 1998 年版，第 145 页。

[3] 李叔同：《哀祖国》，《弘一大师全集》编辑委员会编《弘一大师全集》（第七册），福建人民出版社 1991 年版，第 469 页。

戎有中国兮，人类熄矣。明王不兴兮，吾谁与归矣。报春秋以没世兮，甚矣吾衰矣"来自文天祥的《和夷齐西山歌》，"豺狼当路衢"则源于曹子建的《赠白马王彪诗》，"凤鸟不至，河不出图，洛不出书，吾已矣夫!"来自《论语·子罕》，"老冉冉其将至兮"引自屈原的《离骚》。不管是匠心独运，还是妙手偶得，这都透视出李叔同对中国古典诗词的独特情怀。

除此之外，李叔同还创作《落花》《月》《晚钟》等经典乐歌，彰显他在不同历史时期的心境变化，用词典雅，极具中国古典诗词韵味，在各种新式学堂中广泛传唱。《晚钟》的歌词如下：

《晚钟》 李叔同

大地沉沉落日眠，平墟漠漠晚烟残。幽鸟不鸣暮色起，万籁俱寂丛林寒。浩荡飘风起天杪，摇曳钟声出尘表。绵绵灵响彻心弦，眇眇幽思凝冥杳。众生病苦谁持扶？尘网颠倒泥涂污。惟神悯恤敷大德，拯吾罪恶成正觉。誓心稽首永皈依，瞑瞑入定陈虔祈。倏忽光明烛太虚，云端仿佛天门破。庄严七宝迷氤氲，瑶华翠羽垂缤纷。浴灵光兮朝圣真拜手承神恩！仰天衢兮瞻慈云，忽现忽若隐。钟声沉暮天，神恩永存在。神之恩，大无外！[①]

此后，许多学堂乐歌结集出版，比如，《教育唱歌集》《小学唱歌集》《国学唱歌集》《国民唱歌集》《学校唱歌集》《中学唱歌教科书》等，逐渐成为新式学堂使用的专业音乐教材。纵观中国近代音乐教育状况，其外在弊端可谓非常明显。"则以余比年所见，小学校教授唱歌易蹈数弊：其一，选择歌词与音调往往不合儿童思想与其生理上发育之程度；其二，授唱歌而不讲明其词义，致儿童能唱不能解，无从发抒其情感；其三，选取歌词未能与他科联络；其四，未能注意于实地应用，致儿童于唱歌但认为功课之一种，而不能应用之于其时其地与其人。"[②] 可以想象，出现上述

[①] 李叔同：《晚钟》，《弘一大师全集》编辑委员会编《弘一大师全集》（第七册），福建人民出版社1991年版，第460页。

[②] 黄炎培：《重编学校唱歌集·序》，张静蔚编《搜索历史——中国近现代音乐文论选》，上海音乐出版社2004年版，第27页。

状况的客观原因可能在于:"今欲为新歌,适教科用,大非易易。盖文太雅则不适,太俗则无味。斟酌两者之间,使合儿童讽诵之程度,而又不失祖国文学之精粹,真非易也。"①"作雅歌易,作俚歌难。俚歌须浅显有味,既不悖乎心理,亦有契乎道德。所谓成如容易却艰辛者,庶不至令聆者耳憎、阅者目刺。"②

当时,为了适应初级学堂孩童群体的学习需要,许多乐歌作者切实意识到唯有转变思维方式,根据儿童群体成长规律,歌词须明白如话,化繁为简,通俗易懂,且富有音乐性,真实反映儿童群体的日常生活,才能受到他们真正青睐。"唱歌为发声机之音乐。所以表显感情者,能导吾人之意志行为,达于高尚优雅之域,且所以练习听官,而发达发生机,使发音正确,开畅胸廓,养共同一致之情者也。此科所以设为学科之一者,其目的盖亦在此,使童子自幼嗜爱音乐之趣味,涵养其道德之感情。此唱歌教授之要旨也。"③"歌谣俟幼儿在五六岁时渐有心喜歌唱之际,可使歌平和浅易之小诗,如古人短歌谣及古人五言绝句皆可,并可使幼儿之耳目喉舌运用舒畅,以助其发育,且使心情和悦为德性涵养之质。"④ 此时,许多带有歌谣化色彩的学堂乐歌应运而生,有效拓宽了中国近代音乐教育的发展空间。比如,《蚂蚁》和《竹马》都是运用纯正白话,使现代汉语和音乐精神得到完美融合,开创早期白话新诗写作的风气之先,其歌词如下:

《蚂蚁》 佚名 (寻常小学校用)

蚂蚁蚂蚁到处有,成群结队满地走。米也好,虫也好,衔了就往洞里跑。谁来与我争,一齐出仗,大家把命拼。不打胜仗不肯回,守住洞口谁敢来?好好好!他跑了。得胜回来好。有一处,更好住,要做新洞大家去。

莫说蚂蚁蚂蚁小,一团义气真正好。人心齐,谁敢欺?一朝有事

---

① 梁启超:《饮冰室诗话·一一八》,汤志钧、汤仁泽编《梁启超全集》(第三卷),中国人民大学出版社2018年版,第246页。
② 叶中泠:《女子新唱歌·三集·例言》,张静蔚编《搜索历史——中国近现代音乐文论编选》,上海音乐出版社2004年版,第24页。
③ 《唱歌教授之要旨》,华振编《小学唱歌教科书一集》,商务印书馆1907年版,第1页。
④ 《奏定蒙养院章程及家庭教育法章程》,舒新城编《中国近代教育史资料》,人民教育出版社1981年版,第384—385页。

来,大家都安排。千千万万都是一条心,邻舍也是亲兄弟,朋友也是自家人。你一担,我一肩,个个要争先。你莫笑,蚂蚁小,义气真正好。①

《竹马》(一)　沈心工

小小年纪志气高,要想马上立功劳。两腿夹着一竿竹,扬扬得意跳也跳。马儿马儿真正好,跟我南北东西跑。一日能行千里路,不吃水也不吃草。②

除此之外,沈心工的《小小船》《萤》语言平易浅白,运用单音节词语,生动活泼,充满童趣,易于传唱,歌词分别如下:

《小小船》　沈心工

小小船,小小船,今朝聚会赛一赛。船身小,胆量好,不怕浪头高。用力用力齐用力,要追前船争第一。胜胜胜,听听听,两岸拍手声。③

《萤》　沈心工

游火虫,夜夜红,飞到西来飞到东。飞到东,飞到西,快快飞到我这里。我有一个玻璃瓶,拿在手里亮晶晶。游火虫,夜夜红,替我做盏小灯笼,灯笼亮晶晶,灯笼亮晶晶,灯笼亮晶晶,亮晶晶,到天明,等到天明放你生。④

---

① 曾志忞编:《教育唱歌集》,东京:东京并木活版所1904年版,第22页。
② 沈心工:《心工唱歌集》,文瑞印书馆1937年版,第65页。
③ 沈心工:《心工唱歌集》,文瑞印书馆1937年版,第44—45页。
④ 钱仁康:《学堂乐歌考源》,上海音乐出版社2001年版,第175页。

可以看出，这些学堂乐歌已经初步完成从"文言"到"白话"的语言体式转型，在中国近代音乐教育过程中扮演着重要角色。"今日之文言乃是一种半死的文字，今日之白话是一种活的语言。白话不但不鄙俗，而且甚优美适用。白话并非文言之退化，乃是文言之进化。"① 但是，单纯运用浅易白话的学堂乐歌占据比例依然较低，"文白掺杂"才是学堂乐歌最常见的语言体式。一方面，这真实地反映很多知识分子的书面语言表达习惯，彰显中国近代社会文化的外在特征；另一方面，许多乐歌作者在青少年时期接受的是私塾教育，大部分人具有扎实厚重的文言基础，后又受到日本、欧美国家翻译语言的熏陶，这就极大地影响着许多音乐教育者的表达方式。比如，剑公的《新少年歌》即是文白掺杂和蕴涵深远的乐歌，具有儿童诗歌的典型特征，歌词如下：

《新少年歌》 剑 公

　　百花开，春风香，入学堂，春日长，春风如此香，春日如此长。新少年，读书勉为良，读书要自强，野蛮说自由，开口即荒唐。公德固可珍，私德尤宜将，父母之意不可伤，切勿逞我强权强。新少年，细思量。

　　不辨东与西，不辨南与北，不识朱与青，不识白与黑，断无蛟龙蓊池中，断无凤鸟栖枳棘。新少年，须努力，学烧点，在自克，勿耻恶衣与恶食。新少年，此意识未识。

　　新少年，别怀抱，新世界，赖尔造。伤哉帝国老老老，妙哉学生小小小，勖哉前途好好好。自治乃文明之母，独立为国民之宝。思救国，莫草草，大家著意铸新脑，西学皮毛一齐扫。新少年，姑且去探讨。②

除此之外，随着近代翻译事业逐渐兴盛，一大批"泰西所有，中国所无"的自然科学、社会科学的新名词以及地理、政治等专有术语相继

---

① 胡适：《建设理论集·导言》，刘运峰编《1917—1927 中国新文学大系·导言集》，天津人民出版社 2009 年版，第 16 页。

② 剑公：《新少年歌》，《新小说》第 1 卷第 7 号，1903 年 7 月 15 日。

进入中国。"社会之变迁日繁，其新现象新名词必日出，或从积累而得，或从交换而来，故数千年前一乡、一国之文字，必不能举数千年后万流汇沓、群族纷拿时代之名物、意境而尽载之，尽描之，此无可如何者也。言文合，则言增而文与之俱增，一新名物、新意境出，而即有一新文字以应之，新新相引，而日进焉。"①在《何日醒》《国魂》《欧美二杰》《抵制美约歌》《格致》《博览会》《自治》《电气灯》《飞艇》等诸多乐歌之中，出现"汽车""火车""铁路""新闻""报纸""自由""民主""飞艇""博览会""欧洲""非洲""美国""华盛顿""马志尼"等新名词，极大地拓展了近代学堂乐歌的表现空间。正是它们被大量翻译介绍到中国，才使晚清政府意识到西方资本主义国家正在轰轰烈烈地开展工业革命，科学技术已经得到迅猛发展，很多国家已经实现现代化，世界格局正在发生翻天覆地的变化，倘若不奋起直追，必然受制于西方列强船坚炮利的政策，很快就会沦为半殖民地半封建社会。因此，许多新名词、新事物大量涌现，可以看作洋务派人士尝试进行社会改革，科学思潮随后在中国近代社会全面铺展开来。当它们出现在学堂乐歌创作过程中，再次证明中国近代新型音乐教育面临着良好的发展机遇。比如，《劝学》《电气灯》就大量使用"物理""化学""无线电""自来水""氧气""电气灯""电流"等新名词、新术语，歌词如下：

《劝学》 佚名

请看一杯水，热则成气寒成冰。请看一片铜，抽则成丝捶成灯。无线电传，自来水放，都因物理精。阿侬物理未分明，学堂去报名。

请看绣花针，铁与氧气锈化成。请看银儿锁，银筒硫气黑色生。磷火为柴，轻气为球，都因化学精。阿侬化学未分明，学堂去报名。②

---

① 梁启超：《新民说·论进步》，汤志钧、汤仁泽编《梁启超全集》（第二卷），中国人民大学出版社 2018 年版，第 578 页。
② 沈心工：《民国唱歌集·三集》，商务印书馆 1913 年版，第 12 页。

《电气灯》 佚名

大千世界黑沉沉，煌煌电气灯。空球熔白热，清如水月圆如镜，照得街衢明细，公园楼阁显玲珑。是何神妙，尽你万枝蜡烛光难并。道似电流通过，铂丝异样火花明，我欲行军探敌去！照海似流星。①

反观中国近代诗歌语言的变革历程，主要呈现两种基本维度：第一，重新赋予中国诗歌语言以新的蕴涵，通过延展其意义指涉范围来实现语言变革；第二，大量翻译引进欧美、日本的新词汇作为诗人表情达意的新载体。正如梁启超在《饮冰室诗话》中说："当时所谓'新诗'者，颇喜寻扯新名词以自表异。丙申丁酉间（一八九六——一八九七）吾党数子皆好作此体。提倡之者为夏穗卿（曾佑）。而复生（谭嗣同）亦綦嗜之。……其《金陵听说法》云，'纲伦惨以喀私德（Caste），法会盛于巴力门（Parliament）。……穗卿赠余诗云，'帝杀黑龙才士隐，书飞赤鸟太平迟'，又云.'有人雄起琉璃海，兽魄蛙魂龙所徒.'……当时吾辈方沉醉于宗教……故《新约》字面络绎笔端焉。"② 倘若对照晚清时期诸多文人的诗歌创作，就会发现大量新名词和术语也被融入近代诗歌创作中。比如，蒋智由《卢骚》诗云："世人皆欲杀，法国一卢骚。民约是新义，君威一扫骄。力填平等路，血灌自由苗。文字收工日，全球革命潮。"③ 可以看出，"民约""平等""自由""革命"等新名词开始涌现，表明许多新理念和新思想正在有效传播。再如，黄遵宪《今别离》分别描述火车、轮船、电报、相片以及时差等新鲜事物，必然给人们带来全新的生命体验。其中，第一首如下：

别肠转如轮，一刻既万周。眼见双轮驰，益增中心忧。古亦有山川，古亦有车舟。车舟载离别，行止犹自由。今日舟与车，并力生离

---

① 金一编：《国民唱歌初集》，东京：翔鸾社1905年版，第21页。
② 梁启超：《饮冰室诗话·六十》，汤志钧、汤仁泽编《梁启超全集》（第三卷），中国人民大学出版社2018年版，第207页。
③ 蒋智由：《奴才好》，王敏红、钱斌、丁盛编注《蒋智由全集》，浙江大学出版社2021年版，第206页。

愁。明知须臾景，不许稍绸缪。钟声一及时，顷刻不少留。虽有万钧柁，动如绕指柔。岂无打头风，亦不畏石尤。送者未及返，君在天尽头，望影倏不见，烟波杳悠悠。去矣一何速，归定留滞不？所愿君归时，快乘轻气球。①

实际上，新名词、新术语在近代诗歌中出现并不仅仅指涉事物命名的新奇，而是昭示着中国近代诗人的思想观念正在发生变化，许多诗歌的思想意境和情感范畴被注入现代性因素，在语言变迁过程中彰显社会发展进步。但是，我们必须清醒地认识到，这些所谓"新学之诗"在整体上依然没有超越传统诗歌的"旧风格"。钱锺书说："大胆为文处，亦无以过其乡宋芷湾，差能说西洋制度名物，掎摭声光电化诸学，以为点缀，而于西人风雅之妙、性理之微，实少解会。故其诗有新事物，而无新理致。"② 同样道理，这些新名词和新术语也在学堂乐歌创作实践中面世，在客观上形成了学堂乐歌和中国近代诗歌的交叉融合，为中国诗歌在内容和形式方面的递嬗提供重要前提。"一首诗中的时代特征不应去诗人那儿寻找，而应去诗的语言中寻找，我相信，真正的诗歌史是语言的变化史，诗歌正是从这种不断变化的语言中产生的。而语言的变化是社会和文化的各种倾向产生的压力造成的。"③ 因此，中国诗歌在语言体式的演进是从"文言"到"文白掺杂"完成嬗变的，在社会"被现代化"过程中，正是通过赋予传统诗歌意象以新的意义和大量引进外来语汇，中国诗歌才最终以全新的结构形态迈向新时代。

第四节　句法结构：从传统句法到欧化倾向

上文谈到，清末民初时期大量新名词和新语句被翻译到中国，中国近代诗歌的意象结构和意境主题得到部分改变。另外，很多学堂乐歌的音乐曲调来源于欧美和日本，"倚曲填词"（选曲填词）的外在特征就使其在句法结构上天然具有欧化倾向。胡适在《中国新文学运动小史》中借助

---

① 黄遵宪：《今别离》，陈铮编《黄遵宪全集》（上册），中华书局 2005 年版，第 121 页。
② 钱锺书：《谈艺录》，中华书局 1984 年版，第 23—24 页。
③ ［美］雷·韦勒克、奥·沃伦：《文学理论》，刘象愚等译，三联书店 1984 年版，第 186 页。

评价傅斯年《怎样做白话文》之时说："白话文必不能避免'欧化'，只有欧化的白话文方才能够应付新时代的新需要。欧化的白话文就是充分吸收西洋语言的细密的结构，使我们的文字能够传达复杂的思想，曲折的理论。"① 作为一种新型音乐文学形式，学堂乐歌的广泛传唱必然影响人们的日常语言表达习惯，以至诗歌创作思维方式，这也在客观上促进中国诗歌体式的现代转型。

"句法"概念在西方语言学理论中主要指句子的组成部分和排列顺序。例如，美国著名语言学家乔姆斯基在《句法结构》一书中站在理性主义的基本立场，把句法关系看作语言结构的中心，并且能够生成无限的句子。乔姆斯基以核心句为基础，通过转换规则描写和分析不同句式之间的联系，创造性提出了转换语法模式，其主要由短语结构规则、转换规则、语素音位三套规则组成。值得注意的是，乔姆斯基在本书中把语义排除在语法之外，认为语法理论应该用严格客观的方式来代替对模糊语义的依赖。回到现代汉语的句法结构，传统观点认为，句法就是研究句子的每个组成部分和它们的排列顺序，其功能分类主要有体词性短语、谓词性短语和加词性短语。"从表面看，一个句子或者句法结构是词的线性序列，其实句子或句法结构里词与词之间结合的松紧程度是不一样的，词和词的组合有着层次的透景。换句话说，一个句子或者句法结构里的词和词，并不是简单地像我们人排队那样总是相邻两个词依次发生关系，而总是按一定的句法规则一层一层地进行组合的。"②

在中国古代诗学体系中，"句法"的意义显得相对模糊和宽泛。大致在南北朝已经初具雏形，到宋朝其呈现个人性和时代性相互融合的特质。刘勰说："是以搜句忌于颠倒，裁章贵于顺序，斯固情趣之指归，文笔之同致也。若夫笔句无常，而字有条数，四字密而不促，六字格而非缓，或变之以三五，盖应机之权节也。至于'诗''颂'大体，以四言为正，唯《祈父》'肇禋'，以二言为句。"③ 时至晚清，近体诗超稳定的句法结构出现松动倾向，逐渐开始向散文化态势靠拢。五四时期，由于受到欧化因素的深刻影响，白话新诗的主谓形态相对完善，主谓宾修饰语的大量使

---

① 胡适：《中国新文学运动小史》，欧阳哲生编《胡适文集》（第一卷），北京大学出版社1998年版，第130页。
② 陆俭明：《现代汉语语法研究教程》，北京大学出版社2003年版，第71页。
③ 周振甫：《文心雕龙今译》，中华书局1986年版，第308—309页。

用,连接词与时态性词语的添加、跨行,以及词序错置中的表语前置与状语易位,这就明显区别于中国古典诗歌的句法结构。后来,王德明在《中国古代诗歌句法理论的发展》中总结性指出,单就诗歌句法来讲,主要包括四个方面的含义:"一是诗句的语言组合模式,主要指诗句中运用相同和相似的词和词组;二是指诗句的内容,比如朝会、怀古等诗歌题材;三是指具体的技法、手法、方法:包括拟人、比喻等修辞手法的使用,节奏声律的安排,词序与词语的搭配组合等层面;四是指综合运用这一切手法的造句方式。"①

作为晚清民初的新型音乐文学样式,学堂乐歌在表情达意之时必然受到近体诗外在结构的潜在影响。"诗歌的句法结构是诗歌的音响结构和意象结构的中介。句法结构的变化一方面会影响到节奏结构的变化,即节奏组合的变化,使诗歌的音乐美更加丰满;另一方面也会影响到意象结构的变化,从而使诗歌的意象更加生动。"② 因此,音响结构和意象结构成为左右诗歌句法结构的核心因素。正如叶公超所说:"在旧诗里,平仄与每句的字数和句法既有规定,而且每句在五个或七个字之内又要完成一种有意义的组织,所以是诗人用字非十二分地节俭不可,结果是不但虚字和许多处的前置词,主词,代名词,连接词都省去了,就是属于最重要传达条件的字句的传统位置也往往要受调动。"③ 但是,随着社会历史语境的变化,特别是许多新名词和外国音乐曲调被传入中国,在一定程度上使近代诗歌句法结构呈现出欧化色彩。时至晚清民初,中国诗歌创作过程中大量省略虚词、谓语性动词等现象得到部分改变,这就基本可以祛除"歧义"和"情景错置"现象,能够以具体形象呈现事物状态。推而论之,晚清民初时期许多学堂乐歌创作同样遵循此种句法结构规范。比如,沈秉廉的《催眠歌》:"摇摇摇,小宝宝,闭上眼睛快睡觉!眼睛朦胧呼吸小,安安稳稳睡得好。好宝宝!你别吵,乐园门儿开了;天使们把手招,都在对你笑。"④ 1906年,无锡城南公学堂编《学校唱歌集》收录了俞粲《休假》,上海中新书局出版,运用日本儿歌《小麻雀》的音乐曲调填词而成,句

---

① 王德明:《中国古代诗歌句法理论的发展》,广西师范大学出版社2000年版,第5—8页。
② 范守义:《论诗歌的句法结构美》,《外交学院学报》2004年第4期。
③ 叶公超:《论新诗》,《文学杂志》1937年第1卷第1期。
④ 钱仁康:《学堂乐歌考源》,上海音乐出版社2001年版,第162—163页。

法结构富有变化,《休假》歌词如下:

《休假》 俞粲

弄学问,费脑筋,日新日新又日新。七行星,已转运,明日放学养精神。各种科目一周温,读书游戏随意定。整我容,洁我身,名实相符号文明。如遇天公阴,补课或吟咏;如遇天公晴,逍遥不自禁,结同群,写幽情,一带风景供旅行。①

再如,李剑虹的《蜜蜂歌》,语言平易,韵律规整,具有歌谣化特征,句法自由灵活,歌词如下:

《蜜蜂歌》 李剑虹

蜜蜂小,蜜蜂小,一群生活过得好。造蜂房,酿蜂蜜,终日勤劳真正巧。真正巧,真正巧,人人莫说蜜蜂小。尾上刺,生得好,防备外敌来侵扰。齐努力,飞向花丛,将天然界中香料采好。到冬天,无烦恼,一群生活过得好。②

沈心工《龟兔》取材于《龟兔赛跑》的民间故事,后收录于沈心工的《心工唱歌集》。作为一首填词歌曲,《龟兔》的音乐曲调来源于德国民歌《离别爱人》。据钱仁康教授考证,本首德国民歌最早出现于17世纪末期,曲调是以15世纪德国民歌《孔拉德兄弟》为基础演变而成,后来,其在广泛流传中产生各种不同的歌词,现今传唱最广的是1835年德国诗人霍夫曼·封·法勒斯雷本所作的《小鸟一齐飞来了》。1883年,日本乐歌作者加部严夫仿照《小鸟一齐飞来了》的歌词和曲调,创作了一首迎春歌曲《霞耶云耶》刊载在《小学唱歌教科书二集》。值得注意的是,本首德国民歌是我国早期学堂乐歌填词最多的外国歌曲之一。比如,沈心工的《体操》(女子用)、叶中泠的《春之花》、华振的《春之花》、胡君复的《云耶霞耶》、华航琛的《自治》《谢宾》《文明结婚》等,都

---

① 钱仁康:《学堂乐歌考源》,上海音乐出版社2001年版,第175页。
② 剑虹:《蜜蜂歌》,《云南》1907年8月25日第8号。

是借用德国民歌《离别爱人》填词而成。《龟兔》的歌词如下：

《龟兔》 沈心工

龟儿要赛兔儿跑，真是惹人好笑。得失有时不可料，结果兔儿竟输了。这个情节太蹊跷，须得说个分晓。

兔儿会跳又会跑，未免有些骄傲。他见龟儿赶不到，他就半路弄小巧。闲着不走说心焦，倒下头来睡觉。

岂知一睡睡熟了，醒转非常懊恼。他见龟儿已先到，眼看龟儿得锦标。人勿自弃勿自暴，勿被聪明误了。①

反观中国古典诗歌的创作传统，不管是五言诗，还是七言诗，"词语之间不突出逻辑关系，字与字之间不需要连词、介词、助词、语气词等虚词的连接，诗歌语言常常处于一种跳跃或并置的时空关系中"②。这种诗歌规范在晚清时期面临严峻挑战，其核心因素就是欧化语法体系被大量引进中国，对中国几千年的传统语法体系形成同化作用。"不但输入新的内容，也输入新的表现法。中国的文和话，法子实在太精密了……这句法的不精密，就在证明思路的不精密，换一句话，就是脑筋有一些糊涂。倘若永远用着胡涂话，即使读的时候，滔滔而下，但归根结蒂，所得的还是一个糊涂的影子。要医这病，我以为只好陆续吃一点苦，装进异样的句法去，古的，外省外府的，外国的，后来便可以据为己有。"③ 因此，晚清至民初时期，西方翻译文体（小说、诗歌、政论文等）大量涌入中国，对中国诗歌的现代转型发挥着促进作用。比如，上文提到18世纪德国民歌《小鸟一齐飞来了》，经过钱仁康翻译之后，歌词如下：

《小鸟一齐飞来了》 ［德］霍夫曼·封·法勒斯雷本

小鸟一齐飞来了，飞来，飞来小鸟。唱着歌儿喳喳叫，吹着笛子

---

① 沈心工：《心工唱歌集》，文瑞印书馆1937年版，第43页。
② 王泽龙：《科学思潮与现代汉语诗歌形式变革》，《兰州大学学报》2017年第5期。
③ 鲁迅：《关于翻译的通信》，《鲁迅全集》（第四卷），人民文学出版社2005年版，第391页。

真奇妙，春天就要来到了，载歌载舞来到。

小鸟到处飞呀跳，忙着唱歌舞蹈。黄莺、画眉、燕八哥，各种小鸟齐来到，祝你春天乐陶陶，祝你生活美好。

听它们把春来报，心里也在欢笑。我们全都像小鸟，唱歌、跳舞乐陶陶，穿过田野来回跑，大家快乐逍遥。①

前面已经谈到，西方传教士在中国各地教会学校开设乐歌课程，广泛宣传赞美诗，为中国近代音乐革新作出重要贡献。实际上，"要想向普通大众如实传达神圣的宗教意旨，避免有违基督教教义的危险，最有效的办法当然莫过于使用容量更大、更多字数的白话语言，就地采用原文的格式和韵律，以完整、准确地传达原文的内容。"② 因此，面对中国古典诗歌的五、七字句，且多单音节词语，西方传教士在运用汉语翻译基督教经典之时，必须运用浅显的欧化白话文来译介赞美诗，尽最大努力做到本土化，以求达到妇孺皆知。今天看来，无论是节奏、韵律、字数，还是语言、结构、句法，都已经打破中国古典诗歌传统的藩篱束缚，实现了自由诗体的基本解放。正是在这一意义上，可以说，"最早的汉语自由体诗其实是从外语获得的灵感，它是在外语的韵律中找到了突破口。这也是翻译须忠实原文的要求造成的。这种欧化的汉诗也是以前中国诗歌历史上从来没有出现过的"。③ 比如，1908年上海圣公会发行的《旧约全书》中《雅歌》第一章，就是较具代表性的诗歌范例。

这是所罗门作的歌中的歌。
愿他与我接吻，
因你的爱情胜于酒醴。
你的膏，香味甚美，
你名如倾出的香膏，
因此众女子都爱慕你。
愿你引导我，
我们速速随在你后。

---

① 钱仁康：《学堂乐歌考源》，上海音乐出版社2001年版，第112—113页。
② 陈历明：《新诗的生成：作为翻译的现代性》，商务印书馆2014年版，第90页。
③ 袁进：《从新教传教士的译诗看新诗形式的发端》，《复旦学报》2011年第4期。

王携带我进入宫殿，
我们也仍因你欢欣喜悦，
称赞你的爱情胜于美酒。
他们都诚诚实实爱慕你。
耶路撒冷的众女子，
我颜色虽黑，却仍秀美；
我虽如基达的帐幕，却仍似所罗门的帐幔。
我受日晒，颜色微黑，
休要藐视我。
我同母的弟兄向我发怒，
使我看守葡萄园，
我自己的葡萄园，却没有看守。
我心所爱的求你告诉我，
你在何处放羊，
午间在何处使羊歇息，
免得我在你同伴的羊群中来往游行。①

王泽龙说："受欧化语法体系的影响，现代汉语形成了以双音节、多音节为主的汉语结构，大量虚词和连词的增加，使它具有与讲究严密逻辑的西方语法相容相生的条件，它所带来的汉语语法功能的转变，导致了白话诗歌语言文体趋向散文化的形式选择。"② 早期白话新诗的代表性人物胡适在《尝试集》中就有许多新诗呈现出此种特征，比如，《一笑》不仅注重使用谓词与虚词等具有连接意义的词汇，而且善于把诗人自己充当主语，从而把诗歌情感和意义传递给对方，这属于较为规范的现代汉语表达习惯。

《一笑》 胡适

十几年前，
一个人对我笑了一笑。

---

① 陈历明：《新诗的生成：作为翻译的现代性》，商务印书馆 2014 年版，第 106—107 页。
② 王泽龙：《新诗散文化：诗歌文体演变的历史选择》，《山西大学学报》2010 年第 5 期。

我当时不懂得什么，
只觉得他笑得很好。
那个人后来不知怎样了，
只是他那一笑还在：
我不但忘不了他，
还觉得他越久越可爱。
我借他做了许多情诗，
我替他想出种种境地：
有的人读了伤心，
有的人读了欢喜。
欢喜也罢，伤心也罢，
其实只是那一笑。
我也许不会再见那笑的人，
但我很感谢他笑的真好。①

胡适说："若要做真正的白话诗，若要充分采用白话的字，白话的文法，和白话的自然音节，非做长短不一的白话诗不可。这种主张，可叫做'诗体的大解放'。诗体的大解放就是把从前一切束缚自由的枷锁镣铐，一切打破：有什么话，说什么话；话怎么说，就怎么说。这样方才可有真正白话诗，方才可以表现白话的文学可能性。"② 比如，周作人的《小河》《过去的生命》《两个扫雪的人》《中国人的悲哀》、冯至的《我是一条小河》《蛇》、刘半农的《相隔一层纸》《铁匠》《敲冰》《回声》等早期白话新诗，在结构模式、语言体式、句法结构等方面已经实现"诗体大解放"，基本上完成了中国诗歌的现代转型。其中，周作人《过去的生命》的诗歌结构自由灵活，语言具有散文化特征，真实记录自己在医院养病的复杂心情，感叹时光流逝，属于早期白话新诗的代表作。

---

① 胡适：《一笑》，欧阳哲生编《胡适文集》（第九卷），北京大学出版社1998年版，第160页。
② 胡适：《尝试集·自序》，欧阳哲生编《胡适文集》（第九卷），北京大学出版社1998年版，第81页。

《过去的生命》 周作人

这过去的我的三个月的生命,那里去了?
没有了,永远的走过去了!
我亲自听见他沉沉的缓缓的一步一步的,
在我床头走过去了。
我坐起来,拿了一支笔,在纸上乱点,
想将他按在纸上,留下一些痕迹,
但是一行也不能写,
一行也不能写。
我仍是睡在床上,
亲自听见他沉沉的他缓缓的,一步一步的,
在我床头走过去了。①

正是在胡适、周作人、刘半农、沈尹默等倡导之下,早期白话新诗经过反复曲折的试验探索,最终在诗歌形式和内容方面闯出一条新路,基本实现文学革命的预期目标。可以说,经过学堂乐歌运动、"诗界革命"、早期白话新诗运动,中国诗歌在句法结构上发生重要变化,并且初步形成诗歌创作规范,极大地影响着知识分子的创作心理,有效地推进早期白话新诗向前发展。正是在这一意义上,胡适说:"形式上的束缚,使精神不能自由发展,使良好的内容不能充分表现。若想有一种新内容和新精神,不能不先打破那些束缚精神的枷锁镣铐。因此,中国近年的新诗运动可算得是一种'诗体大解放'。因为有了这一层诗体的解放,所以丰富的材料,精密的观察,高深的理想,复杂的感情,方才能跑到诗里去。五七言八句的律诗决不能容丰富的材料,二十八字的绝句决不能写精密的观察,长短一定的七言五言决不能委婉达出高深的理想与复杂的感情。"②

---

① 周作人:《过去的生命》,上海三联书店 2018 年版,第 28 页。
② 胡适:《谈新诗——八年来一件大事》,欧阳哲生编《胡适文集》(第二卷),北京大学出版社 1998 年版,第 134 页。

第三章

学堂乐歌与中国新诗民族性建构

学堂乐歌在思想主旨上蕴含着鲜明的现代性因素,对中国新诗的民族性建构具有促进作用。很多乐歌作者在日本留学期间,深受"尚武"精神的深刻影响,归国之后,他们积极倡导在新式学堂中实行"军国民"教育,广泛设置体操和兵操课程,全面提高国民身体素质。作为中国近代社会转型的重要催化剂之一,学堂乐歌有助于"鼓民力""开民智""新民德",在现代民族国家建构中扮演着特殊角色。

第一节 学堂乐歌与"军国民"教育思想的倡导

经过"明治维新"之后,日本开始全面推行国家主义政策,在政治、经济、军事、文化等领域取得显著成就,逐渐走上资本主义快速发展道路,基本实现富国强兵目标。1889年,日本政府颁布《大日本帝国宪法》,标志着日本近代天皇制度的正式确立。随后,日本相继发动甲午中日战争和日俄战争,凭借着优越的社会制度和先进的武器装备终于赢得胜利。紧接着,福泽谕吉、森有礼、伊藤博文等改革派人士以培养"忠良臣民"为直接目的,鼓吹全民皆兵,提倡"军国民"教育思想,试图把日本引向对外侵略的危险道路。不久,国内出现以日本中心主义取代或对抗欧洲中心主义的疯狂论调,尤其以"亚洲一体论"和"东西文明融合论"影响较大。1907年1月5日,大隈重信在《教育时报》上发表《日本文明》一文鼓吹说:"开国以来,我日本国成为东西两大系统文明接触的交点,世界一切文明要素均汇合于此,我国的思想、制度、文物均发生了大混乱、大冲突、大竞争……竟然在开国以来的五十年间,获得了充分的调和,即,真正意义上的世界文明,首次在我国得以形成。"① 此种强调日本在世界文明秩序中占据主导地位的虚妄观点肆意蔓延,刺激着军国主义狂热支持者的敏感神经,他们试图凭借着强大的经济和军事势力,实行对外侵略扩张,希望早日实现"大东亚共荣圈"的帝国梦想。

在第一章,笔者已经运用大量篇幅文字,具体阐述晚清民初时期清政府派遣许多有志之士到东洋留学,学习日本先进的科学技术和思想文化。当时,"留日学生受日本尚武精神的影响,非常重视体育锻炼,尤其喜爱与军事相关的体育项目。他们组织各种体育会,练习骑马、舞剑、跑步、打拳,夏天游泳、爬山,冬天滑冰、滑雪,并踊跃参加学校的体育运动会"。② 其间,广大留学生在日本目睹这个东方蕞尔小国,经过明治维新迅速成为世界资本主义强国,这让他们猛然清醒意识到,"今天下优胜劣败、强存弱亡之天下也。然则何以强,尚武则强;何以弱,尚文则弱。处闭关之时代,非尚文无以静文气,处交通之时代,非尚武无以振国威……尚文之风一变而为尚武,如是张国权,雪仇耻,索偿地,皆于此基焉"。③ 于是,军事教育随之成为许多清国留日学生竞相追逐的热门专业。1902 年,改革派人士袁世凯上奏清廷,明确建议清政府大量选派青年学生赴日本学习军事:"查欧、美、东洋各国,于行军练士之法,悉心考究,日新月异,而岁不同,故能迭为长雄,潜消外侮。今中国兵制,徒守湘、淮成规,间有改习洋操,大抵袭其皮毛,未能得其奥妙。欲求因时之宜,以收冲折之效,自非派员出洋肄习不为功。顾欧美远隔重洋,往来不易,日本同洲之国,其陆军学校,于训练之法,备极周详。臣部武卫右军学堂诸生,现已三届毕业之期,虽规模颇有可观,而谙练犹有未至,自应及时派往东洋肄习,庶学成返国,堪备干城御侮之资。似变法图强,无有要于此者。"④ 1904 年,驻日公使杨枢在《奏陈兼管学务情形折》中说:"考日本陆军教育,系以忠君爱国顺服长官为宗旨,并无侈言等由,与政府反对之弊。惟是学陆军者,每岁所费较多于学文科者数倍,非自费生所

---

① [日] 大隈重信:《日本文明》,《教育时论》1907 年 1 月 5 日。
② 李喜所:《近代留学生与中外文化》,天津人民出版社 1992 年版,第 206 页。
③ 别有怀抱人:《京师宜创立武备大学校论》,《大公报》1904 年 6 月 23 日。
④ 袁世凯:《奏遣派学生赴日本肄业片》,陈学恂、田正平编《中国近代教育史资料汇编——留学教育》,上海教育出版社 1991 年版,第 326—327 页。

能备办，似宜官费培植之，俾资造就。"① 由此可见，在后期改革派提倡变法图强过程中，唯有全面学习日本的军事教育思想，腐朽无能的清政府才有可能走出备受帝国主义列强欺凌践踏的局面。当时，日本政府也从长远目标考虑，希冀借助清国留学风潮向外展示自身改革发展成就，宣扬国威，树立在亚洲各国乃至全世界的绝对霸主地位。于是，日本当局不惜花费大量人力、物力、财力，相继在各地创办成城学校、振武学校、东斌学堂等，名义上是专业类型学校，实乃为培养清国留学生而设。比如，1903年振武学校曾经招录中国留学生 178 名，1905 年 121 名，1906 年达到 202名，直到 1911 年为止。"二十年来中国军界之重要人物底姓名，几十之九可以从明治四十年振武学校一览之学生名册中查出，其影响于中国军政者可谓大矣。"② 后来，曾经长期担任中国留日学生军事教习的松本龟次郎说："今日中国军人中，位居上、中将者，其三分之二曾受教于我国。"③ 比如，吴玉章、唐继尧、李烈钧、孙传芳、阎锡山、何应钦、蒋介石等等，都是日本振武学校的优秀毕业生，其在培养中国近现代军事人才方面发挥着积极作用。

当时，梁启超、蔡锷、蒋方震等著名人士适值旅日，他们在积极学习日本先进思想文化的同时，也切实意识到"临强交逼，亟图自卫，而历年丧失之国权，非凭借武力，势难恢复"。1898 年维新变法失败之后，梁启超亡命日本，翌年和友人在东京和横滨创立中国留学生预备学校——大同学校，同时设立大同音乐会，开展丰富多样的音乐活动。梁启超在《饮冰室诗话》中说："近顷横滨大同学校为生徒唱歌用，将南海旧作演孔歌九章谱出，其音温以和；将鄙人旧作爱国歌谱出，其音雄以强；能叶律如是，是始愿所不及也。推此以谱古诗，何忧国歌之乏绝耶?"④ 1899年，梁启超相继发表《祈战死》《中国魂安在乎》两篇重要檄文，强调"日本国俗与中国国俗有大相异者一端，曰尚武与右文是也"。因此，他疾声呼吁中国必须尽快改变"右文"传统，提倡"尚武"精神，重塑军魂和民魂，才可能逐渐扭转国颓民弱的局面，从而真正挽救中华民族的危

---

① 杨枢：《奏陈兼管学务情形折》，陈学恂、田正平编《中国近代教育史资料汇编——留学教育》，上海教育出版社 1991 年版，第 364 页。
② 舒新城：《近代中国留学史》，上海书店 2011 年版，第 64 页。
③ [日] 松本龟次郎：《中华留学生教育小史》，东京：东西书房 1931 年版，第 45 页。
④ 梁启超：《饮冰室诗话·一一七》，汤志钧、汤仁泽编《梁启超全集》（第三卷），中国人民大学出版社 2018 年版，第 245 页。

亡。1902年2月，蔡锷在《新民丛报》发刊号上发表《军国民篇》一文说："军国民主义者，昔滥觞于希腊之斯巴达，汪洋于近世诸大强国。欧西人士，即妇孺之脑质中，亦莫不深受此义。盖其国家以此为全国国民之普通教育，国民以奉斯主义为终身臭大之义务。帝国主义，实由军国民主义胎化而出者也，盖内力既充，自不得不盈溢而外奔耳。""军者，国民之负债也。军人之智识，军人之精神，军人之本领，不独限之从戎者，凡全国国民皆宜具有之。"① "日本自维新以来，一切音乐皆模法泰西，而唱歌则为学校功课之一。然即非军歌、军乐，亦莫不含有爱国尚武之意，听闻之余，自可奋发精神于不知不觉之中。而复有吟咏古诗而舞剑，以绘其慷慨激昂之情者，故汉学家多主持保全诗义焉。"② 1903年，留日学生秦毓鎏、叶澜、董鸿祎等人在东京成立军国民教育会，该教育会以"养成尚武精神，实行民族主义"为根本宗旨，广泛招募团体会员，大肆鼓吹暗杀活动和民众起义，派遣骨干成员悄悄回国进行反清活动。之后，《浙江潮》《江苏》《湖北学生界》《白话报》《民报》《醒狮》《云南》《二十世纪之支那》等近代报刊，经常刊载大量论说文章，鼓吹军国民教育思想，这也成为辛亥革命迅速爆发的重要契机。1905年，陈鸿年在《东游日记》中记载："二十九日至横滨大同学校观学生演艺……开演，风琴、洋琴、军乐、唱歌……均有所观。最后演《班定远平西城新戏》，尤足激发吾国尚武精神。演至未出，欢迎凯旋，以军歌军乐和之，其声悲壮，令人慷慨激昂，泣数行下，华人莫不拍掌，呼中国万岁，不愧精神教育。内地剧场如能一律改良，有功世道匪浅。"③ 由此可见，广大留日学生受到军国民教育思想的影响深刻，成为他们后来进行爱国革命实践活动的重要支撑。

客观来讲，当早期军国民教育思想传入中国之时，晚清政府起初对此是高度警惕的，认为其中尽管充满着爱国主义精神，但也暗含排满倾向。1903年11月，张百熙、荣庆、张之洞在《学务纲要》中认为："中国素习，士不知兵，积弱之由，良非无故。揆诸三代学校兼习射御之义，实有不合。除京师应设海陆军大学堂，各省应设高等普通各武学堂外。惟陆海

---

① 蔡锷：《军国民篇》，曾业英编《蔡松坡集》，上海人民出版社1984年版，第16页。
② 蔡锷：《军国民篇》，曾业英编《蔡松坡集》，上海人民出版社1984年版，第26页。
③ 陈鸿年编：《东游日记》，张静蔚编选、校点《中国近代音乐史料汇编（1840—1919）》，人民音乐出版社1998年版，第90页。

军大学堂暂难举办。兹于各学堂一律一体练习兵式体操以肆武事，并于文高等学堂中讲授军制、战史、战术等要义。大学堂政治学门添讲各国海陆军政学，俾文科学生稍娴戎略。"① 但是，《学务纲要》也明确规定"凡民间私设学堂，非经禀准，不得教授兵式体操，其准习兵式体操者，亦止准用木枪，不得用真枪以示限制。"② 1906 年《学部奏请宣示教育宗旨折》特别强调说："欲救其弊，必以教育为挽回风气之具，凡中小学堂各种教科书，必寓军国民主义，俾儿童熟悉而习闻之，国文、历史、地理等科，宜详述海陆战争之事迹，绘画炮台兵舰旗帜之图形，叙列戍穷边使绝域之勋业。"③

1909 年，清廷迫于现实压力，最终统一学堂操法，要求全国各类新式学堂严格按照陆军部所制定现行操法，通行教练。1912 年 4 月，教育总长蔡元培在《对于教育方针之意见》一文中说："夫军国民教育者，与社会主义榅驰，在他国已有道消之兆。然在我国则强邻交逼，亟图自卫，而历年丧失之国权，非凭借武力，势难恢复。且军人革命以后，难保无军人执政之一时期，非行举国皆兵之制，将使军人社会永为全国中特别之阶级，而无以平均其势力。则如所谓军国民教育者，诚今日所不能不采者也。"④ 至此，军国民教育才正式编入各类学校体育课程，成为中华民国教育体系中的重要内容。

当时，黄遵宪、沈心工、华航琛、冯梁、华振、夏颂莱、石更、权国垣等诸多爱国志士，受到日本"尚武"精神影响，切实认识到唯有富国才能强兵，强兵之后才能有效抵御外国侵略。"所谓尚武者何也？东西各国，全国皆兵，自元首之子以至庶人，皆有当兵之义务，与我中国天子元子齿于太学之义亦相符合。各国谓兵为民之血税，而天子乃与庶人同之，真可谓上下同心矣。"⑤ 于是，许多音乐教育者积极响应国内现实需要，

---

① 张百熙、荣庆、张之洞：《学务纲要》，舒新城编《中国近代教育史资料》，人民教育出版社 1981 年版，第 210 页。

② 张百熙、荣庆、张之洞：《学务纲要》，舒新城编《中国近代教育史资料》，人民教育出版社 1981 年版，第 206 页。

③ 《学部奏请宣示教育宗旨折》，舒新城编《中国近代教育史资料》，人民教育出版社 1981 年版，第 220 页。

④ 蔡元培：《对于教育方针之意见》，舒新城编《中国近代教育史资料》，人民教育出版社 1981 年版，第 1021 页。

⑤ 《学部奏请宣示教育宗旨折》，舒新城编《中国近代教育史资料》，人民教育出版社 1981 年版，第 220 页。

创作了许多经久不衰的军国民教育之歌。比如,黄遵宪《军歌二十四章》、梁启超《从军乐》、沈心工《革命军》、冯梁《军事教育》《尚武之精神》、华航琛《当兵》、华振《快哉快哉》《大国民》、石更《从征军歌》《中国男儿》《国魂》等,都蕴含着军国民教育思想。"中国人无尚武精神,其原因甚多,而音乐靡曼亦其一端,此近世识者所同道也。昔斯巴达人被围,乞援于雅典,雅典人以一眇目跛足之学校教师应之,斯巴达人惑焉。及临阵,此教师为做军歌,斯巴达人颂之,勇气百倍,遂以获胜。甚矣声音之道感人深矣。吾中国向无军歌,其有一二,若杜工部之前后(出塞),盖不多见,然于发扬蹈厉之气尤缺。此非徒祖国文学之缺点,抑亦国运升沉所关也。"① 后来,这些学堂乐歌逐渐走出校园,开始向军队和民间社会传播,成为资产阶级革命时代的经典歌曲。总体来讲,它们主要分为爱国和反清两种题材类型,下面将分别论述。

　　黄遵宪是晚清"诗界革命"的主要代表人物之一,早年曾出使日本十余年之久。1902年,黄遵宪创作《军歌》二十四首,主要包括《出军歌》《军中歌》《旋军歌》各八章。每章末字重叠为三字句。倘若把本歌二十四章的章末一字连缀起来,就构成四言六句的豪言壮语:"鼓勇同行,敢战必胜,死战向前,纵横莫抗,旋师定约,张我国权。"后来,黄遵宪把本歌寄给仍在日本短暂避难的梁启超。梁启超阅后为之大加赞赏:"读之狂喜,大有'含笑看吴钩'之乐,尝以录入《小说报》第一号。顷复见其全文,乃知共二十四首,凡出军、军中、旋军各八章……其精神之雄壮活泼沉浑深远不必论,即文藻亦二千年所未有也,诗界革命之能事至斯而极矣。吾为一言以蔽之曰:读此诗而不起舞者,必非男子。"② 据钱仁康先生考证,李叔同、叶中泠、华航琛、冯梁、赵铭传等人后来都选用黄遵宪的《军歌》歌词,而且创作三种不同音乐曲调,分别收入《国学唱歌集》《小学唱歌集》《共和国民唱歌集》《军国民教育唱歌集》《东亚唱歌集》之中。可以看出,黄遵宪的《军歌》充溢着浓郁的军国民教育思想,主要目的在于警醒国人,重塑国威和军魂,为保种保族抵御外辱,奋起反抗。《出军歌》的部分歌词为:

---

　　① 梁启超:《饮冰室诗话·五四》,汤志钧、汤仁泽编《梁启超全集》(第三卷),中国人民大学出版社2018年版,第201页。
　　② 梁启超:《饮冰室诗话·五四》,汤志钧、汤仁泽编《梁启超全集》(第三卷),中国人民大学出版社2018年版,第201页。

怒搅海翻喜山憾，万鬼同一胆。弱肉磨牙争欲啖，四邻虎眈眈。今日死生求出险，敢敢敢！

剖我心肝挖我眼，勒我供贡献。计口缗钱四万万，民实何仇怨。国势衰微人种贱，战战战！

国轨海王权尽失，无地画禹迹。病夫睡汉不成国，却要供奴役。雪耻报仇在今日，必必必！

一战再战曳兵遁，三战无余烬。八国旗扬笳鼓竞，张拳空冒刃。打破天荒决人胜，胜胜胜！①

冯梁早年留学日本，曾在东京宏文学院师范科学习。在东洋期间，其注意总结日本走上富国强兵道路的深层原因。在他看来，"尚武"精神是日本社会文化的宝贵传统，值得中华民族全体国民警醒和学习借鉴。1913年6月，为了有效唤起国人的注意，冯梁精心编印以军国民教育为主题的乐歌集——《军国民教育唱歌初集》（广州音乐教育出版社发行）。比如，《军事教育》《尚武之精神》《中华国土》《陆军》《妇人从军行》《舍身报国》《出征祈战死》《大哉军人》《奋武》《长城》《炮台》《四时从军乐》等等，都是具有一定社会影响的学堂乐歌。其中，《军事教育》系冯梁借用日本军歌《我国海军》（山田源一郎作曲）进行填词。可以说，《军事教育》句句催人奋进，发人深省，极富思想感染力。冯梁在歌词中疾声痛斥甲午中日海战中清国的惨败，深层叩问中华民族衰败的根本原因，历数贻害国家的千古罪人，呼唤拯救民族危亡的英雄人物尽早出现，强调军事教育在现代社会的重要价值。歌词如下：

《军事教育》　冯梁

定远长往，伏波不作，吊古战场空痛哭。秦始作俑，明祖流毒，黔首何故遭桎梏？

平章风流，天子安乐，中原从此争逐鹿。敌氛恶兮蹂躏大陆，四朝元老媚他族。

民气衰兮老弱沟壑，亿兆顺民崩厥角。安得孙吴，安得韩岳，百

---

① 黄遵宪：《出军歌》，陈铮编《黄遵宪全集》（上册），中华书局2005年版，第222页。

万兵横行天下。

　　声震山谷，气吞河岳，壮志饥餐胡虏肉。蔽以一言，军事教育，足雄地球威东亚。①

冯梁的《尚武之精神》采用基督教赞美诗《礼拜散时曲》的曲调填词。与东邻日本相比，当时清国人的精神以及身体素质均萎靡不振，亟待需要整体提高。1902 年，蔡锷在《军国民篇》中就直言不讳地说："中国之歌自秦汉以至今日，皆郑声也，靡靡之音，哀怨之气，弥漫国内，乌得有刚毅沈雄之国民也哉。"② 冯梁在乐歌创作过程中贯彻"军国民"教育思想，明显和个人独特的"日本体验"息息相关。本乐歌主题鲜明，篇幅简短，催人奋进，极具爱国情怀。歌词如下：

《尚武之精神》　　冯梁

　　黑黑铁耶，赤赤血耶，发扬我民族价值耶。我辈好男儿，我辈好男儿，浩气万丈冲霄汉。喇叭宏宏，战鼓蓬蓬，直探虎穴奏奇功。

　　硝烟兮如云，炮弹兮如雨，挺挺身直人慷复慨兮。生则得荣名，死不失雄鬼，巍巍铸铜像留纪念。我民族万岁，我国家万岁，万岁万岁，万万岁。③

权国垣早年留学日本，曾参与编选《教育唱歌》。《海战》《长城》是权国垣较为著名的乐歌。其中，《海战》原载黄子绳、汪翔、苏钟正、权国垣等人编印的《教育唱歌》上编，1905 年 7 月，此歌集由湖北学务处于日本印刷后在全国各地发行。《海战》采用英国民歌《苏格兰蓝铃花》曲调填词。1904 年是甲午中日海战失利十周年祭，权国垣以《海战》沉痛纪念之。歌词如下：

---

　　①　毛翰编注：《辛亥革命踏歌行：1900—1916 中国歌曲选》，安徽文艺出版社 2011 年版，第 160 页。
　　②　蔡锷：《军国民篇》，《新民丛报》1902 年 2 月第 3 号。
　　③　毛翰编注：《辛亥革命踏歌行：1900—1916 中国歌曲选》，安徽文艺出版社 2011 年版，第 162 页。

《海战》 权国垣

烟雾深重重，响澎湃波浪排长空，战舰坚且雄，一只只排列阵图工。炮声隆隆威严震天地，声势惊鱼龙。杀劲敌，冲前锋，准备得破浪乘长风。

士兵气如虹，进战鼓阵阵响咚咚。我国旗光彩，乘顺风飘舞在空中。一霎时间战舰尽沉没，雄狮奏肤功，海防固，军备充，祝我国雄飞大陆东。①

华航琛是民国初年著名的音乐活动家，主要编有《共和国民唱歌集》《新教育唱歌集》等。《出征》《当兵》《女革命军》《决死队》《决死赴战》《体操》《学生军》都是华航琛的代表性乐歌。其中，《出征》原载《共和国民唱歌集》（商务印书馆于1912年6月出版）。辛亥革命爆发之后，此歌极大鼓励部分有志之士勇于投身革命斗争，推翻落后腐朽的清朝政权，创建中华民国。歌词如下：

《出征》 华航琛

往，吾愿往，革命责任不推让。奋我勇气，求我共和，情愿兵队当，为何兴汉，为何灭满，大家想想。人人退后，人人不前，幸福难享。请同胞看我先去战一场。

好，有希望，革命军队来四方。谢天谢地，谢吾同胞，全把挞伐张，推倒清廷，便成共和，幸福同享。人人拼命，人人戮力，易如反掌。请同胞听我凯歌返故乡。②

值得注意的是，沈心工《从军歌》和华航琛《出征》在曲谱和歌词方面具有高度相似性，歌词如下：

---

① 毛翰编注：《辛亥革命踏歌行：1900—1916 中国歌曲选》，安徽文艺出版社 2011 年版，第 37 页。

② 毛翰编注：《辛亥革命踏歌行：1900—1916 中国歌曲选》，安徽文艺出版社 2011 年版，第 126 页。

《从军歌》　沈心工

往！吾愿往！国民义务不推让。全身勇气，一片诚心，小兵也愿当。为何要国？为何要兵？想！大家想！人人怕死，人人偷活，国谁支撑？吾今日先去做个好榜样。

好！有希望！应征兵队来四方。谢天谢地，谢我同胞，齐把国力张。拼着死命，便是生机，胆，壮又壮。人人同心，人人同力，胜如反掌。请父老听我捷报到家乡。①

沈心工《革命军》根据日本军歌《勇敢的水兵》（奥好义作曲）重新填词而成，后来收入华航琛《共和国民唱歌集》，于1912年6月在商务印书馆出版。此歌号召有志青年积极参加革命斗争，共同推翻腐败落后的清朝政权，早日建立资产阶级民主共和国——中华民国。作为一首富有鼓动性的经典军歌，《革命军》有效地激励着许多革命者不怕牺牲、勇往直前，成为辛亥革命过程中的正义之歌。歌词如下：

《革命军》　沈心工

吾等都是好百姓，情愿去当兵，因为腐败清政府，真正气不平。收吾租税作威福，牛马待人民，吾等倘若再退缩，不能活性命！

可恨官军无道理，同种也相欺，帮了满贼出气力，杀我好兄弟。火烧汉口七昼夜，一片焦地皮，恨也恨也恨官军，官军真奴隶。

看我民军品行好，到处弗吵闹，洋人教士也保护，何况吾同胞。唯有土匪与盗贼，罪大不可饶，再有奸细与奸商，请他吃洋炮。

吾等理直气也壮，踊跃上前线，人皆有死不要怕，战死最光荣。但愿最后得胜利，替吾铸铜像，中华民国万万岁，军人名誉香！②

除此之外，19世纪末期，西方列强开始全面侵略中国，外国军乐队

---

① 沈心工：《心工唱歌集》，文瑞印书馆1937年版，第6页。
② 毛翰编注：《辛亥革命踏歌行：1900—1916中国歌曲选》，安徽文艺出版社2011年版，第116页。

也随之而来。1878年,上海"公共乐队"成立,是由菲律宾乐工组成的铜管仪仗乐队。1886年,北京成立"赫德乐队"。1904年,曾志忞在《音乐教育论》中说:"军伍中舍此无鼓舞之具,更舍此无娱乐之具。故海、陆军军乐队之编制,万不可缓,且设立军乐学校之预备,亦万不可缓。苟此等乐队告成,于外交典礼上大有裨益,于社会俗乐上,不无小补也。"[1] 中国人自己筹建军乐队,主要通过军队和学校两种途径完成。特别是在曾国藩、张之洞、袁世凯、冯玉祥等人所建立近代中国军队中,许多具有军国民教育色彩的歌曲非常流行。比如,曾国藩的《爱民歌》要求下属爱民如子,极大改变"兵匪一家"的传统形象,部分歌词如下:

> 三军个个仔细听,行军先要爱百姓。
> 贼匪害了百姓们,全靠官兵来救人。
> 百姓被贼吃了苦,全靠官兵来做主。
> 第一扎营不要懒,莫走人家取门板。
> 莫拆民房搬砖石,莫端禾苗坏田产。
> 莫打民间鸭和鸡,莫借民间锅和碗。[2]

再如,张之洞创作的《军歌》,采用普鲁士军歌《德皇威廉练兵曲》的音乐曲调,后来收入《鄂督张宫保新制学堂唱歌》。辛亥革命前后,湖北新军进行军事训练曾经教唱本乐歌,受到新式军队高度青睐。张之洞《军歌》歌词如下:

《军歌》 张之洞

大清深仁厚泽十余朝,列圣相承无异舜与尧。刑罚最轻钱粮又最少,汉唐元明谁比本朝高。

爱民悦士善政说不了,我祖我父世世受恩膏。况我兵丁重饷蒙温饱,养之千日用之在一朝。

我等天性忠勇思报效,作歌奉劝军中我同胞。我朝龙兴长白非荒

---

[1] 曾志忞:《音乐教育论》,张静蔚编《搜索历史——中国近现代音乐文论编选》,上海音乐出版社2004年版,第43页。

[2] 刘锦藻:《清朝叙文献通考》(一九九卷),浙江古籍出版社2000年版,第9481页。

渺，医巫闾山古名经书标。

近距直隶不过三千里，不比广西云南万里遥。天下一家建设东三省，内外蒙古新疆一齐包。

大清深仁厚泽十余朝，列圣相承无异舜与尧。满蒙汉人皆是同黄种，同种固结外人难动摇。①

进入20世纪20年代，中国各地军阀割据，连年战争，民不聊生。本时期，冯玉祥"西北军"在教唱军歌方面影响较大。由于冯玉祥本人笃信基督教，特别重视借助习唱军歌来达到练兵目的。他依据西方基督教的圣咏曲调、日本军歌、学堂乐歌曲调、民间曲调，填写过近百首军歌，作为平时军事训练和教育士兵的重要歌曲，对以后中国革命军队建设影响深远。比如，《恢复共和歌》《忠勇歌》《战斗精神歌》《爱百姓歌》《入伍歌》《大中华志气歌》《男儿立奇功》《行军歌》《爱民歌》《军人争气歌》《总理纪念歌》《广州有个孙中山》《国耻歌》《爱同伍歌》《军人十诫歌》等等，都是冯玉祥编写的优秀军歌。后来，谭胜功、黄砚如经过采访冯玉祥部的老军人整理编著《冯玉祥军歌选》（河南大学出版社1986年版），就是中国早期新式军歌的代表作，其所收录军歌题材广泛，内容丰富，从动员参军、士兵入伍到军队的生活学习、思想教育、军事训练，以至行军作战，都有可供选择性军歌使用。比如，《同胞歌》《军人争气歌》的歌词如下：

《同胞歌》　冯玉祥

同胞同胞，唤尔苏醒，强邻压境，窥我燕京，岂能坐禄势必践径，保我金汤城。遍地甲装冲冲，满天战鼓咚咚，冲锋陷阵，远击近攻，连营接寨，聚以冲锋，恢复完国捷报九重，凯日奏福功。

利箭绷绷，火车轰轰，鼓角阵地，旌旗蔽空，锃戈比杆秣马厉兵，一呼山岳顷。遍地甲装冲冲，满天战鼓咚咚，冲锋陷阵，远击近攻，连营接寨，聚以冲锋，恢复完国捷报九重，凯日奏福功。②

---

① 张之洞：《最新学堂歌》，上海合群图书局1904年版，第56页。
② 冯玉祥：《同胞歌》，谭胜功、黄砚如编《冯玉祥军歌选》，河南大学出版社1986年版，第47页。

《军人争气歌》 冯玉祥

军人军人要争气,咱们中国被人欺,眼看我国的瓜分地,军人要守职多努力,发愤挽回来。反转弱为强,快乐同共和,乐哉军人也,乐哉军人也,反转弱为强,快乐同共和,发愤挽回来。①

由此可见,军国民教育思想是学堂乐歌创作过程中的核心主题。正是满怀着救亡图存的爱国热情,一大批音乐教育家积极发挥个人创作才能,把军国民教育思想巧妙融入乐歌创作过程中,以音乐精神魅力来启蒙普通民众。可以说,军国民教育之歌在全国各地广泛传唱,极大地改变着社会发展导向,整个神州大地弥漫着浓厚的青春气息,有效增强了民族自信心。后来,丰子恺深情回忆早年传唱学堂乐歌之时的真实场景:"我们学唱歌,正在清朝末年,四方多难,人心动乱的时候,先生费了半个小时来和我们解说歌词的意义。慷慨激昂地说,中国的政治何等腐败,人民何等愚昧,你们倘不再努力用功,不久一定要同黑奴红种一样。先生讲时声色俱厉,眼睛里几乎掉下泪来。我听了十分感动,方知道自己何等不幸,生在这样危殆的祖国里。"② 总之,军国民教育之歌已经初步摆脱忠君保皇的陈腐观念,把爱国和反清两大主题作为核心要义,成为中国近代革命爆发的重要催化剂。

第二节 学堂乐歌与现代民族国家的建构

作为一种现代启蒙手段,学堂乐歌主张祛除传统"臣民"观念,倡导构建现代国民意识,完善个人独立人格;倡言废除民族歧视政策,希望树立自由平等观念,增强民族文化认同感;主张推翻封建专制制度,实行民主共和,主权在民,努力建设充满理想希望的"少年中国"。"夫我国民心理之大缺点,莫感情若矣,内之见同胞之痛苦不知恤,外之受强邻之欺侮不知耻。以若是之国民,势必举亚东大陆,沉埋于太平洋海底,永无

---

① 冯玉祥:《军人争气歌》,谭胜功、黄砚如编《冯玉祥军歌选》,河南大学出版社1986年版,第29页。
② 丰子恺:《艺术趣味》,开明书店1934年版,第114页。

复见天日之一日。然而感情教育安在乎？音乐是也。"①因此，学堂乐歌在构建现代民族国家观念方面功不可没，是中国近代社会转型的重要资源之一。

本尼迪克特·安德森在《想象的共同体：民族主义的起源与散布》中从民族情感和文化根源的角度，探讨世界各地不同民族属性的"想象的共同体"，其主要取决于宗教信仰的领土化、古典王朝家族的衰微、时间观念的改变、资本主义与印刷术之间的交互作用，以及国家语言的发展等诸多历史因素。实际上，我们可以把上述复杂问题重新"符号化"来阐释现代民族国家的深层结构形态。所谓民族，就是一个共同体和一个独特人群，他们具有共同的地域、共同的语言、共同的经济生活，以及反映在文化形态上的共同心理因素。作为一种"想象的共同体"，华夏民族曾被称为"炎黄""华夏""诸夏""诸华"，它们很早就成为中华民族共同记忆的标志性符号。"凡一国之能立于世界，必有其国民独具之特质，上自道德、法律，下至风俗、习惯、文学、美术，皆有一种独立之精神，祖父传之，子孙继之，然后群乃结，国乃成，斯实民族主义之根柢源泉也。"②但是，"今我中国国土云者，一家之私产也；国际（即交涉事件）云者，一家之私事也；国难云者，一家之私祸也；国耻云者，一家之私辱也。民不知有国，国不知有民，以之与前此国家竞争之世界相遇，或犹可以图存。今也在国民竞争最烈之时，其将何以堪之？……民之无爱国心，虽摧辱其国而莫予愤也"。③因此，面对清政府的封建腐朽统治，很多民众普遍缺乏民族意识和国家观念，甚至对国家兴亡漠不关心，认为"天下"是"朝廷"的，与"臣民"无关，这种思想观念对构建现代民族国家是不利的。

《左传·昭公十七年》中有："昔者黄帝氏以云纪，故为云师而云名；炎帝氏以火纪，故为火师而火名；共工氏以水纪，故为水师而水名；太皞

---

① 剑虹：《音乐对于教育界之功用》，张静蔚编《搜索历史——中国近现代音乐文论编选》，上海音乐出版社 2004 年版，第 52 页。
② 梁启超：《新民说》，汤志钧、汤仁泽编《梁启超全集》（第二卷），中国人民大学出版社 2018 年版，第 533 页。
③ 梁启超：《论近世国民竞争之大势及中国之前途》，汤志钧、汤仁泽编《梁启超全集》（第二卷），中国人民大学出版社 2018 年版，第 209 页。

氏以龙纪，故为龙师而龙名。"① 司马迁在《史记·五帝本纪》中说："学者多称五帝，尚矣。……余尝西至空桐，北过涿鹿，东渐于海，南浮江淮矣，至长老皆各往往称黄帝、尧、舜之处，风教固殊焉，总之不离古文者近是。"② 所谓五帝，即是以黄帝为首的华夏族的五位古帝，除黄帝外，还有帝颛顼、帝喾、帝尧和帝舜。自此之后，上至汉代最高统治者，下至普通百姓，都把黄帝看作自己的祖先。除了炎帝、黄帝二位人文始祖之外，黄河、长江、长城、扬子江等都已经成为中华民族的集体文化记忆，是现代民族国家建构的重要标识。"中国自古一统，环列皆小蛮夷，无有文物，无有政体，不成其为国。吾民亦不以平等之国观之。故吾国数千年来，常处于独立之势。吾民之称禹域也，谓之为天下，而不谓之为国。既无国矣，何爱之可云？"③ 因此，学堂乐歌在构建现代民族国家观念进程中发挥着特殊作用，蕴涵丰富，功能多样，具有很大阐释空间，是近代中国社会文化建设的宝贵资源之一。

1904 年，梁启超应亚雅音乐会的邀请，曾经花费大量时间精力创作《黄帝歌》，讴歌中华民族的人文始祖轩辕黄帝的丰功伟绩，为祖国扬威，为同胞励志。1904 年 11 月 1 日，梁启超在《新民丛报》上记载："今欲为新歌，适教科用，大非易易。盖文太雅则不适，太俗则无味。斟酌两者之间，使合儿童讽诵之程度，而又不失祖国文学之精粹，真非易也。杨哲子之《黄河》《扬子江》诸作，庶可当之。亚雅音乐会之成立，鄙人偿应会员诸君之命，撰《黄帝》四章。该会第一次演奏，即首唱之。和平雄壮，深可听，但其词弗能工也。"④ 歌词如下：

《黄帝歌》 梁启超

赫赫我祖名轩辕，降自昆仑山。北逐獯鬻南苗蛮，驰驱戎马间。扫攘异族定主权，以贻我子孙。嗟我子孙无忘无忘乃祖之光荣！

---

① 《左传·昭公十七年》，杨伯峻编著《春秋左传注》（第六册），中华书局版 2016 年版，第 1538—1539 页。
② 《史记·五帝本纪》，韩兆琦译注《史记》（第一册），中华书局 2010 年版，第 74 页。
③ 梁启超：《爱国论》，汤志钧、汤仁泽编《梁启超全集》（第一卷），中国人民大学出版社 2018 年版，第 691—692 页。
④ 梁启超：《饮冰室诗话·一一八》，汤志钧、汤仁泽编《梁启超全集》（第三卷），中国人民大学出版社 2018 年版，第 246 页。

  温温我祖名轩辕，世界文明先。考文教算明历元，还将医药传。科学思想寻厥源，文明吾最先。嗟我子孙遗传继续乃祖之光荣！

  巍巍我祖名轩辕，明德一何远！手辟亚洲第一国，布地金盈寸。山河锦绣烂其明，处处皆遗念。嗟我子孙保持勿坠乃祖之光荣！

  绳绳我祖名轩辕，血胤多豪俊。秦皇、汉武、唐太宗，寰宇威棱震。至今白人说黄祸，闻者颜为变。嗟我子孙发扬蹈厉乃祖之光荣！[1]

  不久，梁启超创作供学校毕业生歌咏的《终业式》四章，乐歌感情真挚，拳拳之心溢于言表，富有启蒙主义色彩。他告诫青少年群体要勤于学业，以待将来报效祖国；要避免产生骄傲情绪，因为学无止境；要自信自强，珍视中华优秀传统文化；要立志高远，肩负拯救祖国、复兴民族的重任。《终业式》的歌词如下：

《终业式》　梁启超

  国旗赫赫悬当中，华旭照黄龙。国歌肃肃谐笙镛，汉声奏《大风》。借问仪式何其隆？迎我主人翁。於乎！今日一少年，来日主人翁。

  五千年来文明种，神裔君传统。二十世纪大舞台，天骄君承宠。国民分子尽人同，责任君惟重。於乎！眇眇一少年，中国主人翁。

  众生沉痛吾其恫，吾将储药笼。国民奋飞吾其雄，吾待毛羽丰。不然赤手双拳空，壮语终何用。於乎！以何一少年，成就主人翁。

  前途进步靡有穷，一得宁自封？河伯语海含骄容，辽豕真如梦。业耶业耶终未终，来日君珍重。於乎！勉勉一少年，无忝主人翁！[2]

  1904年，杨度在留学日本期间创作乐歌《黄河》，翌年由沈心工谱曲，曾经风行一时。日俄战争爆发之后，作者借此表达个人对沙俄不断侵

---

[1]　梁启超：《饮冰室诗话·一一八》，汤志钧、汤仁泽编《梁启超全集》（第三卷），中国人民大学出版社2018年版，第246—247页。

[2]　梁启超：《饮冰室诗话·一一八》，汤志钧、汤仁泽编《梁启超全集》（第三卷），中国人民大学出版社2018年版，第247—248页。

略中国的深切忧虑，希望中国人民真正团结起来，勇于反击外国侵略者。沈心工在作曲之时，充分利用排比式的音乐旋律，蜿蜒而下，势若游龙，节奏自由奔放，极富感染力，是我国早期学堂乐歌的上乘之作，深受后世推崇。后来，许多乐歌刻意模仿《黄河》的句法结构和旋律曲调，充分证明其在不同时代音乐爱好者心目中占据重要地位。黄今吾（黄自）说："沈先生的歌词都浅而不俗，但意义深长，耐人寻味。字句与音乐的配合，每甚相称。……这本歌集中的曲调，大都采自外国童谣。但有一小部分系先生自己的创作。就中我最爱《黄河》一首。这个调子非常的雄沉慷慨，恰切歌词的精神。国人自制学校唱歌有此气魄，实不多见。"[1]《黄河》歌词如下：

《黄河》 杨度

黄河黄河，出自昆仑山，远从蒙古地，流入长城关。古来圣贤，生此河干，独立堤上，心思旷然。长城外，河套边，黄沙白草无人烟。思得十万兵，长驱西北边，饮酒乌梁海，策马乌拉山，誓不战胜终不还。君作铙吹，观我凯旋。[2]

《扬子江》是王引才借用日本歌曲《地理教育铁道唱歌》的曲调填词而成，最早刊载于1903年第4期的《江苏》杂志，后收录沈心工编《学校唱歌集》，歌词原来由13段组成。1912年，沈心工在《重编学校唱歌集》中把其增加至15段。丰子恺在《庐山游记·江行观感》中说："我不觉叩舷而歌，歌的是十二三岁时在故乡石门湾小学校里学过的、沈心工先生（应为王引才）所作的扬子江歌：长长长，亚洲第一大水扬子江。源青海兮峡瞿塘，蜿蜒腾蛟蟒……反复唱了几遍，再教手风琴依歌而和之，觉得这歌曲实在很好；今天在这里唱，比半世纪以前在小学校里唱的时候感动更深。这歌词完全是中国风的，句句切题，描写得很扼要；句句叶韵，都叶得很自然。新时代的学校唱歌中，这样好的歌曲恐怕不多

---

[1] 黄今吾：《〈心工唱歌集〉序》，俞玉姿、张援编《中国近现代学校音乐教育文选（1840—1949）》，上海教育出版社2000年版，第153页。

[2] 沈心工：《心工唱歌集》，文瑞印书馆1937年版，第8页。

呢。"① 值得注意的是,《扬子江》的歌词在后来传播过程中发生显著变化,部分歌词出现前后不一致,具体原因可能比较复杂,对后世影响深远。部分歌词如下:

《扬子江》 王引才

长长长,亚洲第一大江扬子江,源青海兮峡瞿塘,蜿蜒腾蛟蟒,滚滚下荆扬,千里一泄黄海黄,润我民国,千秋万岁,历史之荣光。

看看看,内江外海,拥出上海滩。轮船铁路五方贯,中外机关绾。大义起商团,光复声中苏浙安。吴淞黄浦,国旗五色,两岸焕新观。

呜呜呜,汽笛一声,飞出黄歇浦,吴淞自辟新商埠,江口开一锁。炮台旧址无,江底空余活沙铺。西北转舵,回看三十六里烟模糊。

青青青,长江门户,狼福锁江阴。天然地势占形胜,遥接金焦影。京口看潮生,直上扬州揽月明。清江北亘,苏常南枕,河运利通行。②

时至晚清,中国面临着千年未有之大变局,革命浪潮风起云涌,这也在客观上给中国近代社会带来难得的发展机遇。但是,当时"忠君尊孔"的封建思想在很多国民心中早已根深蒂固,"君君、臣臣、父父、子子"的传统观念流传甚广,严重阻碍了中国近代社会文化转型。为了推动社会进步,传播自由平等观念,尽早树立现代国民意识,必须增强民族文化认同感。"有国之民存,无国之民亡;有国民之国存,无国民之国亡。国也者,视其国民之数之多寡,国民之力之强弱为比例。而凡可以为国民之资格也者,则必其思想同,风俗同,语言文字同,患难同其同也。根之于历史,胎之于风俗,因之于地理,必有一种特别的团结不可解之精神。"③"国民的塑造与国家的存在紧紧地结合在一起,国民是组成国家的

---

① 丰子恺:《丰子恺游记》,广西师范大学出版社 2004 年版,第 58 页。
② 毛翰编注:《辛亥革命踏歌行:1900—1916 中国歌曲选》,安徽文艺出版社 2011 年版,第 12—13 页。
③ 余一:《民族主义论》,《浙江潮》1903 年第 2 期。

细胞，国家是全体国民自我认同与自我确证的公共场域。"① 基于此，许多音乐教育家相继创作许多具有启蒙题材的学堂乐歌，比如，华振《大国民》、华航琛《共和国民》《自治》《自立》、石更《中国男儿》、倪觉民《女国民》《女军人》、伯林《云南男儿》、佛哉《女国民》等。因此，个体必须祛除腐朽落后的"臣民"观念，树立现代"国民"意识，才可能构建现代民族国家观念。华航琛《共和国民》和佚名《国脉》的歌词如下：

《共和国民》 华航琛

国民第一资格高，年纪无老小。讲求学问不辞劳，知识开通早。敦品励行重节操，道德真紧要。体育功夫深造，体健身强脑力好。共和程度一齐到，全球人称道。二十世纪我同胞，国民资格高。②

《国脉》 佚名

我中华立国命脉，第一在自强，我能自强，邻邦款洽，自可来输将。假途灭虢，与国兵力，何可一日恃？开门揖盗，边城武备，何可一日荒？怎么公法？枪林弹雨便是我公法。怎么友邦？势均力敌便是我友邦。

我中华立国命脉，第一在自强，我能自强，邻邦款洽，自可来输将。兽困犹斗，绝人太甚，国如孤注殆，蛇心叵测，倚人太过，国以无备亡。富如李后主，金陵降表何悲凉！③

1905年，以孙中山为首的革命派人士提出"驱除鞑虏，恢复中华"的口号，要求推翻由满族所建立的封建专制统治，尽快恢复民族平等的文

---

① 刘进才：《国语运动与现代民族国家的想象》，《人文杂志》2010年第4期。
② 毛翰编注：《辛亥革命踏歌行：1900—1916 中国歌曲选》，安徽文艺出版社2011年版，第133页。
③ 毛翰编注：《辛亥革命踏歌行：1900—1916 中国歌曲选》，安徽文艺出版社2011年版，第87页。

化传统。实际上，在清末立宪运动过程中，出洋考察归国的载泽和端方即向清廷明确建议"宪政之基在弭隐患，满汉之界宜归大同""放弃满洲根本，化除满汉畛域，诸族相忘，混成一体"。但是，清朝最高统治者对之并没有真正付诸实施，后来这也成为辛亥革命爆发的直接导火索之一。1912年1月1日，孙中山发表《中华民国临时大总统宣言书》，第一次提出"五族共和"的基本观念，要求汉、满、蒙、回、藏诸地方为一国，提倡五族大同。梁启超说："一世界中，其种族之差别愈多，则其争乱愈甚，而文明之进愈难；其种族之差别愈少，则其争乱愈息，而文明之进愈速。全世界且然，况划而名之曰一国，内含数个小异之种，而外与数个大异之种相遇者乎！"① 当时，许多学堂乐歌对"五族共和"的民族制度进行讴歌，比如，华振《汉族历史歌》、沈心工《五色国旗》、佚名《警醒歌》等等，都是启蒙主义色彩的绝好教材。

《警醒歌》 佚名

警警警警警警警，竞争世界成。民无学识，安能奋兴，速改奴隶性。于今我国，五族共和，本无贵贱分，文明各国，自由平等，学校人人进。天演淘汰，优胜劣败，弱肉而强吞。英灭印度，俄亡波兰，朝鲜属日本。前车覆辙后车鉴，唤醒我国民。江海之水，滔滔不返，桑榆景可趁。结我团体，振我精神，黄种博令名，天府雄国，物产丰富，环球莫与京。愿我同胞尽天职，醒醒醒醒醒！②

1912年，中华民国临时政府在南京正式建立，推翻了统治中国几千年的封建专制制度，宣布实行民主共和政体，成为亚洲第一个资产阶级民主共和国。"中华民族震亚东，创造共和气象雄，永远民主一统国，追踪欧美表雄风。"（《中国国体》）。此时，许多音乐教育家在乐歌创作中高度赞扬共和政体，庆祝中华民国诞生的历史意义。比如，沈心工《美哉中华》《爱国》、华航琛《自治》《庆祝共和》《中国国体》、冯梁《中华

---

① 梁启超：《论变法必自平满汉之界始》，汤志钧、汤仁泽编《梁启超全集》（第一卷），中国人民大学出版社2018年版，第97—98页。

② 毛翰编注：《辛亥革命踏歌行：1900—1916 中国歌曲选》，安徽文艺出版社2011年版，第164页。

国土》、赵元任《尽力中华》等，都是特殊革命时代催人奋进的乐歌。华航琛《庆祝共和》和沈心工《美哉中华》歌词分别如下：

《庆祝共和》　华航琛

　　五色国旗照亚东，问谁铁血功。大家心力造，功劳汗马一般同。二千余年专制毒，一旦扫而空。汉满蒙回藏，同享幸福乐融融。二十世纪华盛顿，吾国喜再逢。共和开幕兮，千秋万岁表雄风。①

《美哉中华》　沈心工

　　美哉美哉！中华民国，太平洋滨，亚细亚陆，取用宏，地大物博，宜工宜商，宜耕宜牧。奋发有为，无求不得。美哉美哉！中华民国。奋发有为，无求不得。美哉美哉！中华民国。

　　美哉美哉！中华国民，历史悠久，灿烂文明。首重道德，业业兢兢。忠孝仁爱，信义和平。自强不息，永保光荣。美哉美哉！中华国民。自强不息，永保光荣。美哉美哉！中华国民。②

中华民国临时约法明文规定，国家主权属于全体国民，人民一律平等。"民国者，民之国也。为民而设，由民而治者也。"至此，四万万同胞千呼万唤的"现代中国"正式诞生，标志着现代民族国家观念建构进入实施阶段。作为近代中国社会的重要思想家，梁启超在《论中国积弱溯源论》《少年中国说》《过渡时代论》《论小说与群治之关系》《国家思想变迁异同论》《新中国建设问题》等系列文章中，对中国政治体制改革进行深入思考，并对"未来中国"美好图景进行畅想。"不使他族侵我之自由，我亦勿侵他族之自由。其在本国也，人之独立；其在于世界也，国

---

① 毛翰编注：《辛亥革命踏歌行：1900—1916 中国歌曲选》，安徽文艺出版社 2011 年版，第 122 页。

② 沈心工：《心工唱歌集》，文瑞印书馆 1937 年版，第 1 页。

之独立。使能率由此主义，各明界限以及于未来永劫，岂非天地间一大快事。"① 可以看出，梁启超对现代民族国家的想象具有世界性眼光，他大力呼吁各民族平等相处，独立自强，在世界文明格局中互竞互争，唯有如此，中华民族才有可能真正进入现代民族国家建设行列。

梁启超在《少年中国说》中说："故今日之责任，不在他人，而全在我少年。少年智则国智，少年富则国富，少年强则国强，少年独立则国独立，少年自由则国自由，少年进步则国进步，少年胜于欧洲，则国胜于欧洲，少年雄于地球，则国雄于地球。"② 这里，梁启超把现代民族国家建构的希望寄托在青少年群体身上，并正式提出建设"少年中国"的时代命题。作为中国近代社会转型的外在反映，许多学堂乐歌对"少年中国"主题进行想象性描绘，比如，曾志忞《新》、黄子绳《大风渡江》、赵铭传《男儿志》、金天翮《女青年》等，详细勾勒未来中国的理想景象，几乎完全扭转传统意义上"老大帝国"的腐朽衰弱形象。其中，曾志忞《新》的歌词如下：

《新》　曾志忞

新新新，新新新，四万万国民。愿我四万万国民，日日如临阵。廿世纪，放光明，晓日升天眼界清。新新新，新新新，四万万国民！

新新新，新新新，四万万方里。愿我四万万方里，变做黄金地。人既众，心要齐，家家高挂黄龙旗。新新新，新新新，四万万方里！

新新新，新新新，新党出奇谋。愿我新党出奇谋，荣光照五洲。兴我种，复我仇，杀尽豺狼方罢休。新新新，新新新，新党出奇谋！

新新新，新新新，新民其听听。愿我新民其听听，智识要长进。富我国，练我兵，五洲万国做主人。新新新，新新新，新民其听听！③

---

① 梁启超：《国家思想变迁异同论》，汤志钧、汤仁泽编《梁启超全集》（第二卷），中国人民大学出版社2018年版，第325页。

② 梁启超：《少年中国说》，汤志钧、汤仁泽编《梁启超全集》（第二卷），中国人民大学出版社2018年版，第224—225页。

③ 曾志忞编：《教育唱歌集》，东京：东京并木活版所1904年版，第53页。

在此歌中，曾志忞希冀四万万同胞团结一致，增长智识，独立自强，抵抗外侮，以塑造现代国民为基本目标，努力建构现代民族国家。可以说，乐歌《新》是对梁启超"新民说"的完美诠释，有效证明了现代国民和民族国家观念具有密切关联。"惟民族的国家，乃能发挥其本族之特性；惟民族的国家，乃能合其权以为权，合其志以为志，合其力以为力，盖国与种相剂者也。国家之目的，则合人民全体之力之志愿，以谋全体之利益也。"① 因此，倡导爱国主义和国家主义观念，对全体国民进行思想启蒙教育，是现代民族国家建构的必然要求，也是中华民族复兴的必由之路。

第三节　学堂乐歌与现代国民意识的塑造

"新民"是中国近代社会改革进程中的重要主题之一。1906 年，王国维在《论教育之宗旨》中把教育目标概括为培养"完全之人物"，"何谓完全之人物？谓人之能力无不发达且调和是也。人之能力分为内外两者：一曰身体之能力，二曰精神之能力。发达其身体而萎缩其精神，或发达其精神而罢敝其身体，皆非所谓完全者也。完全之人物，精神与身体必不可不为调和之发达"。② 作为一种新型音乐文学样式，学堂乐歌在增强国民身体素质、传播现代科学知识、提倡现代德性等方面具有积极作用，也是塑造现代国民的有效手段。1906 年 11 月，李剑虹在《云南》第 2 期发表《音乐对于教育界之功用》一文，他认为音乐教育"含有美的方面和道德方面"的重要功能，在养成儿童纯美的感情、高尚的品性、纯洁的思想、爱国的热情、合群的美德以及在调节劳逸、遵守秩序、学习知识等多方面都有积极作用，进而提出"要唤醒国人，积蓄力量，革新庶政，必须从小学堂的音乐教育开始"。③ 正是在这一意义上，黄子绳等人说："有一事而可以养道德、善风俗、助学艺、调性情、完人格、集种种不可思议之支配力者乎？曰有之，厥惟音乐。""以之养国民之道德，则道德修；以之

---

① 余一：《民族主义论》，《浙江潮》1903 年第 2 期。
② 王国维：《论教育之宗旨》，舒新城编《中国近代教育史资料》，人民教育出版社 1981 年版，第 997 页。
③ 李剑虹：《音乐对于教育界之功用》，张静蔚编《搜索历史——中国近现代音乐文论编选》，上海音乐出版社 2004 年版，第 52 页。

革社会之风俗，则风俗易；以之助一般之学艺，则学艺进；以之调社会之风俗，则全人类之品格，则性情淑，品格尚。此种能力，惟音乐足以当之。……故今日欲增进群治，必自改良社会始；欲陶融社会，必自振兴音乐始。""盖欲改造国民之品质，则诗歌音乐为精神教育之要件。"① 因此，利用音乐教育来改造国民性，摒弃封建落后时代遗留下的思想顽疾，砥砺精神品质，塑造现代国民性格，也是近代中国社会文化转型的内在诉求。

在中国近代历史上，由于受到战争因素、外国鸦片、疾病瘟疫、自然灾害等诸多因素影响，许多国民衣不蔽体，食不果腹，形容枯槁，身体羸弱。为了尽快摆脱"东亚病夫"的孱弱称谓，许多有识之士大声呼吁从幼稚园开始设置体操课程，把其纳入整个国民教育体系中，试图借此来提高全体国民的身体素质。"予旅日本有年，观其幼稚园、小学校、中学校、高等师范学校以及女子诸学校，莫不有体操、音乐以调剂其中，惟能以体操求身美，以音乐求心美。故种种学问之进步，令人望尘而不可及。"② 于是，反映体育运动题材的学堂乐歌随之诞生，它们主要表现青少年群体热爱体育竞技项目，积极参加运动会，希望强身健体，愉悦心灵，在未来世界竞争中立于不败之地。比如，沈心工《体操》《赛船》《运动会得胜歌》、李叔同《春郊赛跑》、叶中泠《打球》、候保三《运动歌》、松云《踢球》《跳高》《跳远》、俞粲《运动》、周玲荪《运动会》、倪觉民《拍球》、卢保衡《竞渡》等。其中，周玲荪《运动会》和沈心工《运动会得胜歌》的歌词如下：

《运动会》 周玲荪

  我国前途，我国前途，第一要将体育昌。我国文弱，我国文弱，一雪斯言在吾曹。长江大淮，其流汤汤；斗牛之野，泱泱大邦。民生其间，气发而扬，前无倡者后无仰。旗影飘扬，军乐铿锵，今朝真个好榜样！

  我国前途，我国前途，第一要将体育昌。彼欧若美，种何以强？

---

① 黄子绳等：《教育唱歌·序言》，张静蔚编《搜索历史——中国近现代音乐文论编选》，上海音乐出版社2004年版，第19页。
② 李宝巽：《新编唱歌集·序言》，俞玉滋、张援编《中国近现代学校音乐教育文选汇编》（1840—1949），上海教育出版社2000年版，第97页。

彼波若印，国何以亡？世界竞力，日惟武装，著鞭虽后庸何伤！民族发皇，国家金汤，尚武精神此提倡。①

《运动会得胜歌》 沈心工

请看千万只的眼光，都射在谁身上？几个健儿受着上赏，高视阔步气轩昂。你莫说他狂，也莫笑他莽。估他肩上多少斤两，不有气力怎担当？

同胞同胞，试想试想！你心上觉怎样？二十世纪初的风浪，滚滚西渡太平洋。我种族兴亡，个个关痛痒。对内勿争，对外勿让，莫靠他人靠自强。

一歌再歌，慨当以慷，我三歌气更壮。伴我热血换个铜像，要与日月比亮光。我国旗飞扬，到处人瞻仰。民国长寿，长寿无量，地大山高海泱泱。②

随着许多有识之士大声呼吁，部分清末新政得到阶段性实施，体操课程在近代新式学堂里面普遍开设，不仅能够丰富青少年群体的学习生活，有效提高他们身体素质，而且引入公平、公正、合作、友谊等体育精神，让其在积极进取氛围中全面体验生命真谛。"体操一科，幼稚者以游戏体操发育其身体，稍长者以兵式体操严整其纪律，而尤时时勖以守秩序，养成威重，以造成完全之人格。"③作为一种精神性力量，体育课程不仅可以磨炼意志，砥砺品质，超越自我，而且能够提升国民整体素质，是富国强兵的重要手段之一。比如，倪觉民《拍球》和叶中泠《打球》的歌词如下：

《拍球》 倪觉民

操场雨后草青青，空气又清新。姊姊妹妹一同行，个个多高兴。

---

① 钱仁康：《学堂乐歌考源》，上海音乐出版社2001年版，第70—72页。
② 沈心工：《心工唱歌集》，文瑞印书馆1937年版，第10页。
③ 《学部奏请宣示教育宗旨折》，舒新城编《中国近代教育史资料》，人民教育出版社1981年版，第220页。

手拿皮球圆混混，又小又轻轻。拍来拍去不肯停，眼快手更灵。东西飞舞如流星，看看真得神。学堂归去见双亲，窗前月已明。①

《打球》 叶中泠

斜阳如画芳草青，打球去，打球去，行行行。球来球去如流星，天然好竞争。我要一球飞向北，兴安岭外暮云黑；又要一球飞向东，东方日出不敢红。打球打球好男子，努力雪国耻。②

当体育和音乐相遇之时，必将催生巨大的精神能量。"乐歌之作用，最足以发起精神，激扬思想。故泰东西各国均以为注重之科目，而吾邦亦渐次发明，近今各校增入乐歌一科，歌集不一而足，专以陶融学生之性情为宗旨。有为幼稚园用者，有为男子用者，有为女子用者，法良意美，莫赞一辞。"③ 由此可见，学堂乐歌有助于陶冶性情，砥砺精神品格，在改造国民性方面具有不可替代的作用。"其要义在活泼心思，助其发育，为涵养德行之具，并于以上所教各科有直接之关系，如修身、历史、地理，均可举其一事，编成诗歌，令其习诵，则所讲之书，尤易感悟，不复觉记忆之艰苦。"④ 比如，金天翮的《女学生入学歌》再现了近代女学生在新式教育洗礼之下，毅然决然抛弃许多陈规陋习和脂粉习气，以东西世界上许多巾帼英雄为精神楷模，修身伦理，爱国救世，希望运用现代思想启蒙近代女性群体，重新塑造新国民形象，歌词如下：

《女学生入学歌》 金天翮

二十世纪女学生，美哉新国民。校旗妩媚东风轻，喜见开学辰。展师联队整衣巾，入学去，重行行。

---

① 倪觉民编：《女学唱歌》，上海教育馆1906年版。
② 叶中泠编：《小学唱歌三集》，商务印书馆1907年版。
③ 无锡城南公学堂编著：《学校唱歌集·编著大意》，张静蔚编《搜索历史——中国近现代音乐文论编选》，上海音乐出版社2004年版，第23页。
④ 霍有光、顾利民编著：《南洋公学——交通大学年谱》，陕西人民出版社2002年版，第40—41页。

脂奁粉盒次第抛，伏案抽丹毫，修身伦理从师教，吟味开心苗。爱国救世宗旨高，入学去，女同胞。

缇萦木兰真可儿，班昭我所师。罗兰若安梦见之，批茶相与期。东西女杰益驾弛，愿巾帼，凌须眉。①

鸦片战争之后，随着清政府闭关锁国政策被帝国主义列强逐渐打破，西方许多新事物取道日本开始传入中国，它们在学堂乐歌创作过程中得到直接呈现。王国维在《论新学语之输入》一文中说："言语者，思想之代表也。故新思想之输入，即新言语输入之意味也。十年以前，西洋学术之输入，限于形而下学之方面，故虽有新字新语，于文学上尚未有显著之影响也。数年以来，形上之学，渐入于中国。而又有一日本焉为之中间之驿骑，于是日本所造译西语之汉文，以混混之势而侵入我国之文学界。"② 总体来看，其主要涵盖学科门类专有名词、交通工具名称和新闻报纸，包括《地理》《格致》《数术》《英文》《文法》《历史》《铁路》《汽车》《电车》《飞艇》《电气灯》《轻气球》《新闻报》《阅报》等等。伴随着新式学堂在许多地区设立，学堂乐歌逐渐成为西方文明输入中国的外在表征。一方面，大量新名词和新事物开始进入学堂乐歌，彰显现实社会对科学知识的无限渴求，直接昭示现代国民对新生活的美好憧憬。然而，在很多时候，新名词也使学堂乐歌的语言显得晦涩难懂，这在一定程度上直接降低学堂乐歌的外在表达效果。下面，笔者将以沈祖藩《地理》、俞粲《格致》、佚名《铁路》、汪翔《新闻报》为例来阐述之。

《地理》 沈祖藩

磊落我亚洲，外族侵凌讵甘休。英法日俄势力扩，寸土要搜罗。愿吾侪普通地理，人人都研究。保国在自由，把玩舆图壮山河。

地学探要领，经纬五带辨分明。皇皇帝国十万里，不许欧美横。

---

① 金天翮：《女学生入学歌》，《新中国唱歌集·二集》，小说林社1906年版。
② 王国维：《论新学语之输入》，谢维扬、房鑫亮主编《王国维全集》（第一卷），浙江教育出版社2010年版，第126页。

愿吾侪水陆形势，区画先经营。民族兼物产，博览群书细细评。①

此乐歌原载无锡城南公学堂编著《学校唱歌集》，1906年上海文明书局出版。沈祖藩借此告诫广大青少年要厘清世界形势，知己知彼，百战不殆，集中精力学好《地理》课程，尤其对帝国主义列强环伺中华，必须要有清醒认识，唯有树立富国强兵思想，才能在世界民族之林中占据竞争优势。

《格致》 华振

茫茫大海古董品，离离奇奇真富盈。非天之磨荡无以生，非地之蕴蓄无以存。动植矿物遍地纷纶，讵离算术考察精。声光化电尤研究，标本仪器辨分明。各国赛会资历练，眼界豁如意象增。纵云欧美新学问，格致发明推圣经。愿吾青年酌古又准今，他日博学乃成名。②

此歌运用美国法伊尔的《欢呼美国》的音乐曲调，原载无锡城南公学堂编著《学校唱歌集》，于1906年在上海文明书局出版。"格致"即是"格物致知"的简略语，意指研究事物原理而获得知识，最早出自西汉戴圣《礼记·大学》曰"致知在格物，物格而后知至"。北宋朱熹说"致知在格物者，言欲尽吾之知，在即物而穷其理也"。清末民初，"格致"主要指涉自然科学课，包括物理和化学，其为近代中国和西方科学技术的对接互通架起重要桥梁。梁启超在《格致学沿革考略》中说："形而下学，即质学、化学、天文学、地质学、全体学、动物学、植物学等是也。吾因近人通行名义，举凡属于形而下学，皆谓之格致。"③ 可以看出，这首格致之歌是西方科学思潮影响下的直接产物，彰显出近代中国科学技术发展面临重要转型。

---

① 毛翰编注：《辛亥革命踏歌行：1900—1916中国歌曲选》，安徽文艺出版社2011年版，第76页。
② 毛翰编注：《辛亥革命踏歌行：1900—1916中国歌曲选》，安徽文艺出版社2011年版，第77页。
③ 梁启超：《格致学沿革考略》，汤志钧、汤仁泽编《梁启超全集》（第十一卷），中国人民大学出版社2018年版，第543页。

《铁路》 佚名

　　铁路开，铁路开，开出新世界。溯干枝，纵横南北，势力范围来。京汉成，粤汉继，津镇迄山海。还有那，苏杭甬，荟萃富贵财。日行千里快快快，舟车远不逮。从今后，国权恢复，开出新世界。①

此歌初见于叶中泠编《小学唱歌二集》（1907年），上海商务印书馆出版。1817年，英国人史蒂芬森利用瓦特的蒸汽机原理发明火车。自此之后，火车就开始活跃在人类社会的历史舞台上。1875年，英国在上海顺利修建吴淞铁路，成为中国第一条营运性铁路。当时，许多国民把铁路视为破坏风水的"奇技淫巧"，对这一新生事物充满恐惧之感。但是，在"师夷长技以制夷"的思想影响之下，清政府也被迫接受修建铁路，逐渐意识到铁路不仅可以降低运输成本，而且方便快捷，能够实实在在给国家带来实际利益。之后，京张、京汉、粤汉、苏杭甬等铁路全线贯通，初步形成纵横交错的中国近代铁路网络。"日行千里快快快，舟车远不逮。""从今后，国权恢复，开出新世界"，真正唱出许多国民内心深处的真实诉求。

《新闻报》 汪翔

　　新闻报，一张纸，海内寄耳目，见闻实赖此。新闻事，报不已，交通利益诚无比。朝野上下是与非，或褒或贬严如史。新闻报，上街卖，清晨早早起，先睹实为快。新闻报，奇且怪，言者无罪闻者戒。
　　新闻报，报新闻，中外广搜罗，天下皆同文。新闻报，日日新，学界愈进报愈增。据事直书公且信，文言雅可道俗情。新闻报，一纸刊，国民公议论，报纸极大观。新闻报，快快看，胜读野史与稗官。②

---

① 毛翰编注：《辛亥革命踏歌行：1900—1916 中国歌曲选》，安徽文艺出版社 2011 年版，第 66 页。
② 毛翰编注：《辛亥革命踏歌行：1900—1916 中国歌曲选》，安徽文艺出版社 2011 年版，第 42 页。

近代报刊是中国社会文化转型的重要标志之一。晚清以降，外国人在治外法权保护下，陆续在香港、上海、北京、广州等地办报，《万国公报》《字林西报》《申报》《顺天时报》等等相继出现，正式拉开了中国近代报刊业的序幕。特别是19世纪80年代以后，为了宣传维新变法，扩大社会影响力，王韬、康有为、梁启超等资产阶级改革派知识分子，先后创办《循环日报》《强学报》《中外纪闻》《时务报》《国闻报》《新民丛报》等近代报刊，成为传播维新思想的重要阵地。作为一种现代公共空间，《新闻报》坚持真实性原则，提倡新闻自由，雅俗共赏，包罗万象，稗官野史，销量可观，堪称近代报刊的模范先锋，对中国封建专制政体产生严重冲击。

提倡科学，反对迷信，是现代国民的精神世界被重新唤醒的重要标志。由于中国几千年封建统治者的思想钳制，加上受到个人认识能力的客观限制，许多人对纷繁复杂的外部世界缺乏理解，迷信思想也就相伴而生。晚清民初，随着中国封建专制制度轰然倒塌，民主共和观念深入人心，尤其是科学思潮开始从西方国家大量涌入，有效地改变着社会整体精神生态。《辟占验》和《讥风鉴》收录于叶中泠《小学唱歌教科书二集》，上海商务印书馆出版，提倡科学，反对迷信，是塑造现代国民的典范乐歌，歌词如下：

《辟占验》 佚名

不问苍生问鬼神，咄咄怪事奇闻。一命并二运，八字六壬，造化小儿多弄人。姑妄言之，姑妄听之，紧要关头便不灵。说凭富贵功名，寿夭与死生，瞽哉瞽哉，孰破社会之迷信。①

《讥风鉴》 佚名

万物归土中，王侯将相宁有种。乃为风鉴惑，尽日看山看不足。说什么来龙并去脉，千里寻结穴。死欲其速朽，反为生者卜富贵。葬

---

① 叶中泠编：《小学唱歌教科书二集》，商务印书馆1907年版，第22页。

欲其深藏，徒为术者验阴阳。更有觇家宅，妄以五行定生剋。子午不相当，没来由改作东西向。多事笑流俗，那晓平安便是福。①

1907年，《文明婚》收录于叶中泠《小学唱歌教科书二集》，运用中国传统琵琶乐曲《宫苑思春》的音乐曲调，"全曲表情深刻细腻，充分发挥左手推、拉、揉、吟及撅音、带起等技法，描写深宫怨女随着季节的变换引起忧愁哀怨的情绪"②。歌词古朴典雅，使用大量婚姻典故，"宓羲"即伏羲氏，传说人类即由他和女娲氏相婚产生，"俪皮"是成对的鹿皮，古代的订婚礼物，寓意深刻。

《文明婚》　叶中泠

吾祖宓羲伦理宗，俪皮肇始结人群。伟丈夫，奇女子，廿纪胚胎新世界，百年好合表同情。欧与美，男女权平等，如日本，联血胤，振起大和魂。亚东祖国推我华，崇婚礼，夫夫妇妇，并进文明。

吾侪额手交相庆，从今后佳偶倡随，如鼓瑟琴。家庭教育，从此勃兴。国民分子蒸蒸，何愧五千年黄帝孙曾？对此良缘美满，洋洋乐奏共欢迎。会堂主宾姻娅，祝他氤氲佳气满乾坤。③

《自由结婚》收录于金一《国民唱歌》二集，可以看作《文明婚》的姊妹篇，都是对理想婚姻的未来想象，真实道出了现代国民的美好期许。

《自由结婚》　金一

改造出新中国，要自新人起。莫对着皇天后土，仆仆空行礼。记当初指环交换，拣着生平最敬最爱的学堂知己。任你美妙花枝，氤氲香盒，怎比得爱情神圣，涵天地，会堂开处，主婚人到。有情眷属，人天皆大欢喜。

---

① 叶中泠编：《小学唱歌教科书二集》，商务印书馆1907年版，第23—24页。
② 钱仁康：《学堂乐歌考源》，上海音乐出版社2001年版，第41页。
③ 叶中泠编：《小学唱歌教科书二集》，商务印书馆1907年版，第31页。

可笑那旧社会，全凭媒妁通情。待到那催妆却扇，胡闹看新人。如今是婚姻革命，女权平等，一夫一妻。世界最文明。不问南方比目，北方比翼，一样是风流快意享难尽。满堂宾客，后方跳舞，前方演说，听侬也奏风琴。①

德性塑造是现代国民意识建构中的基本内容。"事实上，优良的品质与健康活泼的人格是更为复杂的建构系统，它需要持续的感性经验的积累和不断的个体心灵的优化，这绝非简单的知识传播与道德引领可以完成的。"② "惟唱歌则以道德与优美之理想化合，以激天良，昔孔子以诗教人，实为深得教育之原理。"③ 因此，学堂乐歌在调和思想情感、陶冶品性、涵养美德等方面具有特殊价值。1907年，王国维在《教育杂志》发表《论小学校唱歌科之材料》一文，明确指出设置唱歌科的本意包括"一、调和其感情；二、陶冶其意志；三、练习其聪明官及发生器"。因此，唱歌不仅为修身之辅佐，而且在美育上具有独立价值。"乐歌者，所以涵养德性，引起兴味，发舒肺气，振作精神者也……乐歌能作呢喃婉转之音，和蔼其性，温良其情，感化其顽梗于无形之中……乐歌能发慷慨雄壮之声，促其勇心，动其侠气，感化其颓唐于不知不觉之间……乐歌为涵养德性之必需物。"④ 比如，作为传播新思想的基本载体，沈心工《合群之乐》、李剑虹《蜜蜂歌》、曾志忞《勤》、华航琛《自立》《自由》、苏钟正《励志》《孝》《自勉》、黄子绳《忍》、石更《师恩》、俞粲《修身》等等乐歌，有利于提高思想道德水平，净化社会风气，在提倡团结合群、积极向上、自由平等方面扮演着重要角色。

《合群之乐》 沈心工

合群之乐乐如何？听我乐群歌。我侪若非素相识，交臂易错过。

---

① 金一编：《国民唱歌二集》，东京：翔鸾社1905年版，第37页。
② 傅宗洪：《大众诗学视域中的现代歌词研究：1900—1940年代》，中国社会科学出版社2006年版，第89页。
③ 沈心工：《小学唱歌教授法》，张静蔚编《搜索历史——中国近现代音乐文论编选》，上海音乐出版社2004年版，第51页。
④ 守吾：《余之乐歌观》，张静蔚编选、校点《中国近代音乐史料汇编（1840—1919）》，人民音乐出版社1998年版，第247页。

相识不相见，河山风雨离怀苦。今日天缘凑合，居然握手团团坐。

兄乎弟乎！谁家兄弟，能比校中多？吾侪同学，同游同息，同声歌且和。进取原不让，终如金玉相磋磨。兄乎弟乎试想合群之乐乐如何？①

本乐歌收录于沈心工编《学校唱歌初集》（1906年），运用英国诗人彭斯的《走过麦田来》的音乐曲调，在当时新式学校的开学、运动会、毕业典礼等集体活动中，师生经常共同演唱，以激发学生的合群观念。梁启超说："当此群与彼群之角力而竞争也，其胜败于何判乎？则其群之结合力大而强者必赢，其群之结合力薄而弱者比绌。此千古得失之林矣。结合力何以能大？何以能强？必其一群之人，常肯绌身而就群，捐小我而为大我。"②"以物竞天择之公理衡之，则其合群之力愈坚而大者，愈能占优胜权于世界上"，不然，"终不免一盘散沙之消者，则以无合群之德故也。""盖音乐者使人有合群之美德，有进取之勇气，有爱国之热诚者也。我四百兆同胞，人人能合群、能进取、能爱国，则内之足以谋社会之公益，外之足以杜列强之窥伺，国未有不勃然而兴者。"③ 因此，沈心工的《合群之乐》主题鲜明，贴近学生日常生活实际，是许多新式学校进行社会道德教育的宝贵资源。

《勤》 曾志忞

勤勤勤，勤勤勤，太阳落山明月生。勤勤勤，眼睛一闪便成人。小鸟衔柴要做窠，桃花谢落要结果。

勤勤勤，勤勤勤，莫使光阴空错过。蜜蜂会做蜜，蚕子会做丝。物物有事情，人也该如此。勤勤勤，勤勤勤，少年及早勤勤勤。④

此歌收录于曾志忞《教育唱歌集》（1904年），主要对幼稚园儿童群

---

① 沈心工：《心工唱歌集》，文瑞印书馆1937年版，第26—27页。
② 梁启超：《中国积弱溯源论》，汤志钧、汤仁泽编《梁启超全集》（第二卷），中国人民大学出版社2018年版，第260页。
③ 剑虹：《音乐之教育界之功用》，张静蔚编《搜索历史——中国近现代音乐文论编选》，上海音乐出版社2004年版，第52—53页。
④ 曾志忞编：《教育唱歌集》，东京：东京并木活版所1904年版，第5页。

体进行启蒙教育,其目的在于让他们珍惜美好时光,勿荒废光阴,从小养成良好的行为习惯,积极进取,努力拼搏,长大后才可能有所成就。"音乐之关于学校者,发音之正确,涵养之习练,思想之优美,团结之一致。音乐之关于社会者,德育、忠孝、公德、自治、独立、智育、普通知识、农工商实业、体育、尚武精神、敏捷举动。"① "盖音乐者,含有美的方面及道德的方面之二方面。自美的方面观之,即养成纯美高洁之感情也;自道德的方面观之,即高尚儿童之品性、纯洁其思想,并养成爱国的感情也。"② 当时,《早起》《留春》《朝起》《晨光》《四时读书乐》《时计》《暮春》《岁暮》《少年》等惜时主题的学堂乐歌数量很多,深受广大师生喜爱。比如,沈心工《时计》歌词如下:

《时计》 沈心工

壁上时计声滴滴,百年岁月分秒积。滴,滴,滴,滴,滴,滴,滴,滴,分寸光阴须爱惜。劝诸君勿懊悔昨日,勿希望明日,今日事今日毕。滴,滴,滴,滴,滴,滴,滴,今日事今日毕。

壁上时计声滴滴,一年三百六五日。滴,滴,滴,滴,滴,滴,滴,滴,事贵有恒莫太急。劝诸君勿废了寝食,勿忙了游息,成大事非朝夕。滴,滴,滴,滴,滴,滴,滴,滴,成大事,非朝夕。③

《醒狮》收录于冯梁《军国民教育唱歌初集》(1913年),借助日本小山作之助《学生宿舍的旧吊桶》的曲调填词。除此之外,《中国男儿》《大哉军人》《旅行歌》《运动会》等都是使用此歌调填词的。作者以"睡狮"来形象比喻中国的愚昧落后,借"醒狮"形容华夏民族的觉悟和奋起,希冀中国在世界舞台上奋勇当先。1898年,严复翻译英国生物学家赫胥黎的《天演论》,广泛宣传"物竞天择,适者生存"的重要思想,对近代中国社会产生深远影响。"不优则劣,不兴则亡,物竞天择非茫

---

① 曾志忞:《乐典教科书·自序》,张静蔚编《搜索历史——中国近现代音乐文论选编》,上海音乐出版社2004年版,第48页。
② 李剑虹:《音乐于教育界之功用》,张静蔚编《搜索历史——中国近现代音乐文论选编》,上海音乐出版社2004年版,第52页。
③ 沈心工:《心工唱歌集》,文瑞印书馆1937年版,第15页。

茫"就是沈心工先生深受进化论思想影响的直接结果。梁启超说："天下之盛德大业,孰有过于爱国者乎!真爱国者,国事以外,举无足以介其心,故舍国事无嗜好,舍国事无希望,舍国事无忧患,舍国事无忿懥,舍国事无争竞,舍国事无欢欣。真爱国者,其视国事无所谓艰,无所谓险,无所谓不可为,无所谓成,无所谓败,无所谓已足。"①《醒狮》的感情真挚,催人警醒,富有启蒙意义,是爱国主义题材的代表性乐歌,歌词如下:

《醒狮》 佚名

睡狮醒来,睡狮醒来,山河要汝巨灵掌。昆仑之下,东海之旁,神鹰恶鹫群来翔。搏汝血肉,夺汝资源,占汝巢窟窥汝堂。汝于此时,束手待僵,徒令小丑恣跳梁。天地异色,日月无光,百怪奔走神鬼瞠。醒汝大梦,离汝睡乡。任人凌辱毋乃殃。不优则劣,不兴则亡,物竞天择非茫茫。茸髯怒扬,利爪奋张,登高一吼百兽慌。茸髯怒扬,利爪奋张,登高一吼百兽慌。②

总体来讲,学堂乐歌中蕴含着"鼓民力""开民智""新民德"等思想主题,是改造国民性的重要资源,在中国诗歌思想的现代转型方面发挥着特殊作用。具体来讲,学堂乐歌有利于输入西方文明,培养科学精神,陶冶情操,涵养德性,在塑造现代国民意识方面成效显著。"近今东西各国,于音乐一事,视之甚重。音乐名家,推尊一时。凡养成社会个人种种之道德心,类皆源本于音乐、诗歌以鼓舞之。故欲观其国之风俗人心,迹其流传之乐歌,亦可得其大较矣。至于学堂中,有唱歌一科,蒙小学用单音唱歌,小学以上用复音唱歌,其乐器适于共同唱歌者有三种,而最普通者为风琴。"③ "凡所谓爱国心、爱群心、尚武之精神,无不以乐歌陶冶之。则欲改良今日之中国之人心风俗,舍乐歌末由。学校为风俗人心起原

---

① 梁启超:《意大利建国三杰传》,汤志钧、汤仁泽编《梁启超全集》(第三卷),中国人民大学出版社2018年版,第482页。
② 毛翰编注:《辛亥革命踏歌行:1900—1916中国歌曲选》,安徽文艺出版社2011年版,第169页。
③ 竹庄:《论音乐之关系》,张静蔚编《搜索历史——中国近现代音乐文论选编》,上海音乐出版社2004年版,第49—50页。

之地，则改良之著手，舍学堂速设唱歌科未由。"① 正是在这一意义上，傅宗洪说："通过学堂乐歌，近代中国引进了寓教于乐的教育理念，将音乐教育与游戏、体育结合起来，结束了中国上千年刻板、僵化的灌输式的教育传统，使学生在获取知识的同时，培养了他们优美的思想、健全的人格和健康的生活方式，提升了他们的精神品格，并最终完成了通过音乐来改造国民、改造社会的启蒙目的。"② 后来，这些蕴含着现代性因素的学堂乐歌在民间得到广泛传唱，滋养着很多国民的精神世界，极大改变了人们的认知思维方式，让他们在崭新文化视野中重新观照现实世界。

第四节　学堂乐歌与早期白话新诗的现代化

提倡科学、反对迷信，提倡民主、反对专制，是学堂乐歌创作题材类型的应有之义。"中国数千年之腐败，其祸极于今日，推其大原，皆必自奴隶性来。不除此性，中国万不能立于世界万国之间。而自由云云，正使人自知其本性，而不受钳制于他人。今日非施此药，万不能愈此病。"③ "保守数千年之旧习，愈去愈下，不思振作" "国力既分，人心涣散，无国家之观念，无团体之结合" "夫我国民心理之大缺点，莫憾情若矣。内之见同胞之痛苦不知恤，外之受强邻之欺侮不知耻。"④ "少年老大，暮气颓唐，唾面自干，甘为牛马。此种奴隶根性，苟不变化之，势必养成一种凉血派，置国家事于脑后，吾亦未见其可也……时至今日，风俗日坏，民德日低，人人但知有权利，而不知有义务。廉耻道丧，卑鄙龌龊，是皆缺乏涵养工夫有以致之。"⑤ 作为中西音乐文化融合的产物，学堂乐歌内部蕴含着丰富的现代性因素，其在新式学堂里面广泛传唱过程中，必将对青少年群体产生启蒙作用，进而引导他们运用多元开放的眼光

---

① 竹庄：《论音乐之关系》，张静蔚编《搜索历史——中国近现代音乐文论选编》，上海音乐出版社 2004 年版，第 50 页。
② 傅宗洪：《大众诗学视域中的现代歌词研究：1900—1940 年代》，中国社会科学出版社 2006 年版，第 91 页。
③ 宋志明：《〈新民说〉序》，辽宁人民出版社 1994 年版，第 9 页。
④ 剑虹：《音乐于教育界之功用》，张静蔚编《搜索历史——中国近现代音乐文论选编》，上海音乐出版社 2004 年版，第 52 页。
⑤ 守吾：《吾之乐歌观》，张静蔚编选、校点《中国近代音乐史料汇编（1840—1919）》，人民音乐出版社 1998 年版，第 247 页。

打量世界。当学堂乐歌运动遭遇"五四"文学革命之时,二者必将发生激烈碰撞和融通,特别是前者在内容和形式方面已经实现现代转型,在客观上必将有利于加速早期白话新诗的现代化进程。

晚清新式知识分子对西方现代科学技术的大量译介,逐渐形成泽被后世的科学思潮,对近代中国社会诸多领域产生深远影响。总体来讲,科学思潮主要借助下列诸多方式来最终实现:"近现代媒体的大量传播,西方传教士的活动,科学知识课程在学校教育中的传授,社会同人科学社团组织,政府对有关科学知识的制度认定、推广,社会生活中科学知识的日益渗透与都市化影响。"① 当科学思潮通过不同路径进入近代中国社会内部肌理,在很大程度上有效改变着中国人的思维方式,也让许多国民亲身体验科学技术是推动社会发展的关键因素。正是在这种时代语境中,一大批外来词汇和语法体系源源不断地涌入国内,不仅催生着诗歌语言的现代变革,而且刺激着诗歌体式的嬗变。客观来讲,科学思潮对学堂乐歌运动产生积极影响,也是早期白话新诗现代化的重要催化剂。在这一风云变幻的历史时代,《月界旅行》《日月蚀》《铁道》《铁路》《飞艇》等乐歌也应运而生,彰显出晚清知识分子对未来世界的美好期许。《月界旅行》歌词如下:

《月界旅行》 佚名

忽然发出一奇想,翩翩月窟游。手携回光镜,脚踏轻气球。入荒荒太阴世界,探险壮吾俦。怪千山喷烟吐火,世外幻瀛洲。南山名太古,白光百道射星球。试向温泉,一回濯足,高唱步天歌。

太阳一出十五日,辉辉不夜天。无云无大气,光耀大平原。待斜阳环山暮色,长夜转淹淹。问何处广寒宫殿?万里绝人烟。嫦娥奔也未,更从何处觅神仙。蟾蜍乌有,桂花乌有,归去向人言。②

本乐歌原载叶中泠编《小学唱歌》三集,1907年在商务印书馆出版。叶中泠在《小学唱歌》编者按语中说:"家庭古语,里巷琐谈,均足引人

---

① 王泽龙:《科学思潮与现代汉语诗歌形式变革》,《兰州大学学报》2017年第5期。
② 毛翰编注:《辛亥革命踏歌行:1900—1916中国歌曲选》,安徽文艺出版社2011年版,第95页。

迷信,本集《日月蚀》《八大行星》《月界旅行》等歌意在张科学破迷信。"① 1913 年,沈心工在《民国唱歌集》第二编中重新收录此歌。《月界旅行》是一首带有科幻题材的时代乐歌,畅想借助"回光镜""轻气球"抵达月界探险揽胜,"幻瀛洲""不夜天""大平原""广寒宫""觅神仙"都是作者冥想出来的乌托邦场景,彰显 20 世纪初期部分知识分子对未来科学的无限憧憬,能够对青少年群体产生启蒙作用。又如,沈心工在《地球歌》中把大地想象成"到处弯弯,圆如橙子面。山高水低,赤道膨胀两极扁。吾人绕地行,宛似橙面蚁盘旋",可谓栩栩如生,引人入胜。倘若立在地球上仰望星空,"水金地与火,土木三王天海冥,地球自转昼夜分,公转四季定",寄寓着沈心工对浩瀚宇宙的想象性描绘,视野宏阔,真实生动,其歌词如下:

《地球歌》 沈心工

南北东西大海边,远望来去船。去船何所见?船身先下水平线。来船何所见?水面先露旗杆尖。可知大地到处弯弯,圆如橙子面。山高水低,赤道膨胀两极扁。吾人绕地行,宛似橙面蚁盘旋。

放眼天空气青青,恒星数不清。太阳光热大,吸引其属九行星。水金地与火,土木三王天海冥。地球自转昼夜分,公转四季定。一年三百六十五日,四年逢一闰,月又绕地球,照我夜游更多情。②

《铁道》原刊载于黄子绳等编《教育唱歌》下编,湖北学务处印行,1905 年 7 月出版。早在 1863 年,清政府就明确否决英美商人在中国内地修建铁路的申请,理由是"外人在中国土地筑造铁路,乃奇技淫巧,殊不合我大清皇朝祖宗成法"。1876 年,清廷下令拆除中国境内的第一条铁路——吴淞铁路,主要原因在于"凿我山川,害我田庐,碍我风水,占我商民生计"。后来,经过几十年复杂曲折的反复博弈,铁路才逐渐得以在部分地区铺设。1906 年,贯通南北大动脉的京汉铁路全线通车,全体国民为之欢呼雀跃,汪翔借此创作《铁道》一歌,歌词如下:

---

① 叶中泠编:《小学唱歌三集·编者按》,商务印书馆 1907 年版。
② 沈心工:《心工唱歌集》,文瑞印书馆 1937 年版,第 16 页。

《铁道》 汪翔

　　火轮车，真个便，如今世界大改变。去如游龙，来如闪电，转眼千里不相见。汽笛一声啵啵啵，满天烟雾侧身过。火车之利利如何，我生此时真快乐。

　　卢沟桥，汉口岸，消息流通流不断。快马如飞，轻舟似叶，哪及火轮一寸铁？祝我帝国好好好，祝我铁路早早早。一时勤劳百世安，从今不歌行路难。①

又如，提倡实业救国、鼓励兴办工场的《劝工场》。

《劝工场》 佚名

　　劝工场，劝工场，工业振兴国富强。富强之道非一端，工为万事之滥觞。天然富利数农桑，工艺未修器不良。立公司，重通商，工业不盛无输将。考工记，周官详，文公惠工兴卫邦。迩来科学更炽昌，新理推究判低昂。劳力愈减产愈旺，战争移向工业场。英德法，最扩张，美洲尤属强中强。祝我国工业良，早登世界竞争场。②

　　除了科学思潮之外，"民主"也逐渐成为学堂乐歌创作中频繁出现的关键词。根据雷蒙德·威廉斯在《关键词：文化与社会的词汇》中对"民主"（democracy）的含义梳理，可以看出，其最早可以追溯到中世纪，并且承袭早期希腊词源的意涵，直到 19 世纪似乎都是具有贬义色彩的词汇。阿奎那把"民主"（democracy）定义为"群众的力量"，占大多数的一班人利用"群众的力量"统治、压抑有钱人；"多数人"这个整体就像是暴君一样。后来，随着社会历史的发展，此含义也发生显著变化。"Democracy 的意涵是经不同阶段不断延伸，才渐渐很明显是意指'有投

---

① 毛翰编注：《辛亥革命踏歌行：1900—1916 中国歌曲选》，安徽文艺出版社 2011 年版，第 41 页。

② 毛翰编注：《辛亥革命踏歌行：1900—1916 中国歌曲选》，安徽文艺出版社 2011 年版，第 39 页。

票选出代表的权力',而不再是其旧义'群众的力量'。"① 19 世纪中叶之后,"民主"开始明显带有"革命、颠覆"的意义,至少含有"极端"的些许意味。当然,在具体推行"民主"制度过程中,很多政治组织或政治人物都宣称其代表的是"民主的真谛",他们表面上虽然有"选举""代表制""授权"等民主形式,但实际上却是操弄这些形式而已,或者打着"群众的力量""为民谋利的政府"的表面旗号,实际上却是借此掩饰他们的"官僚统治"。时至 19 世纪中后期,晚清政府曾经派出大量新式知识分子出洋考察,在学习西方先进科学技术的同时,也日益认识到西方资本主义立宪制度的优越性,于是联合实力派人物尝试进行变法维新,以此来挽救风雨飘摇的清朝政权。于是,歌颂资产阶级立宪制度的乐歌《颂立宪》也就应运而生。

《颂立宪》 佚名

祖国夙号文明先,嬴秦专制二千年。朱明继轨流毒泄,迄今光绪丙午秋,拨云始见天。朝野同心望开泰,王命重臣游海外。海外百年前,改革政党纷呶惨流血。独我国民幸福多,立宪从平和。平和快预备,预备预备唯恐后。一喜还一惧,地方自治当分区,东西法,毋皮相,何以致富强。②

此歌初见于叶中泠《小学唱歌教科书·二集》,上海商务印书馆 1907 年出版。为了富国强兵,早期洋务派人士提倡学习西方先进科学技术,全面引进现代管理经验,但事实证明,轰轰烈烈的洋务运动并没有完全改变国运衰败的局面。特别是实行君主立宪制的日本竟然战胜君主专制的俄国,让清廷朝野上下为之震动。1905 年底,清政府派载泽、端方等五大臣出洋考察。次年,考察报告称,立宪具有三大益处,"一曰皇位永固,二曰外患渐轻,三曰内乱可弭"。于是,改革派把目光转向西方资产阶级民主政体,设立议会,实行地方自治,建立立宪政府。《颂立宪》真诚表达人民对结束封建专制,实现宪政的美好期待。然而,由于保皇派和维新

---

① [英]雷蒙德·威廉斯:《关键词:文化与社会的词汇》,刘建基译,生活·读书·新知三联书店 2005 年版,第 114 页。

② 叶中泠编:《小学唱歌教科书二集》,商务印书馆 1907 年版,第 32—33 页。

派在很多问题上分歧差异大，加之清政府对立宪事宜缺乏真正诚意，直到1911年武昌起义突然爆发，清政府才正式公布《宪法重大信条十九条》，但客观形势早已发生变化，革命浪潮迅速席卷全国，最终推翻几千年的封建专制制度，民主共和观念逐渐深入人心，建立亚洲第一个资产阶级民主共和国，成为东亚地区近代革命取得成功的典型范例。

与此同时，《祝自由神》收录于金一《国民唱歌二集》，也是民国初期人们对自由观念的无限追求。

《祝自由神》 金一

自由自由天之神！共和世界万景新！庄严丈六高入云！云车风马来时巡！嗟哉奴隶之黑狱！愿照太阳光一轮。

欧洲白神真大娇！痛饮蒲监飨面包！我爱自由真老饕！魂思梦想天地劳！自由之运不可交！哀哉奴隶我同胞。

和风甘露百花香！世界人种都发皇！巴科民族独何罪！北面稽首帝豺狼！呜呼自由今已死！亚洲大陆其洪荒。

二十世纪活剧开！壮夫一呼天地回！昆仑山顶国魂啸！华拿二圣投人胎！我祖轩辕任指挥！自由之神福我来。①

无独有偶，"德先生"（Democracy）和"赛先生"（Science）后来成为五四新文化运动的两面旗帜。顾名思义，"德先生"即"民主"，主要指民主思想和民主政治；"赛先生"即"科学"，主要是近代自然科学法则和科学精神。陈独秀在《新青年罪案之答辩书》中总结五四新文化运动的精神为"民主与科学"，针对社会上对《新青年》杂志的两种不同态度（爱护本志和反对本志），他说："这几条罪案，本社同人当然直认不讳。但是，追本溯源，本志同人本来无罪，只因为拥护那德谟克拉西（Democracy）和赛因斯（Science）两位先生，才犯了这几条滔天的大罪。要拥护那德先生，便不得不反对孔教、礼法、贞节、旧伦理、旧政治；要拥护那赛先生，便不得不反对旧艺术、旧宗教，要拥护德先生又要拥护赛先生，便不得不反对国粹和旧文学。"② 可以看出，作为一种现代性力量，

---

① 金一编：《国民唱歌二集》，东京：翔鸾社1905年版，第5页。
② 陈独秀：《新青年罪案之答辩书》，《新青年》第6卷第1号，1919年1月15日。

起源于晚清时期的科学民主思潮到五四时期依然势头强劲,成为新文化运动的精神旗帜。此时,与晚清改革派不一样的是,新文化运动不是政治家发起的政治改革运动,而是由知识分子发起的以伦理革命和审美革命为特征的文化运动,他们主要借助伦理道德的革命和个性解放来为民主政治扫清障碍。正是在这股科学民主思潮的裹挟之下,胡适的《"威权"》、刘半农的《相隔一层纸》《学徒苦》《铁匠》、刘大白的《卖布谣》《田主来》《劳动节歌》、沈尹默的《人力车夫》、康白情的《棒子面》《女工之歌》等等白话新诗才得以面世,这标志着五四知识分子真正实践早期宣言,完全抛弃以前贵族文学的写作姿态,开始高度关注底层民众的生活疾苦。比如,胡适的《"威权"》,全诗如下:

《"威权"》 胡适

"威权"坐在山顶上,
指挥一班铁索锁着的奴隶替他开矿。
他说:"你们谁敢倔强?
我要把你们怎么样就怎么样!"
奴隶们做了一万年的工,
头颈上的铁索渐渐的磨断了。
他们说:"等到铁索断时,
我们要造反了!"
奴隶们同心合力,
一锄一锄的掘到山脚底。
山脚底挖空了,
"威权"倒撞下来,活活的跌死!①

1919年6月11日夜间,当陈独秀在北京被捕和东京举行大罢工的消息传来之时,胡适创作《"威权"》一诗,运用对话体的形式来揭露代表专制统治的"威权"即将受到奴隶们的推翻,可以作为"胡适之体"的代表性诗歌。在"诗体大解放"的时代氛围中,胡适真正实践"打倒文

---

① 胡适:《"威权"》,欧阳哲生编《胡适文集》(第九卷),北京大学出版社1998年版,第141页。

言，提倡白话"和"不拘格律，不拘平仄"的文学革命宣言。"'五四'新诗运动实际上是以白话代文言的白话诗歌运动，另一方面则是自由体代格律体的文体革命，这两者互为因果，诗歌语言是与诗歌文体有着内在一致性的。白话语体与自由语体的融合构成了现代白话诗体。文言语体最适合的是格律体。"[①] 客观来讲，胡适的早期白话新诗在形式和内容方面依然弊病明显，并不是新诗改革进化的理想之作，但这种开创一代诗风的尝试精神实在令人敬仰。

五四时期前后，随着外国文学思潮大量涌入，翻译外国诗歌也成为人们诗歌探索的重要举措。据余蔷薇博士在《胡适、胡怀琛诗学比较研究》中考证，胡适在创作白话新诗过程中，不仅《老洛伯》（1918年3月1日）、《关不住了!》（1919年2月26日）、《希望》（1919年2月28日）、《节妇吟》（1920年8月30日）等属于翻译诗歌，而且在美国留学期间曾经翻译《乐观主义》（1914年1月29日）、《哀希腊歌》（1914年2月3日）、《康可歌》（1914年9月7日）、《墓门行》（1915年4月12日）等等外国诗歌，这种翻译诗歌的"白话化"和"散文化"也成为"新诗的成立"的基本标志。可以说，这些翻译诗歌在语法结构和节奏韵律方面，明显区别中国古典诗歌，但对胡适等人早期白话新诗创作产生重要影响，主要表现在欧化语法和句法结构上。比如，胡适在《新青年》第6卷第6号上化名"天风"翻译《奏乐的小孩》，中英文诗歌分别如下：

《奏乐的小孩》 天风（胡适）译本

爵爷的宴会要他奏乐，
太太不时高兴又要他奏乐。
直到后来他的小头发疼，
他的大眼睛也变了样子了，
他们方才说："他乏了，让他今晚休息一天。"
——太迟了!
到天明百鸟醒来，
他们正在病房里守着，

[①] 王泽龙：《"新诗散文化"的诗学内蕴与意义》，《中国社会科学》2007年第5期。

愁惨里绷的一声,
一根绷紧的线断了。
他的大琴上断了一根弦,
他在床上微微翻动,
他最后的话:"好上帝!一个疲劳的小孩子来了。"①

《奏乐的小孩》的英文全文如下:

THE CHILD—MUSICIAN

He had played for his lordships levee,
He had played for her ladyships whim,
Till the poor little brain would swim.
And the face grew peaked and eerie,
And the large eyes strange and bright,
And they said ——too late—— "He is weary!
He shall rest for, at least, to-night!"
But at dawn, when the birds were waking,
As they watched in the silent room,
With the sound of a strained cord breaking,
A something snapped in thegllm.
"T was a string of hisviolincello",
And they heard him stir in the bed: ——
"Make room for a tired little fellow
Kind God! ——" was the last that he said.

《奏乐的小孩》主要描述一个奏乐的孩子由于不堪日夜为主人劳作而病死的悲惨故事,表现下层劳动人民被剥削压迫的苦难命运。此时,胡适不仅使用现代汉语虚词"了""的""方才""最后""直到"和人称代词"他""他们",而且"逗号""句号""感叹号""冒号"等等标点符号

---

① 胡适:《奏乐的小孩》,欧阳哲生编《胡适文集》(第九卷),北京大学出版社 1998 年版,第 375 页。

频繁出现，这种对西方诗歌的大胆翻译尝试，已经摆脱旧体诗的各种规范模式，完好地将现代汉语的语法秩序和诗歌的章节结构融为一体，体现白话新诗之"新"的显著特色。"没有翻译，五四的新文学不可能发生，至少不会像那样发展下来。"① "西方诗，通过模仿与翻译尝试，在五四时期促成了白话新诗的产生。"② 由此可见，中国新诗的生成是多种因素相互作用的结果，这种"翻译的现代性"已经成为中国诗歌现代转型过程中的重要组成部分，正是在中西诗歌的对照会通中，欧化白话词汇和语法体系才能够融入现代汉语诗歌的话语实践，成为新诗现代化的催化剂。因此，奚密才说："现代汉诗最大的成就，莫过于对诗作为一个形式与内容之有机体的体认和实践：没有新的形式，哪有包容新的内容？没有新的文字，哪能体现新的精神？所谓现代，所谓先锋，如此而已。"③

---

① 余光中：《余光中谈翻译》，中国对外翻译出版公司2002年版，第36页。
② 卞之琳：《"五四"以来翻译对于中国新诗的功过》，《译林》1989年第4期。
③ [美] 奚密：《中文版自序》，《现代汉诗——一九一七年以来的理论与实践》，奚密、宋炳辉译，上海三联书店2008年版，第1页。

第四章

学堂乐歌与中国诗歌的现代传播

作为一种特殊文化符号，学堂乐歌不仅在内容和形式方面明显区别于中国古典诗歌传统，其在传播媒介、传播形态、传播效果上都发生了显著变化。可以看出，晚清时期，学堂乐歌已经由自然传播向现代传播方式逐渐转变，这决定其不仅要彰显学堂乐歌的文学审美性，而且要体现自身的动态综合性，同时具有文化诗学和声音诗学的典型特征。可以说，学堂乐歌的传播方式已经极具现代性因素，为中国诗歌的现代转型奠定了坚实基础。

第一节 近代报刊与学堂乐歌的传播接受

日本学者布川角左卫门在《简明出版百科辞典》中说："出版是用印刷或其他机械方法将文字、图画、摄影等作品复制成各种形式的出版物并提供给众多读者的一系列活动。""在现代，因为复制几乎都是通过印刷技术进行的，所以有时称出版物为印刷媒介，它与印刷文化与出版文化可理解为同义语。"[①] 按照布川角左卫门的说法，印刷技术的出现标志着出版文化的诞生，有效地改变世界文化的传播交流方式。实际上，在语言产生之后、文字出现之前的远古时代，许多原始部落主要使用结绳记事的方法来记录事实，并代代相传。《周易·系辞》中说："上古结绳而治，后世圣人易之以书契，百官以治，万民以察。"[②] 李鼎祚在《周易集解》中引用《九家易》说法："古者无文字，其有约誓之事，事大大其绳，事小

[①] [日]布川角左卫门：《简明出版百科词典》，申非、祖秉和等译，中国书籍出版社1990年版，第1页。

[②] 黄寿祺、张善文撰：《周易译注》，上海古籍出版社2018年版，第736页。

小其绳,结之多少,随扬众寡,各执以相考,亦足以相治也。"① 紧接着,契刻记事在部分地区相继出现,其就是在木头、竹片、石块、泥板等物体上刻画各种符号标志,用以表示一定意义,这种传播方式在古代社会扮演着重要角色。春秋战国至东汉,简牍、绢帛等成为传播各种文字的基本载体,传统写本学逐渐兴起。东汉至宋代,纸本进入全盛发展阶段,许多文化典籍借助纸本得以完好保存。宋代至清代,写本依然存在,但印本已经开始占据主导地位。当历史进入1807年,英国传教士马礼逊来到澳门,引进西方铅活字和铜模,准备在广州铸字印刷,后被地方当局所禁止。1819年,马礼逊不得不转战马六甲,利用雕刻铜模铸字排印,最终印出汉文《新约》,据相关考证,这可能是迄今为止发现最早铅活字印刷的中文书籍。1833年,英国人戴乐尔在香港刻出1845个中文字模。1838年,英国基督教伦敦会的传教士麦都思在广州开始编印《各国消息》,属于中国境内最早出现的石印出版物。1843年,麦都思在上海创建墨海书馆,是当时上海第一家拥有铅印设备的出版机构,其除了出版宗教类读物之外,还印刷出售自然科学类书籍。1844年,英国长老会在澳门开设花华圣经书房,正式完成刻模4700个汉字,主要用于排印圣经。1845年后,该书房相继迁到宁波、上海等沿海开放城市,影响颇大。19世纪50年代,随着西学东渐不断朝纵深方向推进,西方报刊和出版业对中国传统书坊业产生强烈冲击。当时,上海出现由大量外国传教士创办的出版机构,比如,美华书馆、清心书馆、点石斋书局、格致书院、益智书会、同文书会等等,在中国近代历史上可谓影响卓著。除此之外,随着西方列强在中国取得创办报刊特权,许多西方传教士开始在东南沿海地区创办报纸杂志,上海《万国公报》《上海新报》、宁波《中外新报》、汕头《图画新报》等等,都是中国近代报刊发展过程中的重要产物。为了办报,西方人必须要在当地设立许多印刷厂,这就在客观上拓宽了西方印刷术在中国广泛传播。因此,我们应该清醒地看到,近代西方传教士对华进行文化侵略,在对许多地区文化生态造成严重破坏的同时,也在客观上有利于中西文化交流碰撞,是世界文化形态相互融合的重要组成部分。"随着印刷术的出现,大大扩展了新思想的传播范围,结果有助于去挖传统权威的墙角。……印刷术不仅给批评旧秩序的新政治理论提供了传播工具,而且还

---

① 李鼎祚撰,李一忻点校:《周易集解》,九州出版社2003年版,第910页。

使人文主义学者得以重新出版古代人的著作,随之促进了经典原著的广泛研究,有助于教育水平的普遍提高。"① 因此,近代报刊有效改变着世界文明传播方式。

　　近代报刊的大量出现让少数人的阅读转化为大众阅读,也同时改变着它历来的书写接受对象。1872 年,《申报》创刊是中国近代报刊发展进程中的重要事件,其区别于以前的邸报、小报,是真正面向市民、面向大众的报纸。总体来看,近代报刊具有下列典型特征:第一,定期出版,具有长期的稳定性;第二,机器印刷,销售量大;第三,价格低廉,许多读者都有经济能力进行购买;第四,注重时事和人们感兴趣的话题;第五,普通文化水平的读者也能够正常阅读。随着西方列强利用炮舰政策打开中国大门,晚清洋务派知识分子不仅开始学习西方先进科学技术,而且大量借鉴他们的政治制度和文化教育思想。在维新派人士的严重刺激之下,报刊图书的出版和新印刷技术被源源不断地引进。在这种特殊语境下,《强学报》《时务报》《湘报》《苏报》《经世报》《民报》《时报》《新闻报》等近代报刊先后创办,成为中国近代革命思想的重要宣传阵地。事实上,中国近代报刊与清国留日学生之间存在着密切关系。当时,留日学生目睹这个蕞尔小国在政治、经济、军事、文化等领域发生翻天覆地的变化,其追根溯源在于日本实行明治维新,全面学习西方资本主义对国民进行启蒙。于是,清国留日学生纷纷仿效日本在东京、横滨等创办报纸杂志,试图唤醒民众进行思想革命。据初步统计,1902—1908 年,《新民丛报》《新小说》《游学译编》《湖北学生界·汉声》《浙江潮》《江苏》《新白话报》《醒狮》《民报》《鹃声》《复报》《云南》《新译界》《河南》《四川》《粤西》《夏声》等诸多近代报刊在日本发行,主要开设论说、时论、杂录、教育、调查、地理、历史、军事、科学、歌谣、音乐等栏目,刊载不同题材类型的文章,它们不仅对留日学生群体产生深刻影响,而且有效促进国内政治革命的迅猛发展,在中国近代革命中扮演着重要角色。值得注意的是,这些报刊不仅刊载大量时事政论文章,而且许多乐歌作品也掺杂其中,成为中国近代音乐文化传播的重要媒介。

　　1903 年 4 月 27 日,《江苏》在日本东京创刊,主要由"江苏同乡会"编辑发行,秦毓鎏、张肇桐、汪荣宝等主持。"自吾国倡留学日本之议,

---

① [美]伯特兰·罗素:《西方的智慧》,马家驹译,世界知识出版社 1992 年版,第 222—223 页。

江苏以滨海地来者独多。今岁正月,吾江苏留学于日京者百数十人,某某等以为国之存亡,要以能群不能群为切,而欲成大群又必集合小群以相联结。故各省团体不固不独无以联情谊,抑亦何以立自治之本,以战胜于生存竞争之域,于是有同乡会之议。同人闻而是之,相与商定条例,组织一切,挈领提纲,都为四部。一曰出版部,部分两项。曰杂志,曰编辑,冀以留学所得,贡献母国,以为海外文明之渡舟焉。一曰教育部,就财力所及,如尽心于教育之事业,诚有见于变易思想,刷新道德,为中国救亡之第一策,徒事形式,而无精神以提振之,无当也。一曰实业部,振兴实业,以救将来经济之穷,今虽未能,窃有意焉,虽然凡此数者,皆不可不洞悉内情,而后有所藉手。爰更有调查部之设,专考内地一切利弊,及社会种种之现象,登之杂志,以为国民报告焉。草创既定,同人多乐替其成。"[1] 1904年5月15日出至第12期终刊,主要刊发小说、翻译、诗文、传奇等文学作品。其中,《江苏》刊载《海战》《新》《游春》《勉学》《练兵》《秋虫》《扬子江》《东亚风云》《黄种强》《颂圣》《女中华歌》《登山望湖》等经典乐歌,在中国近代留日学生和国内青少年群体中影响深远。

正是在外国报刊业的直接刺激之下,中国近代报刊在短期内才如火如荼地发展起来,成为晚清时期开启民智、传播新思想的有效载体。与中国传统书坊业不同,中国近代报刊已经融入现代市场经济因素,比如,稿酬制度的确立,商业广告的植入,发行数量的计价,都是影响近代报刊业兴衰的基本因素。"1897—1910年,中国市场经济文学进入第二个时期,这个时期的特点,首先从李伯元、梁启超为代表的中国作家'下海',掀起市场经济报刊和书籍文学开始,途经科举制度的废除,大量作家被赶下市场经济的'大海',以及稿酬社会契约的进一步完善,最后以《大清著作权律》的颁布为结束。"[2] 可以说,近代报刊迅速崛起极大地刺激着现代稿酬制度的建立,使许多知识分子把写作当作一种职业,而不是副业。此时,他们似乎猛然意识到,科举制度不再是知识分子实现价值的唯一通道,因为依靠个人才智完全能够过上衣食无忧的理想生活,这就使他们逐渐摆脱对政治官场的依附性。1878年,《申报》头版经常出现"搜书"

---

[1] "江苏同乡会"编辑:《江苏同乡会创始记事》,《江苏》1903年第1期。
[2] 鲁湘元:《稿酬怎样搅动文坛——市场经济与中国近现代文学》,红旗出版社1998年版,第185页。

广告:"诸君子有已成未刊之著作拟将问世,本馆愿出价购稿,代为排印,或装订好后,送书十部或百部申酬谢之意,总视书之易售与否而斟酌焉"。这里,"出价购稿"的早期说法,类似于现在的赠书形式,虽然不属于严格意义上的稿酬制度,却已经有稿酬的些许意味。1901年,日方资本家在上海创办东亚益智书局在报纸上刊登广告:"译出之书,当酌送润笔之资或提每部售价二成相酬。'润笔之资'即稿费,'提成相酬'则是西方通行的版税制。"① 这也成为中国近代稿费制度确立的较早记录。

在这一社会风潮之下,《新小说》《绣像小说》《宁波白话报》《中国白话报》《杭州白话报》《扬子江白话报》《复报》《智群白话报》《女子世界》《东方杂志》《二十世纪大舞台》《竞业旬报》《无锡白话报》《安徽俗话报》《中国女报》《神州女报》《女报》《新译界》《潮声》等近代报刊,在全国各地如雨后春笋般涌现,报刊开设杂歌谣、时调唱歌、新弹词、诗词、唱歌、音乐、文苑等重要栏目,刊载题材类型和艺术风格迥然不同的时代乐歌。值得注意的是,大量白话报在东南沿海地区诸多城市创办,对中国诗歌语言变革产生深远影响。1876 年 3 月 30 日,《民报》在上海望平街正式创刊,据考证是中国第一份白话报刊。当时,上海《字林西报》曾经刊登文字介绍:"我们已看到申报馆新出版的一种报纸的创刊号,名字叫做民报,卖五个小钱一份,它的特点是在用白话写的,可以帮助读者容易懂得它的内容。每一句的末尾都空着一格,人名和地名的旁边均以竖线号(——)和点线号(……)表明之,并且只售半个铜板一份,是使它可以达到申报所不能及于的阶级,譬如匠人、工人,和很小的商店里的店员等。它将每天刊行。"② 1898 年 5 月,《无锡白话报》由裘廷梁、裘毓芳叔侄联合创办。裘廷梁在《无锡白话报序》中说:"谋国大计,要当尽天下之民而智之,使号为士者、农者、商者、工者,各竭其才,人自为战,而后能与泰西诸雄国争胜于无形耳。""欲民智大启,必自广兴学校始,不得已而求其次,必自阅报始。报安能人人而阅之,必自白话报始。"③ 可以看出,晚清许多有识之士之所以争相创办白话报,其现实目的在于输入文明、改良风俗、振兴国家、抵御外辱,从而达到启发

---

① 汤林弟:《中国近代稿酬制度的诞生》,《编辑学刊》2004 年第 2 期。
② 《六十年前的白话报》,上海通社编《上海研究资料续集》,上海书店 1984 年版,第 321 页。
③ 陈玉申:《晚清报业史》,山东画报出版社 2003 年版,第 110 页。

民智的作用。正是借助这些白话报刊,许多方言、俗语、俚语作为重要民间资源,共同融入白话取代文言的时代大潮中,这就为五四时期国语运动的深入开展奠定基础。

值得注意的是,晚清知识分子在创办白话报刊过程中,女子教育成为他们关注的重要话题,甚至许多报人本身就是时代女性群体,这就为她们在性别意识和自我认知方面带来现实便利。于是,专门讨论妇女问题的女报也就顺应而生。据徐楚影、焦立芝在《中国近代妇女期刊简介》中记载,在1898—1918年出版的妇女杂志,合计大约五十余种,《女学报》《女子世界》《中国女报》《中国新女界杂志》《天义报》《神州女报》《女报》《妇女时报》等都属于社会影响力很大的近代女报。建立女子学堂、婚姻自由、不缠足、倡导男女平权等成为许多女报关注和提倡的重要话题。潘璇在《论〈女学报〉难处和中外女子相助的理法》中说:"我道这报是救我们二万万人,得平权的起点。《女学报》多印一天,多销一张,便是平权的话,多引一线,多积一面,关系正是不浅呢!"总而言之,唯有让女子接受学校教育才是实现男女平权的前提。"遍立小学校于乡,使举国之女,粗知礼仪,略通书札,则节目举矣。分立中学校于邑,讲求有用之学,大去邪僻之习,则道德立矣。特立大学校于会城,群其聪明智慧,广其材艺心思,务平其权,无枉其力,则规模大立,而才德之女彬彬矣。"[1] 毫无疑问,此种对全国遍设女学堂的未来想象代表许多近代知识分子的真实心声,呼吁男女平权随之成为晚清社会的时代强音。当时,晚清女报版面设计有"教育""卫生""家庭""女子教科""卫生顾问""女艺界"等重要栏目,对晚清女子思想启蒙具有不可替代的作用。

1904年1月17日,《女子世界》在上海创刊,"常熟女子世界社"编辑,丁初我主编,"上海大同书局"发行,是研究晚清女性不可替代的专业期刊。金一在《女子世界》发刊词中说:"欲新中国,必新女子;欲强中国,必强女子;欲文明中国,必先文明我女子;欲普救中国,必先普救我女子,无可疑也。"[2] 其中,《女子世界》开设有"文苑""文艺"专栏,刊载不同题材类型的乐歌作品,比如《扬子江》《何日醒》《女军人》《女国民歌》《缠脚歌》《天足会》《勉学》《求学歌》《年假》《运动场》《游行》《自由结婚》《复权歌》等,在晚清女子教育过程中发挥着

---

[1] 康同薇:《女学利弊说》,《知新报》第52册1898年5月。
[2] 金一:《女子世界·发刊词》,《女子世界》1904年第1期。

举足轻重的作用。据北京大学夏晓虹教授统计分析，《女子世界》在"唱歌"栏目刊载"仪式歌""励志歌""助学歌""易俗歌""时事歌"等题材类型。"声音之道，足以和洽性情，宣解郁抑，故东西国女学校中，皆列音乐一科。吾国校课，此风阒如。亟录务本、爱国二女学校课本，以谂海内任教育者。"① 此时，倡导女性平权和建构女性国民意识成为《女子世界》诸多乐歌的思想主题，《娘子军》《女国民歌》都是深受晚清女子青睐的经典乐歌，歌词如下：

《娘子军》 佚名

女娲炼石补天兮，娘子军从天上来。世界上军人社会，战场上女儿花开。我不愿厕身红十会，愿奋身杀贼心快。桃花马上请得长缨在，坐听着凯歌回。②

《女国民歌》 佛哉

恨恨恨，中国民族含垢永沉沦。世上无如男子好，北面事房廷。胡乱讲维新，看他髡发也骄人。惟吾女子，正大光明，不生依赖心。

风风风，大地文明，气运渡亚东。独立精神旭日红，自由潮流涌。女权世界，重公理平等天下雄。那堪回首，金粉胭脂，一般可怜虫。

流流流，少年志气，蓬勃吞五洲。涤汉唐兮踣商周，睥睨嗤美欧。砥柱作神州，鼓吹国魂让我俦。函眉何事，咏絮漫夸，行看五凤楼。③

夏晓虹说："晚清作为中国社会从古代向现代的转型时期，风俗习惯的改良也早为有识者注目。就女性而言，以抨击缠足为开端，各种被指为

---

① 《学校唱歌》，《女子世界》1904 年第 1 期。
② 佚名：《娘子军》，《女子世界》1904 年第 11 期。
③ 佛哉：《女国民》，《女子世界》1907 年第 6 期。

危害国族人种、妨碍女子身心健康的不良习俗,已尽在应予扫荡革除之列。"① 《缠足歌》为沈心工先生作词,最早见于上海务本女塾的唱歌手抄本,选取民歌《梳妆台》的乐曲,共计 14 段歌词。1903 年 2 月,沈心工从东洋留学回到上海,在南洋公学附属小学开设乐歌课程,《缠足歌》可能创作于此时期。本歌初刊于《女子世界》1905 年 4 月第 11 期,歌词删为 6 段。

《缠足歌》 沈心工

缠脚的苦,最苦恼,从小那苦起苦到老。未曾开步身先衰。不作孽,不作恶,暗暗裏一世上脚镣。

想初起,你年还小,听见那缠脚你就要逃。都谢旁人来讨好。倒说道,脚大了,你将来攀亲无人要。

你怕痛,叫亲娘,叫杀那亲娘像聋聋。亲娘到底亲身养。强做作,硬心肠,你看他眼睛也泪汪汪。

眉头皱,眼泪流,咬紧那牙关把鸡眼修。怕他干痛怕他臭。撒矾灰,抹菜油,贴好了棉花再紧紧的收。

假小脚,真罪过,装到那高底要缎带多。还怕冷眼来看破。没奈何,只好把,那绣花的裤脚地上托。

真小脚,爱卖俏,吊起那罗裙格外高。闲来还向门前靠,便没人赞他好,自己也低头看几遭。②

1906 年 10 月 28 日,《竞业旬报》在上海创刊,前期由傅熊湘主编,后期由胡适主编,丁洪海、刘复基、蒋翊武等人任编辑,"竞业旬报发行所"发行。本报以"振兴教育,提倡民气,改良社会,主张自治"为基本宗旨,曾经发表《女同胞》《无聊吟》《改良十劝》《爱国歌》《小姐怨》《劝善歌》《女儿叹》《万古愁》《劝戒烟赌歌》《十二月放足乐》等歌谣 40 余首,其中,《戒缠足歌》《莫包脚歌》都是劝诫女子要打破千年缠足的封建陋习,实开社会风气之先,其歌词如下:

---

① 夏晓虹:《晚清女子国民意识的建构》,北京大学出版社 2016 年版,第 170 页。
② 沈心工:《缠脚歌》,《女子世界》1905 年第 11 期。

《戒缠足歌（秦中来稿）》 佚名

妇女们听我劝，中国人民四万万，身不强，体不健，抬足动手不方便，急回头就是岸，奋志先将缠足变，却有人执俗见，都说缠足是习惯，且缠足，谁情愿，只因男女会分辨。岂知那缠足事，荒淫之君创其始，害所极，百余世，鸦片烟害犹有次，伤肢体，堕名誉，请自思想真无趣，近我国有志士，提起此事愧且惧，况劝戒己奉旨强未严禁几降谕，缠足苦，苦难言，世人反说理当然。倘若是足不缠伊，谁与他结姻缘。男居半，女居半，女以缠足为好看。同是人，没才干，何怪男子把女贱。有工夫，取书念，女界光明留一线，一旦间要改变，大足未免太难看。假若还都变换，又愁人说太杂乱，丧国威，损国势，积弱根原由于此。各国女谁若是，都以缠足为怪事，小足妇，洋烟具，博览会中会布置，天足会发盟誓，合力将此恶习去，已误者，勿再误，自己身体自爱护，谓此事，自古传，大足妇女不值钱，因此上随俗沿，缠与不缠两为难，听我劝，有何难，家庭教育此为先，德配德，贤配贤，不比小足讨人嫌，异日后，生儿男，母贤必定子亦贤。况缠足，最凄怆，脓血流散实难当，久而久满足伤，还潮老茧鸡眼疮，门外事，概未详，不如男子志四方，血脉滞，面色黄，百般病症入膏肓，有父母，同欢伤，养女不如养儿郎，缠足害，有多端，我再历历数一翻，即就是我秦川，回匪反乱女遭冤，庚子年义和团，京师民女更可怜，倘若还足未缠，从军岂少汉木兰，凡是人，争自存，放足岂非学洋人。①

《莫包脚歌》 天足会稿

世人听我苦口说，莫与女人把冤结。女儿苦楚千万般，惟有包脚更作孽。

父母岂无爱子心，只有包脚不容情。不管女儿愿不愿，打打骂骂

---

① 《戒缠足歌（秦中来稿）》，《竞业旬报》1908 年 8 月 27 日第 25 期。

要依行。

说声洗脚号天哭，叫声娘来叫声佛。百般哀告如不闻，只求快些包脱骨。

幼女那个不爱怜，只怕脚大有人嫌。咬着牙关抨着手，一层一层紧紧缠。

早起痛得日头落，夜里痛得睡不着。一步跛来一步颠，可怜两脚如砍脱。

砍脱虽说痛难言，过了几月也安然。包脚纵然包得好，成功也要三五年。

况是包脚不得诀，成脓作灌流鲜血。不然满脚鸡眼睛，终身痛个无休歇。

娘房做女尚安然，嫁到人家更可怜。烧茶煮饭洗衣服，拖娘绊子受熬煎。

贫者苦处固难数，富者未必无苦楚。当家理事也繁难，何能坐着全不走。①

晚清时期，乐歌逐渐成为各种新式学堂的必修课程，自此开启中国近代新型音乐流播的崭新时代。当时，幼稚园孩童年龄主要集中在3—6岁，初等小学在6—10岁，由于他们缺乏基本识文辨字和乐理能力，音乐教师在教授儿童乐歌之时，通常运用口授法，"口授教法者即全凭听官之作用，自教师之口，传于儿童之耳，故教师须选最适当之教材，而顺序口授之。"② "初教初学儿童，当先将所教歌曲，演奏数次，教师更自唱以示模范，乃使生徒齐唱，傚之，大约生徒之敏捷者，可用此法。"③ "儿童唱歌之际，视教师为指归。故教师唱时，不可不与以正确之模范。此之谓范唱。"④ 换言之，口授法即是音乐教师首先进行引导范唱，然后学生模仿，此种传统的教授方法带有直接性、生动性和不可复制性的典型特征，在晚清新式学堂中非常流行，也是专业音乐教师惯常使用的教授方法。"其次用读谱法。将曲谱写于黑板上，先使生徒读顺，乃于风琴上奏之，则生徒

---

① 天足会：《莫包脚歌》，《竞业旬报》1907年1月24日第10期。
② 《唱歌教授之要旨》，华振编《小学唱歌教科书一集》，商务印书馆1907年版，第9页。
③ 曾志忞编：《教育唱歌集》，东京：东京并木活版所1904年版，第67页。
④ 《唱歌教授之要旨》，华振编《小学唱歌教科书一集》，商务印书馆1907年版，第8页。

先有依傍，高下较确。"① "略谱教法者，即利用儿童之听觉，以阿拉伯数字及其他诸记号组织而成之，略谱教授之法，使之识别音之高低长短等是也。此教法适于高等小学一二年程度，然于寻常科口授之际，须渐次准备教授略谱。"② 可以看出，不管是口授法，还是略谱法，都是依据儿童身体和智力水平来制定的，具有一定的科学性和可操作性，是音乐教师必须掌握的基本技能。

针对乐歌教授过程中的复杂性和特殊性，其对音乐教师本身也提出具体要求。"教授唱歌与教授体操适相反对，体操规令整肃，如临大敌，教师之态度宜严。唱歌陶冶性情，愉快兴趣，教师之态度宜和，故教授唱歌之际，教师不可用其威严，务必以温厚优美之态度，诱发儿童之感情，养成儿童之美德。"③ "男子与女子之生理上各异，故教授法自不能同，教授男子唱歌，宜用快活雄壮之歌曲，以养其勇敢之精神。教授女子唱歌，宜用优美高尚之歌曲，以养其和柔之性质。"④ 不仅如此，乐歌课程的学时、教材、歌词等都是根据不同年龄段生徒的接受能力来取舍，彰显出循序渐进的基本原则，涵养德性，以文化人。比如，《初等小学校乐歌科教授要目草案》说："第一学年，平易单音唱歌只授歌词不授曲谱。第二学年，平易单音唱歌同前。第三学年，平易单音唱歌同前。第四学年，平易单音唱歌歌词简谱同授。""第一年选用曲音以二三度为限逐年递加至五度音为止，歌词选择宜以有关于国民道德者为主要，歌词宜与各学科相联络，教授时宜注意生徒之姿势，歌词宜求塾不必求多。"⑤ "欲使儿童能自寻快乐，联想外物，莫妙于采四时美景，及天然物飞禽走兽以咏之，如沧浪之水、鸢飞鱼跃等，若教训及箴言，或学术上事项，以少为贵，高等小学及中学，不在此列。"⑥ 因此，摒弃晦涩难懂的歌词，选择平易单音的歌词，是适龄儿童学习乐歌歌词的内在要求。

1902年11月14日，《新小说》在日本横滨创刊，早年由梁启超主持，赵毓林编辑兼发行人，"新小说月刊社"发行，"新民丛报社活版部"印刷，从第2卷起迁至上海，开始改由"广智书局"发行，主要栏目有

---

① 曾志忞编：《教育唱歌集》，东京：东京并木活版所1904年版，第67页。
② 《唱歌教授之要旨》，华振编《小学唱歌教科书一集》，商务印书馆1907年版，第9页。
③ 《唱歌教授之要旨》，华振编《小学唱歌教科书一集》，商务印书馆1907年版，第13页。
④ 《唱歌教授之要旨》，华振编《小学唱歌教科书一集》，商务印书馆1907年版，第13页。
⑤ 《初等小学校乐歌科教授要目草案》，《教育公报》1916年第2卷第11期。
⑥ 曾志忞编：《教育唱歌集》，东京：东京并木活版所1904年版，第67—68页。

图画、论说、历史小说、政治小说、科学小说、杂歌谣、诗歌等。《爱国歌四章》《出军歌四章》《警醒歌四章》《新少年歌》《爱祖国歌》《幼稚园上学歌》等都是《新小说》登载的杂歌谣。其中《幼稚园上学歌》具体描述幼稚上学追求进步的欢乐心情，最早刊载于1902年第1卷第3期《新小说》上，作者标注"人境庐主人"，早期歌词显得晦涩深奥，并不适合童稚传唱，后来，该乐歌以同名方式在1904年第11期《女子世界》刊载，但内容却发生显著变化，歌词分别如下：

《幼稚园上学歌》 人境庐主人

春风来，花满枝，儿手牵娘衣。儿今断乳儿不啼，娘去买枣梨，待儿读书归。上学去，莫迟迟。

儿口脱娘乳，牙牙教儿语。儿眼照娘面，娘又教字母。黑者龙，白者虎，红者羊，黄者鼠。一一图，一一谱，某某某某儿能数。去上学，上学去。

天上星，参又商。地中水，海又江。人种如何不尽黄？地球如何不成方？昨归问我娘，娘不肯语说商量。上学去，莫徜徉。

大鱼语小鱼：世间有江湖。小鱼不肯信，自偕同队鱼，三三两两俱。可怜一尺水，一生困沟渠。大鱼化鹏鸟，小鱼饱鹈鹕。上学去，莫踟蹰。

摇钱树，乞儿婆。打鼗鼓，货郎哥，人不学，不如他。上学去，莫蹉跎。

邻儿饥，菜羹稀。邻儿饱，食肉糜。饱饥我不知。邻儿寒，衣裤单。邻儿暖，袍重茧，寒暖我不管。阿爷昨教儿，不要图饱暖。上学去，莫贪懒。

阿师抚我，抚我又怒我；阿师詈我，詈我又媚我。怒詈犹可，弃我无奈。上学去，莫游堕。

儿上学，娘莫愁。春风吹花开，娘好花下游。白花好面靥，红花好插头。嘱娘摘花为儿留。上学去，娘莫愁。

上学去，莫停留。明日联袂同嬉游。姊骑羊，弟跨牛。此拍板，彼藏钩。邻儿昨懒受师罚,不许同队羞羞羞。上学去,莫停留。①

《幼稚园上学歌》　　佚名

　　春风来,花满枝,儿手牵娘衣。儿今断乳儿不啼,娘去买枣梨。待儿读书归,上学去,莫迟迟。
　　春风来,花满枝,儿身穿新衣。儿手还要娘提携,儿今读书去。娘心应欢喜,上学去,莫徘徊。
　　春风来,花满枝,好风吹儿衣。儿今长大与桌齐,儿课列第一。娘心更欢喜,上学去,更欢喜。
　　春风来,花满枝,儿今能早起。邻儿结伴列队齐,阿师如阿娘。对儿真欢喜,上学去,真欢喜。
　　春风来,花满枝,儿今能识字。按图识字有滋味,学堂功课好。唱歌且游嬉,上学去,此其时。
　　春风来,花满枝,儿今放学归。师把银牌挂儿衣,道儿读书好。阿娘见之未,上学去,得奖励。②

"中国教育界之情形综错不一,故难一律概之。然小学时代之为学状态虽万里以外犹出一辙也。夫自孩提以至成人之间,此中十年之顷为体魄与脑筋发达之时代,俗师乡儒乃授以仁义礼智三纲五常之高义,强以龟行龟步之礼节,或读以靡靡无谓之词章,不数年遂使英颖之青年,化为八十老翁,形同槁木,心如死灰,受病最深者,愈为世所推崇,乃复将其类我之技,遗毒来者,代代相承,无有已时。"③ 因此,基于晚清中国教育的实际现状,许多有识之士呼吁必须尽快摒弃腐朽的封建传统教育,加强现代科学教育,推行军国民教育,强身健体,走富国强兵之路,才能够免受西方列强的欺凌侵略。"凡中小学堂各种教科书,必寓军国民主义,俾儿童熟见而习闻之,国文、历史、地理等科,宜详述海陆战争之事迹,绘书炮台兵舰旗帜之情形,叙列戍穷边,出使绝域之勋业。于音乐一科,则恭

---

① 人境庐主人:《幼稚园上学歌》,《新小说》1902 年第 1 卷第 3 期。
② 佚名:《幼稚园上学歌》,《女子世界》1904 年第 11 期。
③ 奋翮生:《军国民篇》,《新民丛报》1900 年第 9 期。

辑国朝之武功战争。演为诗歌，其后先死绥诸臣，犹宜鼓吹揭扬，以励其百折不回，视死如归之志。"① 1903 年 11 月，《觉民》创刊于江苏金山。"觉民社"（高旭、高獬主持）编辑，"东大陆图书译印局"印行，主要栏目有小说、文苑等。"况乎欲扫数千年之蛮风，不可不觉民。欲刺激国民之神经，使知合群爱国之理，不可不觉民。欲登我国于乐土，不可不觉民。欲为将来行地方自治之制，不可不觉民。欲破大一统之幻想，不可不觉民。欲尊人格，以尊全国，不可不觉民。觉民哉觉民哉。"② 因此，《觉民》的办刊宗旨在于唤醒民众，让全体国民获得思想觉悟，《爱祖国歌》《女子唱歌》《女学唱歌》《出军歌》《军国民歌》《感怀》等都是此类乐歌。《女子唱歌》的歌词如下：

《女子唱歌》　天梅

勤操练，强体力。勤学问，明公德。我虽女子亦衣食，同为国民宜爱国。当兵是天职，辞之不得。

批茶女，玛利侬。彼何人，竖奇功。中华女界长昏濛，怪云莽荡来无穷。谁为女英雄，我泪欲红。

缠足苦，苦无比。伤我妹，伤我姊。强种必自放足始，龙母他年产龙子。女学从此始，实属可恃。

妻待妾，意莫逞。姑遇媳，理宜并。脱离魔界入佛境，压力千钧一朝倾。尔我原平等，大家修省。

人不学，犬马侪。闭闺中，无所求。放弃责任被幽囚，好将参政权全收。毋为历史羞，复我自由。③

秦风的《军国民歌》就是倡导军国民教育的典型乐歌，歌词如下：

《军国民歌》　秦风

一般军国民，同仇齐踊跃，笑拭宝刀看身遇，从军乐。壮士尔壮

---

① 郑鹤声：《三十年来中央政府对于编审教科图书之检讨》，李桂林、戚名琇、钱曼倩编《中国近代教育史资料汇编——普通教育》，上海教育出版社 1995 年版，第 204 页。
② 《觉民》发刊词，《觉民》1904 年第 1 期。
③ 天梅：《女子唱歌》，《觉民》1904 年第 1—5 期合本。

士，国亡大可耻，战败复归来，何颜见妻子。胸中斗血热，十万凉风吹，马革不裹尸，枉自称男儿。喇叭声呜呜，顿唤兵魂起，中华大帝国，雄飞廿世纪。①

1908年10月5日，《安徽白话报》在上海创刊，"安徽白话报社"编辑发行，主要由李燮枢（辛白）、王钟麒（天僇生）、李铎（警众）等主持，主要设置图画、演说、要闻、科学、小说、闲谈、唱歌、广告、地理、军事等栏目，唱歌栏刊载《军人》《铜官山歌》《小女儿哀求放足》《劝购瓜徐铁路股分歌》《打场歌》等不同题材的乐歌。其中，《军人》的歌词如下：

《军人》 石更

大哉惟我军人，世界第一尊。食国民之血税兮，为国民牺牲。国民权利兮，赖吾武装以横行。同胞同胞兮，传不敬之而若神。（大哉军人）

壮哉惟我军人，爱国不爱身。黄沙白草年年碧，头颅血染成。二十世纪兮，请看支那新国魂。时世英雄兮，巍矣黄帝之子孙。（壮哉军人）

快哉惟我军人，杀敌若有神。袖中宝刀真利市，雄图庆告成。大仇已雪兮，痛饮黄龙酒一樽。故乡归去兮，笑煞当年行路人。（快哉军人）②

可以看出，近代报刊已经成为许多乐歌传播的重要媒介，在中国社会转型过程中发挥着不可替代的作用。在广播、电视、互联网问世之前，报刊是人们了解社会、获得新知以及传播新思想的媒介。1906年，沈祖藩的学堂乐歌《阅报》使用日本奥好义作曲的《妇女从军歌》重新填词，真实道出阅读报纸带给国民的全新体验，原载无锡城南公学堂编著《学校唱歌集》，歌词如下：

---

① 秦风：《军国民歌》，《觉民》1904年第1—5期合本。
② 石更：《军人》，《安徽白话报》1908年第5期。

《阅报》 沈祖藩

读书稽古，阅报知今，二者须平行。中外事合载，政界学界最分明。附列商工实业界，调查尤澄清。开通社会，灌输新智，舍报孰唤醒？[①]

与传统口口相授法不同，现代报刊对乐歌接受主体要求更高，除了具有地理空间和经济基础以外，还必须具备识字断句和辨识乐谱的能力。晚清民初时期，全国大中小城市的市民阶层是报刊订阅的潜在对象，也是构成近代乐歌传播接受的重要群体。此时，许多乐歌逐渐溢出新式学堂，成为国民教育和社会教育的催化剂，其在修身养性、涵养道德方面发挥着显著作用，近代报刊可谓功不可没。"我国教育，夙重注入主义，教师务以威严诫饬儿童，鲜有怀爱情以感化养育者。即在唱歌，教师亦不明唱歌真价值，往往徒重形式，轻视精神。于是除一唱以外，别无效验可见。然西洋之教育，大异于是。一方既保持教师之尊严，他方又怀抱慈母之爱情，常以其高尚之趣味与品性，以温和快乐相感。"[②] 因此，乐歌借助近代报刊在社会上广泛传播，在寓教于乐的同时，又发挥着启蒙社会的功能，是健全活泼人格的有效催化剂。

第二节　近代书局与学堂乐歌的传播接受

伴随着近代报刊业的迅猛发展，近代书局在晚清社会应运而生，成为中国近代社会转型过程中的重要力量。比如，商务印书馆、上海文明书局、上海中新书局、广州音乐教育社、上海教育实进会、上海育文学社等，在中国近代音乐教科书出版方面具有不可替代的作用。正是在近代书局的参与之下，许多音乐歌集才得以在短时间内出版发行，成为新式学堂师生共同使用的音乐教材。"教材者，教授之材料也。教材中最当注意

[①] 毛翰编注：《辛亥革命踏歌行：1900—1916 中国歌曲选》，安徽文艺出版社 2011 年版，第 79 页。

[②] 我生：《乐歌之价值》，张静蔚编选、校点《中国近代音乐史料汇编（1840—1919）》，人民音乐教育出版社 1998 年版，第 283 页。

者，即审定歌词歌曲，与儿童之性情知识，其程度适合与否是也，否则教授之方法虽得其当，而学者终未能获乐趣耳。"① "夫音乐一科，与各种教育相辅而行者也。小学时代，学生之脑力幼稚，故各种科学精神之教育，必附丽于形质；至中学，则智识渐完，优美之思想，完全之人格，必于此时期养成之。音乐之道，何独不然。是编修辞、选曲，多以精神教育为主，其唤起伦理之观念，政治之思想，振武之精神诸作，皆能令歌者奋然兴起。"② 比如，曾志忞编《教育唱歌集》《国民唱歌集》、沈心工编《学校唱歌集》、辛汉编《唱歌教科书》《中学唱歌集》、华倩叔编《小学唱歌集》、叶中泠编《女子唱歌集》等，都是深受中小学生欢迎的音乐专业教科书。当它们进入新式学堂之后，必将成为广大师生吟唱的重要参照。毫无疑问，学堂乐歌的传播接受方式正在悄然发生变化，音乐教科书逐渐成为连接师生唱歌的基本环节，教师示范和学生模仿的传统口授法已经被注入崭新的时代因素。

1897年2月11日，商务印书馆在上海创立，夏瑞芳、鲍咸恩、鲍咸昌、高凤池等为早期创办人。1901年，商务印书馆改为现代意义上的股份有限公司，之后，张元济正式投资商务印书馆，并全面主持编译所工作。1903年，商务印书馆相继成立印刷所、编译所和发行所，引进日本先进印刷技术，开始编印最新国文教科书，数月之间迅速风行全国。因此，严家炎在《二十世纪中国文学史》中说："近代传播媒体又是运用资本主义商业化的方式运作的。像《申报》馆和商务印书馆都是股份制企业，在全国各地广泛建立分支机构，运用西方股份制公司的运作方法来管理和经营，因而使得这些传媒比起传统媒体来，显示出极大的优势：出版物容量大（用较小的字排印），周期大大缩短（可以短到一天之内），效率大大提高（几千、几万、几十万份地大规模发行销售），价格则大大降低。"③ 此后，商务印书馆大量编印修身、算术、史地、英语、理化、唱歌、图画等教科书，兴办师范讲习班、附属小学、养正幼稚园及函授学校，出版各种中外文工具书，创办《绣像小说》《东方杂志》《小说月报》《自然界》《学生杂志》等刊物，以"开启民智，倡明教育"为基本

---

① 《唱歌教授之要旨》，华振编《小学唱歌教科书一集》，商务印书馆1907年版，第7页。
② ［日］铃木米次郎：《中学唱歌·叙》，张静蔚编选、校点《中国近代音乐史料汇编（1840—1919）》，人民音乐出版社1998年版，第159页。
③ 严家炎：《二十世纪中国文学史》，高等教育出版社2010年版，第2页。

宗旨。可以说，商务印书馆把编印大、中、小学教科书作为主业，既有"在商言商"的经济利益考量，也有知识分子的责任担当。据初步统计，1905—1909年，华振编《小学唱歌教科书一集》，蒋维乔校订《唱歌游戏》，陈俊、吴廷爵、沈祖燊、朱作榮译著《小学唱歌教科书二集》，叶中泠编《女子新唱歌》，胡君复编《新撰唱歌集》等，都在商务印书馆出版发行，在中国近代音乐教科书出版史上占据重要地位。

1907年，《小学唱歌教科书一集》和《小学唱歌教科书二集》在商务印书馆出版，成为许多小学的校音乐课程专业教材。前者编录《上学》《从军》《远足》《欧美二杰》《雪中行军》《湘江三贤》《军歌》《四时读书乐》《传信鸽》《大操》《亚东帝国》《唐乐府》《西湖十景》《十八省地理历史》《怀帝乡》15首乐歌，后者主要分尚武篇、怀古篇、励俗篇、兴国篇、即景篇、喻时篇、观物篇，编录《尊侠》《军国民》《筹边》《征兵》《思将帅》《汉官仪》《秋士吟》《之江吊古》《古少年》《戒艳妆》《辟占验》等40首乐歌，题材广泛，风格迥异，兼具思想性和艺术性的典型特征。"今日教育上有一可喜之现象，则音乐研究之勃兴是也。二三年来，学校唱歌集之出版者，以数十记，大都会之小学校亦往往设唱歌一科。至夏期音乐研究会等时有所闻焉，然就唱歌集之材料观之，则吾人不能不谓提倡音乐研究，音乐者之大半于此科之价值实尚未尽晓也。……但就小学校所以设此科之本意言之，则（一）调和其感情（二）陶冶其意志（三）练习其聪明官及发声器是也。"[①]"教授歌辞不宜深奥冗长，深奥则难于解，冗长则易于厌，是亦鲜生兴味者也。故不妨采世俗之白话编为歌辞，中寓箴规之意，于修身一科不无裨益。"[②] 因此，针对小学生对乐歌和曲谱的接受能力，《小学唱歌教科书一集》和《小学唱歌教科书二集》在编选方面遵循简短平易的原则，达到调和感情、陶冶意志、涵养德性的终极目标。其中，《春之花》和《古少年》都是倡导青少年志存高远，学会珍惜美好时光，在历史经验和现实关怀中汲取教训，不负韶华，争取成为过渡转型时代的追梦少年，歌词分别如下：

[①] 王国维：《论小学校唱歌科之材料》，《教育世界》1907年第148期。
[②] 秦为镕：《唱歌教授之研究》，《嘉定小学教育研究录》1915年第2期。

《春之花》　石更

　　云霞灿烂如堆锦，桃李兼红杏。好鸟啼时花满枝，花开来报春消息。春花好比少年时，少年须爱惜。

　　绿阴一片清如许，队队游春侣。招展花枝插满头，游春带得春归去。少年好比春之花，春花须爱惜。①

《古少年》　佚名

　　人生不过百年，难得少年时。才气无双志第一，卓哉国士为谁。长沙新进，治安早陈书。武穆英年，雪耻屡兴师。匡汉存宋，代表中国男儿。少年价值，历史犹赫奕。身虽死，名不灭。劝君记取好韶光，莫学三河风流样。前途莽莽，多少英雄项背望。②

　　与幼稚园音乐教育不同，小学生正处于身心发展的上升期，已经初步具有简单辨别能力，置身于内忧外患的社会语境中，亟须小学生过早承受时代和生命之重，具有爱国主义色彩的学堂乐歌就成为他们进行音乐教育的范本。"设初等小学堂，令凡国民七岁以上者入焉，以启其人生应有之知识，立其明伦理、爱国家之根基，并调护儿童身体，令其发育为宗旨。以识字之多为成效。"③"况音乐一科，与小学教育，有绝大之关系者四：一曰以音乐输入科学也。嬉戏娱乐儿童天性，今以其性所最近者，唱歌之中，即输入以各种科学，儿童常常复习，了解自易。一曰以音乐节其劳逸也。国文、算学之后，教以音乐，音乐之后教以修身，难易分配，儿童方不觉其苦。一曰以音乐化其各个性而成一共通性也。儿童之性，彼此各殊。音乐者有统一，无参差，唱则俱唱，止则俱止，渐以养成共同一致之习惯。一曰以音乐整理其秩序也。儿童心思多属活放，凡事不

---

　　① 石更：《春之花》，华振编《小学唱歌教科书一集》，商务印书馆1907年版，第19页。
　　② 佚名：《古少年》，叶中泠编《小学唱歌教科书二集》，商务印书馆1907年版，第18页。
　　③ 《奏定初等小学堂章程》，璩鑫圭、唐良炎编《中国近代教育史资料汇编——学制演变》，上海教育出版社1991年版，第291页。

守秩序，今以音乐调和之，循腔按拍，则秩序自生。"[①] "而我中国者，欲蓄积实力，革新庶政，必自小学校音乐教育始。多编国歌，叫醒国民，发扬其爱国之心，鼓舞其勇敢之心，则茫茫禹甸，翻独立之旗，开自由之花，日月为之重光，山河为之生色，其效可计日而达。"[②] 比如，《大操》《亚东帝国》都充满爱国主义倾向，也深受小学生群体的喜爱，歌词如下：

《大操》　佚名

营门浩荡，风卷龙旗十丈，军容壮，阒寂无声万帐。喇叭溜亮，结束戎装停当，长刀晃，铁索钩连细响。

凝眸望，璀璨勋章军队长，口令朗，一字排开屹相向。朝阳初上，激射枪尖雪亮，开步往，万足齐声一样。[③]

《亚东帝国》　倩朔

亚东帝国大国民，赫赫同胞轩辕孙。祖国之流泽长且深，祖宗之遗念远且存。保国保种保我家庭，尽我天职献我身。枪林礮雨仇莫忘，大敌在前我军壮。横刀向天人莫当，国民侠骨有余芳。大旗翻飞正当阳，黄龙灿烂风摇荡。祖国千秋万岁之金汤，增我国民之荣光。[④]

1904年，曾志忞编《教育唱歌集》在日本东京出版，成为当时新式学堂流行甚广的音乐教科书。本教材所选乐歌主要划分幼稚园用、寻常小学用、高等小学用、中学用四大部分，主要依据不同年龄阶段学生身心特点进行遴选。1905年，湖南蒙养院在长沙设立，儿童所唱歌词"应将本

[①] 剑虹：《音乐于教育界之功用》，张静蔚编选、校点《中国近代音乐史料汇编（1840—1919）》，人民音乐出版社1998年版，第221—222页。
[②] 剑虹：《音乐于教育界之功用》，张静蔚编选、校点《中国近代音乐史料汇编（1840—1919）》，人民音乐出版社1998年版，第221页。
[③] 佚名：《大操》，华振编《小学唱歌教科书一集》，商务印书馆1907年版，第46页。
[④] 倩朔：《亚东帝国》，华振编《小学唱歌教科书一集》，商务印书馆1907年版，第48页。

省名山大川胜迹名区，乡贤名宦，动植各物，制为浅显歌词，谱出新腔，令学童歌唱以乐和之。先教单音，唱单音入，复音乃合。凡共同之唱，声音洋溢，最足感人。名山大川神迹名区地理所关，乡贤名宦历史所关，动植各物理科所关；本省地理历史理科是本省学童特性中事，先启发其爱乡之情，然后以言爱国。将来歌词有忠孝节义等发扬蹈厉之事，则爱国之教也"①。南京高等师范附属小学的幼稚园在音乐修身课程设置方面进行规定："有听唱法学的歌，游戏运动时唱的歌和奏的乐，这都是一年级音乐课的基础。有养性歌、养性训练，此外故事和随时的做法。这是一年级修身科的基础。音乐材料大约是：团体：摇篮，再会，老师你早，家庭等类。时令和节目：收获，新年，国旗，四季，春天等类。天气：霜花，雪花，冰，风，雨，雪球等类。自然：落叶，月，鸟，野花等类。职业：铁匠，皮匠，木匠等类。"② 比如，曾志忞《教育唱歌集》中收录的《老鸦》《勤》《春朝》《老雄鸡》《手戏》《蜂蝶》《小麻雀》《体操》等，都是幼稚园儿童习唱的经典乐歌，歌词浅显平易，生动活泼，富有童趣，充满日常生活气息。其中，《蜂蝶》《老雄鸡》歌词如下：

《蜂蝶》　曾志忞

　　走进去，花园里，大家笑嘻嘻。桃花梅花朵朵红，香来一阵风。双双蝴蝶对对飞，好像忙来些。飞一回停一回，向东又向西。采花渡粉粉花多，结果树婆娑。

　　走进去，田园里，大家笑嘻嘻。杏花雪白菜花黄，风来一阵香。营营蜜蜂飒飒飞，好像忙来些。来一回去一回，蜂子与蜂王。采花做蜜做得甜，一年盛一年。③

---

① 《湖南蒙养院教课说略》，李桂林、戚名琇、钱曼倩编《中国近代教育史资料汇编——普通教育》，上海教育出版社1995年版，第15页。
② 薛钟泰：《南京高等师范附属小学校的幼稚园》，李桂林、戚名琇、钱曼倩编《中国近代教育史资料汇编——普通教育》，上海教育出版社1995年版，第435页。
③ 曾志忞：《蜂蝶》，曾志忞编《教育唱歌集》，东京：东京并木活版所1904年版，第15页。

《老雄鸡》 佚名

满地砻糠满地粞，雄鸡夺食啄花鸡。花鸡逃到窠中去，得意雄鸡喔喔啼。喔喔啼，喔喔啼，抬头一支老鹰飞。

一时逃走难逃走，喂了老鹰饿肚皮。老哥哥，老弟弟。老妹妹，老姐姐。强人还有强人制，好待同胞不要欺。①

据初步统计，除了幼稚园唱歌之外，《教育唱歌集》收录《新年》《蚂蚁》《游春》《练兵》《运动会》《纸鸢》《海战》7首乐歌，为寻常小学使用。"唱歌为属于音乐一部分之事项，合人声乐器而同时奏唱者也。其要素有二，一为歌词，一为乐曲，教授小学生徒唱歌之目的，以涵养其德性，启发其知能为训育上直接之作用。"② "大凡教育之要在于都有德育、智育、体育三者。而在小学校中最适宜的是涵养德性，故应重视。音乐基于性情，具有正人心，助风化之妙用。故古代伊始明君贤相特别重视振兴音乐，立志于开发音乐人才，在日本、中国及欧美的史册中历历可见。"③ 与幼稚园儿童不同，初等小学在习唱乐歌之时，宜授平易单音唱歌，题材应该多样化，在注重培养德育、智育、体育的同时，也要着意提升他们的社会责任感，以达到音乐教育的理想目标。沈叔逵（心工）的《春游》和曾志忞的《练兵》就是题材内容和艺术风格各异的学堂乐歌，但却为寻常小学生提供了丰富多元的精神营养，其歌词如下：

《春游》 沈叔逵

何时好，春风一到，世界便繁华。杨柳嫩绿草青青，红杏碧桃花。少年好，齐齐整整格外有精神。精神活泼泼，人人不负好光阴。
学堂里，歌声琴声，一片锦绣场。草地四围一样平，体操个个

---

① 佚名：《老雄鸡》，曾志忞编《教育唱歌集》，东京：东京并木活版所1904年版，第9页。
② 顾鼎铭：《师范唱歌教授之研究》，《无锡教育杂志》1913年第2期。
③ 《初编小学唱歌集》，1881年。

强。放春假,大队旅行,扎得都齐整。山青水绿景致新,地理更分明。①

《练兵》 曾志忞

操场十里闹盈盈,铜鼓喇叭一片声。龙旗飞动,当中一座演武厅。小炮连声,乒乒乒乒乒。大炮连声,轰轰轰轰轰。

横刀跃马绕场行,战盔战甲色鲜明。骑兵炮兵工兵步兵辎重兵,齐齐整整,来听将军令。军令严明,预备临大阵。②

曾志忞《教育唱歌集》收录《汝小生》《扬子江》《年假》《黄菊》《四季》《实业》6首乐歌,主要供高等小学音乐教育使用。"设高等小学,令凡已习初等小学毕业者入焉,以培养国民之善性,扩充国民之知识,强壮国民之气体为宗旨;以童年皆知作人之正理,皆有谋生之计虑为成效。"③ "高等小学校首宜依前项教授,渐增其程度,并得酌授简易之复音唱歌。歌词乐谱宜平易雅正,使儿童心情活泼优美。"④ 与寻常小学相比,高等小学乐歌便显得相对复杂,以复音曲调为主,在吟诵和记忆难度上明显有所增加,体现出循序渐进的教学原则。《黄菊》属于七言律诗,字数长短固定,押韵严格,讲究平仄格律,适合高等小学生练习唱歌。曾志忞借助秋菊的傲霜品格来托物言志,寄予作者对中华民族遭遇西方列强侵略之时,应该表现出勇于抵抗、不畏艰难的精神风貌。曾志忞在《实业》中提倡高等小学生应重视农业、工业、商业,从小培养实业救国的思想观念,三部轮唱,气势浑厚,呼唤全体国民振作精神,重塑中华精魂。《黄菊》《实业》的歌词如下:

---

① 沈叔逵:《春游》,曾志忞编《教育唱歌集》,东京:东京并木活版所1904年版,第24页。

② 曾志忞:《练兵》,曾志忞编《教育唱歌集》,东京:东京并木活版所1904年版,第27页。

③ 《奏定高等小学堂章程》,璩鑫圭、唐良炎编《中国近代教育史资料汇编——学制演变》,上海教育出版社1991年版,第306页。

④ 《教育部订定小学校教则及课程表》,舒新城编《中国近代教育史资料》,人民教育出版社1981年版,第454页。

《黄菊》　曾志忞

黄种岂输白种强，秋风篱落斗斜阳。傲霜自有傲霜骨，不以娇妍论短长。就荒三径有寒松，人未归来月影重。独立秋容留晚节，色香俱化有无中。①

《实业》　曾志忞

问吾将来习何业，何业最利益。种瓜得瓜豆得豆，万事不能及。海有鱼山有薪，水产与森林。

问吾将来习何业，何业最利益。开条大路造条桥，行路何逍遥。电气煤气能发光，通宵火煌煌。

问吾将来习何业，何业最利益。大店小铺物流通，字号更殷实。利权在握大竞争，何往不三倍。

吾辈将来习何业，何业最利益。作个国民尽个份，团体不可分。双手擎天臂一振，有志事意成。②

曾志忞在《教育唱歌集》中收录《醒世》《新》《战》《杨花》《黄河》5首乐歌，主要供中学堂生徒唱歌使用。1903年，《奏定中学堂章程》中说："设普通中学堂，令高等小学毕业者入焉，以施较深之普通教育，俾毕业后不仕者从事于各项实业，进取者升入各高等专门学堂均有根柢为宗旨，以实业日多，国力增长，即不习专门者亦不至暗陋偏谬为成效。"③ 普通中学堂开设学科主要有地理、算学、博物、物理及化学、法制及理财、图画、体操等十二种科目。可以看出，乐歌不在所学科目范围之内。1909年3月，《学部奏变通中学堂课程分为文科实科折》提出把乐

---

① 曾志忞：《黄菊》，曾志忞编《教育唱歌集》，东京：东京并木活版所1904年版，第43页。
② 曾志忞：《实业》，曾志忞编《教育唱歌集》，东京：东京并木活版所1904年版，第49页。
③ 《奏定中学堂章程》，璩鑫圭、唐良炎编《中国近代教育史资料汇编——学制演变》，上海教育出版社1991年版，第317页。

歌列为"随意科",1912年12月,教育部公布《中学校令施行规则》,明确指出:"乐歌要旨在使谙习唱歌及音乐大要,以涵养德性及美感。乐歌先授单音、次授复音及乐器用法。"① 乐歌才正式进入普通中学堂的课程设置。客观来讲,普通中学堂所招收的生徒在心智上较为成熟,已经初步具备识文断句的基本能力,习唱乐歌已不再是花鸟草虫等动植物意象,而是借助它们来喻理明世,寄予作者对社会人生的深度思考。曾志忞《杨花》和钟宪鬯《醒世》都鼓励青少年切勿蹉跎岁月,要学会珍惜时光,奋发图强,争取早日成才,为振兴中华民族做出独特贡献,其歌词如下:

《杨花》 曾志忞

看一湾流水小红桥,东风两岸飘飘。一朵朵无心高下舞,惹得来人停步。今日何日,还我自由,分明唤醒少年回首。莫学癫狂柳絮,斜阳如矢,片刻不留。不久暮云高高出岫,不久长亭旧友分手,唤声杨花走。②

《醒世》 钟宪鬯

黑奴红种相继尽,惟我黄人鼾未醒。亚东大陆将沉没,一曲歌成君且听。人生为乐须及时,艳李浓桃百日姿。蹉跎莫遗韶光老,老大年华徒自悲。近追日本远欧美,世界文明次第开。少年努力宜自爱,时乎时乎不再来。③

1905年2月,金一编的《国民唱歌》初集在日本东京正式出版,由上海小说林发行,共收录乐歌19首,可以分为四种不同题材类型。第一,

---

① 《中学校令施行规则》,舒新城编《中国近代教育史资料》,人民教育出版社1981年版,第524页。
② 曾志忞:《杨花》,曾志忞编《教育唱歌集》,东京:东京并木活版所1904年版,第57页。
③ 钟宪鬯:《醒世》,曾志忞编《教育唱歌集》,东京:东京并木活版所1904年版,第51页。

反映青少年日常生活和学习内容的乐歌，以《幼稚园上学歌》《女学生入学歌》《青年立志》《赛船》《赛马》《物理图》《八音琴》为重要代表；第二，反映近代科学技术发展的重要名物，以《电气灯》《蜡人院》《轻气球》《汽车》《自由车》《航海》为代表；第三，具有爱国主义倾向的乐歌，以《纪念塔》《娘子军》《奴痛》《亡国恨》为突出代表；第四，真实描述自然界植物花卉的乐歌，以《黄菊花》《梅花》为典型代表。总体来讲，许多乐歌简单平易，通俗易懂，非常符合青少年日常学习需要，比如，《黄菊花》《轻气球》的歌词分别如下：

《黄菊花》 佚名

秋风篱落，菊花黄，堆个盆儿好像屏山样。好花枝摘来插在衣襟上，风吹阵阵香。花也香，色也黄，我是黄人得不爱你，黄花黄。

庄严花国女儿乡，摆着甲儿也似黄金样。好花枝从今插在车冠上，西风战场。海也黄，河也黄，我祖黄帝留得我辈殿群芳。①

《轻气球》 佚名

气球高，天上行，肥皂水泡一样轻。轻气力，装满层，好像一只大风筝。可环游，可用兵，任你排枪打不准。张风伞，量气压下，看世界如微尘。

气球高，天上行，春水船儿一样平。机又巧，舵又灵，演出空中大飞艇。探北极，寻南溟，步虚声里天风紧。曾记得爹亚士气球逃出巴黎城。②

1905年3月，《国民唱歌》二集在日本东京出版，同样由上海小说林发行，共收录乐歌22首，可以分为三种类型。第一，具有军国民教育色彩的乐歌，以《陆军》《海战》《祈战死》《从军乐》《杀敌快》《凯旋》为代表；第二，追溯历史，映照现实，具有爱国主义色彩的乐歌，以

---

① 佚名：《黄菊花》，金一编《国民唱歌初集》，东京：翔鸾社1905年版，第13页。
② 佚名：《轻气球》，金一编《国民唱歌初集》，东京：翔鸾社1905年版，第25页。

《祝自由神》《国旗》《汉高帝大风歌》《黄河远上》《岳武穆满江红》《摆仑叹希腊之歌》《哀印度》《吊埃及》《虚无党》《哀祖国》《太平洋》《国民大纪念歌》《大汉纪念歌》为代表；第三，倡导现代文明、反对封建陋习的乐歌，以《自由结婚》《鸦片烟》《缠脚》为代表。可以看出，《国民唱歌二集》收录的内容呈现出多样化特征，具有鲜明时代气息，意在启蒙国民，早日成为救亡图存的中流砥柱。比如，《陆军》《杀敌快》的歌词如下：

《陆军》 佚名

枪在肩头子在囊，粮粮背上放。炮兵掩护伏两旁，探骑斥堠忙。工程队，辎重装，守护挑精壮。还有马队，包抄袭击，旗鼓不相当。

中军列帐看地势，背山当面水。冲锋选得敢死士，轻生不怕死。大旗行，军刀指，敌队前山是。悲笳急鼓，声声合奏，齐唱摆仑诗。①

《杀敌快》 佚名

战场之花已开，战场之人未回。敌兵犹在前山隈，快来快来。喇叭之声猛催，炮火之声如雷。冲锋陷队杀敌人，落花流水。看国旗高辉，唱吾国万岁。此行真快，此行真快，快绝风云入壮怀。②

1907年3月，叶中泠编辑、蒋维乔校勘的《女子新唱歌初集》在上海商务印书馆出版，收录《好姊姊》《夏虫》《劝学》《女界钟》《花好月圆人寿》《平沙落雁》《落花流水》《世界十二女杰》《未来之梦》等24首，其大部分是对女子进行思想启蒙，倡导她们成为未来女杰的乐歌。其中，《好姐姐》真实描述姐妹之间相互嬉游、情深似海的温馨场景，歌词如下：

---

① 佚名：《陆军》，金一编《国民唱歌二集》，东京：翔鸾社1905年版，第9页。
② 佚名：《杀敌快》，金一编《国民唱歌二集》，东京：翔鸾社1905年版，第18页。

《好姐姐》 佚名

　　好姐姐，好姐姐，替我簪朵花。姐姐向我笑，说我编发如男儿。我向姐姐求，请你挂在我襟头。襟头一朵兰花白，好像徽章香馥馥。
　　好姐姐，好姐姐。替我绣只花，姐姐向我笑，说我鞋样如男儿。我向姐姐求，请你绣个小枕头。桃花红红太嫌俗，不绣红花绣绿竹。
　　好姐姐，好姐姐，替我画枝花，姐姐向我笑，问我要画什么花。我向姐姐求，要你画树紫绣球，绣球花下空地多，就请姐姐画个我。
　　好姐姐，好姐姐，替我种棵花，姐姐向我笑，问我要种什么花，我向姐姐求，不要你种红石榴，要你种棵万寿菊，我为爷娘祝万福。①

　　1913年，李雁行、李英倬合编的《中小学唱歌教科书》上、下卷出版，收录《蜻蜓》《轻气球》《蟋蟀》《醒狮》《好朋友》《从军乐》《哀祖国》《好大陆》《大国民》《快哉快哉》《女子从军》《国脉》等重要乐歌，题材内容不同，艺术风格迥异，深受中小学生群体喜爱。《从军乐》的歌词如下：

《从军乐》 佚名

　　春风十里杏花香，同胞将士何昂藏，雄冠剑佩耀云日，父老拭目瞻清光。劝君请缨宜及早，人生唯有从军好，从军之乐乐如何，细柳营中传捷报。
　　兵卫森严明朝曦，炎晖照耀如军威，今朝大内颁瓜果，昨夜将军汉马归。泰西各国皆尚武，只因素稔从军趣，从军之乐乐无穷，欢然游泳江海中。
　　昨日阶前叶有声，今朝远望秋气平，对此马肥人亦健，男儿自古誓长征。宝刀宝马千金买，豪情足称从军者，从军之乐乐陶陶，闻鸡起舞霜天高。②

---

① 佚名：《好姐姐》，叶中泠编《女子新唱歌集》，商务印书馆1907年版，第1页。
② 佚名：《从军乐》，李雁行、李英倬编《中小学唱歌教科书》（下册），音研所，1913年。

总体来讲，正是在近代书局的有效催生下，经过国家教育主管部门严格审查和筛选，各种乐歌集才能源源不断地进入书业市场，逐渐成为新式学校师生共同使用的专业教科书，这就体现出标准性、科学性、权威性的显著特征。"乐歌科采取方针，以陶冶性灵激厉志气为主，凡中国词曲之近于柔靡者，一律禁止谱入乐歌，以杜微渐。"① 当时，厦门深沪匡济初等小学堂教员吴福临说："学科之利器，即教材是。而教材必取其程度适当，趣味丰美者。敝校之唱歌教材，半用商务印书馆之《小学唱歌教科书》，半用自为编制及另行搜辑者。因时制宜，错综采用。盖儿童之乐趣，在歌谱者少，在歌词者多。固当因势利导，不虑浅白，只忌艰涩。近来之教授唱歌者，多以文言而读国语，临颇以为不必。夫文言者，文人用之，自觉儒雅畅快，于初级新生，实不能了了。"② 毋庸讳言，近代书局出版各具特色的音乐教科书，在客观上给学校师生学习音乐带来诸多便利，尽管这一行为带有经济利益的外在考量，但是，这在中国近现代新型音乐教育过程中可谓贡献卓著。然而，诸多棘手矛盾依然没有得到解决："存在的主要问题在于，能够从事学校音乐教育的专业音乐教师的数量和质量，同当时整个学校教育的发展不太相称。如：根据 1916 年的不完全统计，我国各类普通学校的数量已达到将近十三万所，在校的学生人数则将近四千万，但当时具有起码专业训练的音乐教师人数还只一百人左右（包括从 20 世纪初就投入音乐教育的沈心工、李叔同等人在内）。"③ 因此，我国近现代新型音乐教育发展依然任重道远，培养大量音乐专业教师实乃当务之急。

第三节　学校音乐和社会音乐的双重变奏

随着近代印刷业的迅速发展，近代报刊成为深受晚清市民群体喜爱的重要读物，加上近代书局出版的大量音乐专业书籍，音乐教科书在全国各类学校中普遍采用，有效地加速中国新型音乐的现代化进程。不论是东南沿海地区，还是祖国内陆腹地，当唱歌成为近代学校必修科目之后，各类

---

① 《教育部饬知教科书编纂审查会各教科采取方针》，《教育杂志》1914 年第 6 卷第 7 号。
② 吴福临：《小学唱歌之实验》，张静蔚编选、校点《中国近代音乐史料汇编（1840—1919）》，人民音乐出版社 1998 年版，第 133—134 页。
③ 汪毓和：《中国近现代音乐史》，人民音乐出版社 2009 年版，第 76 页。

唱歌集在不同类型学校师生中受到欢迎。当时，"学校音乐与社会音乐不可不严别。以吾国今日学界观之，社会音乐流入下贱者已不可救。吾人所当研究者，其在学校音乐乎？今日社会音乐大半淫靡。苟一旦学校音乐发达，则此外不正之乐，自然劣败。闻内地某学校学生，其入校也则唱《励志》、《勉学》，出校也，则唱'一更一点月正圆'之句。此等处音乐家最宜注意者也。"① "普通社会，不予以高尚之娱乐，则无以增高其思想，陶养其品性；文艺音乐演剧皆人民娱乐之所寄，惟宜立趋于高尚者，故是项事业亟宜提倡或补助之。"② 因此，当务之急在于发展学校音乐教育，进一步丰富全体国民的音乐精神空间，之后，再带动社会音乐教育进步，使它们相互支撑共同发展，才可能把中国近现代新型音乐文化向前推进。

1901年1月，上海南洋公学将蒙养院改为附属高等小学堂，基本办学宗旨是"注意儿童之品性、体魄、知识、技能，俾臻完备，足当中学及专科适宜之选"，由陈懋治为主任，吴稚晖任代主任，学制分为预备班及高等班两级，全国招生，学生全部住宿，主要开设修身、国文、算术、历史、地理、图画、体操7门课程。高等小学堂的"立学总义"在《南洋公学高等小学堂章程》中明确规定："矫近代教育偏重文字之弊，设普通完备学科，使学者得受普通之知识。"1903年，沈心工从日本留学归国完成学业，即开始在南洋公学附属高等小学任教，主要担任理科、唱歌、体操等课程教师。"光绪廿九年，我在南洋公学附属小学，做了几首歌，教学生唱唱，觉得他们的兴趣很好，许多同事也哼哼地唱着。因此，我很高兴，陆续做出歌来。积少成多，印成小册，名叫学校唱歌集。那时各处学校本没有唱歌一门，自从得了我的歌集，也教学生唱起来。我的歌集常常供不应求。"③ "吾国兴学之初，各校皆缺唱歌一门。自余东游得东京师范学校唱歌教授铃木米次郎先生指教，略知乐歌门径。即在南洋公学附属小学当教员，于是歌舞开始矣。"④ 可以说，沈心工在南洋公学附属小学任职期间开设唱歌课程，实开创中国近代学校音乐教育之先河。其间，他

---

① 曾志忞：《音乐教育论》，张静蔚编选、校点《中国近代音乐史料汇编（1840—1919）》，人民音乐出版社1998年版，第196—197页。
② 《教育部：全国教育计划书》，《教育杂志》1919年3月第11卷第3号。
③ 沈心工：《心工唱歌集·自序》，文瑞印书馆1937年版。
④ 沈洽、许常惠：《学堂乐歌之父——沈心工之生平与作品》，台北：台湾作曲家协会1990年版，第90页。

曾经创作许多影响深远的学堂乐歌，务本女塾、龙门师范、南洋中学、沪学会等学校团体邀请沈心工讲授乐歌课程，直接吸引了上海和外地大批音乐教育工作者前来寻求乐歌教唱门径，掀起我国近现代音乐发展的新高潮。

沈心工首倡简谱记谱法，译辑《小学唱歌教授法》，编写中国第一本音乐教科书《学校唱歌集》，一生共创作乐歌180余首，被誉为"学堂乐歌之父"可谓名副其实。"据教育部第一次中国教育年鉴的记载，吾国小学课程规定有唱歌课最先在光绪二十九年（1903），那年就是沈先生起始编著歌曲的一年。我们因此可以说，先生是提倡音乐教育最早者之一人。先生当时能独具只眼，看到音乐教育的重要，编制新歌出来使后生学子得乐教之益，这个功绩是值得赞扬的。沈先生的歌集，风行最早。稚晖先生所谓'盛极南北'，确系事实而不是过誉。所以现在的音乐教师及歌曲作者多少皆曾受先生影响，这一点影响也就了不起了。"[1] 从题材来看，《学校唱歌集》收录《竹马》《摇床》《运动会歌》《运动会得胜歌》《春风》《春游》《宝宝要睡了》《小小船》《女子体操》《祝幼稚生》《花园》《家书》《欢迎歌》等等，都是反映孩童日常生活和校园文化题材的乐歌，在社会上流传甚广。其中，《宝宝要睡了》《家书》就是此类乐歌的典型之作，歌词如下：

《宝宝要睡了》　沈心工

摇床摇摇摇，宝宝要睡了。今朝宝宝醒来太早了。宝宝倦了，种种恩物弗要，掷了皮球，放了喇叭，要妈抱。宝宝抱了，头头慢慢垂倒，眼睛蒙蒙，鼻管飕飕，呼吸小。

摇床摇摇摇，宝宝摇惯了。将来航海不怕大风潮。宝宝大了，一定会跑会跳，会荡秋千，会走浪木，真快乐。摇摇摇摇，宝宝弗惊弗跳。眉头一皱，嘴唇一嘻，微微笑。[2]

---

[1] 黄今吾：《黄今吾先生序》，沈心工《心工唱歌集》，文瑞印书馆1937年版。
[2] 沈心工：《宝宝要睡了》，《心工唱歌集》，文瑞印书馆1937年版，第60页。

《家书》　沈心工

　　云天雁影去匆忙，为谁寄信还乡？想我家中亲亲长长，是否个个安康？亲长念我在他方，料也朝思暮想。课罢灯前写几行，权当共话家常。

　　吾自离家到学堂，一向身体康强。起居有节，寻常菜饭吃来也觉甜香。智欲圆兮行欲方，渐识为人模样。习惯从今痛改良，家中幸勿思量。

　　教科深浅恰相当，年来得益非常。从今明白，先生教导宛然黑夜灯光。学程如海正茫茫，全靠自家勇往。欲报亲师愿来偿，中怀日夜彷徨。

　　写来不觉话偏长，一言可慰高堂。先生同学，感情良好，出门如在家乡。覆书早日付邮箱，免我他乡盼望。尚有余言不及详，催眠钟响叮当。①

1912年9月，浙江两级师范学校正式开办图画手工专修科（又称"图音手工专修科"），该校直接脱胎于1899年杭州养正书塾。校长经亨颐是新文化运动的先驱人物之一，他非常重视艺术教育，虽然建校早期未设艺术性质的专修科，但图画、手工、音乐等课程在各班级均有开设。1912年，该校正式聘请李叔同为音乐、美术主任教师。图画手工专修科学制为三年，主要开设乐典、和声学、练声、视唱、独唱、合唱、钢琴、风琴、作词、作曲等音乐课程。"有专用音乐教室，有钢琴两台，风琴数十架，教学水平较高，各课均采用五线谱，培养出众多艺术人才。"② 由于李叔同图画音乐专业功底深厚，深受广大学生喜爱，它们和语文、数学等课程占据同等重要地位。1913年，浙江两级师范学校改名为浙江省立第一师范学校。1915年之后，图音手工专修科最后一届学生毕业未再续招，但其在中国近代音乐教育史上却影响深远。作为专业音乐美术教师，李叔同在学校不仅热心组织学生社团活动，成立"乐石社"，鼓励学生研

---

① 沈心工：《家书》，《心工唱歌集》，文瑞印书馆1937年版，第18页。
② 孙继南编著：《中国近代音乐教育史纪年1840—2000》，上海音乐学院出版社2012年版，第45页。

习金石、木刻，而且积极投身音乐创作，《送别》《朝阳》《春游》《忆儿时》《早秋》《悲秋》《西湖》《留别》《晚钟》《月》《梦》等重要乐歌，都是李叔同在浙江省立第一师范学校任教期间所创，可谓乐歌生产高峰期。后来，裘梦痕、丰子恺把它们收录在《中文名歌五十曲》，成为传唱不衰的时代乐歌。其中，《忆儿时》《西湖》的歌词如下：

《忆儿时》　李叔同

春去秋来，岁月如流，游子伤漂泊。回忆儿时，家居嬉戏，光景宛如昨。茅屋三椽，老梅一树，树底迷藏捉。高枝啼鸟，小川游鱼，曾把闲情托。儿时欢乐，斯乐不可作。儿时欢乐，斯乐不可作。①

《西湖》　李叔同

看明湖一碧，六桥锁烟水。塔影参差，有画船自来去。垂杨柳两行，绿染长堤。飏晴风，又笛韵悠扬起。看青山四周，高峰南北齐。山色自空濛，有竹木媚幽姿。探古洞烟霞，翠扑须眉。沾暮雨，又钟声林外起。大好湖山如此，独擅天然美。明湖碧无际，又青山绿作堆。漾晴光潋滟，带雨色幽奇。靓妆比西子，尽浓淡总相宜。②

据相关资料记载，1897年至1920年，贵阳合计建立小学44所，中学22所，专科学校7所。为了争取妇女解放，实现男女平权，光懿、毓秀、培德、贞静、崇德、蕴贞、复旦、自奋、淑慎等大量女子学堂设立，成为我国西南地区传播新思想的重要推动力量。1908年，贵州铜仁地区松桃师范学校《学校乐歌集》收录乐歌28首，由湖南凤凰人滕凤藻编辑，他在歌集绪言中说："此歌唱系在松桃师范学校所编也。余因担任教科过繁，而于乐歌要旨及教授方法均未能悉心研究。至其讲授规则，一依

---

① 李叔同：《忆儿时》，《弘一大师全集》编辑委员会编《弘一大师全集》（第七册），福建人民出版社1991年版，第468页。
② 李叔同：《西湖》，《弘一大师全集》编辑委员会编《弘一大师全集》（第七册），福建人民出版社1991年版，第460页。

《教育唱歌集》为施教之标准。其中所列歌词，前十五章为授师范学校之附属初级小学也，后十三章系授师范预备科，为将来高等小学及中学用也。此届三学期共得廿八章，其有不敷教授者，间或采用坊间所刊之词，故不录述。"① 按照目次显示，《学校乐歌集》第一部分收录《学生》《游春》《雏燕》《清明》《蝴蝶》《进学堂》《望雨》《马蚁》《龙舟》《暑假》《体操》《夺旗》《蟋蟀》《中秋》《菊花》15首，主要用于师范学校附属初级小学使用，歌词以平易之单音唱歌为主，适合儿童感情和理解程度，以感发美情，涵养德性，激起国民忠爱之心为教育目的。其中《学生》《龙舟》的歌词如下：

《学生》 佚名

学生志气高，那（哪）怕年纪小。看看中国如燕巢，势将倾倒了。劝我们少年同胞，扭转国运，待到将来，责任是不小。

学生志气高，不畏枪和炮。欧洲势力如涌潮，逼近东亚了。请看我少年同胞，手挥宝剑，高扬龙旗，将海氛一扫。②

《龙舟》 佚名

龙舟龙舟，端阳竞渡，男儿壮气如潮流，肯落他人后？近矣哉，鼓声蓬；壮矣哉，人声吼。是谁夺得锦标头，洋洋齐拍手。当此世界起竞争，精神贵尚武。相劝我同俦，莫辜负少年好时候。③

第二部分收录《爱国》《祝圣》《爱群》《独立》《自治》《尚武》《出军》《实业》《黄河》《扬子江》《长城》《铁路》《哀台湾》13首乐歌。需要说明的是，部分乐歌并没有把歌词全部收录进去，显得残缺不全。比如，《爱群》和《独立》的歌词如下：

---

① 蒋英：《清末民初贵州学堂乐歌考》，中国社会科学出版社2015年版，第38页。
② 蒋英：《清末民初贵州学堂乐歌考》，中国社会科学出版社2015年版，第42页。
③ 蒋英：《清末民初贵州学堂乐歌考》，中国社会科学出版社2015年版，第43页。

《爱群》 佚名

群群群群，同胞都是黄帝之子孙，四千余年爱力深。亚洲称繁盛，历史有光荣，于今只剩自由魂。快看快看，黑奴、红种相继灭亡尽。

爱爱爱爱，大家造成支那新世界，欧风美雨滚滚来。绚烂亚洲地，努力齐保国，抵制须有出群才。互相勉励，做成一种完全好人格。

同同同同，同志同学同是好弟兄，畛域不必分西东。情谊各自重，意见要相融，趁此时势造英雄。团结爱力，旋转国运舍我辈谁用？①

《独立》 佚名

天演舞台竞争甚，壮哉我国民。眼看中原半陆沉，责任在一身。一身以外皆强敌，一身之内出奇军。少年得志走马昆仑，独立一呼寰球震。

于今世界行强权，豪杰济时艰。中国专政两千年，遗传奴根源。依赖当作护身符，迎合即是救命丹。悠悠今古莽莽尘寰，常言物极终必返。②

1901 年，曾志忞到日本早稻田大学学习法律，毕业后进入东京音乐学校学习唱歌。其间，他曾经参加沈心工组织"音乐讲习会"，后又倡导成立"亚雅音乐会"和"国民音乐会"。1907 年，曾志忞归国，在上海和高砚耘、冯亚雄共同创办"夏季音乐讲习会"，主要学习西方乐理知识和和声学，积极推广社会音乐教育，具有较大社会影响力。1908 年，他遵照父亲曾少卿遗愿成立上海贫儿院。1909 年 4 月，上海贫儿院开始招生，设有音乐科及管弦乐队。作为一个慈善教育机构，该院以"收养寒

---

① 蒋英：《清末民初贵州学堂乐歌考》，中国社会科学出版社 2015 年版，第 44 页。
② 蒋英：《清末民初贵州学堂乐歌考》，中国社会科学出版社 2015 年版，第 44 页。

苦子女,兼习文艺,使各成一能一技为目的,并融合慈善教育之旨,量材培植,以助其成"为宗旨,首批招生男童53名、女童20名,按初等小学一二三年级程度实施"普通教育",主要开设修身、国文、算术、图画、唱歌、体操课程,高等小学增加历史、地理、理科、英文、手工、器乐等科目,曾志忞和夫人曹汝锦分别担任男监院和女监院之职,高寿田任副监院兼音乐科唱歌、弦乐及音乐理论教学。可以看出,上海贫儿院已经明显区别于各种新式学堂,兼具慈善机构和普通学校的诸多功能,学校音乐和社会音乐在日常教育活动中逐渐得到贯彻实施。其间,曾志忞广泛组织学生习唱乐歌,代表作品有《夕会歌》《读书》等,歌词如下:

《夕会歌》 佚名

光阴似流水,不一会,落日向西垂。落日向西垂,同学们,课毕放学归。我们仔细想一想,今天功课明白未?先生讲的话,可曾有违背?父母望儿归,我们一路莫徘徊。回家问候长辈,温课勿荒废。大家努力呀!同学们,明天再会。①

《读书》 佚名

学生学生学生,读书要用心。平上去入四声,字字要彻清。音要准,读要勤,讲解要分明。字音字义要留心,进步自胜人。

天上星,参又商。地中水,海又江。人种如何不尽黄?地球如何不成方?昨归问我娘,娘不肯语说商量。上学去,莫徜徉。②

辛亥革命之后,随着中国新型音乐教育向纵深发展,特别是广大城市知识阶层的迅速崛起,他们对音乐文化的精神需求与日俱增,各种音乐社团应运而生。与20世纪初期中国留学生在日本组织的音乐社团相似,他们都向会员传授中外音乐知识技能,构成中国近现代新型音乐教育的有机组成部分。1919年以来,北京大学音乐研究会、上海中华美育会、上海

---

① 钱仁康:《学堂乐歌考源》,上海音乐出版社2001年版,第37—38页。
② 钱仁康:《学堂乐歌考源》,上海音乐出版社2001年版,第20页。

中华音乐会、北京国乐改进社、北京爱美乐社、北京中华乐社、上海乐林国乐社、上海云和乐会等音乐社团成立，成为20世纪前半期中国社会音乐教育的重要机构。1919年1月30日，北京大学音乐研究会成立，前身是"北京大学音乐团"，提倡以"研究音乐发展美育"为基本宗旨，先后聘请萧友梅、陈仲子、王露、赵子敬、刘天华等为导师，蔡元培兼任会长。1919年11月11日，蔡元培在出席北京大学音乐研究会所举办活动之时说："音乐为美术之一种，与文化演进有密切之关系……所望在会诸君，知音乐为一种助进文化之利器，共同研究至高尚之乐理，而养成创造新谱之人才。"①1920年3月，北京大学音乐研究会编辑出版的《音乐杂志》正式出刊，以"研究古今中外之音乐，评其得失，考其同异，截长补短，冶中西于一炉，更发挥而光大之，俾成一有系统之全世界专门科学"为基本宗旨，其在探讨中西音乐理论、古乐记谱以及推动学校音乐教育、社会音乐教育等方面都有重要影响。1921年12月《音乐杂志》停刊，共出刊两卷20期。1922年12月，北京大学音乐传习所在其基础上宣告成立，该研究会社会活动随告结束。

　　1919年12月，上海中华美育会成立，主要由吴梦非、丰子恺、刘质平、胡怀琛等人组成，其以提倡美育为主旨，成员大多是学校音乐美术教师，共有数百人，欧阳予倩、刘海粟、陈仲子、周玲荪、傅彦长等均为责任会员，是中国第一个美育团体。该会在成立宣言中指出："我国人最缺乏的就是'美的思想'，所以对于'艺术'的观念，也非常的薄弱。现在因为新文化运动的呼声，一天高似一天，所以这个'艺术'问题，亦慢慢有人来研究他，并且也有人来解决他了。我们美育界的同志，就想趁这个时机，用'艺术教育'来建设一个新的人生观，并且想救济一般烦闷的青年，改革主智的教育，还要希望用美来代替神秘主义的宗教。"②1920年4月20日，中华美育会主办会刊《美育》创刊号问世，吴梦非任总编辑，音乐、图画、手工、文艺4个部门的编辑主任分别是刘质平、周湘、姜丹书、欧阳予倩。8月1日，中华美育会主办的第一次夏季图画音乐讲习会开课。音乐课分理论、唱歌、乐器（钢琴、风琴）三项，每日授课4个小时，为期一个月，凡是中华美育会会员均可报名参加。可以看

---

① 文艺美学丛书编辑委员会编：《蔡元培美学文选》，北京大学出版社1983年版，第228页。
② 中华美育会：《本志宣言》，《美育》1920年第5期。

出，推行社会音乐教育是中华美育会的核心内容，为普及音乐教育事业做出了重要贡献。中华美育会是南方地区较具影响力的音乐社团，该会随着《美育》杂志的悄然停刊而宣告解散。

1927年5月15日，由刘天华、柯政和、吴伯超、曹安和、张友鹤、郑颖荪等人发起的北京国乐改进社成立，该社聘请蔡元培、萧友梅、赵元任、杨仲子、刘半农、林风眠、吴稚晖、田边尚雄等十三人为名誉社员，以改进和普及国乐为基本宗旨，明确提出"借助西乐，研究国乐"，"一方面采取本国固有的精粹，一方面容纳外来的潮流，从东西的调和合作之中打出一条新路来"。刘天华在《国乐改进社缘起》中说："音乐对于人类有绝大的功用，这是无论什么人不能不承认的。我国近来最没长进的学问要算音乐了，虽然现在也有人在那里学着西人弹琴唱歌，大都还只是贵族式的，要说把音乐普及到一般民众，这真是一件万分渺远的事。而且一国的文化，也断然不是抄袭些别人的皮毛就可以算数的，返过来说，也不是死守老法，固执己见，就可以算数的，必须一方面采取本固有的精粹，一方面容纳外来的潮流，从东西的调和与合作之中，打出一条新路来，然后才能说得到'进步'两个字。"[①] 总体来讲，北京国乐改进社出版10期《音乐杂志》，举办暑期音乐学习班和中外音乐家的音乐会，在中国现代社会音乐教育方面具有较大影响力。

可以看出，学校音乐教育和社会音乐教育之间具有密切关系，它们在相互激发中得到增值互生，共同把中国新型音乐教育推向崭新阶段。严格来说，学校音乐教育本身就包含社会音乐教育因素，比如，许多学堂乐歌不仅反映青少年日常学习和校园生活场景，而且还指向纷纭复杂的社会现象，其实早已超越学校音乐教育的基本规约。反过来说，倘若社会音乐教育取得显著成绩，必然会进一步拓宽其精神文化表现空间，也有利于提升学校音乐教育整体质量。总体来看，社会音乐教育团体通过举办讲座、短期培训班等方式，不仅组织有关中西音乐知识学习，比如，古琴、琵琶、昆曲以及钢琴、提琴、唱歌等音乐表演技能的传授，介绍记谱法、基础乐理、和声学等西洋音乐理论知识，还经常组织各种音乐表演和创作活动，有效促进中国现代音乐文化向民间普及推广。1914年，《教育部整理教育方案草案》中指出："学艺的之社会教育，以广施教化，增进全国国

[①] 刘天华：《国乐改进社缘起》，刘育和编《刘天华全集》，人民音乐出版社1997年版，第185页。

民之学艺为目的。学艺的之社会教育，约分为二：（1）以增高审美思想为主，如设美术馆、美术展览会、改良文艺音乐演剧等属之；（2）以奖励事物研究为主，如设博物馆、图书馆、动植物园等属之。……音乐、演剧则宜设会研究，先绝禁其坏乱风俗之旧说部及歌曲，然后进求新事物之输入。社会文化，随人心寄托之深浅而殊，循是不变，迁流所及，不知胡底；此不能因费绌而辍然不办者也。"① 因此，正是在学校音乐教育和社会音乐教育的双重变奏中，中国近现代新型音乐教育才进入快速发展轨道。

第四节　学堂乐歌运动与"国语运动"的合流

　　随着社会音乐教育的迅猛发展，学堂乐歌运动已经溢出校园，成为民国初期社会文化生活的重要催化剂之一。实际上，学堂乐歌运动的本质在于音乐大众化，也即把音乐教育向民间社会普及推广。五四时期，"诗"与"歌"再次发生激烈碰撞，二者初步实现相互增值共生。具体来讲，胡适、陈独秀、刘半农、钱玄同等人提倡文学革命，其核心要义在于打倒文言文，提倡白话文，实现现代语言的大众化，包括后来"国语运动""平民文学""人的文学"等诸多主张，均可作如是观。一言以蔽之，五四文学革命和学堂乐歌运动可谓同向同行，是精英文化转向大众文化的表征。饶有意味的是，中国新诗在尝试摆脱古典传统之时，更多重视的是白话，对新诗的音乐性却明显关注不够，这也许是早期白话新诗受到诟病的原因之一。与此同时，学堂乐歌兼具音乐性和文学性的显著特征，当它在各种新式学堂广泛流传，以至成为社会音乐教育的有机组成部分时，必然对早期白话新诗倡导者产生深远影响。可以想象，早期白话新诗竭力向中国古典诗歌创作寻找资源，中间应该追溯学校音乐教育的重要贡献。比如，黎锦晖不仅在中国现代流行音乐创作方面贡献卓著，而且积极推进国语运动，与蔡元培、胡适、钱玄同、周作人等新文化运动健将均有思想碰撞，成为五四时期倡导白话文运动的中坚力量。至此，学堂乐歌运动和国语运动相互汇流融合，对20世纪中国音乐文学发展具有积极作用。

　　黎锦晖被称为"中国近代歌舞之父"，从小受到家乡民间音乐文化熏

---

① 《教育部整理教育方案草案》，舒新城编《中国近代教育史资料》，人民教育出版社1981年版，第242—243页。

陶，1912年毕业于长沙高等师范学校，后在湖南"单级师范传习所"任乐歌课教师。1913—1919年，他辗转到北京、长沙等地任机关职员、报刊编辑、音乐教师等。其间，黎锦晖曾经参加北京大学音乐团活动，积极投身于"白话文运动"和"国语运动"，并担任《平民周报》主编，集中精力推广平民文化运动。1921年，黎锦晖在上海中华书局编写小学国语教科书，兼任教育部"国语读音统一会"所创办"国语专修学校"教务主任、校长。此后，黎锦晖开始致力于普及音乐教育和推广国语运动，提出"学国语最好从唱歌入手"，而且最好从训练儿童做起。1922年4月，他在上海创办我国当时影响最大的儿童文化周刊《小朋友》，主要设置故事画、故事歌、文艺画、习画游戏、歌曲、儿歌、滑稽故事等栏目，陈伯吹、吴翰云等人曾经担任该期刊主编。该杂志以"陶冶儿童性情，增进儿童智慧"为办刊宗旨，刊物办得通俗浅显，活泼有趣，深受小读者欢迎。"小弟弟，小妹妹，我愿意和你们要好。我就是你们的小朋友，我的内容：有唱歌，有图画，有短篇故事，有长篇小说，有笑话，有谜语，有小剧本……材料很多，并且很有趣味，我每星期五出来一次，你们要看我，我在中华书局等着你们……小朋友呀，我爱你们，你们也爱我吗？"[①]《小朋友》倡导儿童自主创作文学作品，创刊号的《〈小朋友〉投稿的章程》中明确写道："小学生自己制作的诗歌、故事、笑话，……等，更是欢迎。"[②] 与此同时，该杂志非常重视儿童健康人格的培养："让亲爱的小朋友们，逍遥游玩于园内，锻炼身体，增加智慧，陶冶感情，修养人格。一年年长成千万万健全的国民，替社会服务，为民族增光。"[③]《小朋友》创刊号刊载的作品主要包括歌曲《小朋友》、文艺图《马牛羊》、儿歌《喜鹊》、故事《两个孩子》、趣诗《大力士》、笑话《打儿子》、滑稽诗《瓜不见了》等，在黎锦晖和王人路的共同努力之下，《小朋友》成为当时儿童文学创作的重要阵地，有效推动着中国儿童文学发展进步。

同年，黎锦晖创办以儿童歌舞音乐为主的表演团体"明月音乐会"和"中华歌舞专修学校"，创编大量儿童歌舞音乐作品，主要形式为儿童歌舞表演和儿童歌舞剧。"前者的特点是篇幅比较短小，情节比较简单，

---

① 《"小朋友"的宣言》，《小朋友》创刊号，1922年4月6日。
② 《〈小朋友〉投稿的章程》，《小朋友》第2期，1922年4月13日。
③ 黎锦晖：《〈小朋友〉创始时的经过》，《小朋友》第482期，1931年10月29日。

完全没有说白的歌舞表演；后者是篇幅稍大，有人物、有情节，歌舞，歌舞与说白相结合的小型歌舞剧。"① 除了"为艺术而艺术"之外，黎锦晖此时也是在极力配合"推广国语"教育活动。"学国语最好从唱歌入手，既练熟了许多国语，标准词，及标准句，又可以使姿态、动作、心情与歌音十分融合，于是所学的歌句，便成功了许多应用的国语话。（例如上海启贤公学，学生大多数都是广东人，自唱熟《葡萄仙子》之后，国语话便可以通用。）"② 20世纪20年代，他曾经创作《可怜的秋香》《三个小宝宝》《老虎叫门》《寒衣曲》《好朋友来了》《谁和我玩》《努力》《蝴蝶姑娘》等儿童歌舞表演作品。"这些作品的歌词和音乐几乎都是他一人所写，从其作品内容、文字用语、旋律风格和节奏特点，都表现出他善于结合儿童的生活现实，抓住儿童的生理、心理特点，去选择题材、构思情节，并以儿童能理解的、富于形象性的艺术语言去进行表达。特别是其歌词语言的高度口语化和旋律进行的优美动听、平易通顺，可以说在当时我国的儿童音乐创作中，是独一无二的精品。"③ 比如，《可怜的秋香》歌词如下：

《可怜的秋香》第一歌　黎锦晖

  暖和的太阳，太阳，太阳。太阳她记得：照过金姐的脸，照过银姐的衣裳，也照过幼年时候的秋香。金姐，有爸爸爱；银姐，有妈妈爱。秋香，你的爸爸呢？你的妈妈呢？她呀！每天只在草场上，牧羊，牧羊，牧羊，牧羊。可怜的秋香！可怜的秋香！可怜的秋香！可怜的秋香！④

  20世纪20年代，黎锦晖沿着早期学堂乐歌运动采用的"选曲填词"的基本方式，创作过《麻雀与小孩》《葡萄仙子》《三蝴蝶》《春天的快乐》《小小画家》等儿童歌舞剧。他说："儿童的模仿的本能，十分发达，每家的儿童，没有不爱表演成人生活或动物情态等形状动作的，若有人导

---

  ① 汪毓和：《中国近现代音乐史》，人民音乐出版社2009年版，第105页。
  ② 黎锦晖：《麻雀与小孩·卷头语》，中华书局1928年版，第1页。
  ③ 汪毓和：《中国近现代音乐史》，人民音乐出版社2009年版，第105页。
  ④ 黎泽荣主编：《黎锦晖儿童歌舞音乐全集》，上海辞书出版社2012年版，第7—8页。

演一部深有趣味，富于情感，而且含艺术意味的歌剧，他们当然要十分的惊喜而踊跃从事。于是，藉此可以训练儿童们一种美的语言、动作与姿态。"① 比如，歌剧《葡萄仙子》主要由《心声》《云中曲》《卷珠帘》《伤风调》《再会》《喜春来》《少年时》《太子》《接姐姐》9曲组成，合计36首歌曲。许多歌词用语平易通顺，形象生动，高度口语化，深受儿童群体喜欢。"这歌剧，全体用歌词编成，语句颇浅明，顺适，活泼；采用歌谱，力求切合儿童心理，过于简单或过于繁难的都极力避免；并选择最新通行的跳舞中一部分简易的动作，分配于各场，小学用的舞踏行进，表情姿态，也斟酌加入一些；最容易措办的背景和装饰，而且是活动的，也联成一片，这些材料，是关于'美的方面'的。"② 《葡萄仙子》第二场《卷珠帘》歌词如下：

《葡萄仙子》 黎锦晖

北风吹，雪花飞，寒冷多凶恶，我冻得真难过。我小窝又被那风吹破，且找些树枝去拾掇，且找些树枝去拾掇。那边有许多，那树枝真不错。

（仙子唱）不要慌！不要忙！你要做甚么？（喜鹊唱）先请你说一说，请你把枯枝儿赏给我。（仙子唱）你要这枯枝儿做甚么，你要这枯枝儿做甚么？请你告诉我，要请你告诉我。③

1916年，黎锦晖组织"中华国语研究会"，直接掀起中国最早的国语运动，主张宣传白话文，推广普通话。1922年2月，由中华民国国语研究会编辑，中华书局印行的《国语月刊》在上海创刊，成为积极支持国语运动改革的理论阵地。在该杂志《发刊辞》中，国语运动的先驱者非常看重儿童教育过程中推动国语统一的基本作用："小学校是现在宣传国语最得力的机关；小学校又都是快要使用国语的青年。国语的读本虽然渐渐的通行，但是还不能补救儿童世界的饥荒。而一般旧的儿童读物，有的未脱旧小说习惯，有的又侵染西文的气味，都可以使儿童难于十分了解。

---

① 黎锦晖：《麻雀与小孩·卷头语》，中华书局1928年版，第2页。
② 黎泽荣编：《黎锦晖儿童歌舞音乐全集》，上海辞书出版社2012年版，第124页。
③ 黎泽荣编：《黎锦晖儿童歌舞音乐全集》，上海辞书出版社2012年版，第130页。

可见'国语化的儿童读物'确是国语中的紧要分子。所以本月刊分出一些篇幅，专载关于儿童的读物，和儿童们自己发表的成绩，定位'儿童文学'栏，既可以让儿童们自由欣赏；又可以作为练习国音的读本。"① 之后，蔡元培、黎锦熙、黎明晖、陆费逵、钱玄同、王璞、马国英等名家在创刊号上发表了系列文章，深度探讨国语应用、国音字母书法体式、注音字母与现代国音、国语文讲义、新式标点符号用法指南等诸多问题。1924年出至第2卷第3期即停刊。后来，黎锦晖创作许多乐歌来积极投身于国语运动，并在1925年第1期《全国国语运动大会会刊》上发表《全国国语运动大会会歌》，并于1926年第198期《小朋友》上重新刊载。歌词如下：

《全国国语运动大会会歌》第二歌 黎锦晖

　　咱们的民族，开化早得很，历史长得很。我作我的文，你作你的文，他作他的文。这怎么能够普及教育人人有学问？喂！大家提倡国语文！养成言文一致的新国民！
　　我作的文，你也看得懂；你作的文，他也看得懂；他作的文，我也看得懂；大家作的文，大家都看得懂。现代的人，使用现代人的文字，这也是应该的呀！四万万同胞哇！咱们既都是现代的人，为什么还作古代的文？②

与此同时，胡适在五四时期把白话文运动称为国语运动，意在强调文学革命在实质上就是语言变革。按照胡适在《国语运动的历史》的权威说法，国语运动起源于早期白话报，历经字母时期、国语时期、国语的文学时期、国语的联合运动时期。当时，部分人认为注音字母就是国语，倘若能够掌握注音字母，就可以学好国语。实际上，注音字母仅仅是国语的有机组成部分而已。"我最后有个忠告——许多人以为注音字母就是国语，学了注音字母就是学国语：这是一个根本的误解。其实注音字母不过是国语的一小部分。所谓国语，是指从长城到长江，从东三省到西南三

---

① 《发刊词》，《国语月刊》第1卷第1期，1922年2月20日。
② 黎锦晖：《全国国语运动大会会歌》，《小朋友》1926年第198期。

省，这个区域里头大同小异的普通话。"① "凡是国语的发生，必是先有了一种方言比较的通行最远，比较的产生了最多的活文学，可以采作国语的中坚分子；这个中坚分子的方言，逐渐推行出去，随时吸收各地方言的特别贡献，同时便逐渐变换各地的土话；这便是国语的成立。有了国语，有了国语的文学，然后有些学者起来研究这种国语的文法，发音法等等；然后有字典，词典，文典，言语学等等出来；这才是国语标准的成立。"② 因此，国语标准的建立和方言具有密切关系，它们在汲取各自优势后实现共赢，最终确立一个时代语言标准规范。正是在这一意义上，胡笛才说："民国的国语教育是新文学知识生产和传播的重要途径，新文学作品通过教材选文的方式进入国语教育，继而通过课堂讲授、作文等制度化的教学过程逐渐培养国民信仰新文学的心理。"③

1919 年 4 月，教育部成立国语统一筹备会，早期成员有黎锦熙、钱玄同、胡适、周作人、蔡元培、赵元任、刘半农、马裕藻、许地山、林语堂等人，公布注音字母和《国语字典》，积极开办国语讲习所和国音字母讲习所，修订注音字母方案，修改国音标准，具体审定许多中小学国语教科书。"自民国九年秋季起，全国国民学校遵照部令改国文科为国语科，即高小学校虽无明文规定，然与国民学校衔接，亦应并授国语。况大部颁布《国音字典》，全国并应遵用，教员如不识注音字母，则于指授字音之际，势必各沿用其方音；纷歧之象，终无法使之渐趋画一。刻经本会共同集议，拟请大部通咨各省区：嗣后检定小学教员，应加试注音字母，国语文，国语文法。如此似于慎重师资，移易观听，并有裨益。"④ 自 1920 年始，胡适就积极支持国语讲习所的建设事务，连续参加四届教育部组织国语讲习所活动，为全体学员讲授"讲读作文""国语文学史"等核心课程，出版《国语文学史》讲义，亲自为《国语讲习所同学录》做序，并特别强调："推行国语便是定国语标准的唯一方法；等到定了标准再推行

---

① 胡适：《国语运动的历史》，欧阳哲生编《胡适文集》（第八集），北京大学出版社 1998 年版，第 128—129 页。
② 胡适：《国语讲习所同学录·序》，欧阳哲生编《胡适文集》（第二集），北京大学出版社 1998 年版，第 165 页。
③ 胡笛：《历史上的国语讲习所》，《新文学史料》2016 年第 2 期。
④ 《国语月刊》1922 年第 1 卷第 10 期。

国语，是不可能的事。"① 此种主张后来为制定国语标准提供生存发展空间，有利于国语运动向前发展。胡适说："开办国语讲习所，一方面看来，是要使语言统一；从另一方面看，国语至多不过统一个大致罢了……要做到这个地步，决不是只识了几十个注音字母，懂得一口官腔，就行了；还要靠'文学'来帮忙。有了最有文学价值、文学兴趣的国语书报，人家才爱他读他。"② 1928 年，国语统一筹备会被国民政府改为国语统一筹备委员会，开办国音字母讲习所，其主要职责在于编辑国语书刊、撰拟和刊布国语宣传品、征集和审查国语读物以及调查国语教育状况等，是具体负责全国推行国语的重要机构。后来，此种教育模式在全国各地得到推广，甚至许多师范学校逐渐开设国语讲习科。1929 年 1 月 7 日，教育部下发指令给予客观评价："前国语统一筹备会前后办理国语讲习所四次，并传授注音字母。十年以来，中小学校大都能利用注音字母作语音字音的标准，不可谓非此等传习之功。"③ 可以看出，国语统一筹备会曾经做过大量实际工作，得到国家教育部门的高度认可。

1923 年 1 月，《国语月刊》出版"汉字改革号"，部分国语运动的倡导者提出废除汉字，改用新拼音文字案，甚至主张使用罗马字母和世界语。钱玄同在《汉字革命》中说："我敢大胆宣言：汉字不革命，则教育决不能普及，国语决不能统一，国语的文学决不能充分的发展，全世界的人们公有的新道理、新学问、新知识决不能很便利、很自由的用国语写出。何以故？因汉字难识、难记、难写故；因僵死的汉字不足表示活泼泼的国语故；因汉字不是表示语音的利器故；因有汉字作梗则新学、新理的原字难以输入于国语故。"④ 蔡元培也指出："在我个人意见，国音标记，最好是两种方法：一是完全革新的，就是用拉丁字母……一是为接近古音起见，简直用形声字上，声的偏旁（就是用字母）来替代一切合体的字。"⑤ 国语统一筹备会第四次大会上的两个提案《废除汉字采用新拼音文字案》和《减省现行汉字的笔画案》在《国语周刊》汉字改革号上刊

---

① 胡适：《国语讲习所同学录·序》，欧阳哲生编《胡适文集》（第二集），北京大学出版社 1998 年版，第 166 页。
② 胡适：《国语运动与文学》，欧阳哲生编《胡适文集》（第八集），北京大学出版社 1998 年版，第 130—131 页。
③ 民国教育部《教育部公报》1929 年第 1 卷第 1 期。
④ 前国语研究会编：《〈国语月刊〉汉字改革号》，文字改革出版社 1957 年版，第 7 页。
⑤ 前国语研究会编：《〈国语月刊〉汉字改革号》，文字改革出版社 1957 年版，第 67 页。

载，前者提案人正是黎锦晖，连署人是秦凤翔、马国英、黎锦熙、钱玄同。黎锦晖等人提倡废除汉字和实行新拼音文字，单从学校层面来讲，"第一步呈请教育部明令各校从十二年起，各地设师范讲习所，专门练习拼音文字，师范学校，增加新文字一科。第二步从十三年秋季起，小学一二年级一律用拼音文字的教科书。第三步从十四年起，小学全部都改用拼音文字的教科书。第四步从十五年起，初级中学用课本也一律改用拼音文字，高级中学的文科，也兼习汉字。第五步从十六年起，大学除文科必需明白汉字以外，其余的讲义，也一律改用拼音文字"[①]。围绕着汉字改革问题，许多语言文字专家纷纷发挥专业优势，积极建言献策，希望把国语运动进一步推向深入，也初步达成很多共识。

值得注意的是，胡适在《国语月刊》卷头言中强调："在语言文字的沿革史上，往往小百姓是革新家，而学者文人却是顽固党。""促进语言文字的革新，须要学者文人明白他们的职务是观察小百姓语言的趋势，选择他们的改革案，给他们正式的承认。"[②] 可以看出，胡适认为"小百姓"在语言文字变革史上扮演着重要角色，是名副其实的革新家，而"学者文人"却是顽固党，这就完全打破以往传统思维方式。尽管"小百姓"身处社会底层，但是，作为沉默的大多数，他们在日常交流中却实践着方言俚语，当它们从地方性语言转化为全国性语言之时，也就是国语运动改革发展的终极目标。实际上，"小百姓"的日常语言肯定是通俗易懂，明白如话，但其背后却蕴含着大智慧。"文言的文字可读而听不懂；白话的文字既可读、可说又听得懂。凡演说、讲学、笔记，文言决不能应用。今日所需乃是一种可读，可听，可歌，可讲，可记的言语。要读书不须口译，演说不须笔译，要施诸讲坛舞台而皆可，诵之村妪妇孺皆可懂。不如此者，非活的言语也，决不能成为吾国之国语也，决不能产生第一流的文学也。"[③] 正是在这一意义上，我们说，"小百姓"的语言也是一种"活的言语"，符合国语运动追寻的最终目标。因此，正如胡适所说："总而言之，我们所谓'活的文学'的理论，在破坏方面只是说'死文字决不能产生活文学'，只是要用一种新的文学史观来打倒古文学的正统而建立

---

① 前国语研究会编：《〈国语月刊〉汉字改革号》，文字改革出版社1957年版，第158页。
② 前国语研究会编：《〈国语月刊〉汉字改革号》，文字改革出版社1957年版，第1—2页。
③ 胡适：《建设理论集·导言》，刘运峰编《1917—1927中国新文学大系·导言集》，天津人民出版社2009年版，第16页。

白话文学为中国文学的正宗；在建设方面只是要用那向来被文人轻视的白话来做一切文学的唯一工具，要承认那流行最广而又产生了许多第一流文学作品的白话是有'文学的国语'的资格的，可以用来创造中国现在和将来的新文学，并且要用那'国语的文学'来做统一全民族的语言的唯一工具。"①

在开展轰轰烈烈的国语运动过程中，黎锦晖不仅在理论上大声呼吁，而且结合具体案例躬身实践，倡导推行国语运动。比如，他在《国语月刊》汉字改革号中，以补白形式探讨"谁之罪""小问题""闹笑话""吹毛求疵""不客气的话"等诸多问题，以形象生动的生活实例阐明推广国语的重要性。作为学堂乐歌运动后期的代表人物之一，黎锦晖和胡适、蔡元培、钱玄同、周作人等人提倡国语运动已经合流，具体表现在他们不仅在国语运动的理论主张方面趋同，而且为当时学校音乐教育贡献卓著。前文已经提过，黎锦晖曾经创作大量儿童歌舞表演和儿童歌舞剧，其鲜明特征可以概括为："集音乐、诗歌（童谣）、舞蹈（自由体操）于一体；内容健康向上，教育孩子懂礼节、献爱心、热爱大自然、增长新知识；表演生活化，词曲平易；登场人物可多可少，无需复杂的服饰或道具，校内校外皆可歌之舞之。"② 单就歌词来讲，《稻草公公》不管是思想内容，还是外在形式，它们都符合早期白话新诗的基本标准。歌词如下：

《稻草公公》　　黎锦晖

稻草公公，立在田中，披蓑衣，戴斗笠，雨打风吹他不急。不吃饭，不住房，严寒大热他不慌。站得稳，走不动，一天到晚打瞌铳。

稻草公公，站在田中，摇摇头，摆摆腰，手拿破扇不停摇。年成好，稻长老，来了许多偷谷鸟，飞下田，飞上天，看见公公一溜烟。

稻草公公，站在田中，月已久，年已深，还在田中不动身。鸟哥

---

① 胡适：《中国新文学运动小史》，欧阳哲生编《胡适文集》（第一集），北京大学出版社1998年版，第133页。

② 孙继南：《黎锦晖与黎派音乐》，上海音乐学院出版社2007年版，第88页。

哥,雀妹妹,公公头上开大会:"不要紧,别担心,稻草公公不是人。"①

可以看出,《稻草公公》歌词平易流畅,通俗易懂,形象生动,长短句结合,韵律和谐,易于上口,符合儿童群体的身心发展特征,具有儿童歌谣化色彩。正是在这一意义上,可以说:"黎锦晖先生初期所创作的歌舞剧,之所以能风靡一时,除去他的作品在内容上富有对儿童的教育意义外,主要的还在他的植基于民间歌谣创作出来的歌曲,在根本上是来自民间。"②"黎锦晖所从事的儿童歌舞剧的创作,是中国传统音乐和西方歌舞剧的熏陶之下的、新的戏剧音乐形式的探索。他的作品富于民族风味,适合儿童特点,在人物的性格化和戏剧性方面都有可贵的贡献,为后来的新歌舞剧创作积累了初步的经验。"③ 换言之,黎锦晖在创作歌舞剧的时候,善于从日常生活、大自然、民间社会中挖掘资源,经过创造性加工升华,具体呈现千姿百态的社会生活面相。在内容和形式方面,黎锦晖的创作歌曲已经和五四时期白话新诗基本没有差异性。比如,黎锦晖的《桃李迎春》的歌词如下:

《桃李迎春》 黎锦晖

春深如海,春山如黛,春水如绿苔,白云快飞开!让那红球现出来,变成一个光明的美丽的世界!风!小心一点吹!不要把花吹坏,现在桃花正开,李花也正开,园里园外,万紫千红一齐来。桃花红,红艳艳,多光彩;李花白,白皑皑,谁也不能采!蜂飞来,蜂飞来,来将花儿采,常常惹动诗人喜爱,那么更开怀!④

倘若我们对比1920—1922年出版的"新诗集",比如,胡适《尝试集》(亚东图书馆1920年3月出版)、许德邻《分类白话诗选》(崇文书

---

① 孙继南:《黎锦晖与黎派音乐》,上海音乐学院出版社2007年版,第86页。
② 一德:《新歌剧运动的进路》,《新民报》1936年7月27日。
③ 孙继南、周柱铨主编:《中国音乐通识简编》,山东教育出版社1993年版,第276页。
④ 黎锦晖:《桃李迎春》,孙继南《黎锦晖与黎派音乐》,上海音乐学院出版社2007年版,第164页。

局 1920 年 8 月出版)、俞平伯《冬夜》(亚东图书馆 1922 年 3 月出版)、康白情《草儿》(亚东图书馆 1922 年 3 月出版)以及《雪朝》(商务印书馆 1922 年 6 月出版)等,不仅发现许多新诗集是在各种现代书局出版传播,而且大量诗歌在结构、语言、韵律以及语法方面,和黎锦晖的歌舞剧词存在着同构性,成为早期新诗探索过程中的重要实绩。单就康白情早期新诗《雪后》《草儿在前》《车行郊外》《桑园道中》《暮登泰山西望》《日观峰看浴日》《再见》《雪夜过泰安》《江南》等来看,都是对自然景观的真实描述,诗歌不拘平仄和格律,呈现出散文化特征。"新诗所以别于旧诗而言。旧诗大体遵格律,拘音韵,讲雕琢,尚典雅。新诗反之,自由成章而没有一定的格律,切自然的音节而不必拘音韵,贵质朴而不讲雕琢,以白话入行而不尚典雅。新诗破除一切桎梏人性底陈套,只求其无悖诗底精神罢了。"[①] 其中,康白情的《桑园道中》就是代表性诗歌。

《桑园道中》　康白情

什么尘垢都被雨洗空了。
什么腻烦都被凉扫净了。
只剩下灵幻的人,
四围着一块灵幻的天。
山哪,岚哪,
云哪,霞哪,
半山上的烟哪,
装成了美丽簇新的锦绣一片。
遍地的浓湿,
反映出灿烂的金色,
越显得他无穷的化力。
沟水不住活活的流着;
淡烟不住在柳条儿边浮绕;
暮鸦不住斜着肩儿乱飞;
人却随着他们,——心似流水般的浪转。

[①] 诸孝正、陈卓团编:《康白情新诗全编》,花城出版社 1990 年版,第 217 页。

>好一个动的世界!
>一个活鲜鲜的世界!
>天呵,你是有意厚我们么?
>是无意厚我们邪?
>哦,——远了。
>快不见了,
>这样的自然!
>这样的人生!——
>但他俩各走各的道儿,
>却一些儿也不留恋。①

  本诗刊载于1919年10月《新潮》第2卷第1期,是康白情7月9日乘火车前往上海期间途经河北沧州,在一个热气熏腾的晌午,诗人感觉烦躁难耐,突然满天乌云密布,风吹雨落,秋气弥空,让人顿觉豁然开朗。在经过桑园之时,诗人雅兴顿生才草创此诗。首先,诗歌中出现的"灵幻""化力""浮绕""浪转""意厚"等新词汇都是康白情的独特创造,其在当时并不普遍使用。"新诗的精神端在创造,因袭的,摹仿的,便失掉他的本色了。做一首诗,就要让这一首诗有独具的人格,如果以前有了这么一种诗情,以后的就不必再作什么了。"② 其次,诗歌在很多时候是情绪的产物,主观与客观相互碰撞,真实与虚构相互激发,往往成为诗人灵感瞬间迸发的重要契机。"原来宇宙只有一个真,不管人间底美不美,我们把它看作美或看作不美,它却没有法子拒绝的,情绪是主观的。而引起或寄托情绪的是客观的。我们要对于宇宙绝对地有同情,再让它绝对地同情于我。"③《桑园道中》即是康白情在津浦铁路上触景生情、寄托神思的现实产物,从桑园到世界、从自然到人生,都寄寓着作者对现实社会的百般忧思。最后,诗人在白话语词、语法结构、标点符号的运用上,已经完全摒弃中国古典诗歌的固有藩篱,成为早期白话新诗创作过程中的典型之作。与此同时,胡适的《一颗遭劫的星》也

---

 ① 康白情:《桑园道中》,诸孝正、陈卓团编《康白情新诗全编》,花城出版社1990年版,第33—34页。
 ② 诸孝正、陈卓团编:《康白情新诗全编》,花城出版社1990年版,第3页。
 ③ 诸孝正、陈卓团编:《康白情新诗全编》,花城出版社1990年版,第9—10页。

是此种诗歌类型。

《一颗遭劫的星》　　胡适

热极了！
更没有一点风！
那又轻又细的马缨花须，
动也不动一动！
好容易一颗大星出来，
我们知道夜凉将到了：——
仍旧是热，仍旧没有风，
只是我们心里不烦躁了。
忽然一大块黑云，
把那颗清凉光明的星围住；
那块云越积越大，
那颗星再也冲不出去！
乌云越积越大，
遮尽了一天的明霞；
一阵风来，
拳头大的雨点淋漓打下！
大雨过后，
满天的星都放光了，
那颗大星欢迎着他们，
大家齐说"世界更清凉了！"①

综上所述，当学堂乐歌运动进入五四时期，已经和文学革命运动产生相遇，它们之间相互激发，在国语运动理论倡导和话语实践中进行交汇，共同推动现代汉语实现蜕变革新。白话代替文言，国语代替国文，表面来看仅仅是一种语言更替，实质上却是一种巨大历史进步，它预示着贵族文学逐渐被平民文学所替代，死文学即将让渡于活文学，这可以看作是文学

---

① 胡适：《一颗遭劫的星》，欧阳哲生编《胡适文集》（第九集），北京大学出版社1998年版，第155—156页。

进化论的直接表征。胡适说:"一部中国文学史也就是一部活文学逐渐代替死文学的历史。我认为一种文学的活力如何,要看这一文学能否充分利用活的工具去代替已死或垂死的工具。当一个工具活力逐渐消失或逐渐僵化了,就要换一个工具了。在这种嬗递的过程之中去接受一个活的工具,这就叫做'文学革命'。"① 学堂乐歌运动和国语运动合流后,许多方言俚语成为很多"小百姓"在乡野民间进行日常语言沟通交流的重要手段。之后,经过学者文人的归纳演绎,逐渐寻找它们之间的普遍性规律,从而提炼出句法语法的结构规范,这就成为现代文学语言发展演进的标志性成绩。

---

① 胡适:《胡适口述自传》,欧阳哲生编《胡适文集》(第一集),北京大学出版社1998年版,第312页。

第五章

学堂乐歌与中国新诗的话语实践

作为一种"歌诗体"的音乐文学样式,学堂乐歌重新回归"诗性"和"歌性"相互融合的审美话语形态,兼具音乐性和文学性的基本特征,其不仅在发生时间和传播方式上,而且在文本性质和呈现效果上,都可以看作中国诗歌嬗变过程中的重要环节,丰富着中国新诗的审美内涵和形式技巧,这必将打破"胡适是中国新诗开山鼻祖"的文学史观念,有可能重构中国现代诗歌话语体系中的部分命题,为中国新诗发生具有不同路径选择提供科学依据。

第一节 叶伯和《诗歌集》和中国新诗的发生

1920年3月,胡适《尝试集》在上海亚东图书馆印行,是中国现代文学史上第一部白话诗集,胡适也被很多文学史家称为"新诗鼻祖",这似乎已经成为一种不刊之论。但是,随着"重写文学史"思潮的不断深入,特别是许多新史料的相继发现,学术界的质疑之声也相伴而生。正如李怡所说:"所谓'第一',往往具有超越群体的独立特征,它固然可以成为某种历史趋向的显现,但是,单一的作品也很可能是作家独立探索的一种结果,没有更丰富的同道者的呼应和参照,有时也难以成为某个明确的文学思潮与运动的完全恰当的证明。例如胡适的《尝试集》虽然今天已经得到了大多数新诗史学者的历史认可,但是严格说来,它本身并不是一部完全的现代新诗集,其中的旧体诗作占大部分篇幅。我们为什么不可以将它另外当作新旧过渡的证据呢?"[1] 事实上,作为"同时代人"的叶

---

[1] 李怡:《谁是"第一":一个超越了时间刻度的问题》,《中山大学学报》2022年第2期。

伯和早在1915年前后，就已经开始尝试创作"白描的歌"，并于1920年5月在上海华东印刷所出版《诗歌集》，其仅仅比胡适《尝试集》正式面世稍晚两个月，实乃中国新诗史上的第二部白话诗集。值得注意的是，叶伯和进行白话新诗创作实验的具体时间要比胡适早将近二年，但是，他在中国新诗研究界却默默无闻，几乎成为一位被时代遗忘的新诗拓荒者。

叶伯和（1889—1945），原名叶式昌，字伯和，四川成都人。他青少年时期便大量诵读陶渊明、李白、杜甫、白居易等人的经典诗集，而且对《十三经》《诗经》研究颇有心得。1907年，18岁的有志青年叶伯和与父亲叶大丰、弟弟叶仲甫一起东渡日本留学，在日本法政大学学习法律，后在东京音乐学院学习音乐，志存高远，爱好广泛，两校兼习，成绩突出，成为中国近代留日学生群体的骨干成员。其间，叶伯和曾经阅读大量西洋诗歌，并且深度思考"不用文言，白话可不可以拿来做诗"的重要问题。1912年春，父子三人共同归国。1915年，叶伯和担任四川高等师范学堂音乐科主任，主持开办我国近代高等师范教育的首个音乐专业"乐歌专修班"，也是西南地区第一个教授西方音乐理论、五线谱、钢琴与小提琴演奏的音乐家。"到了民国三年，我在成都高等师范教音乐。坊间的唱歌集，都不能用，我学的呢？又是西洋文的，高等师范生是要预备教中小学校的，用原文固然不对，若是用些典故结晶体的诗来教，小孩子怎么懂得呢？我自己便做了些白描的歌，拿来试一试，居然也受了大家的欢迎。"[①] 实际上，这是叶伯和进行早期白话新诗创作试验的基本开端。后来，胡适的白话诗体在全国各地得到广泛传播，对身处成都的叶伯和新诗创作也产生深刻影响。"接着我的诗稿，一天一天就多了，我才把他集起来，分作两类：没有制谱的，和不能唱的在一起，暂且把他叫做'诗'。有了谱的，可以唱的在一起，叫做'歌'。"[②] 1920年5月，叶伯和把这些诗歌进行整理编订，以《叶伯和著的诗歌集》为名，在上海华东印刷所出版。五四时期，叶伯和许多白话新诗经常在《星期日周报》《人声报》《直觉》等进步报刊相继发表，当时深受青年学生群体青睐。1922年，叶伯和组织成立四川第一个文学研究团体——草堂研究会，并主编研究会会刊《草堂》，此举受到茅盾、周作人、郭沫若等现代作家高度赞扬。作为四川第一本现代文学杂志，《草堂》曾经刊载巴金、陈虞裳、张

[①] 叶伯和：《诗歌集·自序》，上海华东印刷所1920年版，第19页。
[②] 叶伯和：《诗歌集·自序》，上海华东印刷所1920年版，第20页。

拾遗、何又涵等人的文学作品,曾在五四前后产生较强社会影响力。

　　叶伯和《诗歌集》主要分为"诗类"和"歌类"两大类别,共收录诗歌 84 首。长期以来,叶伯和专注于音乐教育实践事业,深解诗歌创作过程中"诗性"和"歌性"的密切关联,认为好的诗歌语言必然蕴含着音乐性,二者在相互激发的过程中实现增值。加上叶伯和在东洋留学期间曾经阅读大量外国经典诗歌,比如,泰戈尔、歌德、爱伦·坡等人都是他直接学习模仿的对象。"Tagore 是诗人而兼音乐家的,他的诗中,含有一种乐曲的趣味,我很愿意学他。"① 叶伯和在《心乐篇》中说:"Tagore 说:'只有乐曲,是美的语言'。其实诗歌中音调好的,也能使人发生同样的美感——,因此我便联想到中国一句古话,郑樵说的:'诗者,人心之乐也'。和近代文学家说的:'诗是心琴上弹出来的谐唱。实在是'词异理同'。"② 因此,正是凭着这种对音乐艺术的独特感受力,叶伯和在进行早期白话新诗创作试验中才显得卓尔不凡。穆济波说:"如果要写出好诗,这个'自然音调'的涵养功夫,非亲切透到不可。所以流泉的音,啼鸟的声,松风、竹浪,……一切庄子所谓'激者,嗃者,叱者,叫者……'天籁,地籁,都是诗人最好的修养办法。像这样的叫了出来,便是他最大的责任。但是这种天然的音乐,在城市中的人最难觅着,真诗人不能置身在自然音乐的'大浸'里,便当绝对的置身在人为的音乐的声浪中,如像鱼离不开水一样。"③ 因此,叶伯和的音乐天赋能够有效提升自己对早期白话新诗创作的把握能力。纵观叶伯和《诗歌集》中的全部诗歌,主要划分为下列三类:

　　一,同情底层劳动人民困苦生活,具有人道主义的悲悯情怀。比如,《疲乏了的工人》《幸福呢苦痛呢》《播种》《插秧》《孩子孩子你莫哭》《做炭团的小孩》《寄一个朋友》等乐歌,都寄托着叶伯和对底层劳苦大众的深切同情,诗歌语言中弥漫着启蒙主义的终极关怀意识。作为地主家庭出身的小资产阶级知识分子,叶伯和没有陶醉于既有名利地位,而是从普通民众的实际利益出发,冷峻谛视着现实社会各种不平等现象,专心办学,希望通过教育救国来启蒙民众。不仅如此,叶伯和非常推崇杜甫诗歌,有效继承杜甫关心民生疾苦的现实主义精神,赓续着杜甫沉郁顿挫的

---

① 叶伯和:《诗歌集》,上海华东印刷所 1920 年版,第 49 页。
② 叶伯和:《诗歌集》,上海华东印刷所 1920 年版,第 53 页。
③ 叶伯和:《诗歌集》,上海华东印刷所 1920 年版,第 11—12 页。

诗歌风格，在理性思考中透视着些许感伤情调。与此同时，叶伯和还是草堂文学研究会会刊《草堂》的核心召集人，他在诗歌《草堂怀杜甫》中把杜甫形象地比喻为"中国的弥尔顿"和"中国的歌德"。"杜公！你生当黄金时代，却抱着满腹底悲哀，你非无病呻吟，是伤心人别有情怀！杜公！你虽一去不复返，但你所居底草堂尚依然如故呵！你在草堂中产生底诗歌底生命，仍永续不断地与世长存呵！"① 可见，杜甫的忧国忧民思想曾经对叶伯和产生深刻影响。比如，叶伯和的《孩子孩子你莫哭》《做炭团的小孩》歌词如下：

《孩子孩子你莫哭》　叶伯和

孩子！孩子！你莫哭！听你爹爹向你说："你爹天天在教学；你妈整夜都工作，粗布一尺，要钱二百；白米一升，要银两角。两人劳力，养你一人，不能使你衣食足。"

孩子！孩子！你莫哭！如今社会是怎么？好好田地莫人耕；好好房屋变瓦砾。"一天出汗，没钱吃饭。""不耕不织，鲜衣美食。"重大问题，我不晓得，这个问题谁解决？②

本诗由两段式组成，句首以"孩子！孩子！你莫哭！"作为开头，句法自由灵活，形式多变，以父亲的口吻向孩子解释父母虽然整天辛苦工作，但由于四川地区连年军阀混战，田地荒芜，十室九空，物价飞涨，普通劳动人民的生活困苦不堪，但少数不耕不织者却丰衣足食，过着养尊处优的富贵生活，阶级矛盾非常尖锐，社会问题相当突出，亟须通过合理途径来解决现实矛盾问题。《孩子孩子你莫哭》具有现实主义诗歌的典型特征，感时忧国精神溢于言表，是四川地区底层人民生活的真实反映。与刘半农《相隔一层纸》、刘大白《卖布谣》、胡适《人力车夫》等早期白话新诗一样，都是五四时期底层社会矛盾问题的真实描摹，带有浓厚的启蒙主义精神。

---

① 叶伯和：《草堂怀杜甫》，《草堂》1922年第1期。
② 叶伯和：《诗歌集》，上海华东印刷所1920年版，第19页。

《做炭团的小孩》 叶伯和

炭末和灰,和泥,和水,做成了炭团。几个孩子,天天在捏,捏了又在团,团了又炼,炼了又捏,造成圆圆的。不曾休息,从早到晚,手足都似漆。

你看他呵!指头虽黑,心头却明白。偌大地球,当初创造,也是这样的。又看那些高车驷马,衣服鲜明的。表面虽洁,问他心事,怕比炭还黑。①

该诗由两段式构成,主要以白话文为主,句式变换多样,具有散文化倾向,部分语句没有挣脱过渡时期新诗的显著特征。在诗歌第一部分,作者运用白描手法,具体描绘制作炭团的孩童们的活动场景,他们在重复机械的循环动作过程中辛勤劳作,手足黑得如炭似漆,已经亲身体验现实生活的辛酸苦楚。小小年龄,为什么处于此种状态?是现实生活逼迫驱使,还是基于其他深层原因?这是值得思考的现实问题。在第二部分,诗歌话语出现陡转,形象呈现"高车驷马""衣服鲜明"的肉食者,尽管外表洁净,内心却是黑暗肮脏的。然而,那些指头灰黑地做炭团的孩子却内心明白,甚至清澈通透,充满着无限生机活力,可以看作五四时期启蒙主义思想的外在体现。

二,托物寄兴,借花抒怀,表现诗人对现实社会的深层感悟和思索,以《丹枫和白菊》《玫瑰花》《梅花》《兰花》《牡丹》等为代表性的诗歌。巴蜀地区山清水秀,风景秀丽,人杰地灵,自古以来就是历代文人寄情抒怀的理想之地。从青少年时期开始,叶伯和就陶醉在巴山蜀水的自然怀抱中,加上个人性格温和,不喜城市喧嚣浮华,独独青睐自然山水的静谧惬意,想借此寄托个人情怀。他说:"民国纪元前五年,我得了家庭的允许,同着十二岁的二弟,到东京去留学,从此井底的蛙儿,才大开了眼界,饱领那峨嵋的清秀;巫峡的雄厚;扬子江的曲折;太平洋的广阔:从早到晚,在我眼前的,都是些名山,巨川,大海,汪洋,我的脑子里,实在是把'诗兴'藏不住了!也就情不自禁的,大着胆子,写了好些出

---

① 叶伯和:《诗歌集》,上海华东印刷所1920年版,第20页。

来。"① 毫无疑问，植物花朵在各自季节自由绽放，不仅完美装扮着自然世界，也使用自己的花容姿态诠释着个体品格，成为自然界的美好精灵。不管是朴素冷淡的白菊、冰雪傲骨的梅花、清高纯洁的兰花，还是浓香的玫瑰和富贵的牡丹，都能够进入叶伯和的诗歌创作视野，成为诗人有效宣泄内心情感的重要方式。比如，《丹枫和白菊》《梅花》的歌词如下：

《丹枫和白菊》 叶伯和

美丽的枫叶，笑说淡素的白菊："看你这样朴素——冷淡，众人都轻待你；我本来也是青枝绿叶的，却跟着时令，——变成锦一样的红，众人都重视我"。白菊花也不回答他。

秋风过了！霜雪来了！什么花都谢了！白菊偏偏变了鲜红的颜色，在风雪中，更觉美丽！那枫树的叶子，却落得满山都是了！②

本诗也是由两段式组成，作者使用拟人化的简单白话，以枫叶的口吻讽刺白菊的"朴素"和"冷淡"，想借此炫耀自己的高贵和受人礼遇，但是，白菊不仅没有进行针锋相对辩解，也没有反唇相讥，而是保持沉默态度，显示自己谦虚的精神品质。当寒冬季节来临之时，白菊在风雪中傲然绽放，鲜红的颜色显得独树一帜，而枫叶却早已凋零满地，孤寂之感油然而生。正是在丹枫和白菊对比过程中，叶伯和寄寓着自己的人生感悟和哲理思考，是非正误不言自明。

《梅花》 叶伯和

百花次第都开放，是要欢迎"春光"。梅花怎么你先开，不等同伴一齐来？是冰雪压开了你；是东风吹醒了你；还是你的自决？

你是有香有色的，何处不占一席！你何必这般急进，是否想导引全国？百花尚在睡梦中，你独自先求醒觉。你的脑筋，真敏活！③

---

① 叶伯和：《诗歌集》，上海华东印刷所1920年版，第18页。
② 叶伯和：《诗歌集》，上海华东印刷所1920年版，第3—4页。
③ 叶伯和：《诗歌集》，上海华东印刷所1920年版，第15页。

本诗由两段式组成，作者运用个性化语言，把梅花和其他千百花并置对比，以群芳次第开放迎接"春光"，梅花却在寒冬季节提前绽放，以此显示梅花的孤绝性格，看似不合群，实则另有深意。王冕在《白梅》中说："冰雪林中著此身，不同桃李混芳尘。忽然一夜清香发，散作乾坤万里春"。在世俗眼光看来，梅花的急进和独异个性，很容易引起群芳嫉妒和误解，似乎存在着抢占风头、引领潮流的嫌疑，实则梅花最早觉醒，显示出自己不同凡响，应该得到赞颂，而不该遭受故意排斥或诽谤。

三，真实描摹自然生活场景，言此及彼，彰显诗歌的哲理意蕴。比如，《念经的木鱼》《钟声》《铅笔》《预料》都属于此种诗歌类型。五四前后，早期白话新诗创作处于转折时期，许多诗人除了采用白描手法之外，也经常运用比喻和象征来抒情达意。实际上，现实生活本身是丰富多彩的，具有不同维度和侧面。诗人的独异之处在于善于捕捉事物的多样性和复杂性，能够厘清彼此之间的深层次关系。正如叶伯和先生所说："'学文学的人，不懂音乐，美术，必写不出好诗；学音乐美术的人，不懂文学，必成了乐工，画匠，雕匠……'，可见这三件事，关系很密切。"[①] 实际上，诗歌和文学具有天然密切的联系，二者在相互阐释中集聚无限力量。作为早期白话新诗的拓荒者之一，叶伯和具有创新意识，善于拓展延伸思维，能够把日常生活升华成哲学思考，给人一种豁然开朗之感。与沈尹默的《月夜》、胡适的《老鸦》、刘半农《相隔一层纸》等早期白话新诗相似，《念经的木鱼》《钟声》都是勾勒生活场景之时，在诗歌结尾部分调转话题，蕴含着深刻内涵，催人省思。

《念经的木鱼》　　叶伯和

剥——剥——剥剥——剥，人家讲道，你也讲道；人家说佛，你也说佛。你为什么自己不说，要让人家替你说？

剥——剥——剥剥——剥，白日也在说，夜里也在说。好的你也说，坏的你也说。"那何尝是我自己要说，是人家敲得我哭。"[②]

本诗由两段式组成，诗人在开头运用拟声词和口语化语言，生动描述

[①] 叶伯和：《诗歌集》，上海华东印刷所1920年版，第47—48页。
[②] 叶伯和：《诗歌集》，上海华东印刷所1920年版，第17—18页。

"被动"念经的木鱼已经丧失主体性,不能把握自己命运。不管是讲道,还是说佛,木鱼只有随波逐流,心中有苦难言,难以倾吐实情,唯有成为被人任意摆布的木偶道具。这里,叶伯和以"念经的木鱼"为中介物,通过对其失去自我的形象塑造,目的在于启蒙普通民众觉醒起来,以防止被代言的命运降临,带有五四时期现实主义诗歌的典型特征。

《钟声》 叶伯和

在那自由空气之中,传播一种声浪。他的发人猛省之音,充满了世界十方。沉沉的睡狮,久鼾卧榻上。这回是被他惊醒了,你看他的大力量!

在那自由空气之中,传播一种声浪。他的和平清越之音,充满了世界十方。眈眈的猛虎,逞志疆场上。这回是被他惊退了,你看他的大力量![1]

本诗由两段式组成,句首分别以"在那自由空气之中,传播一种声浪"出现,后面诗歌句式总体相似,仅仅是更换个别词语,结构整饬,回环往复,吟咏迭唱,显得富有音乐性。作者借助"钟声"的猛醒、清越之音,企图唤醒酣睡的国民尽早觉悟起来,世界各国正在飞速发展,倘若中华民族依然沉醉在虚幻梦境中,就可能完全失去良好发展机遇。此时,"钟声"既是真实的物象,也是对警示之钟的象征比拟,其力量之大实在催人醒悟。

总而言之,《诗歌集》所收录的诗歌形式自由灵活,变化多样,基本摒弃中国古典诗歌的模式化倾向。胡适说:"形式上的束缚,使精神不能自由发展,使良好的内容不能充分表现。若想有一种新内容和新精神,不能不先打破那些束缚精神的枷锁镣铐。因此,中国近年的新诗运动可算得是一种'诗体大解放'。因为有了这一层诗体的解放,所以丰富的材料,精密的观察,高深的理想,复杂的感情,方才能跑到诗里去。五七言八句的律诗决不能容丰富的材料,二十八字的绝句决不能写精密的观察,长短

---

[1] 叶伯和:《诗歌集》,上海华东印刷所1920年版,第18—19页。

不一的七言五言决不能委婉达出高深的理想与复杂的感情。"① 在内容上，叶伯和《诗歌集》提倡个性解放，富有启蒙主义精神，体现五四时期特殊的文化境遇和社会特征，当属新诗草创期的典范之作。作为一位音乐家兼诗人，叶伯和在四川高等师范学堂任教期间，专心于音乐教育事业，架起诗歌和音乐之间的沟通桥梁，成为早期新诗创作试验的代表人物之一。"诗要兼造形与音乐之美。在人们神经上振动的可见而不可见，可感而不可感的旋律的波，浓雾中若听见的远远的声音，夕暮里若飘动如不动的淡淡的光线，若讲出若讲不出的情肠才是诗的世界。"② 实际上，理想的具有创造性的诗人，不仅对语言和外部世界特别敏感，而且需要音乐天赋作基本支撑。"许多有名的诗人，都是音乐家，这是一种必然的现象，——我想是音乐家而非诗人的人，他心中也必是充满了调和的，音节的，诗歌的，只是没有发动的东西，所以没有叫出来，——真正的诗人，他胸中充满了的情调，有时对于'无声之音'也有极和谐愉快的情感，（如陶之无弦琴）这不是他对于音乐的玩赏，已经进而超到神妙的境地去了吗？"③ 因此，叶伯和的很多新诗在结集出版之后，引起许多人的浓厚兴趣，普通读者和研究者的肯定刺激着其继续进行诗歌创作。因此，叶伯和依凭自己的知识结构优势，较早赋予白话新诗以节奏韵律，使之成为"白描的歌"，表明他不自觉地继承中国古典诗歌的优秀传统，正在尝试开辟中国新诗嬗变演进的新路径。

毫无疑问，叶伯和在新诗形式和内容方面是贡献卓著的，然而他在中国新诗发展史上却长期默默无闻，几乎没有产生社会影响力。许多人似乎对叶伯和的名字有所耳闻，可能是基于他在中国音乐发展史上的突出成就。倘若追溯叶伯和白话新诗创作的确切时间，大致在1915年前后，要比胡适在美国进行白话新诗试验早了将近两年。但是，由于胡适在中国社会诸多领域的重要地位，"新诗的发明人"的荣誉桂冠就被胡适独自摘取，而位于巴蜀地区的叶伯和却没有如此机缘。事实上，"叶伯和的独特之处就在于，他很早就意识到了诗体创制与音乐旋律之间的密切关系，试图通过诗与乐的对话走出一条新路，《诗歌集》将诗与歌并置探讨就是这

---

① 胡适：《谈新诗——八年来一件大事》，欧阳哲生编《胡适文集》（第二卷），北京大学出版社1998年版，第134页。
② 蔡清富、穆立立编：《穆木天诗文集》，时代文艺出版社1985年版，第263页。
③ 叶伯和：《诗歌集》，上海华东印刷所1920年版，第12—13页。

样的用意,换句话说,这里体现了一位音乐家对韵文艺术的特殊敏感,可惜,在当时似乎有点曲高和寡,最后长期被历史遗忘。"① 通过对《诗歌集》中"白描的歌"的具体阐释,可以说,叶伯和在中国新诗发生史上应该占据重要地位,这就有可能重构中国现代诗歌发展史的部分命题。"叶伯和的新诗创作选择参与到了白话新诗发生的第二条路径——在胡适的借鉴西方文学民族语言(白话口语)复兴历史,输入外来诗歌样式之外,从'乐歌'创作中获得灵感,由'唱'而'写',借助音乐旋律的启示构建白话口语入诗的可能。"② 最后,值得注意是,叶伯和创作的白话新诗,大部分都是在新式学堂中间广泛传唱的"乐歌",因此,叶伯和不仅是一位白话新诗尝试者,也是一位学堂乐歌创作者。

第二节 诗乐相融:赵元任《新诗歌集》的诗学意义

梁实秋说:"旧诗的种种无聊的过度的不合时宜的桎梏,固有解脱之必要,且此种解脱之趋势在适之先生之前亦已略发其端倪,但是我们却不该于解脱桎梏之际而遂想求打破一切形式和格律。自由是要的,放肆是要不得的;镣铐是要不得的,形式与格律仍是要的。但是十几年来一般人都似乎隐隐约约的有一种共同的观念,以为现在我们写白话诗了,什么形式技巧都不必要了,我们要的是内容,诗和散文的分别不在形式。"③ 实际上,胡适、刘半农、沈尹默、康白情等在创作早期白话新诗之时,更多是着眼于白话取代文言,而对诗歌的音乐特征却重视不够,这就直接导致早期新诗缺乏节奏韵味,歌性不足。在那个矫枉过正的特殊历史时代,"诗人们清醒地意识到他们写诗不是为了朗诵与咏唱,他们似乎在追求诗的无声境界,做着一种创作有别于传统诗歌概念的更具有诗之本质的'纯诗'的努力。这种纯诗无论在形式或在内涵上都是更为精粹的与'诗的',是专供阅读的书面文本。一种新的美学追求已在无声中形成,诗歌内部也同时进行着一场裂变:这就是诗与歌的分离。"④ 针对早期白话新

---

① 李怡:《边缘性、地方性与中国现代文献学的着力方向》,《四川大学学报》2019 年第 6 期。
② 李怡:《中国早期新诗探索的四川氛围与地方路径》,《文艺争鸣》2020 年第 11 期。
③ 《梁实秋文集》编辑委员会编:《梁实秋文集》(第一卷),鹭江出版社 2002 年版,第 402 页。
④ 吴晓、曹苇舫:《诗与歌的分离》,《诗探索》2002 年第 3—4 辑。

诗的现实弊病，闻一多、徐志摩、朱湘、陈梦家、饶孟侃等人清醒意识到，新诗要想继续朝着正常态势发展，唯有向中国古典诗歌传统寻找可资借鉴的理论资源，再对其进行创造性转化发展，最终提出"诗歌三美"（音乐美、绘画美、建筑美）的理论主张，重新把新诗创作引向规范化道路；另外，著名语言学家赵元任对胡适、刘半农、刘大白、徐志摩等人的部分白话新诗进行加工改造，运用西洋音乐和民族音乐相融合的曲谱调式，使之成为能"歌"的诗和充满"诗"性的歌，有效促进白话新诗在民间社会的广泛传播，这可能是中国新诗经典化的第二条路径选择。

赵元任《新诗歌集》（商务印书馆1928年版）主要由谱头语、序、正谱、简谱、歌词字音表、歌注等不同部分构成，共收录《他》《小诗》《上山》《也是微云》《瓶花》（胡适词）《听雨》《教我如何不想她》《茶花女中的饮酒》《织布》（刘半农词）《卖布谣》（刘大白词）《海韵》（徐志摩词）、《过印度洋》（周无若）、《秋钟》（赵元任）、《劳动歌》（词见〈星期评论〉）14首诗歌，堪称现代中国彰显五四时代精神的第一本歌曲集。《新诗歌集》是中国现代新诗和音乐融合的重要开端，被萧友梅称为"替我国音乐界开了新纪元"。"尝过吟旧诗的滋味者，往往病白话诗只能读而不能吟，因而说它不能算诗。这句话里的吟字的意义很可以研究研究。所谓吟诗吟文，就是俗话所谓叹诗叹文章，就是拉起嗓子来把字句都唱出来，而不是说话时或读单字时的语调。"① 正是在新诗和旧诗相互比照过程中，赵元任充分发挥自己的音乐天赋和鉴赏能力，创造性地把新诗"拉起嗓子唱起来"，重拾中国诗歌深厚的音乐文化传统，使新诗语言显得具有节奏韵律感，在一定程度上部分规避早期白话新诗的外在弊病。"诗歌虽有眼看的和嘴唱的两种，也究以后一种为好；可惜中国的新诗大概是前一种。没有节调，没有韵，它唱不来；唱不来，就记不住，记不住，就不能在人们的脑子里将旧诗挤出，占了他的地位。……我以为内容且不说，新诗先要有节调，押大致相近的韵，给大家容易记，又顺口，唱得出来。但白话要押韵而又自然，是颇不容易的。"② 可以说，赵元任的《新诗歌集》创造性地开辟中国诗歌的"诗乐相融"的崭新道路，在中国新诗发展过程中具有特殊意义。

赵元任曾经花费六年时间精力为《新诗歌集》搜罗素材，但是，除

---

① 赵元任：《新诗歌集》，商务印书馆1928年版，第5页。
② 鲁迅：《致窦隐夫》，《鲁迅全集》（第十三卷），人民文学出版社2005年版，第249页。

了《秋钟》是自己作词之外，仅仅选择十二首半歌词（《瓶花》上半首是旧诗），其背后深层原因着实令人深思。萧友梅说："第一，近来新诗作品并不少，可惜作诗者未有预备给人家谱曲，所以做成的诗歌，百分之九十九，只易于读，不易于歌唱；第二，新诗作者为保留他的著作权，往往不愿意送给作曲者做歌曲的资料。"① 其中，胡适的五首白话新诗竟然被赵元任遴选后加以采用，可见他对胡适的白话新诗创作是推崇的。值得注意的是，赵元任在为胡适诗歌谱曲之时，几乎没有对其进行重新加工改造，从而适应歌词曲谱的变化，而是基本保留胡适诗歌创作初期的整体形态。比如，"你心里爱他，莫说不爱他。要看你爱他，且等人害他。倘有人害他，你如何对他？倘有人爱他，更如何待他？"（《他》）。"也想不相思，可免相思苦。几次细思量，情愿相思苦！"（《小诗》）。仅仅是在《上山》中，赵元任对歌词略有改动："'我头也不回'后添一个接音的'呀'字，'小心点！努力！'比原文重复的遍数多，'打开了一线路'，'线'字前添'条'字。'好了，好了，……'几句在增订版删去了，现在从原版。还有唱到'两条腿都软了'，常常有人听了笑，倒笑坏了这地方的音乐了，我就索性加了两条'攀藤'的胳臂进去，唱'四肢都觉软了'，后来居然就没有人笑了。"② 实际上，胡适在创作早期白话新诗之时，并没有刻意把诗歌变成歌词传唱，但却被赵元任慧眼选中，这也反映胡适早期白话新诗并不完全缺乏音乐性。因此，胡适对于新诗的音节和韵律是有独特认识的。他说："诗的音节全靠两个重要分子：一是语气的自然节奏，二是每句内部所用字的自然和谐。至于句末的韵脚，句中的平仄，都是不重要的事。语气自然，用字和谐，就是句末无韵也不要紧。"③ "至于用韵一层，新诗有三种自由：第一，用现代的韵，不拘古韵，更不拘平仄韵。第二，平仄可以互相押韵，这是词曲通用的例，不单是新诗如此。第三，有韵固然好，没有韵也不妨。新诗的声调既在骨子里，——在自然的轻重高下，在语气的自然区分，——故有无韵脚都不成问题。"④ 比如，表面看来，《也是微云》的句子平仄和韵脚都不太合乎音

---

① 萧友梅：《介绍赵元任先生的新诗歌集》，《乐艺》1930 年 4 月第 1 卷第 1 号。
② 赵元任：《新诗歌集》，商务印书馆 1928 年版，第 85 页。
③ 胡适：《谈新诗——八年来一件大事》，欧阳哲生编《胡适文集》（第二卷），北京大学出版社 1998 年版，第 141 页。
④ 胡适：《谈新诗——八年来一件大事》，欧阳哲生编《胡适文集》（第二卷），北京大学出版社 1998 年版，第 144 页。

乐规范，但是诗歌语气自然，用字和谐，整体来看充满节奏感，音乐性弥散在诗歌的骨子里面。其歌词如下：

《也是微云》 胡适

也是微云，也是微云过后月光明。只不见去年的游伴，也没有当日的心情。不愿勾起相思，不敢出门看月。偏偏月进窗来，害我相思一夜。①

刘半农也是五四新文化运动中的重要健将之一，在新诗创作、语言科学、民间文艺等诸多领域成绩卓著。他的《织布》《听雨》《教我如何不想她》《茶花女中的饮酒》等被赵元任选入《新诗歌集》，诗歌入选数量仅次于胡适。作为一位富有创造性的新诗倡导者，刘半农在《我之文学改良观》中就主张破坏旧韵，重造新韵，提倡增多诗体和使用今语作曲，得到同时代许多新诗创作者积极支持。之后，他身体力行，在新诗创作中逐步实践上述理论主张。比如，《教我如何不想她》之所以后来成为经典名曲，主要原因不仅在于其诗歌形式回环往复，感情浓烈，富有节奏感，而且还在于赵元任恰当运用中西音乐融合的基本技巧，使歌词和旋律得到完美配合，二者相得益彰，完美把歌曲情绪逐渐推向高潮。"在旋律组织与发展中以伴奏的手法上都抓住一个抒情性的主要节奏型不放，采用各种和应、补充、模进、发展以及转调等等艺术手法，自然而又舒畅地发挥了诗人的感情，使无声的文字变成有声的诗的音乐。"② 不仅如此，"裹头的过门大半是'中国派'，歌调儿除了'啊！燕子，你说些什么话？''枯树在冷风里摇，野火在暮色中烧'，三句以外，其余的也都是'中国派'，而且'叫我如何不想她'那句头三次的唱法有点像西皮原板过门的末几字（'尺六工四上尺上'）。"③ 正是上述因素共同发酵，才使《教我如何不想她》成为中国现代音乐史上的传世之作。另外，"织布织布，朝织丈五，暮织丈五。今人化古，尚余丈五，吁嗟辛苦！"（《织布》）"我来北地将半年，今日初听一宵雨。若移此雨在江南，故园新笋添几许"（《听

---

① 赵元任：《新诗歌集》，商务印书馆1928年版，第16—17页。
② 赵如兰：《赵元任音乐作品全集》，上海音乐出版社1987年版，第2页。
③ 赵元任：《新诗歌集》，商务印书馆1928年版，第86页。

雨》），经过赵元任重新谱曲，在视听效果上也显得别具一格。作为早期新诗翻译的先行者，刘半农重视运用白话文来进行自由诗体的翻译方式，有效冲破旧体格律诗的形式规范，对中国诗歌体式的现代转型具有促进作用。比如，《茶花女中的饮酒歌》是刘半农的译词，呈现五四时期翻译诗歌的显著特征。"这个歌是要用一种不负责任的态度唱的，tempo 要很快，而且拍子要明显。两次'嚇！'可以不必唱，就用语调嚷一声也行。这个曲的伴奏很快，要是弹不及的，在左手有八音重叠的地方可以省去一个音，就容易一点了。"① 《茶花女中的饮酒歌》歌词如下：

《茶花女中的饮酒歌》　刘半农

  这是个东方色彩的老晴天，大家及时行乐罢！嚇！若要有了这明媚风光才行乐，那又是糊涂极顶太可怜！我们是什么都不提，只要是大家舒舒服服笑嘻嘻。也不管天光好不好，只要是笑眼瞧着酒杯中，杯中的笑眼相回瞧。

  天公造酒又造爱，为的是天公地母常相爱。人家说我们处世太糊涂，算了罢！要不糊涂又什么？你们爱怎末说就怎么说……，我们爱怎么做就怎么做……。你便是一个最利害的检查官，请你来瞧一瞧我们酒杯罢，嚇！保你马上的心回意转……，意满心欢。②

《过印度洋》是周无若（周太玄）在留学法国途径印度洋之时创作的，表达一代青年学子去国怀乡之情，诗歌的音韵缠绵而悠远，后刊载在少年中国学会会刊《少年中国》（1919 年 8 月 15 日第 2 期）上，曾被胡适认为"初做的新诗都带着词、曲的意味音节"。"这首诗很可表示这一半词一半曲的过渡时代了。"③ 后来，《过印度洋》被许德临收录于《分类白话诗选》，1922 年，经过赵元任谱曲之后成为脍炙人口的艺术歌曲。作为学贯中西、博古通今的一代通才，周无若和赵元任在诸多方面具有相似性。原文"飕飕，吹散一天云雾一天愁"在诗歌中间仅仅出现一次，

---

① 赵元任：《新诗歌集》，商务印书馆 1928 年版，第 86 页。
② 赵元任：《新诗歌集》，商务印书馆 1928 年版，第 20—22 页。
③ 胡适：《谈新诗——八年来一件大事》，欧阳哲生编《胡适文集》（第二卷），北京大学出版社 1998 年版，第 139—140 页。

但为了音乐谱曲的需要,赵元任把它变调重新复唱一遍,在客观上有效增强歌曲的音韵效果,使其具有西洋派的音乐特征。值得注意的是,赵元任对此在歌曲中"都有一个别出心裁的安排,力度上都为前一个'飕飕'是'mf',后一个是'p',音高上前一个为高八度,后一个为低八度,这样的处理,使得这种风声犹如回音一般。"① 作者在"天"和"水"两个不同视域内描绘海洋风光,使用"黑水""孤舟""海鸥""雪浪""船头"等诸多意象,在平静的速度和蔓延向上的旋律中抒发游子的愁苦情绪,意境高远,情感真切,在社会传唱中经久不衰。《过印度洋》的歌词如下:

《过印度洋》 周无若

圆天盖着大海,黑水托着孤舟。也看不见山,那天边只有云头。也看不见树,那水上只有海鸥。哪里是非洲?哪里是欧洲?我美丽亲爱的故乡却在脑后!怕回头,怕回头,一阵大风,雪浪上船头。飕飕,飕飕,吹散一天云雾一天愁。飕飕,飕飕,吹散一天云雾一天愁。②

《秋钟》是《新诗歌集》中唯一一首由赵元任本人作词的歌曲,曾刊载于《国音新诗韵》。作者运用多个拟声词"屑屑屑屑""轰轰轰""冬冬冬"来具体形容"落叶""钟声""风声",通过多种不同声音的交汇融合,最终谱写出萦绕耳畔的"秋天奏鸣曲",在不停地转调及伴奏的使用中营造深秋的独特意境。"这完全是个写声的音乐,那些半拍上打下的音就是钟声,尤其是在一重一轻的地方,因为琴弦颤动很大的时候,接着又有槌子轻轻的碰一下,就发出一种特异的像钟的声音。两次并行三度的'run'就是轻风,三次十二律相联的'run'就是急风。还有左右手的音参差的地方,跟那些小三音(triplets)就是落叶吹来吹去飞来飞去的样子。"③ 正是在上述声音的三重变奏之中,舒缓和峻急的音乐旋律相互交

---

① 谢小兰:《赵元任艺术歌曲演绎中的"诗意乐景"研究》,硕士学位论文,湖南师范大学,2009年。
② 赵元任:《新诗歌集》,商务印书馆1928年版,第2—4页。
③ 赵元任:《新诗歌集》,商务印书馆1928年版,第86页。

织,似连似断,成为深秋时节令人心醉的美好幻境。《秋钟》的歌词如下:

《秋钟》 赵元任

钟一声一声地响,风一阵一阵地吹,吹到天色渐渐地暗了,钟声也断了,耳朵里还像似有屑屑屑屑,吹来吹去,飞来飞去的落叶,冬冬冬的钟声,似远似近,和那轰轰轰的风声,似有似绝。①

《瓶花》是由两段式组成,前半部分的七言绝句由南宋诗人范成大所作,后半部分的白话新诗则由胡适所创作,二者在文言和白话的新旧对照中形成张力,带有五四时期早期白话新诗发展进化的基本特征。为了谱曲的现实需要,赵元任把"不是羡慕烛照香薰"改为"不是羡慕那烛照香薰",其他部分维持原貌。赵元任使用中西对照的艺术手法,在节奏、旋律、和声、花音等方面进行艺术改造,前半部分运用"吟诗调儿",后面在大调、小调的复杂流转中彰显艺术效果,可以说是常州吟诵曲调的代表性歌曲。单就胡适所创作的后半部分新诗而言,句式变换灵活多样,音节自然流畅,充满音乐性。胡适后来逐渐意识到,倘若诗歌句法过于整齐的话,就可能牺牲白话的字和白话的文法,以至于不得不迁就五七言的句法:"音节一层,也受很大的影响;第一,整齐划一的音节没有变化,实在无味;第二,没有自然的音节,不能跟着诗料随时变化。因此,我到北京以后所做的诗,认定一个主义:若要做真正的白话诗,若要充分采用白话的字,白话的文法,和白话的自然音节,非做长短不一的白话诗不可。这种主张,可叫做'诗体大解放'。诗体的大解放就是把从前一切束缚自由的枷锁镣铐,一切打破:有什么话,说什么话;话怎么说,就怎么说。这样方才可有真正白话诗,方才可以表现白话的文学可能性。"② 正是这种独特创作体验,让胡适真正成为新诗体式解放的重要推动者。《瓶花》的歌词如下:

---

① 赵元任:《新诗歌集》,商务印书馆1928年版,第8—9页。
② 胡适:《尝试集·自序》,欧阳哲生编《胡适文集》(第九卷),北京大学出版社1998年版,第81页。

《瓶花》 范成大 胡适

"满插瓶花罢出游,莫将攀折为花愁。不知浊照香薰看,何似风吹雨打休"。不是怕风吹雨打,不是羡慕那烛照香薰,只喜欢那折花的人,高兴和伊亲近。花瓣儿纷纷的谢了,劳伊亲手收存。寄与伊心上的人,当一封没有字的书信,当一封没有字的书信。①

可以看出,赵元任把14首诗歌经过加工谱曲之后,赋予它们以符合自身语言特征的节奏韵律,把其由静态文本转化为动态文本,初步改变中国新诗的基本存在样态,"吟唱"重新开始成为中国诗歌经典化的重要方式,对中国新诗的传播接受具有积极作用。实践证明,中国新诗要想迅速占据文坛主流地位,初步实现在读者中间广泛传播,必须要在语言和节奏方面下苦功夫。叶维廉在谈到白话文的兴起之时说:"是负有任务的,那便是要将旧思想的缺点和新思想的需要'传达'给更多的人,到底'文言'是极少数知识分子所拥有的语言,而将他的好处调整发挥到群众可以欣赏、接受是需要很多时间的,起码在当时的历史条件下,大家不能等。"② 因此,白话代替文言已经成为时代需要,极大推动着中国现代文学的形式变革。客观来讲,胡适等人早期"坚持要用白话作诗,以抢夺下白话文学这场战争中的最大壁垒,分析到最后,还是因为诗毕竟是文学最精纯的结晶,是文学艺术的极致表现。诗这个用以言志的战场可以攻下,白话文的成功才可以得到终极的保障"③。除此之外,作为社会文化活动的中国诗歌"不可能完全脱离了音乐性的发展。因为从艺术精神的角度来看,诗歌之所以是诗歌,就在于它不仅是文化精英们的写作和阅读活动,而且还应当是诗人对公众的情感召唤活动。而要直接打动听众感官的情绪,运动节奏是诗歌要产生情感召唤的力量所不可缺少的特质,这正是音乐性的特质"④。正是基于上述考虑,经过数年的认真遴选,赵元任

---

① 赵元任:《新诗歌集》,商务印书馆1928年版,第23—25页。
② 叶维廉:《中国诗学》,生活·读书·新知三联书店1992年版,第216—217页。
③ 李孝悌:《清末的下层社会启蒙运动:1901—1911》,河北教育出版社2001年版,第287页。
④ 高小康:《在"诗"与"歌"之间的震荡》,《文学评论》2002年第2期。

把那些具有"自然的音节"的新诗加以谱曲，使之成为能"歌"的诗和具有"诗"性的歌，开辟中国新诗和音乐融合的新路径，可谓在中国现代诗歌发生史上具有里程碑意义。

赵元任清楚地看到胡适等人早期白话新诗的显著弊端，因此，他在《新诗歌集》中对14首诗歌进行谱曲的时候，不仅有意识地吸取我国民歌小调、吟诗调、民间戏曲、说唱的音调等，注重结合我国语言声韵和不同方言的具体特点来创作，而且大胆融入西洋音乐，认为简单引用西洋多声技巧（和声技法）来结合中国民族音调是完全不科学的，存在着许多风格不协调的矛盾问题，这是我们需要特别警醒的。比如，赵元任在为《卖布谣》谱曲之时，可以把本歌稍为改动几处，甚至提出要使用无锡语音来演唱，就是运用这种音乐曲调主张的现实体现。他说："这个歌用五拍子似乎很奇怪，其实中国的音乐理论上虽然没有'一板四眼'的音乐，而在读韵文（例如有些祭文）的时候，差不多总是用五拍子。所以这个歌的旋律（rhythm）倒一点不是学什么Tschaikowski的玩意儿，简直就是用中国的节律就是了。歌调也大都是'中国派'，到了'土布粗，洋布细，……'那几句，因为讲的是洋货，所以在和声方面也大用而特用起洋货来。"[①] 此种根据词意内容要求对旋律进行适当的、细节性的变化，充分彰显赵元任具有大胆的音乐创造力和感受力，使之成为"诗中有乐，乐中有诗"，属于20世纪20年代中国诗歌和音乐融合的典范之作。"诗歌的生命在于音乐，在具有便于大家参与的能起'传染'作用的那种音乐。就在这个认识的基础上，我坚信诗歌如果想在人民大众中扎根，就必须有一些共同的明确的节奏，一些可以引起多数人心弦共鸣的音乐形式。"[②] 饶有意味的是，学术界似乎对赵元任《新诗歌集》的诗学价值重视不够，并没有深入揭示其在中国新诗发展过程中的价值意义，这是需要我们认真反思的事情。

第三节　歌诗体：一种新的文学体裁的崛起

绪论已经谈到，诗教和乐教相互融合构成中国古典诗歌创作的历史传统，尽管明清之后已经逐渐出现局部分离现象，但是，倘若换一种角度来

[①] 赵元任：《新诗歌集》，商务印书馆1928年版，第82页。
[②] 朱光潜：《一个幼稚的愿望》，《诗刊》1957年第6期。

审视本问题，就会发现中国诗歌的发展演进历史并不是完全遵循从"歌"到"诗"的逻辑规则，而是一个在"歌"与"诗"、音乐性和文学性之间振荡生成的复杂历史。时至晚清，许多新式知识分子怀抱着音乐救国的美好理想，创作中西兼采的学堂乐歌，从此在各种新式学堂和城市乡野唱响，成为接续中国古代音乐文化传统的重要环节，标志着一种新的文学体裁正在崛起。"欲发达音乐，第一当研究歌学，第二当研究曲学。何谓歌学，即作歌学也，何谓曲学，即作曲学也。不知作歌学，而知中国相习自然之歌学，则可作歌，以吾国歌学素发达也。不知作曲学，而知中国旧时之旋律，则万不可作曲，以欧洲音乐曲之进步驾于吾国也。……歌之意想，歌之体裁，歌之材料，吾不如人，然犹可以自尊，以吾旧学犹在也。曲之旋法，曲之进行，曲之调和，吾不如人，然我决不能自夸，以吾雅音不再也。"① 作为一种"歌诗体"的音乐文学样式，学堂乐歌是在西乐东渐的历史背景中产生的，不但继承中国古典诗歌的音乐传统，也大量汲取外国音乐曲调的宝贵资源，有效激活时断时续的中国古典诗歌音乐传统，在"能吟能唱，能诗能歌"的社会转型氛围中，重新把"颂诗"推向"歌诗"的发展阶段，这就使学堂乐歌自身带有浓厚的平民化色彩，浑然摒弃许多贵族化气息，有利于在民间社会广泛传播。

中国古代诗歌的音乐传统可谓历史悠久，底蕴深厚，一直受到研究者高度重视，研究成果丰硕。"盖欲改造国民之品质，则诗歌、音乐为精神教育之一要件，此稍有识者所能知也。中国乐学，发达尚早。自明以前，虽进步稍缓，而其统犹绵绵不绝。前此凡有韵之文，半皆可以入乐者也。"② "盖自明以前，文学家多通音律，而无论雅乐、剧曲，大率皆由士大夫主持之，虽或衰靡，而俚俗犹不至太甚。本朝以来，则音律之学，士夫无复过问，而先王乐教，乃全委诸教坊优伎之手矣。"③ 作为我国最早一部历史文献汇编，《尚书》对"文学"概念进行定义："诗言志，歌永言，声依永，律和声，八音克谐，无相夺伦，神人以和。"可以看出，中国古代诗歌和音律之间存在密切关系，这也成为中国古代音乐文学的基本

---

① 曾志忞：《音乐教育论》，张静蔚编选、校点《中国近代音乐史料汇编（1840—1919）》，人民音乐出版社 1998 年版，第 205 页。

② 梁启超：《饮冰室诗话·七七》，汤志钧、汤仁泽编《梁启超全集》（第三卷），中国人民大学出版社 2018 年版，第 215 页。

③ 梁启超：《饮冰室诗话·七七》，汤志钧、汤仁泽编《梁启超全集》（第三卷），中国人民大学出版社 2018 年版，第 215 页。

第五章　学堂乐歌与中国新诗的话语实践　205

溯源。之后，诗歌、音乐、舞蹈三位一体，相互依存，构成中国古代诗歌混合性的显著特质。比如，《乐记》中说："凡音者，生人心者也。情动于中，故形于声。声成文，谓之音。是故治世之音安，以乐其政和。乱世之音怨，以怒其政乖。亡国之音哀，以思其民困。声音之道与政通矣。"①"故歌之为言也，长言之也。说之，故言之；言之不足，故长言之；长言之不足，故嗟叹之；嗟叹之不足，故不知手之舞之，足之蹈之也。"② 与此同时，《诗经》包括风、雅、颂，合计305篇，不管是雅乐，还是郑声，在描述自然和寄情抒怀之时，歌唱是它们在朝野上下普遍流行的外在形式。"诗者，声诗也，出于情性。古者三百篇之诗皆可歌，歌则各从其国之声。"③ 之后，楚辞在南方社会逐渐兴起，成为中国古代音乐文学的重要实绩。比如，屈原的《离骚》《招魂》《大招》《九歌》《卜居》《渔父》《九章》《远游》等经典篇目，不论是歌辞，还是声谱，都属于"歌诗体"的范畴。谢无量在《楚辞新论》中说："当年《楚辞》的好处，第一种在他的音节，第二种在他所合的乐，第三在他歌唱时那种姿势（或者是近于舞蹈，及后世戏剧的动作），最后才是他的文词。现在前三种都没了，单剩下这不实不尽诗赋一般的句子，怎么能完全看见他的好处呢？"④ 时至汉代，乐府诗曾经开创文学风气之先，逐渐成为汉代文学的主流文体。在不同历史时期，蔡邕在《宋书》中把乐府诗分为四类，吴讷在《文章辨体》中把乐府诗分为九类，郭茂倩编《乐府诗集》把乐府诗分为十二类，真可谓标准不同，结论不一。但是，作为汉代时期的音乐文学，乐府诗呈现出鲜明的音乐性和平民化色彩，成为歌诗体在民间社会传唱的典范之作。进入唐代，诗歌出现新旧音乐更新交替的历史时期，乐府体已经完成基本使命逐渐退出历史舞台，文坛开始出现代表唐代音乐文学的新文体——绝句。宋代胡仔在《渔隐丛话后集》中说："唐初歌辞，多是五言诗，或七言诗，初无长短句。自中叶以后，至五代，渐变成长短句，及本朝，则尽为此体。"⑤ 到宋代，词开始成为一种音乐文学，在民间社会流行甚广。比如，《浣溪沙》《菩萨蛮》《临江仙》《西江月》

---

① 杨天宇撰：《礼记·译注》（下卷），上海古籍出版社2004年版，第468页。
② 杨天宇撰：《礼记·译注》（下卷），上海古籍出版社2004年版，第508页。
③ 吴文治：《宋诗话全编》（第四册），凤凰出版社2006年版，第3465页。
④ 谢无量：《楚辞新论》，商务印书馆1923年版，第63页。
⑤ 胡仔纂集，廖德明校点《苕溪渔隐丛话·后集》（第三十九卷），人民文学出版社1962年，第323页。

《渔歌子》《醉花间》《长相思》《清平乐》《采莲子》《破阵子》《雨铃霖》《生查子》等诸多词牌,均深受许多词人推崇,他们在创作之时,严格按照词牌规范来填词,积极融入歌诗体的音乐元素,在中国古代文学史上影响深远。沈括在《梦溪笔谈》中说:"古之善歌者有语:谓'当使声中无字,字中有声'。凡曲止是一声清浊高下如萦缕耳;字则有喉唇齿舌等音不同,当使字字举本皆轻圆,悉融入声中,今转换处无磊块,此谓'声中无字',古人谓之'如贯珠',今谓之'善过度'是也。如宫中字而曲合用商声,则能转宫为商歌之,此'字中有声'也,善歌者谓之'内里声'。不善歌者,声无抑扬,谓之'念曲';声无含韫,谓之'叫曲'。"① 到元和明代,杂剧在兴盛之后,传奇开始流行,单就杂剧来讲,不管是北曲,还是南曲,都属于音乐文学的基本规约。《曲品》中说:"杂剧北音,传奇南调。杂剧折惟四,唱止一人;传奇折数多,唱必匀派。杂剧但一事颠末,其境促;传奇备述一人始终,其味长。无杂剧则孰开传奇之门?非传奇则未畅杂剧之趣也。传奇既盛,杂剧寖衰,北里之管弦播而不远,南方之鼓吹簇而弥喧。"② 因此,我们说在不同历史时期,中国古代文学的主流文体都和歌唱紧密相关,音乐元素构成它们存在更替的内在动力。

当历史车轮驶入晚清时期,中国诗歌进入现代转型阶段,学堂乐歌积极汇入轰轰烈烈的"文学革命"过程中,成为晚清"诗界革命"向前发展的重要推动力量。实际上,学堂乐歌主要由音乐曲调和歌词两部分构成,其作为有机统一体在民间社会广泛流传。倘若我们把学堂乐歌的音乐曲调剥离出来,剩余下来就是具有无限诗性空间的乐歌歌词。"我以为中国新诗一直沿着两种轨道在发展。一种是与音乐相结合的,这便是歌词。一种是所谓的自由体诗,它不受音乐的制约,只寻求语言自身的规律,因此形式是多种多样的。歌词由于插上了音乐的翅膀,易于传播,也易于使群众接受,自由诗则因为现代语言的不易提炼,一时难于找到自己的稳定形式,限制了它在群众中的普及。许多年来,歌词一直支持新诗,使新诗不停留在字面上,而是活在人们的社会生活中,这是中国新文学史上的一

---

① 沈括:《梦溪笔谈·乐律一》(第五卷),中华书局 2015 年版,第 43 页。
② 吕天成:《曲品》,中国戏曲研究院编著《中国古典戏曲论著集成》(第六册),中国戏剧出版社 1959 年版,第 209 页。

个很重要的现象。"① 正是在"诗性"和"歌性"相互融通过程中，学堂乐歌在中国诗歌发展历史上才显得重要。从梁启超、黄遵宪等人提倡"诗界革命"开始，到早期白话新诗生成为止，在诸多因素共同作用下，中国古典诗歌在内容和形式上已经基本完成现代转型。其中，作为"歌诗体"的文学体裁之一——学堂乐歌就是多种历史因素共同发挥作用的现实结果。比如，梁启超《爱国歌四章》就属于早期学堂乐歌运动的重要收获之一，歌词如下：

《爱国歌四章》 梁启超

泱泱哉！我中华，最大洲中最大国，廿二行省为一家。物产腴沃甲大地，天府雄国言非夸。君不见，英日区区三岛尚崛起，况乃堂矞吾中华。结我团体，振我精神，二十世纪新世界，雄飞宇内畴与伦。

可爱哉！吾国民，可爱哉！吾国民。芸芸哉！吾种族。

黄帝之胄尽神明，寖昌寖炽遍大陆。纵横万里皆兄弟，一脉同胞古相属。君不见，地球万国户口谁最多？四百兆众吾种族。结我团体，振我精神，二十世纪新世界，雄飞宇内畴与伦。

可爱哉！我国民，可爱哉！我国民。彬彬哉！吾文明。

五千余岁历史古，光焰相续何绳绳。圣作贤述代继起，浸濯沉黑扬光晶。君不见，揭来欧北天骄骤进化，宁容久局吾文明。结我团体，振我精神，二十世纪新世界，雄飞宇内畴与伦。

可爱哉！我国民，可爱哉！我国民。轰轰哉！我英雄。

汉唐凿空县西域，欧亚抟陆地天通。每谈黄祸我且慄，百年噩梦骇西戎。君不见，博望定远芳踪已千古，时哉后起吾英雄。结我团体，振我精神，二十世纪新世界，雄飞宇内畴与伦。

可爱哉！我国民。可爱哉！我国民。

闻英寇云南俄寇伊犁感愤成作涕泪已消残腊尽，入春所得是惊心。

天倾己压将非梦，雅废夷侵不自今。

安息葡萄柯叶悴，夜郎蒟酱信音沈。

---

① 乔羽：《乔羽文集·文章卷》，新华出版社2004年版，第5页。

好风不度关山路，奈此中原万里阴。①

戊戌变法失败之后，梁启超被迫流亡日本，他创作的《爱国歌四章》被设立在日本横滨的华侨学校——大同学校谱曲演唱，此后在国内各级新式学校广为传唱。"乐学渐有发达之机，可谓我国教育界前途一庆幸。苟有此学专门，则吾国古诗、今诗，可以入谱者正自不少，如岳鄂王《满江红》之类，最可谱也。近顷横滨大同学校为生徒唱歌用，将南海旧作《演孔歌》九章谱出，其音温以和；将鄙人旧作《爱国歌》四章谱出，其音雄以强。能叶律如是，是始愿所不及也。"② 梁启超在歌词中主要从地大物博、人多种优、文明久远、英雄辈出四个层面，扫除弥漫于国民内心深处的悲观情绪，重新唤起振兴中华民族的理想信念，在早期各类新式学校中间流行甚广。

《中国男儿》选自辛汉（字石更）编著的《唱歌教科书》，1906 年由上海普及出版社发行，所配曲调来自日本校园歌曲《学生宿舍的旧吊桶》，是 19 世纪小山作之助所作，成为旧民主主义革命时期的爱国主义歌曲。后来，《大哉军人》《醒狮》《旅行歌》《运动会》《工农联合起来》等等，都是根据本歌调填词而成的。据考证，1905 年，中国留学生邹容和陈天华在日本慷慨赴义，英勇报国，许多爱国志士受到强烈震撼，此歌就是颂扬两位年轻英雄的赞歌。本歌第一节以神州天府、帝胄天骄见出中国男儿的出身高贵。第二节以古代英雄的业绩和风采激励有志青年报效祖国再创辉煌。张前在《中日音乐交流史》中说："由于歌词内容的不同，随之带来的音乐性格和氛围也是很不相同的……《学生宿舍的旧吊桶》是一首幽默的歌曲，而《中国男儿》则是一首雄壮的进行曲。把这两首歌曲加以比较，可以明显地看出音乐自身的可变性这一特征，即完全相同的一首旋律，由于歌词内容与演唱方法的不同，可能表达完全不同的性格和气氛，这显然是音乐美学中的一个十分令人感兴趣的现象。"③《中国男儿》歌词如下：

---

① 梁启超：《爱国歌四章》，汤志钧、汤仁泽编《梁启超全集》（第三卷），中国人民大学出版社 2018 年版，第 215 页。
② 梁启超：《饮冰室诗话·一一七》，汤志钧、汤仁泽编《梁启超全集》（第三卷），中国人民大学出版社 2018 年版，第 245 页。
③ 张前：《中日音乐交流史》，人民音乐出版社 1999 年版，第 332 页。

《中国男儿》 石更

中国男儿,中国男儿,要将只手撑天空。睡狮千年,睡狮千年,一夫振臂万夫雄。长江大河,亚洲之东,峨峨昆仑,翼翼长城,天府之国,取多用宏,黄帝之胄神明种。风虎云龙,万国来同,天之骄子吾纵横。中国男儿,中国男儿,要将只手撑天空。我有宝刀,慷慨从戎,击楫中流,泱泱大风,决胜疆场,气贯长虹。古今多少奇丈夫,碎首黄尘,燕然勒功,至今热血犹殷红。[①]

作为学堂乐歌运动的代表性人物,1915年,李叔同创作脍炙人口的歌曲《送别》属于填词歌曲,原曲是美国作曲家 J. P. 奥德威作词作曲的《梦见家和母亲》。根据钱仁康教授考证,日本明治时期的歌词作者犬童信藏采用《梦想家和母亲》的旋律填写《旅愁》的歌词,刊载于1907年出版的《中等教育唱歌集》。李叔同在留学日本期间将《旅愁》译成中文,后在浙江第一师范任教过程中重新填词,使《送别》成为家喻户晓的经典名曲,堪称填词学堂乐歌的杰作。《送别》歌词清新自然,情感真挚,意境深远,词曲配合贴切,可谓天衣无缝,令人回味。特别是"晚风拂柳笛声残,夕阳山外山"两句周而复始,与回环往复的旋律配合,有效增强诗人魂牵梦绕的离情别意。后来,李叔同《送别》被收入《中文名歌五十曲》《仁声歌集》《中学音乐教材》《万叶歌曲集》《中学歌曲选》等歌曲集,受到世人广泛传唱。1980年,根据台湾作家林海音小说拍摄电影《城南旧事》,就把《送别》作为电影主题歌曲,真切表达那个历史时代的整体氛围,唤起人们对逝去时光的无限怀念。

《送别》 李叔同

长亭外,古道边,芳草碧连天。晚风拂柳笛声残,夕阳山外山。天之涯,地之角,知交半零落。一杯浊酒尽余欢,今宵别梦寒。长亭

[①] 钱仁康:《学堂乐歌考源》,上海音乐出版社2001年版,第70—71页。

外,古道边,芳草碧连天。晚风拂柳笛声残,夕阳山外山。①

  1921年胡适创作白话新诗《希望》,后收入增订第四版《尝试集》中间。本首诗创作原因在于:据说胡适到北京西山访友,好友熊秉三夫妇送一盆兰花草,胡适虽然在家中精心养育照料,但直到秋天也未见花开。于是,胡适有感于此事才创作《希望》。直到20世纪70年代,陈贤德和张弼对原歌词重新修改加工,再进行谱曲,在银霞、包美圣、刘文正、齐豫等人的歌唱演绎之下,在中国台湾地区的校园中广为流传。作为台湾校园民谣运动中的经典曲目,《兰花草》在客观上推动胡适新诗《希望》的经典化进程。《希望》和《兰花草》的歌词如下:

《希望》 胡适

我从山中来,带得兰花草。种在小园中,希望花开好。
一日看三回,望得花时过;急坏看花人,苞也无一个。
眼见秋天到,移花供在家。明年春风回,祝汝满盆花!②

《兰花草》 陈贤德 张弼

我从山中来,带着兰花草,种在小园中,希望花开早。
一日看三回,看得花时过。兰花却依然,苞也无一个。
转眼秋天到,移兰入暖房。朝朝频顾惜,夜夜不相忘。
期待春花开,能将夙愿偿。满庭花簇簇,添得许多香。③

  刘大白是五四时期白话新诗理论和创作实践的代表性人物。诗集《旧梦》《邮吻》《卖布谣》和诗论《旧诗新话》《中诗外形律评说》都在中国

---

 ① 李叔同:《送别》,《弘一大师全集》编辑委员会编《弘一大师全集》(第七册),福建人民出版社1991年版,第466页。
 ② 胡适:《希望》,欧阳哲生编《胡适文集》(第九卷),北京大学出版社1998年版,第180页。
 ③ 尤静波主编:《中国儿童歌曲百年经典》(第三卷),上海音乐出版社2018年版,第55页。

新诗史上占据重要地位。1935年，朱自清受到良友图书公司赵家璧委托，负责编辑遴选《中国新文学大系（1917—1927）》"新诗卷"之时，刘大白的新诗竟有11首被选中，与冯至所选新诗数量相同，比胡适的新诗还要多两首。"所作诗歌清新流丽，通俗易解，而且音韵铿锵，富于音乐性，所以常常配上曲调，成为乐歌。"①《卖花女》就是作者借助贝多芬所作《土拨鼠》的歌调填词而成，后经过黎锦晖谱曲、白虹演唱之后，不仅成为上海都市流行歌曲的典范之作，而且风靡全国，受到世人瞩目。可以说，作为一种社会文化思潮，这种"歌诗体"的音乐文学样式正在铺展开来，有利于新诗的传播接受。刘大白的《卖花女》的歌词如下：

《卖花女》 刘大白

春寒料峭，女郎窈窕，一声叫破春城晓；"花儿真好，价儿真巧，春光贱卖凭人要！"东家嫌少，西家嫌小，楼头娇骂嫌迟了！春风潦草，花心懊恼，明朝又叹飘零早！

江南春早，江南花好，卖花声里春眠觉；杏花红了，梨花白了，街头巷底声声叫。浓妆也要，淡妆也要，金钱买得春多少。买花人笑，卖花人恼，红颜一例如春老！②

除此之外，20世纪20年代以后，中国现代音乐史上还出现赵元任、黎锦晖、萧友梅、陈啸空、贺绿汀、沈秉廉、钱君匋等代表性作曲家，曾经把许多新诗谱曲后在社会上流传，经久不衰。比如，赵元任之于刘半农新诗《呜呼，三月一十八》，黎锦晖之于胡适译诗《关不住了》，陈啸空之于郭沫若诗剧《湘累》，贺绿汀之于徐志摩的新诗《雷峰塔影》等，都使早期白话新诗插上现代音乐的翅膀，有效拓宽着自身审美表现空间。其中，陈啸空根据郭沫若的诗剧所谱写的三段插曲所组成的独唱歌曲《湘累》，以朴实、优美、深情的旋律和鲜明浓郁的民族风格，将对爱国主义诗人屈原的无限挚爱和五四知识分子追求个性解放的精神姿态，进行生动真切的艺术表达。1934年，上海明星影片公司出品的电影《女儿经》把

---

① 钱仁康：《学堂乐歌考源》，上海音乐出版社2001年版，第155页。
② 王立平主编：《百年乐府——中国近现代歌词编年选》，上海音乐出版社2018年版，第64页。

《湘累》作为主题插曲。1935年,艺华影业公司出品的故事片《生之哀歌》再次将其作为主题插曲,可见《湘累》在20世纪30年代上海影坛受到普遍推崇。《湘累》的歌词如下:

《湘累》 郭沫若词 陈啸空曲

泪珠儿要流尽了,
爱人呀,还不回来呀!
我们从春望到秋,从秋望到夏,
望到海枯石烂了。
爱人呀,还不回来呀!
我们为了他,泪珠要流尽了;
我们为了他,寸心要破碎了。
爱人呀,还不回来呀!
层层绕着的九嶷山上的白云呀!
微微波着的洞庭湖中的流水呀!
你们知不知道他,
知不知道他的所在呀?
九嶷山上的白云有聚有消,
洞庭湖中的流水有汐有潮,
我们心中的愁云呀!
我们眼中的累涛呀!
永远不能消,永远只是潮。
太阳照着洞庭波,
我们魂儿战栗不敢歌,
待到日西斜,起看篁中昨宵泪,
已经开了花,
啊!爱人呀!
泪花怕要开谢了!
你还不回来呀?①

---

① 王立平主编:《百年乐府——中国近现代歌词编年选》,上海音乐出版社2018年版,第78—79页。

著名音乐教育家沈秉廉曾经师从刘质平,后来与钱君匋、陈啸空、邱望湘等组织"春蜂乐会"。1931 年,沈秉廉开始在商务印书馆担任编辑。"多年的编辑经验使得他得以编著高质量的音乐教科书,这种创作、编辑相结合的方式收效甚丰,不仅有益于音乐教师、学生,也成就了他自己一生的业绩。"① 具体来讲,沈秉廉曾经编著《幼稚园新歌》《复兴音乐教科书》《儿童音乐教科书》《北新音乐教科书》,对后世影响颇大。其中,《复兴音乐教科书》中的经典篇目《野兔饿了》《老鸟打食》《老鹰受包围》《娃娃疲倦了》《得益真不少》《中山先生》《好朋友》《拾时间的老人》《一只怪物》《扫雪的老人》等,成为民国时期中小学生学习音乐的重要资源。许多歌谣诙谐自然,形象生动,通俗易懂,富有童趣,深受孩子们喜爱。《野兔饿了》《我的世界》的歌词如下:

《野兔饿了》 沈秉廉

野兔饿了,头晕脑胀,咕噜咕噜肚子响。带跑带跳,走进农场,找到新谷一大箱。正要开箱偷谷吃,忽然想起不应当,农夫种田,千劳万忙,我没尽力不该尝。

野兔饿了,头晕脑胀,咕噜咕噜肚子响。带跑带跳,离开农场,另外想法找食量。找了好久找不到,就把沿路青草尝。青草天生,尽吃不妨,吃来还比新谷香。②

《我的世界》 吴研因

我的世界快乐多!花儿给我喷香气,鸟儿对我唱好歌,凉风吹我心爽快,太阳晒我身暖和,愁也不觉着,恼也不觉着,我的世界多快乐。

我的世界快乐多!哥哥给我讲故事,姐姐给我唱新歌,放下书本拿笔杆,打罢秋千抽陀螺,坐也不寂寞,游也不寂寞,我的世界多

---

① 杨和平:《"音乐蜂会"考》,《交响》(西安音乐学院学报) 2008 年第 4 期。
② 张元济等原编著,邓康延主编:《歌谣》,商务印书馆 2012 年版,第 2 页。

快乐。①

与此同时,作为中国新音乐文化的重要开端,学堂乐歌成为 30 年代上海流行歌曲和延安歌咏运动的催化剂。1842 年 8 月,清政府在鸦片战争中失败,被迫签署丧权辱国的《南京条约》。条约第二条规定"自今以后大皇帝恩准英国人民带同所属家眷寄居大清沿海之广州、福州、厦门、宁波、上海等五处港口贸易通商无碍,且大英君主派设领事管事等官住该五处城邑,专理商贾事宜,与各地方官公文往来,令英人按照下条开叙之例,清楚交纳货税钞饷等费"。1843 年,上海正式开埠。1845 年 11 月,中英两国签署《土地章程》,决定"将洋泾浜以北,李家场以南之地,准租与英国商人,以为建造房舍及居留之用"。后来,美国、法国、日本等国也模仿此例,划定各自的租界范围。毫无疑问,租界是清政府丧权辱国的明证,也是中华民族历史记忆中的永远伤痛。自此之后,租界成为西方列强侵略中国的桥头堡。但是,我们必须意识到,租界在中国近代化过程中具有特殊意义。"就在这个城市,中国第一次接受和汲取了 19 世纪欧洲的制外法权、炮舰外交、外国租界和侵略精神的经验教训。就在这个城市,胜于任何其他地方,理性的、重视法规的、科学的、工业发达的、效率高的、扩张正义的西方和因袭传统的、全凭直觉的、人文主义的、以农业为主的、效率低的、闭关自守的中国——两种文明走到一起了。两者接触的结果和中国的反应,首先在中国开始出现,现代中国就在这里诞生。"② 经过近八十年时间的经济快速发展,到 20 世纪 30 年代左右,上海已经成为全国的文化重镇、经济中心,也是远东第一大城市。在上海租界,标志着西方霸权的建筑主要包括:"银行和办公大楼、饭店、教堂、俱乐部、电影院、咖啡馆、餐馆、豪华公寓及跑马场,他们不仅在地理上是一种标志,而且也是西方文明的具体象征,象征着几乎一个世纪的中西接触所留下的印记和变化。"③ 30 年代中期,上海租界的繁荣程度达到一种巅峰状态,有效刺激上海娱乐业的迅猛发展。正是在这一时代语境之

---

① 张元济等原编著,邓康延主编:《歌谣》,商务印书馆 2012 年版,第 22 页。
② [美]罗兹·墨菲:《上海:现代中国的钥匙》,上海社会科学院历史研究所编译,上海人民出版社 1987 年版,第 4—5 页。
③ [美]李欧梵:《上海摩登:一种新都市文化在中国 1930—1945》,毛尖译,北京大学出版社 2001 年版,第 6 页。

下，流行音乐迅速席卷上海这个东方大都市，尤其受到许多小资产阶级群体喜爱。比如，黎锦晖《毛毛雨》《妹妹我爱你》《人面桃花》《可怜的秋香》《夜来香》、陈歌辛《蔷薇处处开》《五月的风》、贝林《何日君再来》、李隽青《疯狂世界》、陈蝶衣《香格里拉》等，在上海流行乐坛可谓占据重要地位，成为30年代上海娱乐业发达的标志之一。比如，黎锦晖《夜来香》就是典型之作，歌词如下：

《夜来香》 黎锦晖

　　夜来香，夜里香，名花帮助你巧梳妆。少年姐，俏衣裳，佩几朵香花儿遍地凉。知心友，一见笑洋洋，娇娇打扮真清爽。一阵一阵香风儿透入两个心房，不仅人香，就是爱也香。

　　夜来香，夜里香，千万种香花儿比不上。少年郎，貌堂堂，备几朵香花儿扣上西装。知心姐，一见笑洋洋，哥哥喜爱夜来香。一阵阵香。一阵一阵香风儿透入两个心房，不仅人香，就是爱也香。

　　夜来香，夜里香，名贵的香花儿摆上房。少年郎，看文章，意中人儿坐在一旁。清香里，相对诉衷肠，蜜意甜心恩爱长。花对花儿吻着庆祝两个鸳鸯，百年常快乐，好过时光。①

在20世纪30年代延安歌咏运动中，"歌诗体"的文学体裁又一次被推上时代高峰。当毛泽东等中国共产党领导人率领的红军到达延安之时，在物质极度匮乏艰难的条件下，人们并没有忘记精神力量的独特价值。冼星海、光未然、吕骥、贺敬之、郑律成、塞克、贺绿汀、莫耶等一大批专业音乐家利用歌唱形式来启蒙民众。比如，1938年，延安成立鲁迅艺术学院，前期设置戏剧、音乐、美术三个系，后增设文学系。1940年，改名为"鲁迅艺术文学院"，简称"鲁艺"。当时，音乐系提倡课堂教学与深入群众相结合，学习民族民间音乐与参加生产劳动相结合，创作演出与开展群众音乐活动相结合，逐渐形成适应战争环境的专业音乐教育方式。其中，歌曲《黄河大合唱》、秧歌剧《兄妹开荒》、歌剧《白毛女》等都是"鲁艺"师生完成的经典作品。"我们的作曲家，从民歌和剧曲的泉源

---

① 梁惠方主编：《黎锦晖流行歌曲集》（上册），中央音乐学院出版社2007年版，第281页。

中汲取养料，用新的手法，根据大众的旋律，而加以发展，于是有了面貌上近似民歌，而实际上和民歌不同的新鲜健康的民族化歌曲。正因为这样，这种歌曲才被民众所欢迎，而在民间广唱着。"①比如，《东方红》《咱们的领袖毛泽东》《刘志丹》《打南沟岔》《拥军花鼓》等诸多歌词和曲调，不仅构成陕北地区普通老百姓日常生活中的流行歌曲，也是延安知识分子开展歌咏运动的宝贵资源。比如，莫耶《延安颂》的歌词如下：

《延安颂》 莫耶

夕阳辉耀着山头的塔影，月色映照着河边的流萤，春风吹遍了坦平的原野，群山结成了坚固的围屏。

啊，延安！你这庄严雄伟的古城，到处传遍了抗战的歌声。

啊，延安！你这庄严雄伟的古城，热血在你胸中奔腾。千万颗青年的心，埋藏着对敌人的仇恨，在山野田间长长的行列，结成了坚固的阵线。

看！群众已抬起了头，看！群众已扬起了手，无数的人和无数的心，发出了对敌人的怒吼；士兵瞄准了枪口，准备和敌人搏斗。

啊！延安！你这庄严雄伟的城墙，筑成坚固的抗敌的阵线，你的名字将万古流芳，在历史上灿烂辉煌！②

李怡说："在中国古代，诗歌与音乐具有天然的联系，不仅音乐方式的变化直接决定了诗歌体式的演变，古人也能够在不断的调适中稳定地接受诗歌形式的转换，但进入现代，这样一种对音乐的重视却受到了极大的冲击，在许多时候，我们对音乐都有这样那样的忽略，以致新诗发展坎坷不断。"③倘若把新诗的生成置于晚清民初至五四时期的历史场域中，按照知识谱系学的原理来审视其发展演变规律，就能够发现"诗界革命"和学堂乐歌运动在新诗生成问题上贡献卓著，它们不仅使近体诗摆脱传统

---

① 光未然：《文艺的民族形式问题》，《文学月报》1940年第1卷第5期。
② 王立平主编：《百年乐府——中国近现代歌词编年选》，上海音乐出版社2018年版，第282页。
③ 李怡：《边缘性、地方性与中国现代文献学的着力方向》，《四川大学学报》2019年第6期。

诗歌的腐朽窠臼（内容和形式），而且使其注入现代性的外来文化因素，在艰难的挣扎蜕变过程中完成现代转型。正是在这一意义上，钱仁康说："许多乐歌的歌词作者苦心突破旧体诗的格律，试图开创新的诗歌语言和形式。从他们所做的歌词中，可以看到新诗发展史的轨迹。"① 综上所述，中国诗歌的"诗性"和"歌性"相分离实际上是一种假象，也不符合中国诗歌发展演进的历史真相，因为诗歌"不可能完全脱离了音乐性的发展。因为从艺术精神的角度来看，诗歌之所以是诗歌，就在于它不仅是文化精英们的写作和阅读活动，而且还应当（甚至可能更重要）是诗人对公众的情感召唤活动。而要直接打听听众感官的情绪，运动节奏是诗歌要产生情感召唤的力量所不可缺少的特质，这正是音乐性的特质"②。"诗歌并不是像以前人们想象的那样，以脱离了音乐独立发展文学形式为基本趋势；恰恰相反，诗歌的发展是在文学性的独立发展与向音乐性的回归这两极的振荡中前进的。"③ 作为一种"歌诗体"的艺术形式，学堂乐歌兼具文学性和音乐性的双重特征，不仅是一首能歌的"诗"，也是一曲能诗的"歌"，这标志着一种新兴的文学体裁正在崛起，也有效推进着中国新诗的现代化进程。

第四节　学堂乐歌与中国新诗发展的多元共生

中国新诗在五四时期完成嬗变绝不是胡适等人振臂一呼的简单结果，也不是《新青年》编辑群体经常发表激进言论轻易促成的，而是多种因素共同作用的产物。换言之，中国新诗从古典向现代转型绝不是一蹴而就的事情，而是经过长期发酵最终形成的。正如胡适所说："新文学之运动，并不是一人所提倡的，也不是最近八年来提倡的，新文学之运动是历史的，我们少数人，不过是承认此种趋势，替它帮忙使得一般人了解罢了。不明白新文学运动是历史的，以为少数借着新文学出风头的人们，现在听了我这话，也可了解了，新文学运动，决不是凭空而来的，决不是少

---

① 钱仁康：《学堂乐歌考源》，上海音乐出版社 2001 年版，第 3—4 页。
② 高小康：《在"诗"与"歌"之间的振荡》，《文学评论》2002 年第 2 期。
③ 高小康：《在"诗"与"歌"之间的振荡》，《文学评论》2002 年第 2 期。

数人造得起的。"① 反观清末民初的复杂时空场域，我们发现，中国新诗从萌芽到发生，从蜕变到成熟经历复杂曲折的漫长过程，是在新旧力量反复博弈之后，才有效刺激着中国新诗的发生。这里，我们并不是否认胡适在中国新诗发展史上的首创之功，而是回归文学史发展流变的基本常识，那就是中国新诗发生本来是具有多种路径选择的，除了翻译诗歌、歌谣化运动、民间话语之外，晚清民初的学堂乐歌运动也应该被纳入重构中国新诗发生的范畴。

近一百年来，由于科学技术迅猛发展和学科分化严重，直接导致许多人文社会科学领域研究者的知识结构不健全，研究视野受到很大限制，这就在客观上形成"只见树木，不见森林"的偏狭现象，中国新诗研究囿于此种学术氛围也是深受其害。长期以来，学堂乐歌运动被认定为中国近现代音乐史的重要开端，受到许多中国近现代音乐史研究者的高度重视，研究队伍庞大，学术成果丰硕，有效拓宽了中国近现代音乐史的研究视野。但是，由于学科壁垒森严，要想让部分近现代音乐史研究者跳出本学科范畴，运用跨学科视野来审视学堂乐歌与文学、历史学、教育学、传播学等不同领域的深层关系，似乎有点强人所难。近年来，交叉学科逐渐成为一门独立学科，正式进入国家最新版学科分类目录，已经得到国家教育行政部门高度认可，这就为人文社会科学研究领域提供有利条件。

前面已经论述，中国传统音乐文化发展到晚清已经陈腐不堪，缺乏更新的内生动力，因此，要想和近代社会发展潮流同频共振，必须最大限度引入外国音乐元素，与中国传统音乐文化相互融合发酵，才有可能继续保持生长创造。适逢其时，大批留学生不仅积极引进日本音乐曲调，而且大胆借鉴美国、德国、英国、法国、意大利、西班牙等欧美国家的音乐技法，开始全面对中国传统音乐文化进行创造性转化，这在客观上给中国近代音乐文化发展带来良好机遇。"世人往往以泰西之音乐，为不合于吾国民之风趣，而大加摈斥，可谓愚甚。世间万物，皆由新陈代谢之机，否则立致腐败。"② 可以说，学堂乐歌运动从开风气之先的上海开始，再向江苏、浙江、山东和开埠较早的沿海城市拓展，最后向湖北、湖南、四川、

---

① 胡适：《新文学运动之意义》，欧阳哲生编《胡适文集》（第十二卷），北京大学出版社1998年版，第22页。
② 沈心工：《小学唱歌教授法》，张静蔚编《搜索历史——中国近现代音乐文论选编》，上海音乐出版社2004年版，第50页。

贵州等省份逐渐推广。许多学堂乐歌在思想内容、音乐曲调、艺术风格方面与时代潮流几乎保持同步，这就使中国近现代音乐发展进入历史快车道。除了音乐曲调之外，学堂乐歌在歌词创作上也应该引起研究者关注。尽管部分学堂乐歌歌词没有完全挣脱中国古典诗词的传统窠臼，思想主题迂腐陈旧，甚至显得不合时宜，但许多学堂乐歌仍能在内容和形式上顺利完成现代转型，成为中国新诗发生的重要先声。正是在这一意义上，李怡说："学堂乐歌对于新诗创立的意义有两个方面：其一是如同中国古代历次的诗歌变革一样，在新的音乐旋律的引导下增加了新的'诗体形式'，这既有国外的，也有中国民间的；其二是在依托各种音乐框架（特别是国外音乐曲调）重新填词的过程中，白话的方便适用性得以显现，从而也增强了运用白话写作的信心。"[①]

可以想象，当胡适正式提出"国语运动"的宣言前后，白话要想在短时间取代文言是相当困难的。不遑论文言文在中国存在几千年历史，早已浸入历代知识分子的思想深处，仅仅就在书面语表达习惯和思维转换等方面，对许多人来讲也需要一定时间。实际上，"文学革命是一场自觉的、提倡用民众使用的活的语言创作的新文学取代旧语言创作的古文学的运动。其次，它是一场自觉地反对传统文化中诸多观念、制度的运动，是一场自觉地把个人从传统力量的束缚中解放出来的运动。它是一场理性对传统，自由对权威，张扬生命和人的价值对压制生命和人的价值的运动"[②]。"当西洋曲调成为中日文歌词的旋律框架、一字一音的精短文言又无法紧密契合这些旋律时，就必然出现更为松散的白话以填补'空隙'，乐歌才有从文言转为白话的空间。"[③] 当我们反观中国新诗嬗变发展的基本历程，可能认为这是文学进化论发挥作用的结果。比如，当我们看到下列文学历史事件：1918年"注音字母"公布，1919年"新式标点符号案"公布，1920年《国音字典》公布，同年小学一二年级改"国文"为"国语"，1923年一直延续到高中，均将"国文"改为"国语"。我们可能产生由衷感慨，"国语运动"之所以能够取得胜利不仅符合时代发展基

---

① 李怡：《中国早期新诗探索的四川氛围与地方路径》，《文艺争鸣》2020年第11期。
② 胡适：《中国文艺复兴：胡适演讲集（一）》，欧阳哲生编《胡适文集》（第十二卷），北京大学出版社1998年版，第22页。
③ 谢君兰：《从音乐到格律——论白话新诗视野下的学堂乐歌》，《文艺研究》2017年第3期。

本规约，而且完全遵循社会发展内在逻辑。实际上，最重要的是，白话在中国社会已经具有很长时间，早已形成一种强大的文学传统，正如胡适所说："我要大家知道白话文学不是三四年来几个人凭空捏造出来的；我要大家知道白话文学是有历史的，是有很长又很光荣的历史的。我要人人都知道国语文学乃是一千几百年历史进化的产儿。国语文学若没有这一千几百年的历史，若不是历史进化的结果，这几年来的运动决不会有那样的容易，决不能在那么短的时期内变成一种全国的运动，绝不能在三五年内引起那么多的人的响应与赞助。现在有些人不明白这个历史的背景，以为文学的运动是这几年来某人某人提倡的功效，这是大错的。"①

然而，中国新诗发生远比文学史家描述的复杂曲折，许多历史细节或演化路径都被无情地淹没在历史叙述中。在"大历史"的研究视野里面，需要记录的往往是重要时间节点、英雄人物以及重大历史事件，部分"小历史"的微观叙述似乎显得微不足道。然而，事实并非完全如此，"大历史"尽管具有科学合理性，但外在缺陷和不足也非常明显，许多历史细节和内部肌理被严重遮蔽，在波澜壮阔的历史烟云中销声匿迹。因此，德国著名哲学家卡尔·雅斯贝尔斯说："今天，认为历史是可总览的整体的观念正在被克服，没有一个独此一家的历史总概括仍能让我们满意。我们得到的不是最终的，而只是在当前可能获得的历史整体之外壳，它可能再次被打破。"② 当胡适、陈独秀在北京、上海等中心城市提倡"文学革命"之时，虽然钱玄同和刘半农故意制造"双簧信"事件，试图让陈腐死寂的知识界掀起层层涟漪以引起关注，但可以想象，对于偌大中国特别是很多内陆省份来说，许多知识分子对"文学革命"的历史真相是陌生的，也几乎不可能尝试运用白话文写作。

然而，让人意外的是，"文学革命"从开始提倡到1920年取得最终决定性胜利，仅仅利用四年时间就站稳脚跟，这对于坚实强大的中国古典传统来讲简直有点不可思议。此时，我们可能产生疑问，究竟何种力量在短期内能让白话取代文言？倘若按照艾布拉姆斯提出的"文学四要素"来审视"文学革命"的话，单就"读者"接受这一事实层面来讲，可能

---

① 胡适：《白话文学史·引子》，欧阳哲生编《胡适文集》（第八卷），北京大学出版社1998年版，第149页。

② [德] 卡尔·雅斯贝尔斯：《历史的起源与目标》，魏楚雄、俞新天译，华夏出版社1989年版，第307页。

在客观上就构成文学革命实现胜利的现实障碍，也就是说，白话文的读者接受问题值得进一步商榷。暂时罔顾中国地域广阔和人口众多，单就地区发展不平衡就直接构成矛盾问题。在"国语运动"轰轰烈烈地在全国范围推进之时，其必然会严格遵循从城市到乡村、从中心到边缘的逻辑路径吗？那种简单线性的刺激——反应模式必然发挥历史作用吗？实际上，少数知识分子承认白话文取代文言文，也许并不能完全代表"文学革命"已经取得决定胜利，也许只有普通底层民众（沉默的大多数）习惯于运用白话文，才是"文学革命"占据历史优势的显著标志。正如胡适所说："文学史是有两种潮流，一种是只看到上层的一条线，一种是下层的潮流，下层潮流，又有无数的潮流，这下层的许多潮流，都会影响到上层去，上层文学是士大夫阶级的，他是贵族的，守旧的，保守的，仿古的，抄袭的，这种文学，我们就是不懂也没要紧。我们要懂中国整个文学史，必要从某时代的整个潮流去看，现在的文学史，是比前时代扩大了，是由下层许多暗潮中看出来。"① 值得注意的是，晚清民初时期学堂乐歌的主要接受群体是适龄儿童和青少年群体，当时间拨到五四时期，他们恰恰成长为"文学革命"的中坚力量。换言之，学堂乐歌为"文学革命"发生提供有利条件，是白话取代文言的生力军。黎锦晖在《麻雀与小孩》的"卷头语"中说："学国语最好从唱歌入手，既练熟了许多国音、标准词和标准句，又可以使姿态、动作、心情、歌音十分融洽，于是所学的歌句，便成了许多应用的国语话。"② 但是，近百年来，许多中国新文学史著在叙述中国新诗发生之时，却鲜有论述学堂乐歌运动的价值意义，至多笼统谈到晚清"诗界革命"为中国新诗的发生奠定基础。毫无疑问，这种文学史叙述是不完全合乎历史真相的，也在一定程度上降低许多文学史著的科学性和权威性。

20世纪前半期，不管是陈子展的《中国近代文学之变迁》《最近三十年中国文学史》，还是周作人的《中国新文学的源流》和胡适的《五十年来中国之文学》，都认为晚清"诗界革命"为"文学革命"的发生奠定前提条件。比如，陈子展在《中国近代文学之变迁》中首先提出中国近代文学的起点究竟源于何时的话题，再具体阐述"诗界革命""宋诗运动

---

① 胡适：《中国新文学史的一个看法》，欧阳哲生编《胡适文集》（第十二卷），北京大学出版社1998年版，第39页。

② 黎锦晖：《麻雀与小孩·卷头语》，中华书局1928年版，第2页。

及其他旧派诗人""词曲价值的新认识""翻译文学",最终引出"十年来文学革命运动"的重要命题,他认为"文学革命"之所以发生绝不是凭空捏造出来的,而是自有其历史意义。总体来讲,文学发展的自然趋势、外来文学的刺激、思想革命的影响以及国语教育的需要,都是"文学革命"产生的关键因素,全面梳理"文学革命"的发展轨迹和演进线索,成为许多文学史家编写近现代文学史的重要参考。1935 年,著名编辑出版家赵家璧为了全面总结 1917—1927 年中国新文学发展的主要成就,诚邀胡适、郑振铎、茅盾、鲁迅、郑伯奇、周作人、郁达夫、朱自清、洪深、阿英等遴选本时期经典文学作品,精心撰写文学论争、小说、诗歌、散文、戏剧等文体导言。朱自清在《中国新文学大系·诗集·导言》中说:"胡适之氏是第一个'尝试'新诗的人,起手是民国五年七月。新诗第一次出现在《新青年》四卷一号上,作者三人,胡氏之外,有沈尹默刘半农二氏""清末夏曾佑谭嗣同诸人已经有'诗界革命'的志愿,他们所作'新诗',却不过检些新名词以自表异……这回'革命'虽然失败了,但对于民七的新诗运动,在观念上,不在方法上,却给予很大的影响。"[①] 可以说,晚清"诗界革命"是五四"文学革命"发生的重要前提,成为后来文学史家编纂新文学史著的基本参照。

20 世纪 80 年代之后,随着人们的思想观念逐渐开放包容,并出现多元化倾向,"重写文学史"浪潮全面铺展开来,黄子平、陈平原、钱理群共同发表《论 20 世纪中国文学》(《文学评论》1985 年第 5 期),正式提出"20 世纪中国文学"的重要概念,试图涵盖百年中国文学的有机整体性特征,更多地关注"文学革命"发生前期已经出现向现代变革的典型趋向。紧接着,唐弢《中国现代文学史》、钱理群、吴福辉、温儒敏、王超冰《中国现代文学三十年》、严家炎《中国现代文学史》等文学史著陆续问世,开创中国现代文学史编撰的美好春天。他们强调"文学革命"在中国现代文学发展史上的重要地位之时,都高度认同晚清"诗界革命"为五四"文学革命"造成一种蓄势。1979 年,唐弢在《中国现代文学史》中指出,胡适《文学改良刍议》是针对旧文学的形式主义和拟古主义的显著弊端而发的,"在文学远离生活、陈词滥调盛行的情况下,最初提出这些意见,自有其积极作用。他明确主张以白话文代替文言文,确实

---

① 鲁迅等著:刘运峰编《1917—1927 中国新文学大系·导言集》,天津人民出版社 2009 年版,第 146 页。

顺应了历史发展的要求，较之清末梁启超等所提倡的'改良文言'式的'新文体'，毕竟前进了一大步""但是，胡适的主张本身也有形式主义的倾向。所谓'八事'或稍后改称的'八不主义'，大多着眼于形式上的名符其实的点滴'改良'，没有真正接触到文学内容的革命。即使他所说的'言之有物'，也如当时陈独秀所指出的，并未同旧文学鼓吹的'文以载道'划清界限。果真按照胡适的这种主张，则文学除了白话的形式以外，不会有根本性质的变革，彻底反帝反封建的新文学更不可能出现。"① 此时，唐弢首先肯定了胡适提出"文章八事"主张的文学史价值，但也没有忘记对其历史局限性进行阐述，甚至认为，"胡适后来大言不惭地把自己吹嘘为整个新文学运动的'发难者'，并且说'文学革命的主要意义实在只是文学工具的革命'，这只能是对历史的歪曲和对'五四'文学革命传统有意的篡改和嘲弄。"② 可以看出，由于受到时代语境的客观限制，唐弢对胡适的部分评价明显带有"左"倾色彩，显示20世纪70年代末期意识形态领域的历史局限性。1985年，钱理群、吴福辉、温儒敏、王超冰在《中国现代文学三十年》中指出："五四文学革命在创作实践上是以新诗为突破口，而新诗运动则从诗形式上的解放入手……新诗运动的第一个先驱者胡适的历史功绩，正是在于总结了中外文学革命的历史经验，明确提出'文学革命的运动，不论古今中外，大概都是从文的形式一方面下手，大概都是先要求语言文字文体等方面的大解放''形式与内容有密切的关系……若想有一种新内容和新精神，不能不先打破那些束缚精神的枷锁镣铐。'"③ 因此，这大致符合中国现代文学发生的内在逻辑，基本代表新的历史条件下"文学现代化"的认识立场，许多观点至今在学术界广为流行。

进入新世纪以后，随着现代性逐渐成为学术界研究的热点话题，它直接指向中国现代文学史的起点问题，必然对部分文学史家编纂文学史著产生深刻影响。正是在王德威"没有晚清，何来五四"观点的研究视域下，严家炎《二十世纪中国文学史》、朱栋霖、吴义勤、朱晓进《中国现代文学史》（1915—2016）、高旭东《中国现代文学史》等文学史著相继出版，

---

① 唐弢主编：《中国现代文学史》（第一卷），人民文学出版社1979年版，第45页。
② 唐弢主编：《中国现代文学史》（第一卷），人民文学出版社1979年版，第46页。
③ 钱理群、吴福辉、温儒敏、王超冰：《中国现代文学三十年》，上海文艺出版社1987年版，第153页。

成为中国现代文学领域的重要收获。严家炎在《二十世纪中国文学史》中认为,中国现代文学的发端及其标志不能从五四文学革命开始,而应该从 19 世纪 80 年代末 90 年代初算起。具体来说,甲午战争前夕的文学可以 1890 年陈季同的《黄衫客传奇》和 1892 年韩邦庆的《海上花列传》出版为典型标志,诗歌方面则以梁启超的"诗界革命"为历史开端。朱栋霖、吴义勤、朱晓进《中国现代文学史》(1915—2016)中认为,人学观念的现代性及其对象化,构成中国现代文学发展的历史主线,始终贯穿着两种或多种"人"的观念、"人"的声音的对话、交流、对抗、激荡、交融。其中,19 世纪与 20 世纪之交,中国文化与文学在民族存亡背景之下开始了外部与内部双重的现代化努力,许多文学观念的变革是在 1898 年前后完成的,即甲午战争成为中国文学现代性的重要开端。高旭东在《中国现代文学史》中提出"戊戌文学革命""拟古的现代性""一元超现代"等系列概念,把 1894—1916 年看作前五四的现代热身,在高度评价黄遵宪、夏曾佑、丘逢甲、蒋智由等人的"新体诗"具有重要价值之后,也肯定胡适《尝试集》在中国新诗史上的首创之功,与此同时,他也深刻反思胡适《尝试集》中许多新诗不像诗的深层原因:"除了少数的诗篇,为什么早期新诗多数都写得不像诗呢?胡适新诗倡导的'有什么话说什么话,话怎么说就怎么说'及其在《尝试集》中的试验,既无视西方诗歌的音步、抑扬格等音乐性的特征,也抹煞了中国诗歌自身的韵律,同时忽视了诗歌特有的象征、隐喻等技巧,是新诗写得不像诗的主要原因。"[①]

近年来,海外汉学成为研究中国文学的重要力量,受到学术界高度关注。由于他们长期生活在海外,受到大陆意识形态左右较少,这使他们在书写中国现代文学发展史之时,往往能够运用相对客观立场来全面审视文学事件。比如,孙康宜、宇文所安《剑桥中国文学史》(上、下册)、梅维恒《哥伦比亚中国文学史》(上、下册)、顾彬的《二十世纪中国文学史》、王德威《哈佛新编中国现代文学史》(上、下册)等都值得重视,他们在阐述中国现代文学发展史的时候,都强调晚清"诗界革命"对于中国新诗发生的价值意义,并且高度礼赞胡适在"文学革命"过程中的首创之功。顾彬在《二十世纪中国文学史》中论述"现代前夜的中国文

[①] 高旭东:《中国现代文学史》,北京师范大学出版社 2017 年版,第 79 页。

学"之时说："一般来讲，中国现代文学的真正开端被确定在两个时间点上，一是胡适（1891—1962）提出他文学改良'八事'的1916年，另一个是1918年，在这一年，1915年首次出版的杂志《新青年》发表了鲁迅（1881—1936）的《狂人日记》。可是这个开端当然有着无数的先决前提。在它之前有一个既非有意为之也不无自相矛盾之处的长期准备过程。在较狭窄的意义上，这个阶段包括了粗略说来从1895年（甲午战争）及1898年（变法维新）到1915年之间的年岁，在较宽泛意义上则包括了清末乃至起初的民国时代（1912—1949），涉及到林林总总各方面。"① 客观来讲，这些海外汉学家的文学史著对中国现代文学史的总体叙述，不仅彰显鲜明的个性化色彩，而且反映多元化时代对文学发展的内在规约。

纵观不同时期的代表性文学史著，他们在叙述中国现代文学发生史之时，大都承认晚清"诗界革命"之于"文学革命"的独特意义，也把胡适看作新诗运动的发起人，其在确证中国近现代文学历史事件具有深层关联的同时，基本符合文学史发展演进轨迹。但是，倘若我们把中国诗歌的现代转型置于跨学科视野之中，晚清民初的许多历史事件都对中国诗歌的嬗变产生积极作用，应该引起特别注意。比如，许多音乐史家都把学堂乐歌运动看作中国新型音乐教育的历史开端，意在强调其在中国近现代音乐发展史上的重要地位，但是，如果我们进一步拓展视野，尝试打破不同学科之间的矛盾壁垒，在相互对比参照中寻找新的学科增长点，就会发现学堂乐歌运动真实参与中国诗歌的现代转型，可以看作是中国新诗发生的重要先导，同时也为"文学革命"运动在短期内取得胜利准备有生力量，应该在中国近现代文学发展史上得到客观呈现。然而，由于研究者知识结构不完整的直接限制，也就不可能突破学科藩篱，这就必然导致其在探讨中国诗歌的现代转型之时，不自觉地遮蔽学堂乐歌运动之于中国新诗发生的重要意义，这种文学史叙述方式势必存在遗憾，需要进一步调整完善。

1988年7月，在陈思和、王晓明等著名学者的倡导下，《上海文论》推出"重写文学史"研究思潮，开设专栏探讨文学史研究的多源和多元问题，曾经发表大量有社会影响力的学术论文。"重写重读就是将过去误读的历史再颠倒过来，将过去那种意识形态史、政治权力史、一元中心化史，变成多元文化史、审美风格史和局部心态史。其目的在于瓦解过去正

---

① ［德］顾彬：《二十世纪中国文学史》，范劲等译，华东师范大学出版社2008年版，第10页。

史的意义，使文学、文化、文本的相互指涉的互文本关系，成为历史连续性之后的非连续性——割断了过去那种意识形态解释的连续性，而将历史转化为一种新的话语模式，在压缩意义范围中揭示出权力话语运作的潜在轨迹。"[1] 在这一学术背景下，"重写文学史"成为中国现当代文学学科的增长点，许多人开始质疑中国现代文学的历史起点问题，他们认为中国现代文学从萌芽到发生，从发展到成熟经历很长时间，晚清时期才是中国现代文学发生萌动的重要阶段，而五四的价值意义仅仅在于标志着各种社会文化矛盾集中爆发，虽然临界点具有不可替代的特殊作用，但是也应该尊重文学史发展的客观事实，也就是说，要想真实呈现中国现代文学史的整体脉络，就必须注意到晚清时期是五四"文学革命"发生的重要序曲，也是中国现代文学史完成蜕变的有机组成部分。后来，围绕着中国现代文学史的学科边界问题，许多研究者对通俗文学、旧体诗词、海外华文文学等等能否进入中国现代文学史展开激烈论争，进一步把"重写文学史"思潮引向纵深阶段。

总而言之，从跨学科的角度全面审视中国新诗发生问题，就会发现中国新诗发生应该具有不同路径选择，在多种可能性和不确定性中最终走上脱胎换骨的道路。但是，我们发现，很多文学史家并没有叙述学堂乐歌运动在中国近现代文学史发展过程中的特殊价值，也没有呈现学堂乐歌运动在何种意义上对中国新诗发生产生深层影响，毫无疑问，这种文学史观是不科学理性的，缺乏对文学史进化过程中的部分细节梳理，应该在未来的文学史书写过程中得到弥补。此时，本课题的学术价值在于运用跨学科的研究方法，把学堂乐歌运动置于晚清民初的时空场域中，完全打通音乐学、文学、历史学、教育学、传播学等不同学科壁垒，在相互比照融通之中，详细阐述学堂乐歌运动为早期白话新诗的长足发展拓展空间，对现代诗体建设是有历史性贡献的，其不仅在发生时间和传播效果上，而且在文本性质和结构形态方面，都可以看作中国新诗发生的重要开端，真实参与中国诗歌的现代转型，这就在客观上形成对中国现代诗学体系的话语重构。

---

[1] 王岳川：《重写文学史与新历史精神》，《当代作家评论》1999年第6期。

结　　语

　　在既往研究视野中，很多学者把学堂乐歌看作中国新音乐教育的历史开端，不仅引入大量外国音乐曲调，而且有效促进学校音乐教育发展，乃至直接催生20世纪30年代城市音乐流行思潮，在中国近现代音乐发展史上发挥着重要作用，研究成果汗牛充栋。然而，倘若我们跳出中国近现代音乐史的基本范畴，运用学科交叉融合的多维视角，把学堂乐歌置于文学、历史学、教育学、传播学等不同学科视野中，努力还原晚清民初时期的复杂历史场域，就会发现学堂乐歌不仅在结构形态和思想蕴涵方面具有新质素，而且在传播方式和接受群体上呈现出新样态，可以看作中国新诗发生的重要雏形，构成中国诗歌现代转型的重要组成部分，这就极大拓展中国新诗研究的新视野，值得我们深入研究。

　　从外部形态来看，学堂乐歌在结构方面灵活多样，宽松自由，不拘一格，基本超越中国古典诗歌的传统模式，对胡适提倡的"诗体大解放"主张取得显著成就功不可没；在语言体式方面，部分学堂乐歌带有浓厚的文言传统，甚至直接取材于中国古典诗词，显得古朴雅驯、佶屈聱牙，但是，很多乐歌歌词却平实浅白，通俗易懂，读起来朗朗上口，是中国近代语言变革的积极力量；在句法结构方面，学堂乐歌本身就属于深受西方音乐曲调影响的产物，特别是随着许多西方新名词相继进入中国，欧化语法体系也有效汇入近代汉语语法体系，它们经过相互碰撞融合后，共同催生现代汉语语法规范的产生，现代汉语虚词、连词、介词、语气词甚至标点符号都相继进入现代汉语诗歌写作实践，标志着中国新诗创作步入正常发展轨道。除此之外，学堂乐歌广泛借助近代报刊和出版书局，不仅在大中小学校得到有效传播，而且在社会音乐教育领域发挥着重要作用，成为中国近代音乐教育的积极推动力。

从内部形态来看，学堂乐歌不仅引进大量西方音乐曲调，而且对中国传统音乐样式进行改造，有效延续中国几千年的诗教传统，在不同新式学堂和民间社会广泛传播，逐渐成为改造国民性的核心力量。具体来讲，学堂乐歌有利于"鼓民力""开民智""新民德"，特别是在塑造现代国民、建构现代民族国家方面具有重要作用。"音乐者，合多数声音，为有法之组织，以娱耳而移情者也。……合各种高下之声，而调以时价，文之以谐音，和之以音色，组之而为调、为曲，是为音乐。故音乐者，以有节奏之变动为系统，而又不稍滞于迹象者也。其在生理上，有节宣呼吸、动荡血脉之功。而在心理上，则人生之通式，社会之变态，宇宙之大观，皆缘是领会之。此其所以感人深，而移风易俗易也。"① 1913年，钟卓英在《中小学唱歌教科书·序》中说："故移风易俗莫善于乐。教以乐德，可淑其心；教以乐语，可和其声；教以乐舞，可善其形；教以乐音，可调其性。所以欧美大陆，扶桑岛国均于学制定为专科，髫龄就傅，即教以谱调，赋以歌词，鼓舞其志气，活泼其精神，敦笃其钟爱，涵养其美感，陶冶其德性。"②

五四时期，随着语言变革有效推进，学堂乐歌逐渐汇入白话新诗运动洪流中，成为新旧文学更替的催化剂。因此，我们说，学堂乐歌在中国诗歌现代转型中发挥着重要作用，可以看作中国新诗发生的历史开端。

综上所述，学堂乐歌真实参与中国新诗发生的历史进程，甚至要比部分白话新诗提前十多年完成现代转型，在内容和形式上已经具备早期白话新诗的基本雏形，当属中国现代诗歌嬗变的重要环节。但是，纵观20世纪中国文学史，却鲜有研究者对此高度重视，这就严重遮蔽学堂乐歌在中国诗歌发展过程中的价值意义。习惯上，很多新文学史家都把胡适作为"新诗发明人"，似乎已经成为学术界的不刊之论，以此彰显胡适在中国新诗发生过程中的特殊地位。然而，文学史发展并不完全遵循简单线性的逻辑法则，它是在各种现实历史因素相互融合，经过反复博弈和集体发挥作用的前提下，逐渐形成各类文学史事件。换言之，文学史进化具有多种路径选择，许多不确定因素经过集体发酵之后，可能无声无息地消失在历史长河中，但是，这并不意味着它们未曾发挥自身独特作用。正是在这一

---

① 《蔡元培全集》（第二卷），浙江教育出版社1989年版，第450页。
② 钟卓英：《中小学唱歌教科书·序》，张静蔚编选、校点《中国近代音乐史料汇编（1840—1919）》，人民音乐出版社1998年版，第166—167页。

意义上，我们运用跨学科方式来审视学堂乐歌运动，就能够进一步拓展中国诗歌转型研究的新视野，可能重构中国现代文学史的部分命题。

当历史进入新时代，移动电视、数字广播、网络平台等许多新兴媒体大量涌现，有效改变人们的传统娱乐方式，学堂乐歌随之被注入时代因素。2004年，著名作曲家谷建芬开始创作《新学堂歌》，比如，《春晓》《明日歌》《清明》《游子吟》《村居》《出塞》《长相思》《登鹳雀楼》《长歌行》等都直接取材于古典诗词，歌词蕴涵丰富，意境深远，曲调清新优美，节奏明快，可以满足学前儿童群体的审美需要，曾在中央电视台"经典咏流传"节目中演唱，能够让儿童群体感受到中华优秀传统文化之美。实际上，这可以看作新学堂歌在新时代语境中的衍生蜕变。此时，音乐教育以全新方式铺展开来，让更多音乐爱好者享受艺术之美。一言以蔽之，学堂乐歌运动的本质在于新型音乐的大众化，正是在学校音乐教育和社会音乐教育的共同推动之下，西方国家的音乐与教育体系才传入中国，逐渐受到全社会高度重视，也加速中国从传统文明到现代文明的转变。这里，笔者借用《威尼斯商人》中雷南佐的话来结束全文，他说："道理是如此的。聚精会神，垂听那铿锵的音乐音调，便能使野性放荡的群兽，或幼稚性乖的小马，狂跃、咆哮、嘶鸣，这都是他们的热情……人类的心肠有时如同铁石，但是音乐有变化气质的可能性。一个人不会音乐，就令音乐如何优雅，也不可能鼓动其心的，其人实是充满了叛逆、阴谋、劫掠的行为；他的意志必如漆黑的深夜，他的情感必如黑暗的地狱，我不希望人寰有这样如木如石的人，注意音乐吧！"[①]

[①] ［英］莎士比亚：《威尼斯商人》，《莎士比亚四大悲剧》，朱生豪译，中国画报出版社2013年版，第131页。

参考文献

一 报纸杂志

《东方杂志》
《教育世界》
《教育杂志》
《女子世界》
《江苏》
《江苏白话报》
《新民丛报》
《浙江潮》
《云南》
《云南教育杂志》
《安徽白话报》
《杭州白话报》
《湖南教育杂志》
《妇女时报》
《天铎》
《申报》
《音乐小杂志》
《扬子江白话报》

二 国内著作

阿英：《晚清文学丛钞——说唱文学卷》（上下册），中华书局 1960

年版。

安宇、周棉:《留学生与中外文化交流》,南京大学出版社2000年版。

崔波:《清末民初媒介空间演化论》,北京大学出版社2012年版。

陈平原:《"新文化"的崛起与流播》,北京大学出版社2015年版。

陈平原:《作为一种思想操练的五四》,北京大学出版社2018年版。

陈平原:《左图右史与西学东渐——晚清画报研究》,生活·读书·新知三联出版社2018年版。

陈净野:《李叔同学堂乐歌研究》,中华书局2007年版。

陈建华、陈洁:《民国音乐史年谱》,上海音乐出版社2005年版。

陈星:《说不尽的李叔同》,中华书局2005年版。

陈一萍:《先行者之歌——辛亥革命时期歌曲200首》,武汉大学出版社2009年版。

陈明霞:《近代福建教会学校教育研究》,人民出版社2012年版。

陈晶、洛秦:《上海基督教会学校女子音乐教育研究》,上海音乐出版社2016年版。

陈国恩:《现代性与中国现代文学》,中国社会科学出版社2019年版。

陈学恂:《中国近代教育史教学参考资料》(上下册),人民教育出版社1987年版。

陈方竞:《多重对话:中国新文学的发生》,人民文学出版社2003年版。

陈历明:《新诗的生成——作为翻译的现代性》,商务印书馆2014年版。

陈万雄:《五四新文化的源流》,生活·读书·新知三联书店1997年版。

方长安:《选择接受转化——晚清至20世纪30年代初中国文学流变与日本文学关系》,武汉大学出版社2003年版。

方长安:《新诗传播与构建》,中国社会科学出版社2012年版。

方长安:《中国新诗(1917—1949)接受史研究》,中国社会科学出版社2017年版。

方汉奇:《中国近代报刊史》,山西人民出版社1981年版。

冯文慈：《中外音乐交流史》，湖南教育出版社 1998 年版。

傅宗洪：《大众诗学视域中的现代歌词研究：1900—1940 年代》，中国社会科学出版社 2016 年版。

付建舟：《近现代转型期中国文学论稿》，凤凰出版社 2011 年版。

高娉：《留日知识分子对日本音乐理念的摄取——明治末期中日文化交流的一个侧面》，文化艺术出版社 2009 年版。

高玉：《现代汉语与中国现代文学》，中国社会科学出版社 2003 年版。

高旭东：《跨学科研究》，北京大学出版社 2017 年版。

高旭东：《比较文学与中国文体的现代转型》，北京大学出版社 2017 年版。

高旭东：《中国现代文学史》（上、下），北京师范大学出版社 2017 年版。

郜元宝：《汉语别史——现代中国的语言体验》，山东教育出版社 2010 年版。

郭延礼：《中西文化碰撞与近代文学》，山东教育出版社 1999 年版。

戈公振：《中国报学史》，商务印书馆 1927 年版。

顾长声：《传教士与近代中国》，上海人民出版社 1991 年版。

耿传明：《决绝与眷恋：清末民初社会心态与文学转型》，复旦大学出版社 2010 年版。

何菊：《传教士与近代中国社会变革》，中国社会科学出版社 2014 年版。

胡适：《尝试集》，亚东图书馆 1920 年版。

胡适：《白话文学史》，上海古籍出版社 1999 年版。

金耀基：《从传统到现代》，台北：时报文化出版企业有限公司 1995 年版。

金耀基：《中国现代化与知识分子》，台北：时报文化出版企业有限公司 1988 年版。

金新利：《科学与中国现代诗歌》，中国社会科学出版社 2022 年版。

姜涛：《"新诗集"与中国新诗的发生》，北京大学出版社 2005 年版。

姜荣刚：《留学生与晚清文学转型》，中国社会科学出版社 2015 年版。

蒋英：《清末民初贵州学堂乐歌考》，中国社会科学出版社 2015 年版。

刘福春：《新诗纪事》，学苑出版社 2004 年版。

刘福春：《中国新诗编年史》，人民文学出版社 2013 年版。

刘继业：《新诗的大众化与纯诗化》，北京大学出版社 2008 年版。

刘纳：《嬗变——辛亥革命时期至五四时期的中国文学》，中国社会科学出版社 1998 年版。

刘继林：《民间话语与中国现代诗歌》，中国社会科学出版社 2022 年版。

林子青：《弘一法师年谱》，宗教文化出版社 1995 年版。

林能杰：《20 世纪日本学校音乐教育发展研究》，人民教育出版社 2007 年版。

陆正兰：《歌词学》，中国社会科学出版社 2007 年版。

陆正兰：《歌词艺术十二讲》，北京大学出版社 2015 年版。

李静：《乐歌中国——近代音乐文化与社会转型》，北京大学出版社 2012 年版。

李欧梵：《现代性的追求》，生活·读书·新知三联书店 2000 年版。

李春雨：《出版文化与中国文学的现代转型》，北京语言大学出版社 2011 年版。

李怡：《中国现代新诗与古典诗歌传统》，中国人民大学出版社 2015 年版。

李怡：《日本体验与中国现代文学的发生》，北京大学出版社 2009 年版。

李怡：《现代文学与现代历史的对话》，羊城晚报出版社 2016 年版。

李宗刚：《新式教育与五四文学的发生》，齐鲁书社 2006 年版。

李贵生：《疏证与析证：清末民初中国文学研究的范式转型》，中国社会科学出版社 2016 年版。

李孝悌：《清末的下层社会启蒙运动》（1901—1911），河北教育出版社 2001 年版。

吕顺长：《清末浙江与日本》，上海古籍出版社 2001 年版。

栾梅健：《二十世纪中国文学发生论》，广西师范大学出版社 2006 年版。

罗振亚：《中国新诗的文化与历史透视》，黑龙江教育出版社 2002 年版。

龙泉明：《中国新诗流变论》，人民文学出版社 1999 年版。

马春林：《中国晚清文学革命史》，辽宁大学出版社 2000 年版。

马睿：《文学理论的兴起：晚清民初的一份知识档案》，山东文艺出版社 2015 年版。

毛翰：《辛亥革命踏歌行》，安徽文艺出版社 2011 年版。

毛翰：《歌词创作学》，社会科学文献出版社 2015 年版。

孟泽：《何所从来——早期新诗的自我诠释》，九州出版社 2011 年版。

倪贝贝：《人称代词与中国现代诗歌》，中国社会科学出版社 2022 年版。

潘颂德：《中国现代新诗理论批评史》，学林出版社 2002 年版。

钱仁康：《钱仁康音乐文选》（上下册），上海音乐出版社 1997 年版。

钱仁康：《学堂乐歌考源》，上海音乐出版社 2001 年版。

钱理群：《中国现代文学编年史——以文学广告为中心》（4 卷本），北京大学出版社 2013 年版。

钱韧韧：《虚词与中国现代诗歌》，中国社会科学出版社 2022 年版。

荣光启：《现代汉诗的发生：晚清至五四》，中国社会科学出版社 2015 年版。

荣光启：《现代汉诗的眼光——谈论新诗的一种眼光》，中国社会科学出版社 2015 年版。

孙玉石：《中国现代主义诗潮史论》，北京大学出版社 1999 年版。

孙继南、周柱铨：《中国音乐通史简编》，山东教育出版社 1991 年版。

孙继南：《中国近现代音乐教育史纪年 1984—2000》，山东教育出版社 2004 年版。

孙继南：《黎锦晖与黎派音乐》，上海音乐出版社 2007 年版。

桑兵：《晚清学堂学生与社会变迁》，广西师范大学出版社 2007 年版。

舒新城：《近代中国留学史》，中华书局 1928 年版。

沈殿成：《中国人留学日本百年史》（1896—1996），辽宁教育出版社

1997 年版。

沈珉：《现代性的另一副面孔：晚清至民国的书刊形态研究》，中国书籍出版社 2015 年版。

石磊：《中国近代军歌初探》，解放军文艺出版社 1986 年版。

汤富华：《翻译诗学的语言向度：论中国新诗的发生》，南京大学出版社 2013 年版。

汤哲声：《中国文学现代化的转型》，南京大学出版社 1995 年版。

田正平：《留学生与中国教育近代化》，广东教育出版社 1996 年版。

唐德刚：《从晚清到民国》，中国文史出版社 2015 年版。

文贵良：《文学汉语实践与中国现代文学的发生》，北京大学出版社 2022 年。

伍雍谊：《中国近现代学校音乐教育》，上海教育出版社 1999 年版。

魏天真、魏天无：《革命话语与中国新诗》，中国社会科学出版社 2022 年版。

吴霓：《中国人留学史话》，商务印书馆 1997 年版。

吴思敬：《20 世纪中国新诗理论史》，人民文学出版社 2016 年版。

吴福辉：《中国现代文学发展史》，北京大学出版社 2010 年版。

汪毓和：《中国近代音乐史纲》，中国电子音像出版社 2000 年版。

汪毓和：《中国近现代音乐史 1901—1949》，人民音乐出版社 2006 年版。

汪向荣：《日本教习》，商务印书馆 2013 年版。

王向远：《中日现代文学比较论》，湖南教育出版社 1998 年版。

王光明：《现代汉诗的百年演变》，河北人民出版社 2003 年版。

王泽龙：《中国现代诗歌意象论》，中国社会科学出版社 2008 年版。

王泽龙：《现代汉语与中国现代诗歌》，中国社会科学出版社 2022 年版。

王雪松：《节奏与中国现代诗歌》，中国社会科学出版社 2022 年版。

王珂：《新诗诗体生成史论》，九州出版社 2007 年版。

王晓秋：《改良与革命：晚清民初时事新探》，北京大学出版社 2012 年版。

王永祥：《民初的政治文化生态与新文学的空间场域》，山东文艺出版社 2015 年版。

王德明：《中国古代诗歌句法理论的发展》，广西师范大学出版社2000年版。

夏滟洲：《中国近现代音乐史简编》，上海音乐教育出版社2004年版。

夏晓虹：《晚清社会与文化》，湖北教育出版社2001年版。

夏晓虹：《晚清女性与近代中国》，北京大学出版社2004年版。

夏晓虹：《觉世与传世》，中华书局2006年版。

夏晓虹：《阅读梁启超》，生活·读书·新知三联书店2006年版。

夏晓虹：《晚清女子国民常识的建构》，北京大学出版社2016年版。

夏晓虹：《晚清文人妇女观》，北京大学出版社2016年版。

熊月之：《西学东渐与晚清社会》，上海人民出版社1994年版。

熊辉：《五四译诗与早期中国新诗》，人民出版社2010年版。

谢君兰：《古今流变与中国新诗白话传统的生成》，羊城晚报出版社2017年版。

许霆：《中国新诗发生论稿》，人民出版社2012年版。

许德邻：《分类白话诗选》，上海崇文书局1920年版。

徐新建：《民歌与国学——民国早期"歌谣运动"的回顾与思考》，巴蜀书社2006年版。

徐士家：《中国近现代音乐史纲》，南海出版公司1997年版。

叶维廉：《中国诗学》，生活·读书·新知三联书店1992年版。

叶隽：《异文化博弈——中国现代留欧学人与西学东渐》，北京大学出版社2009年版。

叶伯和：《诗歌集》，上海远东印刷所1920年版。

叶琼琼：《隐喻与中国现代诗歌研究》，武汉大学出版社2022年版。

余甲方：《中国近代音乐史》，上海人民出版社2006年版。

袁进：《新文学的前驱：欧化白话文在近代的发生、演变和影响》，复旦大学出版社2014年版。

岳凯华：《五四激进主义的缘起与中国新文学的发生》，岳麓书社2006年版。

杨匡汉、刘福春：《中国现代诗论》，花城出版社1985年版。

杨联芬：《晚清至五四：中国文学现代性的发生》，北京大学出版社2003年版。

杨栋梁：《近代以来日本的中国观》，江苏人民出版社2012年版。

严安生：《灵台无计逃神矢：近代中国人留日精神史》，生活·读书·新知三联书店2018年版。

严延安：《传教士中文报刊译述中的汉语变迁及影响》，上海交通大学出版社2013年版。

昝涛：《现代国家与民族建构》，生活·读书·新知三联书店2011年版。

张前：《中日音乐交流史》，人民音乐出版社1999年版。

张瑜：《1916：新文学发生的年代学研究》，人民出版社2017年版。

张静蔚：《中国近代音乐史料汇编》（1840—1919年），人民音乐出版社1998年版。

张静蔚：《触摸历史》，上海音乐学院出版社2013年版。

张艳华：《新文学发生期的语言选择与文体流变》，山东大学出版社2009年版。

张天星：《报刊与晚清文学现代性的发生》，凤凰出版社2011年版。

张先飞：《"人的文学"："五四"现代人道主义与新文学的发生》，人民出版社2016年版。

张程刚：《李叔同音乐教育思想研究》，安徽大学出版社2014年版。

张桃洲：《现代汉语的诗性空间》，北京大学出版社2005年版。

章永乐：《旧邦新造：1911—1917》，北京大学出版社2011年版。

赵元任：《新诗歌集》，商务印书馆1928年版。

赵亚宏：《中国新文学发生期文学批评的多元变革与发展》，人民出版社2016年版。

赵敏俐：《中国古代歌诗研究——从〈诗经〉到〈元曲〉的艺术生产史》，北京大学出版社2005年版。

郑晓芳：《中国近代文学的历史轨迹》，上海书店出版社1999年版。

郑家建：《中国文学现代性的起源语境》，生活·读书·新知三联书店2002年版。

郑匡民：《西学的中介：清末民初的中日文化交流》，四川人民出版社2008年版。

周棉等：《留学生群体与民国的社会发展》，中国社会科学出版社2017年版。

三　国外著作

［美］本尼迪克特·安德森：《想象的共同体：民族主义的起源与散布》，吴叡人译，上海世纪出版集团 2011 年版。

［美］费正清：《剑桥中华民国史》，中国社会科学出版社 1994 年版。

［美］费正清：《剑桥晚清史（1800—1911 年）》，中国社会科学出版社 1993 年版。

［美］洪长泰：《到民间去：1918—1937 年的中国知识分子与民间文学运动》，董晓萍译，上海文艺出版社 1993 年版。

［美］鲍威尔：《中国军事力量的兴起 1895—1912 年》，中国社会科学出版社 1979 年版。

［美］本杰明·史华兹：《寻求富强：严复与西方》，江苏人民出版社 1996 年版。

［美］李侃如：《治理中国：从革命到改革》，胡国成、赵梅译，中国社会科学出版社 2010 年版。

［美］马泰·卡林内斯库：《现代性的五副面孔》，顾爱彬、李瑞华译，商务印书馆 2002 年版。

［美］格里德尔：《知识分子与现代中国》，单正平译，南开大学出版社 2002 年版。

［美］叶维丽：《为中国寻找现代之路——中国留学生在美国（1900—1927）》，周子平译，北京大学出版社 2012 年版。

［美］汉娜·阿伦特：《论革命》，陈周旺译，译林出版社 2011 年版。

［英］雷蒙德·威廉斯：《关键词：文化与社会的词汇》，刘建基译，生活·读书·新知三联书店 2008 年版。

［英］爱德华·霍列特·卡尔：《历史是什么》，吴柱存译，商务印书馆 1981 年版。

［英］汤因比：《历史研究》，郭小凌等译，上海人民出版社 2010 年版。

［日］实藤惠秀：《中国人留学日本史》，谭汝谦、林启彦译，北京大学出版社 2012 年版。

［日］榎本泰子：《乐人之都——上海：西洋音乐在近代中国的发轫》，彭瑾译，上海音乐出版社 2003 年版。

[日］柄谷行人:《日本现代文学的起源》，赵京华译，生活·读书·新知三联书店 2003 年版。

[日］增田涉:《西学东渐与中国事情》，由其民、周启乾译，江苏人民出版社 2010 年版。

[法］托克维尔:《旧制度与大革命》，冯棠译，商务印书馆 1996 年版。

[法］古斯塔夫·勒庞:《乌合之众》，冯克利译，中央编译出版社 2004 年版。

[法］布尔迪厄:《艺术的法则：文学场的生成和结构》，刘晖译，中央编译出版社 2001 年版。

[加］马歇尔·麦克卢汉:《理解媒介》，何道宽译，商务印书馆 2003 年版。

四 研究论文

陈煜斓:《近代学堂乐歌的文化与诗学阐释》,《中国社会科学》2006 年第 3 期。

陈平原:《现代文学的生产机制及传播方式——以 1890 年代至 1930 年代的报章为中心》,《书城》2004 年第 2 期。

陈仲义:《百年新诗:"起点"与"冠名"的问题》,《中国现代文学研究丛刊》2017 年第 10 期。

方长安:《传播建构与现代新诗评估范式的重建》,《复旦学报》2018 年第 3 期。

付祥喜:《"新歌行"与中国近现代诗歌》,《中国社会科学》2014 年第 12 期。

傅元峰:《"百年新诗"辨》,《南方文坛》2018 年第 1 期。

傅宗洪:《学堂乐歌与中国诗歌的现代转型》,《中国现代文学研究丛刊》2006 年第 6 期。

傅宗洪:《"音乐的"还是"文学的"——歌谣运动与现代诗学传统的再认识》,《中国现代文学研究丛刊》2011 年第 9 期。

冯芸:《乐歌与我国的近代音乐教育》,《苏州大学学报》2003 年第 6 期。

高小康:《在"诗"与"歌"之间的振荡》,《文学评论》2002 年第

2 期。

高婷：《日本明治时期的音乐教育对沈心工唱歌集的影响》，《乐府新声》2009 年第 1 期。

高婷：《从〈音乐小杂志〉看明治日本对李叔同的影响》，《文艺研究》2009 年第 6 期。

关心：《清末留日学生与早期西乐传习》，《中州学刊》2016 年第 10 期。

韩朝：《近代报刊杂志中刊载的"乐歌"》，《黄河之声》2014 年第 15 期。

黄丹纳：《学堂乐歌：中国"新诗"历史的开端》，《贵州社会科学》2010 年第 8 期。

胡全章：《白话报刊与近代歌诗》，《中国现代文学研究丛刊》2011 年第 3 期。

江江：《乐典，舍此不足以言音乐——曾志忞的"新音乐"教育思想》，《人民音乐》1999 年第 3 期。

卢桢：《域外行旅与中国新诗的发生》，《文艺研究》2018 年第 9 期。

刘东方：《中国现代歌诗概念初探》，《文学评论》2010 年第 6 期。

刘再生：《我国近代早期的"学堂"与"乐歌"》，《音乐研究》2006 年第 3 期。

刘兴晖：《清末民初"新诗"与"新歌"的合流与分化——以赵元任〈新诗歌集〉为中心》，《北方论丛》2013 年第 1 期。

刘莎：《辛亥革命时期乐歌中的女性解放》，《黄钟》2011 年第 4 期。

李静：《近代乐歌与体育》，《读书》2009 年第 2 期。

李静：《近代学堂乐歌对现代国民的想象与塑造》，《南京师范大学文学院学报》2017 年第 2 期。

李静：《娴雅勇健——近代歌乐文化对"新女性"的塑造》，《文艺研究》2011 年第 3 期。

李静：《近代歌词创作中的"文""白"之争》，《南京师范大学文学院学报》2012 年第 4 期。

李静：《学堂乐歌中的"现代国民"》，《读书》2014 年第 5 期。

李静：《学堂乐歌中的现代国民》，《读书》2014 年第 5 期。

李静：《晚清报刊上的音乐书籍史料——中国近代稀见音乐史料钩

沉》，《人民音乐》2014年第3期。

李静：《新评沈心工〈学校唱歌集〉》，《人民音乐》2014年第9期。

李怡、苏雪莲：《大众传媒与中国新诗的生成》，《学术月刊》2006年第4期。

李怡：《多种书写语言的交融与冲突——再审中国新诗的发生》，《文艺研究》2018年第9期。

陆正兰：《歌诗：一种文学体裁的复兴》，《当代文坛》2016年第1期。

吕周聚：《被遮蔽的新诗与歌之关系探析》，《文学评论》2014年第3期。

刘继林：《百年新诗的民间话语研究视角》，《北方论丛》2018年第2期。

齐柏平：《"学堂乐歌"及其意义研究》，《音乐创作》2014年第7期。

齐柏平：《"学堂乐歌"的历史演变及其影响》，《中国人民大学学报》2018年第5期。

邱健：《乐歌写作的语言机制——以〈黄河〉〈春游〉为研究中心》，《南方文坛》2018年第3期。

孙继南：《中国第一部官方统编音乐教材——〈乐歌教科书〉的现身与考索》，《音乐研究》2010年第3期。

孙继南：《我国近代早期"乐歌"的重要发现——山东登州〈文会馆志〉"文会馆唱歌选抄"的发现经过》，《音乐研究》2006年第2期。

施议对：《同源与分途——从词体的发生、发展看中国诗歌的古今演变》，《社会科学战线》2016年第5期。

汤哲声：《生产体系：中国现代文学生成发展的社会基础》，《文艺研究》2002年第6期。

谭勇：《嬗变与更生——中国近代学堂音乐教育研究》，《黄钟》1994年第1期。

童龙超：《诗歌与音乐跨界视野中的歌词研究》，人民出版社2016年。

汪朴：《清末民初乐歌课之兴起确立经过》，《中国音乐学》1997年第1期。

王泽龙：《现代汉语虚词与新诗形式变革》，《中国社会科学》2014年第9期。

王求真：《近现代上海音乐教育的发展》，《上海师范大学学报》1998年第3期。

谢君兰：《晚清"诗"与"歌"中的句法与意象——以传统诗歌的句法原理为分析基础》，《文学评论》2015年第3期。

谢君兰：《从音乐到格律——论白话新诗视野下的学堂乐歌》，《文艺研究》2017年第3期。

夏晓虹：《须从旧锦翻新样——近代诗歌中的"新意境"》，《读书》1990年第12期。

夏晓虹：《从男女平等到女权意识——晚清的妇女思潮》，《北京大学学报》1995年第4期。

夏晓虹：《"英雄女杰勤揣摩"——晚清女性的人格理想》，《文艺研究》1995年第6期。

夏晓虹：《中国现代文学语言的形成》，《开放时代》2000年第3期。

夏晓虹：《军歌》，《读书》2000年第6期。

夏晓虹：《晚清女报中的乐歌》，《中山大学学报》（社会科学版）2008年第2期。

夏晓虹：《晚清报刊广告的文学史意义》，《南京师范大学文学院学报》2008年第4期。

夏晓虹：《晚清白话文运动的官方资源》，《北京社会科学》2010年第2期。

夏晓虹：《作为书面语的晚清报刊白话文》，《天津社会科学》2011年第6期。

夏晓虹：《晚清两份〈女学报〉的前世今生》，《现代中文学刊》2012年第1期。

夏晓虹：《作为国民常识的晚清女子启蒙读物》，《读书》2015年第4期。

夏晓虹：《"共和国民必读书"》，《读书》2016年第3期。

徐文武：《清季民初国人心态与学堂乐歌》，《音乐研究》2017年第5期。

徐文武：《哪来的"洋腔"、"洋调"：晚清沪上学堂乐歌的意义与魅力》,《交响》又名《西安音乐学院学报》2019年第2期。

许霆:《新诗发生的传统诗歌资源》,《中国现代文学研究丛刊》2006年第1期。

许霆:《中国新诗发生与现代媒体》,《江海学刊》2006年第1期。

余峰:《近代新音乐思想世界中的"爱国尚武"精神》,《中国音乐》2008年第4期。

余峰:《近代乐歌制作的形下释》,《中国音乐》2012年第1期。

张瑜:《学堂乐歌与新文学的发生》,《大舞台》2017年第5期。

朱兴和:《李叔同学堂乐歌中的近代思想意味》,《中国现代文学研究丛刊》2015年第10期。

郑敏:《世纪末的回顾:汉语语言变革与中国新诗创作》,《文学评论》1993年第3期。

五 学位论文

陈洁:《论中国新诗与歌词的三次交融》,硕士学位论文,西南大学,2010年。

段炜:《晚清至五四时期女性身体观念考》,博士学位论文,华中师范大学,2007年。

丁小妮:《"诗歌"与20年代新诗》,硕士学位论文,西南大学,2008年。

冯庆华:《中国现代儿童文学之发生》,硕士学位论文,河南大学,2007年。

韩朝:《"新民"视野下清朝末年的"乐歌"》,硕士学位论文,西南大学,2014年。

胡峰:《诗界革命:中国现代新诗的发生——诗歌本体的现代转型研究》,博士学位论文,山东师范大学,2010年。

罗虹:《学堂乐歌与民族国家建构》,硕士学位论文,福建师范大学,2013年。

刘茉琳:《论晚清至五四的白话文运作》,博士学位论文,暨南大学,2010年。

李音:《晚清至五四:文学中的疾病言说》,博士学位论文,华东师范大学,2009年。

李俊：《学堂乐歌富国强兵思想研究》，硕士学位论文，南京艺术学院，2011年。

李力：《百年歌词创作繁荣及其对新诗创作的启示》，硕士学位论文，四川大学，2006年。

李强：《清末师范学堂的音乐教育研究》，硕士学位论文，湖南大学，2010年。

赖彧煌：《晚清至五四诗歌的言说方式研究》，博士学位论文，首都师范大学，2006年。

王雪松：《中国现代诗歌节奏原理与形态研究》，博士学位论文，华中师范大学，2011年。

王瑛：《从学堂乐歌到学校歌曲》，硕士学位论文，山西大学，2010年。

吴小鸥：《清末民初教科书的启蒙诉求》，博士学位论文，湖南师范大学，2010年。

魏鲁佳：《李叔同的音乐教育思想研究》，硕士学位论文，河北大学，2010年。

谢芳：《论20世纪早期我国的普通学校音乐教育观》，硕士学位论文，华中师范大学，2009年。

颜同林：《方言与中国现代新诗》，博士学位论文，四川大学，2007年。

翟梦秋：《学堂乐歌历史意义与相关的音乐审美教育思考》，硕士学位论文，上海音乐学院，2016年。

翟娟：《清末民初我国的学校音乐教育制度》，硕士学位论文，华中师范大学，2012年。

周琼：《论中国近代学校音乐教育的引入》，硕士学位论文，华中师范大学，2006年。

周莹：《学堂乐歌研究》，硕士学位论文，河北师范大学，2009年。

张丽萍：《学堂乐歌及其对近现代音乐教育的影响》，硕士学位论文，西北师范大学，2008年。

张弢：《现代报刊中的"歌谣运动"研究》，博士学位论文，南京师范大学，2013年。

附　　录

学堂乐歌作品集索引（1904—1914）

1. 曾志忞编《教育唱歌集》（1904年4月）

曾志忞《春朝》"喔喔啼喔喔啼，东方日出亮晞晞"
曾志忞《蜂蝶》"走进去花园里"
杨度《黄河》"黄河黄河出自昆仑山"
曾志忞《黄菊》"黄种岂输白种强"
曾志忞《老雄鸡》"满地砻糠满地粞"
龙毓昏《老鸦》"老鸦老鸦对我叫"
曾志忞《蚂蚁》"蚂蚁蚂蚁到处有"
曾志忞《勤》"勤……太阳落山明月升"
曾志忞《实业》"问君将来习何业"
曾志忞《手戏》"一个小球圆混混"
曾志忞《四季》"春季里不也乐乎"
曾志忞《小麻雀》"树阴里锵锵锵"
曾志忞《新年》"转瞬又新正"
曾志忞《杨花》"看一湾流水小红桥"
曾志忞《纸鸢》"青云直上路迢迢"
曾志忞《战》"黄沙万里不见人"

2. 沈心工编《学校唱歌集·初集》（1904 年）

沈心工《毕业式》"佳气兮葱葱，春风光尘中"
沈心工《春光好》"春光好春风一到"
沈心工《春雨》"春雨如雾又如烟"
吴怀疚《春游》"云淡风轻，微雨初晴"
沈心工《花园》"好朋友好朋友"
沈心工《鸡》"园里一只老雄鸡"
沈心工《赛船》"小小船小小船"
沈心工《体操》"男儿志气第一高"
沈心工《体操》（女子用）"娇娇这个好名字"
夏颂莱《始业式》"兼旬休养气从容"
沈心工《雪》"欢喜……天上雪花飞"
王引才《扬子江》"大江东去何茫茫"
沈心工《萤》"萤火虫夜夜红"
陈颂平《早起》"听听听我唱"
夏颂莱《何日醒》"一朝病国人都病"
吴怀疚《秋之夜》"暑气全消，云淡青天高"
吴怀疚《勉学》"黑奴红种相继尽"
沈心工《祝幼稚生》"小妹妹小弟弟"
沈心工《雁字》"青天高远树稀"
沈心工《地球》"南北东西大海边"
沈心工《乐群》"合群之乐乐如何"
沈心工《运动会》"来……快……快来运动会"
夏颂莱《休业式》"岁月去如流"

3. 曾志忞编《国民唱歌集》（1905 年 1 月）

曾志忞《祝自由神》"……"
曾志忞《气球》"我取个麦柴管"
曾志忞《汽车》"一声两声喷喷喷"
曾志忞《航海》"航海船航海船"
曾志忞《自由车》"春城二月佳气清"

曾志忞《赛船》 "今朝浪静风平"

曾志忞《赛马》 "啸春风怒马如龙"

曾志忞《招国魂》 "……"

曾志忞《国旗》 "清风飘飘兮"

曾志忞《哀印度》 "……"

曾志忞《吊埃及奴》 "哈喇沙漠金塔高"

曾志忞《痛亡国》 "……"

曾志忞《从军乐》 "手执干戈愿从戎"

曾志忞《杀敌快》 "战场之花已开"

曾志忞《海军》 "纵横舰队密如云"

曾志忞《陆军》 "国要强兵力不可不扩张"

曾志忞《娘子军》 "女娲炼石补天兮"

曾志忞《国民大纪念》 "一朝病国人都病"

曾志忞《日俄大海战》 "……"

曾志忞《法国革命》 "咄嗟其起翳吾国青年"

曾志忞《美国独立》 "……"

曾志忞《思祖国》 "……"

4. 李叔同编《国学唱歌集》（1905年5月）

李叔同《葛藟》 "葛藟在河之浒"

李叔同《繁霜》 "正月繁霜，我心忧伤"

李叔同《黄鸟》 "黄鸟黄鸟无集放"

李叔同《无衣》 "岂曰无衣"

李叔同《离骚》 "帝高阳之苗裔兮"

李叔同《山鬼》 "若有人兮之阿"

李叔同《行路难》 "金樽清酒斗十千"

李叔同《隋宫》 "紫泉宫殿锁烟霞"

李叔同《扬鞭》 "扬鞭慷慨茫中原"

李叔同《秋感》 "黄沙烈烈吹南风"

李叔同《菩萨蛮》 "郁姑山下清江水"

李叔同《蝶恋花》 "一缕柔情何处寄"

李叔同《喝火令》 "故国今谁主"

李叔同《柳叶儿》"不由人冷飕飕冲冠发竖"
李叔同《武陵花》"万里巡行"
李叔同《哀祖国》"小雅尽废兮，出车采薇兮"
李叔同《爱》"爱河万年终不涸"
李叔同《化身》"化身恒河沙数"
李叔同《男儿》"男儿哪怕从军"
李叔同《婚姻祝词》"诗三百关雎第一"
李叔同《出军歌》"大山炮火如雷鸣"

5. 黄子绳、权国垣、汪翔、苏钟正编《教育唱歌》上编（1905年7月）

黄子绳《爱国》"国积家而成，家之本在身"
汪翔《春风》"人间真情是春风"
权国垣《春游》"看，平原一片线漫漫"
权国垣《从军乐》"手执干戈愿从戎"
苏钟正《蚕》"饥时食尽田家桑"
权国垣《初夏》"夏日长残春犹芬芳"
佚名《唱歌》"读书兼唱歌"
苏钟正《夺旗竞争》"龙旗一面飘飘"
汪翔《观剧》"乐融融走进戏园中"
苏钟正《观水》"水哉水哉昼夜流"
权国垣《海战》"烟雾深重重响"
权国垣《寒食》"连朝细雨纷纷"
权国垣《竞争》"争争争于今世界人类渐充盈"
苏钟正《兰菊》"春风来万象更"
苏钟正《励志》"寸阴尺壁勿抛荒"
黄子绳《练兵》"练兵最重在练心"
苏钟正《留春》"我欲留春住"
苏钟正《落花》"花色深花色深"
汪翔《孟母三迁》"三度移居为养蒙"
黄子绳《劝勉少年》"春去春来春又少"
黄子绳《忍》"忍字心头一把刀"

汪翔《少女游戏》"枝上花红又白"
佚名《送别》"今日何日兮"
汪翔《岁暮》"腊鼓冬冬逼岁余"
苏钟正《螳螂》"螳螂怒令人笑"
汪翔《铁道》"火轮车真个便"
汪翔《物质文明》"枯木不中度"
权国垣《晓望》"烟雾枭空庭"
苏钟正《孝》"父生我母生我"
黄子绳《新年》"爆竹一暄声震天"
汪翔《学励》"东邻西邻两小儿"
权国垣《亚洲》"五大洲称膏腴"
权国垣《燕》"梁上有乳燕"
汪翔《游子吟》"亲衰愿儿健"
苏钟正《自勉》"父兮生师教我"
黄子绳《纸鸢》"少年志向在青年"
黄子绳《卒业》"为山九仞告成功"

6. 黄子绳、权国垣、汪翔、苏钟正编《教育唱歌》下编（1905年7月）

权国垣《长城》"放眼朝北望"
黄子绳《出征军人》"嗟，出征军人"
权国垣《各国都城》"浑浑圆球万国分"
苏钟正《耕织》"耕兮耕兮耕复耕"
汪翔《公德养成》"公德公德不可忘"
权国垣《公园》"树影萧森锁翠烟"
权国垣《古松》"朔风号平林"
佚名《古战场》"风飘万里莽雾寒沙来"
黄子绳《国祭》"呜呼古人虽往矣"
权国垣《国境》"青青兮鸭绿江之水"
黄子绳《国旗》"清风飘飘兮"
权国垣《汉武帝》"炎汉一代四百年"
苏钟正《虎》"藜藿满山无人采"

汪翔《欢迎之歌》"乐复乐兮"
黄子绳《黄河》"黄河水势如摧"
黄子绳《黄鹤楼》"鄂渚中胜境黄鹤楼"
权国垣《黄祸》"唯我亚洲人种黄"
苏钟正《黄香》"江夏童子名黄香"
黄子绳《集会》"为学最戒是离群"
汪翔《江汉》"噫嘻浩浩乎大江东去"
权国垣《流水》"流水流水湍而急"
黄子绳《陆军》"国要强兵力不可不扩张"
权国垣《旅行》"时光去如流"
黄子绳《暮旅》"云霞满天随日下"
权国垣《普法之战》"忆昔拿破仑"
黄子绳《琴音》"万籁俱寂夜空中忽有声"
汪翔《劝工场》"劝工场劝工场"
黄子绳《劝农》"劝农亭劝农亭"
权国垣《秋夜》"秋色清明长天无片云"
汪翔《散步》"春风吹花开"
黄子绳《暑假》"夏日至兮日影长"
汪翔《太平之曲》"华严新拓三千界"
汪翔《田家乐》"五月巢新丝御寒先有衣"
汪翔《新闻报》"新闻报一张纸"
汪翔《行军》"天风怒吼骇浪结"
黄子绳《雪》"北风捲地百草折"
汪翔《雪中梅》"朔风凛冽吹残叶"
权国垣《言鸟》"石燕乱飞商羊舞会"
汪翔《鹦鹉洲》"瑟瑟江风寒"
佚名《迎春》"年复年春复春"
权国垣《阅操》"雾腾腾之遥遥望见"
权国垣《自治》"四壁静无声"
汪翔《祝我国》"五大洲强权强"
黄子绳《宗教》"大哉孔我国儒教宗"

7. 俞复、田北湖、邹华民合编《小学修身唱歌书》（1905年10月）

田北湖《爱国》"风吹黄龙旗，旗随风荡漾"
田北湖《兵役》"何国无战争，何国不抵抗"
田北湖《博爱》"慈祥与残忍"
田北湖《德育》"璞不剖矿不镕"
田北湖《动物》"胎湿卵化生"
田北湖《父母》"动物堕地自己谋生活"
田北湖《公德》"尔我为私德"
田北湖《公义》"世务密于网"
田北湖《国》"蚩蚩无知识"
田北湖《己》"人群人群盈于海"
田北湖《家》"庭前大树绿荫荫"
田北湖《交友》"好鸟好鸟鸣枝头"
田北湖《敬长》"维桑与梓必恭敬"
田北湖《立身》"势涌中央"
田北湖《励志》"地球团团大洲五"
田北湖《人》"幼稚时嬉戏父兄侧"
田北湖《社会》"孤身独立非世界"
田北湖《守法》"国法准乎情理"
田北湖《庶物》"人物一体秉气含形"
田北湖《体育》"摇铃铛下课堂"
田北湖《卫生》"生命几何疾痛常多苦"
田北湖《兄弟》"一胞同产谁最亲"
田北湖《植物》"日中不摘花露中不剪韭"
田北湖《智育》"手足母痹痿"
田北湖《宗族》"祖宗血系传子孙"
田北湖《尊师》"人无一技长"
田北湖《尊人》"两大极一行呈"
田北湖《尊王》"主张国权是吾君"

8. 倪觉民编《女学唱歌》（1905年10月）

倪觉民《缠足苦》 "缠足苦缠足苦"
倪觉民《春晓》 "一声杜宇江南春"
倪觉民《开学》 "梅花香里报新春"
倪觉民《女地狱》 "谁为女界谋幸福"
倪觉民《女国民》 "女国民女国民"
倪觉民《女军人》 "莫说男尊女子轻"
黄　之《女权》 "沈沈女界暗千年"
倪觉民《女学生》 "女学生女学生"
倪觉民《拍球》 "操场雨后草青青"
倪觉民《平等》 "吾人同是天地生"
倪觉民《鞦韆》 "雨余芳草夕阳天"
倪慕欧《上学》 "听我歌听我歌"
倪觉民《燕子》 "燕子飞燕子飞"
倪觉民《自由结婚》 "女界第一事堪恨"

9. 沈心工编《学校唱歌集·二集》（1906年4月）

沈心工《小兵队》 "小小兵队真英雄"
沈心工《果树》 "吾有一棵小果树"
沈心工《耕牛》 "一只种田牛，在田横头"
沈心工《卖花》 "清早起清早起到园里"
沈心工《猫》 "猫儿坐在太阳里"
沈心工《摇篮》 "摇摇摇"
沈心工《促织》 "园里促织声唧唧"
沈心工《喜晴》 "前几日雨飘飘"
沈心工《燕》 "燕……别来又一年"
沈心工《采莲》 "五月六月天"
沈心工《轻气球》 "巧哉轻气球"
沈心工《镜》 "请君对我着君衣"
沈心工《凯旋》 "请看千万只的眼光"
沈心工《先师》 "羲农荒远文周徵"

10. 辛汉编《唱歌教科书》（1906年3月）

石更《哀江南》"哀江南兮哀江南"

朴青《步兵歌》"车如流水马如龙"

石更《采莲》"采莲复采莲，莲花莲叶何翩跹"

石更《春之花》"云霞灿烂如堆锦"

石更《从征军歌》"风消消兮雨消消兮"

石更《冬之夜》"横塘十里清如许"

石更《读书乐》"读书之乐乐如何"

吉音《故乡》"故乡昨日音书到"

石更《国魂》"自由之花已胎兮"

石更《海战》"海风陡起天云沉"

石更《军歌》"大哉惟我军人"

石更《看花歌》"车风吹得花满枝"

石更《练兵》"进呀……快把铜鼓腰间系"

石更《陆战》"战呀……铜鼓喇叭"

朴青《炮兵歌》"千山落木秋气清"

石更《赛马》"啸春风怒马如龙"

石更《少年》"少年听听我唱"

石更《师恩》"依依年少时"

石更《送春归》"江南草长蝴蝶飞"

石更《隋堤柳》"隋堤柳年深尽朽"

石更《太阳》"太阳初出光一轮"

石更《晓》"一钩新月晓风寒"

石更《小马》"小马出山嫌路窄"

倩叔《亚东帝国》"亚东帝国大国民"

石更《自由车》"春城二月佳气清"

石更《卒业生之别》"歌声凄琴声希"

石更《中国男儿》"中国男儿"

11. 王文君编：《怡情唱歌集·第二集》（1906年育文学社）

《文凤求凰》"有美一人兮，见之不忘"

《春暮忆友》 "寂寞重簾庭院悄"
《清明》 "幽院初晴簾不卷"
《春病》 "别梦无端魂不定"
《春情》 "花褪残红青杏小"
《游行》 "桃红铺锦，柳绿成荫"
《学堂春》 "微雨微晴，微雨微晴"
《贺新晴》 "快雨快晴"
《读牡丹亭词》 "生死梦中情"
《白居易别情词》 "汴水流，泗水流"
《雪梅》 "风雪满长天"
《村居》 "借得屋三间"
《客舍》 "山一程，水一程"
《捧月楼词》 "难觅珠成斛"
《春景》 "楼上翠帷怕卷"
《古琴吟》 "音音音，尔负心"
《柳梢青》 "障羞罗扇"
《听雨词》 "多雨殊未已"
《送别》 "水是眼波横"
《寒寒》 "塞草晚才青"
《新柳》 "娇 不胜垂"
《赠行》 "见也匆匆甚"
《日长至》 "东风吹柳日初长"
《送春归》 "东风摇曳垂杨线"
《小蓬莱》 "平林漠漠烟如织"
《征兵歌》 "天下雄，丈夫争战功"
《送卫兵》 "狮一醒，大陆起风云"
《大国民》 "上下数千年一脉延"
《勉学歌》 "光阴掷白驹"
《桃花院》 "索落落杨柳风"
《吊陈烈士》 "烈士哉，烈士哉"
《祝婚词》 "千载兮迢遥"
《暑假》 "四顾兮，徘徊"

12. 侯鸿鑑编《单音第一唱歌集》（1906年9月）

保三《登山望湖歌》"登彼高岗迂回路长"
希玉《登山望湖歌》"荡荡君山江流曲还"
保三《东亚风雪歌》"东亚风云大陆沉沉"
保三《画图》"纵横曲折笔所之"
保三《花木兰从军歌》"古有女杰花木兰"
保三《黄种强歌》"黄种强我武扬"
保三《旧江苏与新江苏》"龙蟠虎踞帝都旧"
保三《科学歌》"学界气郁葱，新知识科学攻"
保三《勉学歌》"高高高志气第一高"
保三《年假休业歌》"学界思潮铸新脑"
保三《竞志女学开校歌》"欧风亚雨相继催"
保三《女子求学歌》"同此官骸同此躯"
保三《女子职业歌》"有手有足谓之人"
保三《散步游戏法》"课余无所事散步"
保三《圣颂歌》"大哉我圣布衣始终"
保三《暑假始业歌》"凉风拂袖暑气渐消"
保三《蟋蟀鸣秋歌》"秋风来秋气新"
保三《鸦与雁之歌》"我见树头老鸦啼"
保三《迎宾歌》"仪容盛兮如荼如火"
保三《运动歌》"晚风起兮夕影遥"
保三《运动会》"广场一碧芳草齐"
保三《自治歌》"强权世界荆棘途"

13. 无锡城南公学堂编《学校唱歌集》（1906年9月上海文明书局）

徐承治《毕业式》"长长长学期考试冠军意飞扬"
沈心工《促织》"园里促织声唧唧"
沈祖藩《地理》"磊落我亚洲"
俞粲《格致》"茫茫大块古荂品"
俞粲《国父》"结绳为政太古邈"

沈祖藩《讲经》 "经……三坟五典一炬付暴秦"
俞粲《节假》 "春日晴和值清明"
俞粲《开校》 "今日吾邑开校期"
俞粲《历史》 "首出御世洪荒出开"
俞粲《勉学》 "日月逝矣岁不我兴"
俞粲《书法》 "伦纸蒙笔墨推松"
顾大赟《数求》 "加减乘除端始基"
俞粲《体操》 "操操操廿世纪支那"
俞粲《图画》 "一卷画谱在眼前"
俞粲《文法》 "文法终古鲜捷径"
俞粲《修身》 "人世岂悠悠"
俞粲《休假》 "弄学问费脑筋"
俞粲《休业式》 "光阴忽忽暑假兮"
俞粲《学期考》 "暑假考莫畏炎热"
沈祖藩《演说》 "政自由教自由"
俞粲《乐歌》 "击埌而歌起自唐"
沈心工《阅报》 "读书稽古阅报知今"
俞粲《运动》 "运动运动广场一片中"
俞粲《宗教》 "天生孔子开宗教"

14. 辛汉编《中学唱歌集》（1906 年 11 月）

吉音《避暑》 "闲庭内紫藤花左"
石更《出军》 "大山炮火如雷鸣"
石更《春燕》 "细雨斜风著意催"
石更《独立》 "立苍茫而四顾兮"
石更《芳草》 "天涯何处无芳草"
石更《公园》 "良辰昨霁春宵雨"
石更《归舟》 "巨浸浮轻舟"
石更《航海》 "黄河白狼掀天涌"
石更《怀友》 "秋月皎洁兮照屋梁"
石更《荆轲》 "壮哉荆轲千金一诺"
辛汉《菊》 "西风篱落斜阳里"

佚名《军舰》"中央一令山摇动"
吉音《军人》"赫赫军人衣光泽"
石更《乐天》"在山泉水清出山泉水浊"
石更《明故宫》"莽莽中原巍巍故宫"
佚名《鸣琴》"江上调玉琴"
石更《轻气球》"科学思想日精研"
石更《塞外曲》"关山八九月"
吉音《太平洋》"太平之洋天下险"
吉音《我国》"江山如画中原地"
石更《岳武穆墓》"明月凄凉西子湖"
石更《壮士》"壮士有志在四方"
石更《战场月》"暮秋九月雁飞急"

15. 华振编《小学唱歌教科书一集》（1906年商务印书馆）

倩叔《快哉快哉》"四百兆国民倚重"
佚名《春之花》"云霞灿烂如堆锦"
胡木青《上学》"上学上学，上学要早"
陈超立《从军》"从军从军，从军入伍"
佚名《传信鸽》"风情人静，天无片云"
佚名《大操》"营门浩荡，风卷龙旗十丈"
倩朔《怀帝乡》"频年寄旅扶桑"
倩朔《远足》"春日兮融融"
华龙《欧美二杰》"华盛顿华盛顿"
佚名《雪中行军》"哥哥手巾好作旗"
华龙《湘江三贤》"衡岳高，湘流长"
公度《军歌九章》"四千余年古国古"
佚名《四时读书乐》"山光照榄水绕廊"
倩朔《亚东帝国》"亚东帝国大国民"
倩叔《西湖十景》"风暖草如茵"
佚名《十八省地理历史》"溯直隶涿鹿之区"

16. 华振编《小学唱歌教科书二集》（1907年商务印书馆）

《博览会》"以五十载通商"

《博物院》 "电汽世界混沌凿"

《筹边》 "北斗七星光芒寒"

《春宵》 "大梦百年绕觉"

《大江东》 "大江东浪淘淘"

《讽迎傩》 "锣声镗镗鼓冬冬"

《古少年》 "人生不过百年"

《观瀑》 "危崖怪石兮嵯呀"

《国债》 "咳中饱提陋规裁"

《海军线》 "海权莫重海岸线"

《汉宫仪》 "京洛东迁，戎马南来"

《讥风鉴》 "万物归土中王侯"

《戒艳妆》 "一笑倾人国"

《镜》 "大千界黑沈沈"

《竞争》 "竞争竞争天然淘汰"

《军国民》 "文臣爱钱武惜死"

《旅行》 "男儿志在四方"

《牧羊》 "牧羊犹牧羊"

《辟占验》 "不问苍生问鬼神"

《乞巧》 "晶簾半捲画屏初张"

《青龟》 "莫笑池中物"

《劝工》 "汽学明工艺"

《秋士吟》 "风雨正潇潇"

《毯》 "浅草平铺五步十步"

《山寺钟》 "夕阳下塔万籁静"

《思将帅》 "大陆起龙蛇"

《颂立宪》 "祖国夙号文明先"

《岁寒松》 "夭桃春谢弱柳秋寒"

《螳螂》 "夏日炎炎甚"

《啼鸟》 "啼鸟复啼鸟"

《跳舞会》 "行行行来跳舞"

《铁路》 "铁路开铁路开"

《微兵》 "生不愿讨万户侯"

《文明婚》"吾祖宓牺伦理宗"
《蟋蟀》"秋高木落风飕飕"
《西瓜》"大地搏搏西欧东亚"
《训农》"化学明农业精"
《游猎》"凉秋九月塞草黄"
《渔翁》"湖水涨三篙"
《尊侠》"七尺负昂藏关东"
《之江吊古》"滚滚惊涛浪"
《雪中行军》"哥哥手巾好做旗"

17. 侯鸿鑑编《单音第二唱歌集》（1907年3月）

蛰酋皿《爱国歌》"西昆仑北罗刹"
蛰酋皿《爱校歌》"九峰蟠，五湖汇"
松云《崇学女歌》"巾帼须眉同支派"
松云《撑篙跳》"上复上，难复难"
保三《抵制美约歌》"华工海外远驱驰"
倩叔《汉族历史歌》"昆仑山昆仑山"
松云《欢迎新兵入伍歌》"声声声一般鼓号"
保三《竞志女学第二年开校歌》"女权增进花熳开"
保三《竞志年假休业歌》"朔风怒号寒梅竞节"
松云《拉绳》"众势张群力强"
保三《秋潮歌》"秋雨连宵百里风潮"
保三《商业半日学校休业歌》"世界进化商界豪"
东五《暑假歌》"炎威盛困人无那"
佚名《暑假休业歌》"迅矣哉春季，逝兮夏季来"
松云《四季旅行歌》"帝国艳支那"
保三《太湖烟雨歌》"苍茫烟雨万顷迷离"
松云《踢球》"严对阵列两军"
松云《跳高》"层层高不易攀"
松云《跳远》"一画东一画西"
松云《图书竞走》"画之谱物之图"
剑岑《新无锡歌》"东南物产古称饶"

松云《修妇职歌》"几辈娇娇夸才望"
保三《学校恳亲会歌》"欧化东行学校如林"
影夏《忆同学歌》"吴门校舍握别归"
松云《演算竞走》"鸟善飞马善奔"

18. 叶中泠编《女子新唱歌·第一集》（1907年5月）

《观鱼》"一湾流水送斜阳"
《闺中秋月》"扇头秋"
《好姐姐》"好姐姐好姐姐"
《红叶》"看晴霞闹红无数"
《花好月圆人寿》"红酣绿醉春如海"
《落花流水》"弱弱兮零花"
《母型》"昔孟母择邻处"
《女界钟》"哪知天多高"
《女学校游艺歌》"丝竹异哀豪"
《女著作》"班昭能续汉书全"
《七夕指迷》"银河兮迢迢碎星"
《劝学》"请看一杯水"
《扫晴娘》"春雨缠系不肯晴"
《世界十二女界》"伟人何物"
《数学游戏》"数数茉莉鬓边花"
《未来之梦》"云耶霞耶锦耶花"
《夏虫》"扁豆花开紫兜兜"
《阳春白雪》"婉婉春风拂我襟裳"
《鱼娃款乃曲》"儿家生小西湖之央兮"

19. 叶中泠编《女子新唱歌·第二集》（1907年5月）

《饼》"姐姐妹妹齐动手"
《赤十字会》"临行挥手莫絮语"
《磁石》"做他一个定盘鍼"
《蝶》"翩翩栩栩作妖态"
《端阳》"星期休假连朝放"

《飞絮》"点点飞絮转盼无从觅"
《风筝》"东风扶起，便直上青云"
《妇范》"桓少君挽鹿车"
《告幼稚生》"你年虽小知识长"
《公园》"葱茏花木饶妆点"
《鸡声》"万户沈沈睡正酣"
《金鱼》"清且浅，此乐似濠濮涧"
《镜》"团团似皓月形"
《离别》"怀人风雨夕"
《秋千》"广场浅草若氍喻"
《时计》"岁月催人去无踪"
《题辞》"鸾凤声声不音"
《小猫》"红丝一缕系金铃"
《蟹》"红谬花间白苹香里"
《学生训》"人生入世每相左"
《蚁》"芝麻黑点蚁阵浓"
《萤火》"凉宵风露天河明"
《鹦哥》"生来太娇怯"
《月》"万古月华高洁"
《蜘蛛》"蜘蛛虽小亦聪明"
《箴俗》"盖代豪华不足奇"

20. 叶中泠编《女子新唱歌·第三集》(1907年5月)

《春梦醒》"春梦兮初醒"
《彩竿围戏》"彩竿彩竿一丈高"
《采茶歌》"采茶去携茶筐"
《雏凤》"雏凤兮翩翩"
《蝶与燕》"飞飞飞蝶儿飞蝶儿飞"
《东家姐》"东家姐一年年"
《妇人从军》"天有美人虹，地有少女风"
《金陵怀古》"青一片治城山"
《进行》"进……"

《鸠迦进军歌》 "同胞同胞，手彼喇叭"
《空中香梦曲》 "低卿眉兮春山"
《乐郊》 "我一歌兮乐郊乐郊"
《猫咪咪》 "猫咪咪你醒醒"
《秦女休行》 "一尺髻三尺刀"
《散学歌》 "铃声当当散学归"
《四时乐游》 "春风春风吹我同袍"
《踏月谣》 "初三初四如眉"
《惜春归》 "子规啼血三春暮"

21. 叶中泠编《小学唱歌·三集》（1907 年）

《唱歌》 "唱歌唱歌月儿明"
《八大行星》 "太阳出入天气晴"
《从军》 "从军入伍莫染旧时污"
《打毯》 "斜阳如画芳草青"
《荡舟》 "绿杨溪上水如油"
《斗蟋蟀》 "豆花棚下夕阳红"
《儿戏》 "洋碱炮……笔管吆来若个高"
《改良私塾》 "改良私塾乐何如"
《浪桥》 "荡荡荡浪桥"
《亲思歌》 "十月怀胎儿欲生"
《日月食》 "莫放枪莫打锣"
《数学游戏》 "小小绿水盂盂中"
《童蒙入塾规矩吟》 "年少书生进学堂"
《童子军》 "二十世纪地行星"
《文房四友》 "纸兮纸兮君何如"
《新摇篮歌》 "摇……小娃娃睡觉觉"
《萤火》 "斜风凉月落疏星"
《月界旅行》 "世界更无殖民地"

22. 胡君复编《新撰唱歌集·初编》（1909 年）

《百花》 "天然图画兮，人工装点兮"

《春风》 "春风习习吹我衣"
《春花》 "芬芳兮茂美兮"
《春山》 "看山宜远看"
《春水》 "春水稠浓于酒"
《才女》 "传经有伏氏女"
《春草》 "芳草萋萋遍铺"
《爱吾儿》 "吾爱吾儿能爱国"
《别辞》 "我今把别我师去也"
《古圣》 "上溯伊尹躬"
《蝴蝶》 "花园里双蝴蝶"
《江南》 "江南草长春归兮"
《牡丹》 "从来花草流播芳名"
《暮春》 "春光已过几时许"
《男儿》 "男儿哪怕从军"
《莲户》 "在蓬户里过清贫岁月"
《晴天》 "晴天无片云"
《秋虫》 "叨叨絮絮可怜虫"
《三尚》 "试问方寸第一要尚公"
《尝花》 "二三月花开了"
《上古纪念》 "维我黄帝斩戮蚩尤"
《上海》 "通商门户开复开"
《睡儿》 "快些睡呀儿"
《四时》 "美哉气象万千"
《松阴》 "有古松几树阅星霜"
《泰山》 "泰山高极天"
《五伦》 "自从陆地以来"
《西湖》 "西湖柳二三月"
《忆昔》 "忆昔离别正在今日"
《萤》 "红日西沉月未吐"
《莺燕》 "黄莺求友婉转鸣"
《樱桃》 "樱桃满树颗颗红"
《忠臣》 "自昔相传地义天经"

《祝吾君》"外患除内力赢"
《祝我国》"祝我国称勇健"
《尊孔》"懿欤孔子维圣之时"

23. 胡君复编《新撰唱歌集·二编》（1909年）

《天帝国》"大哉帝国"
《丰岁》"丰岁但闻欢乐声"
《鸽》"沈沈小院芳草铺"
《国家安》"国家治安驾唐轶汉"
《后稷庙》"峨峨庙貌"
《梅花》"梅花一树嶺上开"
《鸟声》"乍从隔院来"
《歧路》"歧路彷徨兮"
《樵夫》"是樵夫本色"
《山泉》"山上有泉清清冷冷"
《五风十雨》"风雨时若歌且舞"
《行猎》"木落草枯多"
《元旦》"一声恭喜到二老"
《云耶霞耶》"说不尽璀璨璃华"
《战事平》"一朝奏凯战事平"
《钟声》"日暮空山倦鸟不鸣"

24. 胡君复编《新撰唱歌集·第三编》（1909年）

《白兰花》"幽兰空谷清且香"
《残冬》"一年将尽剩"
《春之夜》"来星月皎莫贪耍笑"
《车》"自有马力代人力"
《稻》"江南税足多稻产"
《吊屈原》"最可笑龙舟"
《放鹰》"秋高霜晴，健儿好放鹰"
《古战场》"万劫千年未必神仙"
《荷花》"拂暑到芳塘"

《红叶》 "片片红叶映着斜照"
《励志》 "强强强男儿要自强"
《马》 "由来骏骨自天成"
《孟母》 "古心教子竟成名"
《迷信》 "一般崇拜没来由"
《南京》 "凭吊江山虎踞龙蟠"
《秋之夜》 "空山木叶尽脱"
《入世箴》 "交友以面不以心"
《桑》 "桑条一垂地"
《衰草》 "草色入簾未是青"
《四季月》 "春季里呀"
《颂皇仁》 "吾皇仁德敷"
《太平世》 "世态时宁列辟来同"
《田野》 "眼前禾黍竞秀"
《我心》 "试问我心绝无障翳"
《喜鹊》 "非关报喜"
《小树》 "是婀娜小树"
《小舟》 "经不起偌大波浪"
《行路难》 "入世可能图晏安"
《休息》 "课余多暇到草地上散步"
《雪》 "连朝寒讯争发"
《越王台》 "霸业渺无踪"
《云》 "看太空一片云"
《座右箴》 "勤学好问入德基"
《昨日今日》 "才过今朝已成昨日"
《竹》 "名园大好惯游遨"
《忠臣》 "恨鼎足三分"
《舟子》 "长年大苦辛"

25. 华航琛编《共和国民唱歌集》（1912年6月商务印书馆）

张行仪《爱国歌》 "我同胞大家齐来"

华航琛《出征》"往，吾愿往，革命责任不退让"
撞针《出军歌》"四千余年古古，复我完全土"
华航琛《北伐队》"快来快来快快同来编入北伐队"
佚名《从军乐》"中华民国大革命"
佚名《敢死队》"进，满清恶贯而今已满盈"
沈心工《革命军》"吾等都是好百姓"
华航琛《公德》"好哥哥好弟弟"
华航琛《共和国民》"国民第一资格高"
华航琛《光复纪念》"八月十九武昌城"
华航琛《国耻》"大汉开国五千年"
华航琛《欢送北伐军》"送军民慷慨去出征"
华航琛《戒毒》"天下第一祸"
华航琛《戒纸烟》"纸烟纸烟害人真不浅"
华航琛《戒鸦片》"叹鸦片输入中原"
华航琛《剪辫》"我同胞梳辫子几时起"
华航琛《决死队》"决死队真威风"
华航琛《决死赴战》"我有宝刀真利市"
撞针《凯旋歌》"国权既失完复完"
华航琛《女革命军》"女革命志灭清"
华航琛《庆祝共和》"五色国旗照亚东"
华航琛《劝孝》"哥哥弟弟吾要问问你"
华航琛《劝用国货》"问同胞……经济何亏耗"
华航琛《劝助饷》"瑞湖鑑"
华航琛《体操》"铃声当当敲"
佚名《行军》"战友们大家齐来"
华航琛《学生军》"共和创亚东"
华航琛《自立》"男儿第一好气质"
华航琛《自治》"自由这个好名词"
华航琛《中华大纪念》"十月十日义旗扬"
佚名《追悼先烈歌》"请看诸烈士的英光"
华航琛《给奖》"请看会场多少学生"
华航琛《恳亲会》"请看庭前许多学生"

26. 冯梁编《新编唱歌教科书》（广州树德堂刻板印刷1912年）

《从军乐》"春风十里杏花香"
《好大陆》"四千万里好大陆"
《决死赴战》"我有宝刀真利市"
《陆军》"国要强"
《今从军》"白人恃力纷相斫"
《尚武》"手持干戈愿从戎"
《练兵》"操场十里闹盈盈"
《军歌》"大哉惟我军人"
《陆战》"战呀战呀"
《杀敌歌》"战场之花已开"

27. 沈心工编《重编学校唱歌集·第一集》（1912年10月）

沈心工《听听听》"听听听听听我唱"
沈心工《小羊》"小小羊小小羊"
杨白民《鸭》"白毛鸭黑毛鸭"
佚名《上学》"上学去上学去"
周话孙《锣鼓》"哥哥敲锣吾敲鼓"
佚名《小小船》"小小船小小船"
沈心工《兵操》"男儿第一志气高"
佚名《蝶》"蝴蝶来，蝴蝶来"
沈心工《鸡》"园里一只老雄鸡"
沈心工《磨豆腐》"古罗……半夜起来磨豆腐"
沈心工《猫》"猫儿坐在太阳里"
沈心工《竹马》"小小儿童志气高"
佚名《竹马》"小儿小胆量好"
沈心工《卖布》"卖布卖布吾有中国布"
沈心工《摇床》"摇摇摇，弟弟摇惯了"
沈心工《黄河桥》"尔造桥也我造桥"

28. 沈心工编《重编学校唱歌集·第二集》（1912 年 10 月）

沈心工《客来》 "盆……敲大门开门看"
沈心工《五色旗》 "吾国旗吾国旗"
张季直《金鱼》 "风吹池面开，一群金鱼来"
沈心工《耕牛》 "一只种田牛，在田横头"
沈心工《月》 "月亮月亮一片清"
沈心工《欢迎》 "嘉宾嘉宾请坐"
沈心工《卖花》 "清早起清早起到园里"
沈心工《萤》 "萤火虫夜夜红"
沈心工《烧饭》 "此浦他此浦他"
沈心工《花园》 "好朋友好朋友"
沈心工《雁字》 "青天高远树稀"
杨白民《扫地》 "扫地扫地大家来扫地"
沈心工《果树》 "吾有一棵小果树"
沈心工《云》 "天上云何处来"
沈心工《铁匠》 "披普……开炉"

29. 沈心工编《重编学校唱歌·第三集》（1912 年 10 月）

沈心工《孔圣人》 "孔圣人孔圣人"
沈心工《小兵队》 "小小兵队真英雄"
沈心工《纸鹞》 "正二三月天气好"
沈心工《春雨》 "春雨如雾又如烟"
沈心工《燕》 "燕……别来有一年"
沈心工《早起》 "早起早起衣衫鞋袜"
沈心工《青蛙》 "青蛙变化甚奇"
沈心工《喜晴》 "前几日雨飘飘"
沈心工《阳历》 "阳历便"
沈心工《蚂蚁》 "蚂蚁蚂蚁真稀奇"
沈心工《盲哑》 "盲人倘若没人挽"
沈心工《促织》 "园里促织声唧唧"
沈心工《龟兔》 "龟儿要赛兔儿跑"

沈心工《时计》"壁上时针声滴滴"
沈心工《雪》"欢喜……天上雪花飞"

30. 沈心工编《重编学校唱歌集·第四集》（1912年10月）

沈心工《飞行艇》"飞行艇仿佛一个大蜻蜓"
沈心工《春风》"春风春风一到生机动"
沈心工《鹁鸪》"鹁鸪鸪鹁鸪鸪鸪"
沈心工《运动会》"来……快……快来运动会"
吴怀疚《春游》"云淡风轻，微雨初晴"
沈心工《兰》"空谷人迹少"
张季直《池中蒲》"池中蒲何青青"
沈心工《蛙声》"阁……月下蛙声"
权国垣《秋夜》"秋色清明长天无片云"
沈心工《菊》"连朝满地新霜"
沈心工《良马》"呵，良马也良马"
沈心工《乐群》"合群之乐乐如何"
沈心工《孙唐》"孙唐大力，人尽可及"
佚名《英文字目》"ABCD"
佚名《拼音》"……"

31. 沈心工编《重编学校唱歌集·第五集》（1912年10月）

沈心工《始业式》"兼旬休养气从容"
沈心工《轻气球》"巧哉轻气球"
沈心工《从军》"往，吾愿往，国民义务不退让"
沈心工《话别》"杨柳绿依依"
沈心工《旅行》"进进进抖擞起精神"
沈心工《布榖》"春风暖麦花熟"
沈心工《一老店》"一老店翻造新屋"
沈心工《采莲》"五月六月天"
沈心工《鸟儿》"巢中鸟儿啼"
沈心工《小学生》"小学生小学生"
沈心工《凯旋》"请看千万只的眼光"

沈心工《地球》"南北东西大海边"
夏莱颂《休业式》"岁月去如流"
王引才《扬子江》"大江东去何茫茫"

32. 沈心工编《重编学校唱歌集·第六集》（1912年10月）

沈心工《爱国》"同胞同胞需爱国"
杨度《黄河》"黄河黄河出自昆仑山"
沈心工《家书》"云天雁影去匆忙"
沈心工《革命军凯旋》"欢喜欢喜今日归故里"
沈心工《杨柳花》"杨柳花飞又飞"
唐蔚之《祝中华民国歌》"我国初哉首盘皇"
沈心工《美哉中华》"美哉美哉，中华民国"
沈心工《古柏》"我最爱光福山中四古柏"
沈心工《青青竹》"青青竹——弯之"
吴莱人《游艺会》"嘉会名游"
沈心工《镜》"请君对我着君衣"
沈心工《黄鹤楼》"独自登临黄鹤楼"
夏颂莱《何日醒》"一朝病国人都病"
沈心工《航海》"航海船航海船"
沈心工《毕业式》"佳气兮葱葱，春风广尘中"

33. 王德昌、毛广勇、赵骧合编《中华唱歌集·二集》（1912年11月）

《采菱》"我门前有小河"
《蝉》"知了知了树头噪"
《唱歌》"上课堂学唱歌"
《蝶》"蝴蝶，春间蝴蝶真忙碌"
《亲思》"好爷娘终朝为我忙"
《三足竞走》"好游戏三人两只脚"
《赛船》"今朝浪静风平"
《上学》"清早起上学去"
《手工》"几块小纸板"

《体操》"游戏之乐乐如何"
《跳绳》"取根绳缚个铃"
《雾》"天气寒起大雾"
《雪》"冬日严寒白雪飞"
《燕》"燕子双双上画梁"
《一月一日》"今朝是一月一日"
《萤》"萤火虫萤火虫"
《鹦鹉》"鹦鹉帘前叫"
《早起》"小弟弟清早起"
《纸鸢》"三四月风和日暖"

34. 王德昌、毛广勇、赵骧合编《中华唱歌集·三集》(1912年11月)

《长城》"长城长城隔绝关内外"
《春游》"呀，天色何清明"
《大麦》"熏风南来大麦黄"
《大雨》"今朝大雨倾盆"
《荡木》"一根荡木轻轻荡"
《飞艇》"飞艇身如鸟翼轻"
《革命纪念》"十月十日湖北武昌"
《工》"强国之道首兴工业"
《国货》"国民需用本国货"
《海军》"纵横舰队密如云"
《家庭之乐》"叙话一堂中"
《恳亲会》"告我父兄听"
《马》"嘶风马行如飞涉"
《盲跛相助》"盲者瞽目不能视"
《农人苦》"种田人最辛苦"
《师恩》"孩提初入校"
《始业式》"学堂今朝开校"
《蟋蟀》"炎夏已过秋风起"
《岳武穆》"南宋时民流离"

35. 王德昌、毛广勇、赵骧合编《中华唱歌集·四集》(1912 年 11 月)

《春之花》"春花灿烂如堆锦"
《从军》"人如虎马如彪"
《当兵》"国民义务其一是当兵"
《豆腐》"黄豆磨细做豆腐"
《都城》"都城形势本天成"
《读书乐》"读书乐乐如何"
《荷花》"昨夜瑟瑟秋风起"
《黄白竞争》"中华大国黄种人"
《家书》"离家日久思家心切"
《敬客》"父亲出门去"
《两大共和国》"美利坚紧离英独立百三十五年"
《旅行》"春日晴和好旅行"
《木棉》"最是棉花用处多"
《纳税》"国家新组织百端待举"
《枪队》"小小毛瑟枪是我好朋友"
《秋之夜》"金风瑟瑟动江波"
《赛跑》"来……操场里面，同去赛跑来"
《亡国之恨》"最可悲亡国遗民"
《燕子穿帘》"燕……春风二月天"

36. 沈心工编《民国唱歌集·一集》(1913 年 1 月)

《上学》"上学上学上学要早"
《唱歌》"唱歌唱歌月儿明"
《儿戏》"洋碱炮……笔管吹来若个高"
《体操》"男儿第一志气高"
《旅行》"进进进抖擞起精神"
《雪中行军》"哥哥手巾好作旗"
《孟母》"古心教子竟成名"
《春风》"春风春风一到生机动"

《惜春归》 "子规啼血三春暮"
《松》 "美哉此古松树"
《蝶与燕》 "飞飞飞蝶儿飞蝶儿飞"
《金鱼》 "风吹池面开,一群金鱼来"
《鸡声》 "万户沈沈睡正酣"
《斗蟋蟀》 "秋高木落风嗖嗖"
《守规》 "……"
《彩竿》 "彩竿彩竿一丈高"
《文房四友》 "纸兮纸兮君何如"
《远足》 "春日兮融融"
《乐郊》 "我一歌兮乐郊乐郊"
《童子军》 "二十世纪地行星"
《劝学》 "请看一杯水"
《春之花》 "春花灿烂如堆锦"
《飞絮》 "点点飞絮转盼无从觅"
《蝴蝶》 "花园里双蝴蝶"
《小猫》 "红丝一缕系金铃"
《观鱼》 "一湾流水送斜阳"
《蚁》 "蚂蚁蚂蚁真稀奇"
《夏虫》 "扁豆花开紫兜兜"
《斗蟋蟀》 "豆花棚下夕阳红"

37. 沈心工编《民国唱歌集·二集》(1913年1月)

《四时读书乐》 "山光照槛水绕廊"
《欧美二杰》 "华盛顿华盛顿"
《自由》 "共和创亚洲"
《共和国民》 "国民第一资格高"
《快哉快哉》 "四百兆民国倚重"
《西湖十景》 "风暖草如茵"
《地球》 "南北东西大海边"
《月界旅行》 "世界更无殖民地"
《磁石》 "做他一个地盘鑑"

《座右铭》"……"
《秋感》"风雨正消消"
《自立》"男儿第一好性质"
《公德》"好哥哥好弟弟"
《庆祝共和》"五色国旗照亚东"
《十八省》"溯直隶涿鹿之区"
《金陵怀古》"青一片冶城山"
《八大行星》"太阳出入天气清"
《日月食》"莫放枪莫打锣"
《入世箴》"交友以面不以心"
《师友之别》"……"

38. 沈心工编《民国唱歌集·三集》（1913年1月）

《好姐姐》"好姐姐好姐姐"
《东家姐》"东家姐一年年"
《猫咪咪》"猫咪咪你醒醒"
《饼》"姐姐妹妹齐动手"
《地图手巾》"我有一方小手巾"
《镜》"请君对我着君衣"
《四时乐游》"春风春风吹我革履"
《女学生训》"人生入世每相左"
《中国女杰》"汉唐娥唐饶娥"
《女著作》"班昭能续汉书全"
《赤十字会》"临行挥手莫絮语"
《劝学》"请看一杯水"
《新摇篮歌》"摇……小娃娃睡觉觉"
《告幼稚生》"你年虽小知识长"
《数学游戏》"小小绿水盂盂中"
《萤火》"斜风凉月落疏星"
《采茶歌》"采茶去携茶筐"
《公园》"葱茏花木饶妆点"
《雏凤》"雏凤兮翩翩"

《女界钟》 "那只天多高"
《妇人从军》 "天有美人虹，地有少女风"

39. 冯梁编《军国民教育唱歌集》（1913 年 6 月广州音乐教育社）

《比例》 "黄祸黄祸起自廿世纪"
《爱国》 "勤操练强体力"
《黄族》 "黄族应享黄海权"
《进》 "进兮……见危以授命"
《警醒歌》 "警……竞争世界成"
《军港》 "溯我国之天堑兮"
《军事教育》 "定远长往伏波不作吊古"
《陆军》 "枪在肩头子在囊"
《边风》 "边风猎猎吹寒旗"
《长城》 "长城长城隔绝关内外"
《出征祈战死》 "战鼓咚军号响"
《从军歌》 "民气猛如雷，民志坚如铁"
《从军乐》 "春风十里杏花香"
《大操》 "营门跌岩，猎猎国旗十丈"
《大哉军人》 "大哉军人，大哉军人"
《奋武》 "呜呼二十世纪"
《妇人从军行》 "勒石天平山，策马玉门关"
《海战》 "白浪排空烟云霭"
《凯旋》 "北斗星高，单于遁逃"
《快枪》 "遇好利器须珍藏"
《励志》 "男儿立志铁万固"
《陆战》 "鼓角震天怒马号"
《炮台》 "炮台峨峨江面开"
《祈战死》 "我有宝刀真利市"
《前敌队》 "进兮……"
《劝战》 "行行去去沙场死"
《杀敌快》 "战场之花已开"

《尚武之精神》"黑黑铁耶，赤赤西耶"
《舍身报国》"大陆烽烟惨淡中"
《收队》"春花灿烂，春草一色铺"
《四时从军乐》"春光浩荡满营门"
《体操》"红桃如锦绿柳环翠"
《体操歌》"堂堂中国主人翁"
《万里桥》"男儿志气壮千里"
《惟我同胞》"谁入深山杀虎豹"
《我的祖》"我的祖我的祖"
《小军队》"请看小小同胞志气高"
《醒狮》"醒狮醒来"
《行军歌》"疆场决胜扬威武"
《学校游戏法》"行行行出学校"
《野操》"队伍徐徐排出城"
《义勇军》"执干戈卫我山河"
《中国海军》"溯我国海军"
《中华民国》"中华民国大国民"
《中华民国歌》"于万斯年中华大民国"
《中华民国立国纪念歌》"美哉吾汉满蒙回藏"
《主人翁》"壮士挥戈"
《终军请缨》"亚东民国多英雄"
《祝我国》"祝我国称勇健"
《出征军人》"嗟，出征军人"
《黄祸》"唯我亚洲人种黄"
《陆军》"国要强"
《今从军》"白人恃力纷相斫"
《尚武》"手持干戈愿从戎"
《练兵》"操场十里闹盈盈"
《陆战》"战呀战呀"
《杀敌歌》"战场之花已开"
《好大陆》"四千万里好大陆"

40. 胡君复编《共和国教科书新唱歌·三集》（1913 年商务印书馆）

《爱情》"我饥得食，我寒得衣"
《芭蕉扇》"暑天会出汗"
《春假》"一年改作三学期"
《放鹞子》"妈妈可许爷爷许可"
《花园》"一座好花园"
《欢迎》"嘉客正临门"
《快快来》"来，快快来，学堂里来"
《卖布》"大街小巷走几遭"
《暑假》"数数数一二三四五"
《踢毽子》"毽子毽子拿来踢"
《五色旗》"五色旗学校门口好正齐"
《杨柳与松柏》"随风杨柳东倒西歪"
《早睡早起》"哥哥弟弟早睡早起"
《祖宗》"人又祖宗"

41. 余沅编《儿童唱歌》（1913 年 8 月）（17 首）

《拜月》"中秋夜，月光明哥哥弟弟携手性"
《吃果》"小弟弟小哥哥"
《浪桥》"夕阳西下学校课毕"
《老莱子》"老莱子……孝道实堪师"
《莲花》"湖光十里明净如镜"
《莲蓬》"莲花谢要结果"
《暮秋郊望》"斜阳影里且停车"
《上学》"晨鸡高唱晴曦上窗"
《算数游戏》"我有一个方阵图"
《算学游戏》"奇哉五个数"
《算学游戏》"我有一个嫩雪梨"
《西瓜灯》"小西瓜真玲珑"
《新晴》"前几日雨霏霏"

《雪人》 "雪花飞雪花飞"
《纸球》 "小小纸球轻又巧"
《走马灯》 "走马灯"
《小鸟》 "巢中鸟儿啼"

42. 张秀山编《最新中等音乐教科书》（1913 年 12 月北京琉璃厂宣元阁印行）

《除夜有杯》 "迢三巴路"
《采莲曲》 "莲叶罗裙一色裁"
《春题湖上》 "湖上春来似画图"
《吊埃及》 "哈喇沙漠金塔高"
《冬之夜》 "朔风兮怒号"
《国歌》 "卿云烂兮"
《好男儿》 "矫首气凌霄"
《红梅》 "天生侠骨古来重"
《秋夜听雨》 "秋夜雨消消"
《孺子歌》 "沧浪之水清兮"
《塞下曲》 "鹫翎金仆姑"
《战辽东》 "天山之角炮声雷鸣"
《芳草》 "天涯何处无芳草"
《大风渡江》 "大风起兮云飞扬"
《独立》 "立苍茫而四顾兮"
《四时读书乐》 "山光照槛水绕廊"

43. 李雁行、李倬合编《中小学唱歌教科书》上卷（1913年）

《班超》 "葱岭之脊世界高"
《朝鸟》 "红日未东升"
《蜂》 "春日晴和花满园"
《航海东》 "汽声水声兮怒号"
《鸡》 "格……漫天闪闪星将没"
《历史歌》 "昆仑山昆仑上"

《猫犬》"吴家有只小黄猫"
《欧美之游》"大海茫茫游何处"
《漂母》"漂渚相逢落拓年"
《气球》"我取个麦柴管"
《蜻蜓》"太阳西下晚风凉"
《轻气球》"气球天上行"
《霜》"清早起，开窗望"
《颂圣歌》"大哉休哉大圣"
《万世之师》"维我先师礼乐崇"
《文君》"美人何事改冰心"
《蟋蟀》"秋风一片荒草地"
《西施》"美人频笑"
《小黄鸟》"一群小黄鸟"
《小鸡》"看墙边有只老母鸡"
《晓钟》"晨钟催梦醒"
《醒狮》"登高而呼友"
《鸦与蟹》"海潮送蟹上沙滩"
《燕》"梁上有乳燕"
《蚁战歌》"蚂蚁蚂蚁能保种"
《月》"今宵天气凉"
《蜘蛛》"快看呀看簾前"
《纸炮》"取张小纸折个小纸包"
《走马灯》"墙上挂灯笼"
《采茶歌》"采茶去携茶筐"
《从军乐》"春风十里杏花香"

44. 李雁行、李倬合编《中小学唱歌教科书》下卷（1913年）

《哀祖国》"我登昆仑之山巅兮"
《爱国》"我家有田，我家有宅"
《爱国歌》"天子骄子兮慢称雄"
《不倒翁》"不倒翁不倒翁"

《从军》	"汉旗五色飘飘扬"
《从军乐》	"春风十里杏花香"
《大国民》	"国家之盛衰岂有运命"
《大汉纪念》	"子孙当念祖宗功"
《共和》	"全球万国人钦敬"
《共和世界》	"自由自由天之神"
《国歌》	"仰配天之高高兮"
《国脉》	"我中华立国命脉"
《国旗》	"看校门五色旗飘"
《国旗》	"五色国旗为中华光"
《国之滨》	"炎天避暑海之滨"
《好大陆》	"四千万里好大陆"
《好朋友》	"好朋友好朋友"
《祭黄花岗》	"青天白日黄花岗"
《军歌》	"莫向军前说辛苦"
《快哉民国》	"四百兆民国倚重"
《快哉快哉》	"快哉吾国多英雄"
《民国军》	"民国民国民国军"
《女子从军》	"拜别爹娘去从军"
《朋友》	"同学朋友如兄弟"
《送爷行》	"燕子双双飞过桥"
《五色国旗》	"五色旗子临风飘"
《五常歌》	"你看那园中小草"
《武昌独立》	"亚东民国多英雄"
《小兵队》	"截断几枝长竹管"
《学生军》	"堂堂学生军"
《岳阳楼》	"碧水渺渺洞庭"
《中国歌》	"邹衍空谭大九州"
《中华民国》	"祝我国巩金汤"
《中华民国颂》	"嗟我汉族同胞"
《祝警察歌》	"欧风美雨势炎"

45. 华航琛编《新教育唱歌集初编》（1914年4月上海教育实进会出版）

《爱国》"中华兮中华"

《爱兄弟》"哥哥弟弟吾来告诉你"

《安定小学校校歌》"中华民国教育事业"

《毕业》"文明无止境，学业无进程"

《当兵》"中华民国大国民"

《读书》"学生……读书要用心"

《放假》（寒假）"风雪遍残冬，学生话别转家中"

《放假》（暑假）"光阴快如梭"

《放学》"功课完结太阳西"

《给奖》"请看会场多少学生"

《国民进步》"进兮……"

《欢迎》"国旗招展五色新"

《开会》"国旗飞扬盛会张"

《开矿》"中华物产最丰盈"

《开校》（寒假）"春风一到气象新"

《开校》（暑假）"秋风一到暑气消"

《恳亲会》"请看庭前许多学生"

《孔子纪念》"中华民国古圣人"

《立国纪念》"民军民军起义武昌城"

《纳税》"共和民爱祖国纳税本天职"

《劝导》"从今私塾入文明"

《上课》"进课堂走到那本位里"

《上学》"清早起清早起"

《尚武》"廿世纪世界重强权"

《双庆节》"国民国民今日是何辰"

《私塾改良会歌》"旧习兮全消"

《送别军人》"望江关苍茫云树"

《算学》"年纪轻轻小学生"

《体操》"好男儿志气高"

《统一纪念》 "民国成立风声到北京"
《退课》 "听钟声大家要走出来"
《文明结婚》 "欧美心醉自由神"
《孝父母》 "年少儿童进学校"
《写字》 "学生……写字要用心"
《谢宾》 "今日开会喜满怀"
《学艺会》 "学问如沧海"
《阳历》 "阳历阳历"
《中华国旗》 "看看国旗照长空"
《中华国庆》 "十月十日武昌城"
《中华国土》 "大地浑如球"
《中国国体》 "中华民国震亚东"
《中华海军》 "汽笛声浪震如雷"
《中华陆军》 "雄哉中华陆军天生神"
《筑路》 "铁路铁路"
《平等》 "吾曹同是中华人"
《当兵》 "中华民国大国民"

后 记

本书是我主持的 2017 年度国家社会科学基金项目的结项成果。从课题立项到撰写书稿，从申请结项到正式成书，历经六年时光，也许唯有经历过的人才能够深切体会其中的酸甜苦辣。2015 年 6 月，我获得了武汉大学中国现当代文学专业博士学位，任职于信阳师范学院文学院，主要从事教学科研工作。2018 年 3 月，我开始进入中国人民大学文学院从事博士后研究工作。2019 年 9 月，我又到北京师范大学文学院做高级访问学者。其间，我不仅承担着学习进修的繁重任务，而且需要完成单位分配的基本工作量，几乎每天都是超负荷运转，千头万绪，精神压力非常大，可谓身心疲惫。今天回过头来看，实在令人唏嘘不已。

作为一名从事现当代文学研究的青年学者，我虽然关注学堂乐歌问题已经有十余年，也曾经认真阅读过许多著作和学术论文，思考之余，偶有心得，但是，其涉及音乐学、历史学、教育学、文学、传播学等诸多学科知识，文献资料浩如烟海。在具体研究阶段，我切实感受到个人知识结构存在着缺陷，对许多问题的认识仅仅停留在外部表层，并不能深入学堂乐歌内部肌理进行多维度阐释，实属遗憾。其中，一位匿名评审专家在对书稿内容高度肯定的同时，也直言不讳地指出，该成果还存在着值得完善之处："第一，该成果应和了近年来重写文学史、诗歌史的潮流，挖掘以往不大为人注意的历史面向，但限于学堂乐歌对中国诗歌现代转型的贡献本身，焦点过于集中，过分强调了前者对后者的作用，有点用力过猛，实际上中国诗歌现代转型过程中的因素很驳杂，学堂乐歌在其中占据多大份额，二者是否为直接的影响与被影响的关系，需要在特殊历史背景下慎重考量；第二，与上一点相关，该成果在论述有关议题时相对封闭，没有留意学堂乐歌与其他推动中国诗歌现代转型的因素的互动联系，而且从构架来说由于封闭、求全而显得刻板；第三，该项目成果的完成人自己也意识到，学堂乐歌在本质上是一种歌曲，其作品中音乐成分比重很大，在研究中无法将学堂乐歌的音乐部分剥离，如何有分寸地看待和把握这一点，还需进一步斟酌。"客观来讲，这些评价都切中肯綮，直击要害，真实道出本书的诸多不足。非常感谢相关鉴定专家的建设性意见，正是他们的认真负责和善意提醒，不断激励我在学堂乐歌研究领域深耕细作，也为我未来的学术研究指明方向。

在本书稿完成阶段，我曾经得到北京师范大学刘勇教授、武汉大学陈国恩教授、中国人民大学杨慧林教授、高旭东教授、曾艳兵教授、杨联芬教授、梁坤教授、范方俊教授、夏可君教授、张洁宇教授、鲁迅博物馆葛涛研究员等专家学者的热情鼓励和无私帮助。正是在他们的精心指导之下，我在写作过程中不断调整思路，多渠道搜集文献资料，学会把思想压力转化为工作动力，充分利用寒暑假的宝贵时间，集中精力完成书稿撰写任务。

最后，我要特别感谢中国社会科学出版社的责任编辑慈明亮老师和责任校对李莉老师，从核对史料到完善注释，从修改语病到纠正标点符号，这种严格求实和精益求精的工作态度，令人肃然起敬。本书能够顺利付梓，与他们的辛勤付出是密不可分的，在此深表谢意。本书肯定存在着诸多错漏之处，敬请方家批评指正。

2023 年 4 月 5 日
信阳师范学院博书苑寓所